Diogenes Ta

CW01429219

L. P. Hartley

Ein Sommer in Brandham Hall

The Go-Between

Roman
Aus dem Englischen
von Maria Wolff

Diogenes

Titel der Originalausgabe:
›The Go-Between‹
Copyright © 1953 by L. P. Hartley
Die deutsche Erstausgabe erschien 1956 unter dem Titel
›Der Zoll des Glücks‹ im Piper Verlag
Umschlagfoto: Julie Christie und Dominic Guard in
dem gleichnamigen Film von Joseph Losey, 1971
Abdruck mit freundlicher Genehmigung
des National Film Archive, London

Alle deutschen Rechte vorbehalten
Copyright © 1990
Diogenes Verlag AG Zürich
80/90/43/1
ISBN 3 257 21854 0

But, child of dust, the fragrant flowers,
The bright blue sky and velvet sod
Were strange conductors to the bowers
Thy daring footsteps must have trod.

Und doch, du Kind aus Staub, der Duft der Blüten,
Der samtne Rasen, strahlender Azur —
Auf deinen Wegen voller Wagnis waren
Sie fremde Führer in das Dunkel nur.

Emily Brontë

Prolog

Die Vergangenheit ist ein fremdes Land, dort gelten andere Gesetze.

Als ich auf das Tagebuch stieß, lag es zu unterst in einer ziemlich ramponierten Kragenschachtel aus rotem Karton, in der ich als kleiner Junge meine Etonkragen aufbewahrte. Irgend jemand, wahrscheinlich meine Mutter, hatte sie mit Schätzen aus jener Zeit vollgefüllt. Ich fand zwei vertrocknete, hohle Seeigel; zwei rostige Magnete, einen großen und einen kleinen, die ihren Magnetismus fast gänzlich verloren hatten; einige Negative, die fest zusammengerollt waren; Reste von Siegellack; ein kleines Kombinationsschloß mit drei Reihen Buchstaben; ein Endchen feiner Peitschenschnur und noch ein oder zwei undefinierbare Gegenstände, Dinge, deren Zweck nicht ohne weiteres ersichtlich war: ich vermochte nicht einmal zu sagen, wozu sie gedient hatten. Diese Andenken waren weder schmutzig, noch waren sie sehr sauber, die Patina des Alters lag auf ihnen. Und als ich sie nun, nach mehr als fünfzig Jahren, zum erstenmal wieder in die Hand nahm, stieg die Erinnerung an das, was jeder einzelne Gegenstand mir einmal bedeutet hatte, wieder in mir auf, abgeschwächt wie die Kraft der Magnete, aber immerhin spürbar. Aus diesen Schätzen wehte mir etwas entgegen: die vertraute Freude des Wiedererkennens, der prickelnde Schauer kindlichen Besitzerstolzes — Gefühle, deren ich mich mit meinen mehr als sechzig Jahren schämte.

Es war wie ein Appell mit vertauschten Rollen; die Kin=
der der Vergangenheit riefen ihre Namen, und ich sagte:
»Hier.« Nur das Tagebuch weigerte sich, seine Identität zu
enthüllen.

Zuerst hielt ich es für ein Geschenk, das mir jemand aus
dem Ausland mitgebracht hatte. Sein Format, der Aufdruck,
das weiche, purpurne Leder, das sich an den Ecken aufrollte,
verliehen ihm ein fremdartiges Aussehen; und ich sah, es
war ein Band mit Goldschnitt. Von allen Gegenständen war
er der einzige, der teuer gewesen sein konnte. Ich mußte es
sehr geschätzt haben. Weshalb konnte ich es jetzt in keine
Beziehung zu meiner Vergangenheit bringen?

Ich wollte es wohl deshalb nicht in die Hand nehmen, weil
ich meine Erinnerung nicht auf die Probe stellen mochte. Ich
war stolz auf mein Gedächtnis und liebte es nicht, wenn man
ihm nachhalf. So saß ich da und starrte das Tagebuch an wie
eine leere Stelle in einem Kreuzworträtsel. Immer noch tappte
ich im Dunkeln, und plötzlich nahm ich das Kombinations=
schloß in die Hand und spielte damit; denn ich entsann mich,
daß ich es in der Schule immer nach dem Gefühl öffnen
konnte, wenn es ein anderer eingestellt hatte. Das war eines
meiner Bravourstücke gewesen, und als ich es zum erstenmal
fertigbrachte, erntete ich beträchtlichen Beifall, zumal ich be=
hauptete, ich müsse mich in Trance versenken, damit es mir
gelänge. Und das war nicht einmal eine Lüge, denn ich schal=
tete mein Denken bewußt aus und ließ meine Finger willen=
los spielen. Um die Wirkung zu steigern, schloß ich jedoch
die Augen und schwankte leise hin und her, bis die An=
strengung, mein Bewußtsein zu unterdrücken, mich beinahe
erschöpfte. Und nun ertappte ich mich dabei, daß ich den
gleichen Vorgang instinktiv wiederholte, als hätte ich ein

Publikum vor mir. Nach geraumer Zeit hörte ich das leise Klicken und fühlte, wie das Schloß nachgab und sich seitlich öffnete; und im selben Augenblick, als hätte sich gleichzeitig eine Hemmung in meinem Gedächtnis gelöst, wußte ich blitzartig, was es mit dem Tagebuch auf sich hatte.

Aber selbst jetzt wollte ich es nicht anfassen. Im Gegen= teil, mein Widerwille nahm zu; denn nun wußte ich, weshalb es mir unheimlich war. Ich wandte meinen Blick ab, und mir schien es, als strömte jeder Gegenstand im Zimmer die ent= nervende Kraft dieses Tagebuches aus und teilte mir seine Botschaft von Enttäuschung und Niederlage mit. Und als ge= nügte dies nicht, klagten mich die Stimmen noch an, ich hätte nicht genug Mut, sie zu übertönen. Da saß ich, dem zwiefachen Ansturm preisgegeben, und starrte auf die dicken Umschläge, die um mich her lagen. Ich hatte mir vorge= nommen, die mit rotem Faden verschnürten Papierbündel an Winterabenden durchzusehen, und mit der roten Kragen= schachtel wollte ich eigentlich beginnen. Und in einer bitte= ren Mischung von Selbstbemitleidung und Selbstkritik fühlte ich nun, daß alles anders wäre, wenn es das Tagebuch oder das, was es heraufbeschwor, nicht gäbe. Ich säße nicht in diesem kahlen Zimmer, das keine Blume schmückte und in dem nicht einmal die Vorhänge zugezogen waren, um den kalten Regen, der an die Scheiben schlug, zu verbergen, und ich müßte nicht über die Vergangenheit grübeln und mich mit ihr auseinandersetzen. Ich würde in einem anderen, regenbogenfarbenen Raum sitzen und nicht in die Vergan= genheit, sondern in die Zukunft schauen; und ich säße nicht allein.

So dachte ich und ergriff mit einer Bewegung, die wie die meisten meiner Handlungen nicht meiner Neigung, sondern

meinem Willen folgte, das Tagebuch, nahm es aus der Schach=
tel und öffnete es.

Tagebuch für das Jahr 1900

stand in altmodischen Kupfertiefdrucklettern darauf; und
um dieses so vertrauensvoll angekündigte Jahr, das erste des
neuen Jahrhunderts, das noch von den Flügeln der Hoffnung
getragen war, drängten sich die Zeichen des Tierkreises, von
denen jedes irgendwie versuchte, eine Fülle von Leben und
Macht auszudrücken, jedes herrlich und doch von einer ande=
ren, eigenen Herrlichkeit. Wie gut konnte ich mich an sie
erinnern, an ihre Formen und Gebärden; und obwohl ihr
einstiger Zauber heute nicht mehr wirksam war, entsann ich
mich an das prickelnde Gefühl künftigen Genusses, das sie
mir vermittelten — die niederen Geschöpfe des Tierkreises
genauso wie die stolzen und erhabenen.

Die Fische sprangen mit bezaubernder Unbekümmertheit,
als gäbe es weder Netz noch Angel; dem Krebs blickte der
Schalk aus den Augen, als wäre er sich seines seltsamen
Äußeren wohl bewußt und amüsierte sich gründlich darüber;
und selbst der Skorpion trug seine schrecklichen Stacheln auf
so fröhliche, heraldische Art, als wären seine tödlichen Ab=
sichten eine bloße Legende. Der Widder, der Stier und der
Löwe verkörperten herrscherliche Männlichkeit, sie waren
das, wovon wir alle glaubten, wir hätten das Zeug dazu in
uns; sorglos, nobel, selbstbewußt regierten sie mit könig=
licher Geste über ihre Monate. Und was die Jungfrau anbe=
traf, die einzige unverkennbar weibliche Figur in diesem
Reigen, so kann ich kaum ausdrücken, was sie mir bedeutete.
Sie war zwar dezent verhüllt, aber nur vom dichten Gelock
ihrer langen Haare; und ich zweifle, ob die Lehrkräfte sie

gebilligt hätten, wären ihre Existenz und die langen Stunden gewiß sehr unschuldiger Tändeleien, die ich in Gedanken mit ihr verbrachte, ihnen bekannt gewesen. Für mich war sie das Schlüsselbild in diesem ganzen Reigen, der Höhepunkt, das Krönungsornament, die Göttin — denn damals besaß ich eine in Rangordnungen geradezu schwelgende Phantasie, die ich schon lange verloren habe. Sie zeigte mir die Dinge in aufsteigender Folge, Kreis auf Kreis und Stufe um Stufe, und das unaufhörliche Karussell der Monate störte diese Vorstellung keineswegs. Ich wußte, das Jahr mußte sich zum Winter wandeln und wieder neu beginnen; aber in meiner Vorstellung waren die Zeichen des Tierkreises keiner derartigen Beschränkung unterworfen: sie stürmten in aufsteigender Spirale in die Unendlichkeit.

Das ganze weite und hohe Lebensgefühl, das mich wie ein göttlicher Odem erfüllte und das ich als die treibende Kraft meines Daseins empfand, schrieb ich dem kommenden Jahrhundert zu. Für mich besaß das Jahr 1900 eine fast mystische Anziehungskraft; ich konnte es kaum erwarten: »Neunzehnhundert, Neunzehnhundert«, sang ich voll Entzücken vor mich hin. Und als sich das alte Jahrhundert seinem Ende zuneigte, schien es mir zweifelhaft, ob ich das kommende noch erleben würde. Ich hatte dafür eine Entschuldigung: Ich war krank gewesen, und der Gedanke an den Tod war mir vertraut. Aber viel stärker noch war das Gefühl der Angst, etwas unendlich Kostbares zu versäumen — die Morgenröte eines Goldenen Zeitalters. Denn das, glaubte ich, würde das neue Jahrhundert sein: die Verwirklichung jener Hoffnungen, die ich für mich selbst und für die ganze Welt hegte.

Das Tagebuch war ein Weihnachtsgeschenk meiner Mut=

ter. Ihr hatte ich einige, wenn auch keineswegs alle Hoff=
nungen, die ich für die Zukunft hegte, anvertraut, und sie
wollte diese Erwartungen in würdiger Form festgehalten
wissen.

Ein Mißton war in meinen Tierkreisphantasien, den ich,
wenn ich in ihnen schwelgte, zu überhören versuchte; denn
er trübte meine Empfindungen. Es war die Rolle, die ich
selbst darin spielte.

Mein Geburtstag war Ende Juli, und ich hatte einen be=
sonderen, ja einen hervorragenden Grund, den Löwen als
mein Zeichen zu beanspruchen, obwohl ich dies freiwillig
in der Schule niemals zugegeben hätte. So sehr ich jedoch
ihn und alles, was er versinnbildlichte, bewunderte — ich
konnte mich nicht mit ihm identifizieren; denn ich hatte vor
kurzem die Fähigkeit verloren, mich in ein Tier zu versetzen,
— diese Gabe, die ich einmal, wie andere Kinder auch, be=
sessen hatte. Anderthalb Trimester Schule hatten zu diesem
Defekt in meiner Vorstellungskraft beigetragen. Aber dieser
Verlust war auch von einer natürlichen Wandlung begleitet.
Ich war zwischen zwölf und dreizehn und wollte gern als
Mann gelten.

Nun gab es für mich nur noch zwei Kandidaten, den
Schützen und den Wassermann. Der Künstler des Tierkreis=
bildes, dem wohl nur begrenzte Ausdrucksmöglichkeiten zu
Gebot standen, hatte beide sehr ähnlich gezeichnet, was mir
die Wahl recht erschwerte. Im Grunde war es der gleiche
Mann, der nur verschiedenen Aufgaben nachging. Er war
kräftig und muskulös, und das gefiel mir; denn ich besaß
unter anderem den Ehrgeiz, eine Art Herkules zu werden.
Der Schütze, als der Romantischere, sagte mir mehr zu, weil
mir sein Waffenhandwerk gefiel. Aber mein Vater war ein

Kriegsgegner gewesen, und ich vermutete, der Beruf des Schützen sei der des Kriegers. Und obwohl ich wußte, daß der Wassermann ein nützliches Mitglied der menschlichen Gesellschaft war, konnte ich bei seinem Anblick nur an einen Landarbeiter, oder bestenfalls einen Gärtner denken, und keiner dieser Berufe gefiel mir. Die beiden Männer zogen mich an und stießen mich gleichzeitig ab: vielleicht war ich eifersüchtig auf sie. Wenn ich das Titelblatt des Tagebuches betrachtete, versuchte ich die Kombination Schütze—Wasser= mann zu übersehen; und wenn sich das ganze Gebilde be= flügelte und dem Zenit näherte und das zwanzigste Jahrhun= dert in einem himmlischen Reigen mit sich riß, konnte ich manchmal jene beiden aus meiner Vorstellung verbannen. Dann hatte ich die Jungfrau für mich, ein Tierkreiszeichen ohne Portefeuille.

Das Tagebuch bewirkte, daß ich Klassenerster wurde, weil ich die Tierkreiszeichen kannte. In anderer Hinsicht aber brachte es mir gar kein Glück. Ich wollte mich des Tage= buches, seines purpurnen Leders, seines Goldschnittes und seiner Pracht würdig erweisen; ich fühlte mich verpflichtet, in meinen Eintragungen das gleiche Niveau zu erreichen. Sie müßten etwas Wesentliches verzeichnen und einen hohen literarischen Rang aufweisen. Meine Vorstellung von dem, was wesentlich sei, war schon recht ausgeprägt, und es schien mir, daß mein Schulleben keine Ereignisse von der Bedeu= tung enthielt, die in einen so prunkvollen Rahmen wie den meines Tagebuches oder in das große Jahr 1900 paßten.

Was hatte ich geschrieben? Ich erinnerte mich der Kata= strophe noch sehr gut, aber nicht mehr der einzelnen Vor= gänge, die dazu führten. Ich blätterte in den Seiten. Die Ein= tragungen waren spärlich. »Tee mit C.s altem Herrn und alter Dame — sehr lustig.« Dann, geschraubter: »Äußerst anständiger Tee mit L.s Leuten. Heiße Brötchen, Hefegebäck, Kuchen und Erdbeermarmelade.« »Fuhren in drei Kremsern nach Canterbury. Besuchten Kathedrale, sehr interessant. Thomas A'Beckets Blut. Très pfundig.« »Spaziergang nach Schloß Kingsgate. M. zeigte mir sein neues Taschenmesser.« Dies war die erste Bemerkung über Maudsley; ich blätterte schneller. Ah, da kam sie — die Lambton House Geschichte. Lambton House war eine benachbarte Elementarschule, mit der wir beständig wetteiferten. Sie war für uns das gleiche, was Eton für Harrow bedeutete. »Spielten zu Hause gegen Lambton House. Unentschieden 1:1.« »Spielten auswärts gegen Lambton House. Unentschieden 3:3.« Dann »letztes und endgültiges, allerletztes Revanchespiel. Lambton House *überwältigt* 2:1!!!! McClintock schoß beide Tore!!!!«

Danach hatte es längere Zeit keine Eintragungen mehr gegeben. Überwältigt! Das war das Wort, für das ich hatte leiden müssen. Meine Haltung dem Tagebuch gegenüber war zwiespältig und widersprechend gewesen: ich war ungeheuer stolz darauf und wollte, daß jedermann es sehe und meine Eintragungen lese, und gleichzeitig hatte ich einen Hang zur Heimlichtuerei und wollte, daß es niemand sehe.

Deshalb versuchte ich, beiden Einstellungen das beste abzugewinnen. Ich machte Andeutungen über den Besitz eines geheimen Schatzes, sagte aber nicht, worum es sich handelte. Und eine Weile hatte ich mit diesem Verhalten Erfolg. Die Neugierde wurde geweckt, und man stellte mir Fragen: »Nun, was ist es? Sag's uns.« Ich genoß meine Ant= wort: »Das wollt Ihr wohl wissen?« Ich genoß es, mit einer »Ich=könnte=wenn=ich=wollte=Miene« umherzustolzieren und ein geheimnisvolles Lächeln zur Schau zu tragen. Ich forderte sogar Fragen heraus wie »Tier, Pflanze oder Mineral?«, die ich, wenn es brenzlich wurde, abbog.

Vielleicht verriet ich zuviel. Jedenfalls passierte das einzige, wogegen ich mich nicht vorgesehen hatte. Es traf mich völlig unvorbereitet. Es geschah in der Vormittagspause. Wahrscheinlich hatte ich an diesem Tag mein Pult nicht geöffnet. Plötzlich sah ich mich von einer Horde grinsender Knirpse umringt, die im Chor grölten: »Wer sagte ›überwältigt‹? Wer sagte ›überwältigt‹?« Einen Augenblick später fielen sie alle über mich her. Ich wurde zu Boden geworfen und das Opfer verschiedener Arten körperlicher Mißhandlung. Der Peiniger, der mir am nächsten war — er war fast so atemlos wie ich, so viele drückten von hinten her auf ihn ein — schrie: »Bist du überwältigt, Colston, bist du überwältigt?«

In diesem Augenblick jedenfalls war ich es, und auch die ganze nächste Woche über, die mir wie eine Ewigkeit vorkam. Ich mußte mindestens einmal am Tag die gleiche Abreibung über mich ergehen lassen — nicht immer zur gleichen Stunde, denn die Anführer wählten die Gelegenheit mit Sorgfalt. An manchem Abend glaubte ich schon, ich bliebe verschont; aber da sah ich bereits die boshaften Verschwörer nahen. »Überwältigt«, tönte es mir entgegen, und die Meute fiel über mich her. Ich ließ mich so rasch wie möglich »überwältigen«; doch gewöhnlich war ich von Kopf bis Fuß voller Schrammen, ehe sie von mir abließen.

Zu meinem Erstaunen hatte man mir das Tagebuch zurückgegeben. Abgesehen davon, daß sie das Wort »überwältigt« auf alle Seiten geschmiert hatten, war es unversehrt. Ich schrieb seine Rückerstattung ihrer Großzügigkeit zu; heute glaube ich, daß es sich wohl um eine vorsichtige Überlegung handelte — um die Angst, daß ich den Diebstahl mel=

den würde. Einen Diebstahl zu melden, widersprach unserem Ehrenkodex nicht. Das war keine Petzerei, wie es der Bericht über meine Mißhandlung gewesen wäre. Ich hielt ihnen die Rückgabe des Tagebuches zugute, wünschte aber sehnlichst das Ende dieser Verfolgung herbei. Ich wollte auch wieder mit ihnen ins Reine kommen. Nur ins Reine kommen, nicht mehr: ich war nicht nachtragend. Glücklicherweise hatten sie die höhnischen Worte mit Bleistift geschrieben. Ich zog mich mit dem besudelten Tagebuch auf die Toilette zurück und begann zu radieren, und in der Ruhe dieser mechanischen Tätigkeit kam mir eine Idee.

Ich ritzte meinen Finger, tauchte meine Feder in das Blut, und trug die beiden Flüche in das Tagebuch ein.

Da sah ich sie nun plötzlich wieder vor mir, braun und verblichen, unverständlich, aber immer noch leserlich, mit Ausnahme der beiden in Druckbuchstaben geschriebenen Namen JENKINS UND STRODE, die sich in unheilvoller Deut= lichkeit abhoben. Verständlich waren diese Flüche nie ge= wesen; denn sie ergaben keinen Sinn: ich hatte sie aus Buch= staben und algebraischen Formeln sowie einigen Sanskrit= zeichen zusammengebraut, an denen ich einmal zu Hause in einer Übersetzung von »Peau de Chagrin« herumstudiert hatte. Auf *Fluch Eins* folgte *Fluch Zwei*. Jeder füllte eine ganze rechte Seite des Tagebuches. Auf die nächste linke Seite, die üblicherweise hätte unbeschrieben bleiben sollen, hatte ich geschrieben:

Fluch Drei
Nach Fluch Drei stirbt das Opfer
MIT MEINER HAND UND MIT MEINEM BLUT GESCHRIEBEN.
Durch Verfügung
Der Rächer

So verblichen die Schriftzüge auch waren, es ging immer noch etwas Böses von ihnen aus. Immer noch konnten sie einen abergläubischen Nerv in Schwingung versetzen, und ich hätte mich ihrer schämen sollen. Aber ich tat es nicht. Im Gegenteil, ich beneidete das Ich jener Tage, das sich sträubte, die Dinge auf sich beruhen zu lassen, dem das Gefühl für den Ausgleich fremd und das gewillt war, mit allen Kräften seine Stellung in der menschlichen Gesellschaft zu behaupten.

Ich hätte schwerlich sagen können, was ich mir von meinem Plan erwartete. Aber ich legte das Tagebuch in meinen Spind, den ich absichtlich unverschlossen, ja sogar offen ließ, so daß man den Deckel des Tagebuches sehen konnte, und wartete ab, was nun erfolgen würde.

Ich brauchte nicht lange zu warten. Die Folgen zeigten sich sehr schnell und waren äußerst unangenehm. Schon nach wenigen Stunden fielen sie wieder über mich her, und die Abreibung, die ich diesmal bekam, war die schlimmste von allen. »Bist du überwältigt, Colston, bist du überwältigt?« schrie Strode, der inmitten des Tohuwabohus rittlings auf mir saß. »Wer ist jetzt der Rächer?« Und er preßte mir seine Finger unter die Augäpfel, ein Ringergriff, durch den man sie, wie wir glaubten, herausdrücken konnte.

Als ich in dieser Nacht im Bett lag, vergossen meine brennenden Augen zum erstenmal Tränen. Es war mein zweites Trimester in der Schule; nie zuvor hatte ich mich unbeliebt gemacht, noch viel weniger hatte man mich je systematisch verfolgt. Ich wußte nicht mehr, wie ich mich verhalten sollte. Ich fühlte, daß ich mein Pulver verschossen hatte. Alle meine Verfolger waren älter als ich, und ich konnte unmöglich eine Bande zusammenbekommen, mit der ich gegen sie hätte kämpfen können. Und wenn mir dies nicht gelang, konnte ich auch nicht um gut Wetter bitten. Es war absolut korrekt, Verbündete zu werben, wenn es darum ging, etwas auszu= hecken; aber sich jemandem anvertrauen um des Anver= trauens willen — das kam überhaupt nicht in Frage. Jeder der anderen vier Jungen in meinem Schlafsaal (Maudsley war einer von ihnen) kannte natürlich meine Kümmernisse; aber keinem von ihnen wäre es auch nur eingefallen, sie zu erwähnen, nicht einmal wenn sie meine Schrammen und Kratzer sahen, ja, dann vielleicht am wenigsten.

Aber in einer Beziehung nahmen meine Zimmergenossen mir gegenüber Rücksicht, und daran erinnere ich mich noch heute mit Dankbarkeit. Wir unterhielten uns gewöhnlich, nachdem das Licht gelöscht war, noch ein paar Minuten lang, aus dem einfachen Grunde, weil dies gegen die Schulregel verstieß; und wenn einer der Fünf versäumte, sich an diesem Gespräch zu beteiligen, wurde ihm mit Nachdruck bedeutet, er sei ein Feigling und schände den guten Ruf des Schlaf= saales. Ich glaube nicht, daß man mein Schluchzen hören konnte; aber ich war meiner Stimme nicht sicher genug, um zu sprechen, und keiner machte mir mein Schweigen zum Vorwurf.

Am nächsten Tag ging ich in der Pause allein umher und hielt mich nahe an der Hofmauer, da man mich dort jeden= falls nicht umzingeln konnte. Ich hatte ein wachsames Auge auf die Bande (wo eben noch keiner war, konnten plötzlich sechs sein), als ein Junge, den ich kaum kannte, mit einem seltsamen Gesichtsausdruck auf mich zukam und sagte:

»Weißt du schon das Neueste?«

»Was denn?« Ich hatte in letzter Zeit kaum mit jemandem gesprochen.

»Von Jenkins und Strode.« Er sah mich scharf an.

»Was ist los?«

»Gestern nacht waren sie auf dem Dach, und Jenkins ist ausgerutscht und Strode hat versucht ihn festzuhalten. Aber es war zu spät und er wurde mitgerissen. Sie liegen beide mit Gehirnerschütterung im Revier, und man hat ihre Leute benachrichtigt. Jenkins' alte Dame und sein alter Herr sind gerade angekommen, in einer Kutsche mit heruntergezoge= nen Rouleaus. Jenkins' alte Dame ist schon in Schwarz. Ich dachte, das würde dich interessieren.«

Ich sagte nichts, und der Junge ging pfeifend davon und warf mir noch einen Blick über die Schulter zu. Ich fühlte meine Knie weich werden und wußte nicht, wie mir geschah. Es kam so unerwartet, daß ich nun plötzlich vor der Bande keine Angst mehr zu haben brauchte. Aber ich hatte Angst — Angst vor dem, was sie mir antun würden, falls ich ein Mörder war. Die Glocke läutete. Als ich auf die Seitentüre zuging, kamen zwei von den Jungen aus meinem Schlafsaal heran, schüttelten mir die Hand und sagten mit anerkennen= der Miene: »Glückwunsch«. Da wußte ich, daß alles in Ord= nung war.

Von nun an war ich eine Art Held; denn es stellte sich heraus, daß niemand Jenkins und Strode besonders leiden mochte, wenn auch keiner einen Finger gekrümmt hatte, um sie daran zu hindern, mich zu piesacken. Selbst ihre vier Busenfreunde, die ihnen immer geholfen hatten mich zu ver= prügeln, behaupteten jetzt, sie hätten es nur getan, weil Jen= kins und Strode sie dazu gezwungen hätten. Jenkins und Strode hatten, in der Absicht, mich lächerlich zu machen, jedermann von den Flüchen erzählt. Und was nun die ganze

Schule wissen wollte, war dies: hatte ich die Absicht, den dritten Fluch auszusprechen? Selbst die Knaben der Ober= klasse sprachen mich darauf an. Man war allgemein der An= sicht, es sei sportlicher, dies nicht zu tun, daß ich aber im an= deren Falle durchaus im Recht sei: »Diese Kerle verdienen eine Lektion«, sagte mir der Schülerpräses. Ich sprach jedoch den Fluch nicht aus. Insgeheim zitterte ich vor dem, was ich ge= tan hatte, und hätte ich nicht die anderen Schüler auf meiner Seite gehabt, so wäre ich vielleicht über diese Angelegenheit in krankhafte Grübeleien verfallen. So erfand ich eine An= zahl von Zaubersprüchen, welche die Opfer wieder gesund= werden lassen sollten. Aber diesmal trug ich sie nicht in mein Tagebuch ein, da sie teils dem Gefühl höchsten Triumphes, das zu empfinden ich allen Anlaß hatte, abträglich gewesen wären, teils meine öffentliche Stellung als Zauberer darunter gelitten hätte. Ein weiterer Fluch hätte auch meiner Popu= larität Abbruch getan; denn einige Tage lang schwebte das Leben der beiden Knaben in Gefahr, und wir alle liefen in gedrückter Stimmung und mit langen Gesichtern umher, ob= wohl wir insgeheim das Schlimmste erhofften. Gruselige Ge= rüchte — Gesichter unter Laken, schluchzende Eltern — kur= sierten, und die Spannung, welche die Krise mit sich brachte, drängte nach Entladung in einer Katastrophe. Um diese aber wurden wir, wenn auch nur sehr allmählich, betrogen; wäh= rend der sich hinausziehenden Entspannung konnte ich viele, schon fast bedauernde Worte der Anerkennung dafür ent= gegennehmen, daß ich darauf verzichtet hatte, die dritte Ver= wünschung auszusprechen, von der die meisten Jungen — und in gewissen Stimmungen sogar ich selbst — glaubten, sie wäre tödlich gewesen.

»Bist du überwältigt, Colston, bist du überwältigt?« Nein, ich war es nicht. Ich hatte mit fliegenden Fahnen gesiegt. Ich war der Held des Tages, und obgleich mein Glanz allmählich verblaßte, verlor ich ihn doch nie ganz. Ich wurde zur aner= kannten Autorität auf zwei Gebieten, die den meisten Kna= ben jener Zeit am Herzen lagen — der Schwarzen Magie und der Herstellung von Geheimschriften, und auf beiden Ge= bieten wurde ich häufig konsultiert. Ich verdiente sogar ein wenig damit, indem ich für jeden Ratschlag drei Pence ver= langte, Ratschläge, die ich erst gab, nachdem gewisse Be= schwörungszeremonien stattgefunden hatten und Losungs= worte ausgetauscht worden waren. Ich erfand auch eine Sprache, und einige Tage genoß ich das berauschende Ver= gnügen, sie in meiner Umgebung zu hören. Sie bestand, wenn ich mich recht erinnere, darin, die Silbe »ski« abwech= selnd zur Vor= oder Nachsilbe jedes Wortes in einem Satz zu machen, zum Beispiel: »Skihast duski deinski extemposki skimacht?« Man fand das äußerst komisch, und ich ver= schaffte mir damit zusätzlich den Ruf eines Witzboldes und den eines Meisters der Sprache. Man lachte mich nicht mehr aus, wenn ich mehrsilbige Wörter benutzte, im Gegenteil, man erwartete sie von mir; das Tagebuch wurde zu einer Fundgrube der anspruchsvollsten Synonyme. Zu diesem Zeit= punkt begann ich davon zu träumen, daß ich Schriftsteller würde — vielleicht der größte Schriftsteller des größten Jahr= hunderts, des zwanzigsten. Ich hatte nicht die geringste Vor= stellung von dem, was ich schreiben wollte: aber ich kompo= nierte Sätze, von denen ich glaubte, sie würden im Druck wohlgeformt und wohltönend erscheinen; es war mein Ehr= geiz, daß das, was ich schrieb, im Druck erscheinen sollte, und ein Schriftsteller war in meiner Vorstellung jemand, dessen Werk den Anforderungen des Buchdrucks entsprach. »Bist du überwältigt, Colston, bist du überwältigt?« Nein, ich war es nicht. Ich hatte gesiegt, und mein Sieg hatte, wenn die Mittel auch nicht orthodox waren, die Hauptbedingungen unseres Codex erfüllt: ich hatte ihn allein gewonnen oder jedenfalls, ohne dabei menschliche Hilfe in Anspruch zu neh= men, und ich hatte nicht gepetzt.

Nur mit Überwindung nahm ich das Tagebuch wieder zur Hand und blätterte in den engbeschriebenen Seiten, die von so viel Erfolg berichteten. Februar, März, April — im April setzten die Eintragungen aus, denn da waren Ferien. Mai, wieder voller Eintragungen, und die erste Hälfte des Juni. Abermals hörten die Eintragungen auf, und schon war ich im Juli. Unter »Montag, 9. Juli« hatte ich »Brandham Hall« geschrieben. Es folgte eine Reihe Namen, die Namen der an= deren Gäste, und dann: »Dienstag, den 10.: 29 Grad im Schatten.« Von da ab hatte ich täglich die Höchsttemperatur und vieles andere eingetragen, bis es hieß: »Donnerstag, den 26.: 26 Grad im Schatten.« Das war die letzte Eintragung im Juli, und die letzte Eintragung im Tagebuch. Ich mußte nicht erst weiterblättern, um die leeren Seiten zu sehen.

Es war fünf Minuten nach elf, fünf Minuten über meine gewöhnliche Schlafenszeit. Ich hatte ein schlechtes Gewissen, weil ich noch auf war. Aber die Vergangenheit saß wie ein Stachel in mir, und ich wußte, daß alle Geschehnisse dieser neunzehn Julitage sich in mir regten wie eine Bronchitis, die sich löst und zum Ausbruch drängt. All die Jahre über hatte ich diese Erinnerungen in mir begraben, aber gerade weil sie so sorgsam einbalsamiert waren, das wußte ich, waren sie so vollkommen, so unvergeßlich. Nie, nie hatten sie das

Tageslicht erblickt; die leiseste Regung war im Keim erstickt worden.

Hier lag mein Geheimnis — der Schlüssel zu meinem Wesen. Gewiß, ich nehme mich selbst viel zu ernst. Wen interessiert es schon, wie ich damals war oder jetzt bin? Aber jeder Mensch nimmt sich irgendwann einmal wichtig. Ich hatte es mir zur Aufgabe gemacht, meinem einstigen Selbstgefühl seine Wichtigkeit zu nehmen, und hatte dies ein halbes Jahrhundert lang so gehalten. Dank meiner Unterdrückungspolitik hatte ich mich im Leben eingerichtet, hatte mit ihm über meine Arbeit — Arbeit war das Wort — ein Abkommen getroffen, wobei ich die eine Bedingung stellte, es dürfe keine Exhumierung stattfinden. Entsprach es der Wahrheit, wenn ich mir manchmal sagte, daß ich meine besten Kräfte auf die Kunst des Leichenbestattens verwandt hatte? Wenn dem so war, was spielte das für eine Rolle? Hätte ich mich mit dem Wissen, das mir jetzt zu Gebot stand, befreien können? Ich bezweifle es. Wissen mag Macht sein, aber es schenkt weder Elastizität noch Findigkeit, noch das Talent, sich dem Leben anzupassen oder gar ein unwillkürliches Mitgefühl mit der menschlichen Natur; und diese Eigenschaften besaß ich im Jahre 1900 in weit größerem Maße, als ich sie im Jahre 1952 besitze.

Wenn mein zwölfjähriges Ich, zu dem ich nun eine tiefe Zuneigung empfand, mich jetzt anklagen würde: »Warum bist du so ein langweiliger Stubenhocker geworden, nachdem ich dir einen so schönen Start gegeben hatte? Warum hast du dein Leben in verstaubten Bibliotheken verbracht, anderer Leute Bücher katalogisierend, statt dein eigenes zu schreiben? Was ist aus dem Widder, dem Stier und dem Löwen geworden, den Vorbildern, die ich dir gab, damit du ihnen nach=

eiferst? Und wo, vor allem, ist die Jungfrau mit dem leuch=
tenden Gesicht und den langen, gelockten Haarflechten, die
ich dir anvertraute?« Was sollte ich dann sagen?

Ich hätte eine Antwort: »Nun, du selbst warst es, der mich
im Stich gelassen hat, und ich werde dir sagen, wieso. Du
bist der Sonne zu nahe gekommen, und ihre Strahlen haben
dich versengt. Dieses ausgebrannte Geschöpf hier ist dein
Werk.«

Darauf könnte mein früheres Ich erwidern: »Aber du
hattest ein halbes Jahrhundert Zeit, um darüber hinwegzu=
kommen! Ein halbes Jahrhundert, das halbe zwanzigste Jahr=
hundert, diese glorreiche Epoche, dieses Goldene Zeitalter,
das ich dir vermacht hatte!«

»Hat das zwanzigste Jahrhundert«, würde ich fragen, »so
viel mehr erreicht als ich? Wenn du dieses Zimmer verläßt,
das, wie ich zugeben muß, freud= und farblos ist, und den
letzten Bus nach dem Hause deiner Vergangenheit nimmst,
falls du ihn nicht schon verpaßt hast — dann frage dich
selbst, ob du alles so leuchtend fandest, wie du es dir vor=
gestellt hast. Frage dich selbst, ob es deine Hoffnungen er=
füllt hat. Du wurdest überwältigt, Colston, du wurdest über=
wältigt, du und dein Jahrhundert, dein kostbares Jahrhun=
dert, von dem du dir so viel erwartet hast.«

»Aber du hättest einen Versuch machen können. Du hät=
test nicht fortzulaufen brauchen. Ich bin vor Jenkins und
Strode nicht davongelaufen, ich habe sie besiegt. Natürlich
nicht im Handumdrehen. Ich suchte ein Refugium auf, und
ich habe viel über sie nachgedacht. Sie erschienen mir sehr
wirklich, das kann ich dir sagen. Ich weiß heute noch, wie
sie ausgesehen haben. Dann habe ich gehandelt. Sie waren
meine Feinde. Ich habe Flüche auf sie herabgewünscht, und

sie stürzten vom Dach und bekamen eine Gehirnerschütte=
rung. Dann belästigten sie mich nicht mehr. Ich kann mich
nicht erinnern, daß es mir irgend etwas ausgemacht hat, an
sie zurückzudenken. Hast du gehandelt? Hast du Flüche
herabgewünscht?«

»Das«, würde ich sagen, »wäre deine Aufgabe gewesen,
und du hast es nicht getan.«

»Ich habe es getan — ich habe einen Zauber ausgespro=
chen.«

»Was nützte ein Zauber, wenn es Flüche brauchte? Du
wolltest ihnen nicht wehtun, weder Mrs. Maudsley noch
ihrer Tochter, noch Ted Burgess oder Trimingham. Du woll=
test nicht zugeben, daß sie dich verletzt hatten, wolltest
nicht wahrhaben, daß sie Feinde seien. Du bestandest dar=
auf, Engel in ihnen zu sehen, selbst wenn sie gefallene Engel
waren. Sie gehörten in deinen Tierkreis. ›Wenn du nicht im
Guten an sie denken kannst, dann denke überhaupt nicht an
sie. Um deiner selbst willen, denke nicht an sie.‹ Das waren
deine Abschiedsworte an mich, und ich habe sie befolgt. Viel=
leicht sind sie mir schlecht bekommen. Ich dachte nicht an
sie; denn ich konnte nicht im Guten an sie denken und in
Verbindung mit ihnen auch nicht an mich selbst. Ich kann
dir versichern, daß sehr wenig Güte in dieser ganzen An=
gelegenheit war, und wenn du das begriffen und Flüche auf
sie herabgewünscht hättest, statt mich mit deinen letzten
Atemzügen zu beschwören, in Güte an sie zu denken ...«

»Versuche es jetzt, versuche es jetzt, es ist noch nicht zu
spät.«

Die Stimme erstarb, aber sie hatte ihre Wirkung getan.
Ich dachte tatsächlich an sie. Die Leichentücher, die Särge, die

Grüfte, alles, was sie gefesselt hatte, tat sich auf, und ich sollte mich ihnen stellen, stand ihnen schon gegenüber: der Szenerie, den Menschen und dem Erlebnis. Erregung sprudelte wie Hysterie aus hundert aufgesprungenen Quellen in mir hoch. Wenn es auch noch nicht zu spät ist, dachte ich verwirrt, so ist es doch an der Zeit: ich habe nicht mehr viele Jahre zu verlieren. Es war ein letztes Aufflackern des Selbst= erhaltungstriebs, der mich in Brandham Hall in so merk= würdiger Weise im Stich gelassen hatte.

Die Uhr schlug zwölf. Um mich herum lagen die Papier= stapel, schmutzig=weiß, mit eingerissenen Seiten, wie die Klippen von Thanet. Unter diesen Klippen, dachte ich, bin ich begraben gewesen. Aber sie sollten Zeugen meiner Auf= erstehung sein, jener Auferstehung, die in der roten Kragen= schachtel begonnen hatte, deren Inhalt noch verstreut um= herlag. Ich nahm das Schloß in die Hand und betrachtete es abermals. Wie hieß die Buchstabenkombination, die es ge= öffnet hatte? Ich würde es erraten können, ohne mich um= ständlich in Trance zu versetzen: meine Ichbezogenheit konnte mir das Stichwort geben. Ich sprach es nachdenklich laut vor mich hin; jahrelang waren es nur Buchstaben ge= wesen. Es war mein eigener Name: LEO.

Erstes Kapitel

Der 8. Juli war ein Sonntag, und am darauffolgenden Montag verließ ich West Hatch, das Dorf in der Nähe von Salisbury, in dem wir lebten, um nach Brandham Hall zu fahren. Meine Mutter hatte mit meiner Tante Charlotte, die in London wohnte, vereinbart, daß diese mich dort in Empfang nehmen und zum Umsteigebahnhof bringen sollte. Meine wilde Vorfreude auf diesen Besuch war von starker, schwindelerregender Unruhe begleitet.

Diese Einladung hatte eine Vorgeschichte: Maudsley war nie mein besonderer Freund gewesen, was schon aus der Tatsache hervorgeht, daß ich seinen Vornamen vergessen habe. Vielleicht fällt er mir später noch ein; es mag sein, daß er zu den Dingen gehört, gegen die sich mein Gedächtnis wehrt. Aber in jenen Tagen nannten sich Schuljungen selten beim Rufnamen. Man empfand ihn einfach als lästiges Anhängsel, wenn auch nicht so sehr, wie den zweiten Vornamen, den preiszugeben einfach idiotisch gewesen wäre. Maudsley war ein blasser Knabe mit rundem Gesicht, dunklen Haaren und einer vorstehenden Oberlippe, unter der seine Zähne hervorschauten; er war ein Jahr jünger als ich und zeichnete sich weder in der Schule noch im Sport aus; aber er rutschte gerade noch durch, wie wir das nannten. Ich kannte ihn ziemlich gut, denn er gehörte in meinen Schlafsaal, und kurz vor der Tagebuch=Affäre entdeckten wir so etwas wie Sympathie

füreinander. Wir fanden uns auf den Spaziergängen zu=
sammen, zeigten uns gegenseitig unsere Schätze und teilten
uns Dinge mit, die persönlicher und deshalb auch heikler
waren als diejenigen, die Schulknaben gewöhnlich austau=
schen. Zu diesen Vertraulichkeiten gehörten auch unsere
Heimatadressen: er sagte mir, sein Zuhause heiße Brandham
Hall, und ich sagte ihm, das meine heiße Court Place. Von
uns beiden zeigte er sich tiefer beeindruckt; denn er war, wie
ich später entdeckte, ein Snob. Das galt für mich vorläufig
nur in Hinsicht auf die Welt der Himmelskörper. Dort aller=
dings war ich ein Super=Snob.

Der Name »Court Place« nahm ihn für mich ein, und ich
habe den Verdacht, auch seine Mutter. Aber die beiden irr=
ten sich; denn Court Place war ein ganz gewöhnliches Haus,
das etwas von der Dorfstraße hinter girlandenartig ange=
brachten Ketten zurücklag, auf die ich ziemlich stolz war.
Nun, es war nicht ganz so gewöhnlich; denn ein Teil dieses
Hauses galt als sehr alt. Man sagte, es sei die frühere Resi=
denz der Bischöfe von Salisbury gewesen: daher der Name.
Hinter dem Haus befand sich ein Morgen Gartenland, das
ein Wasserlauf teilte und das ein Mietgärtner dreimal die
Woche betreute. Es war kein »Court« in dem großartigen
Sinne, in dem, wie ich befürchtete, Maudsley es sich vor=
stellte.

Trotzdem fand meine Mutter es schwierig, diesen Besitz
zu halten. Mein Vater war, glaube ich, ein schrulliger Mensch.
Er hatte einen exakten, klaren Verstand, den aber alles, wo=
für er sich nicht interessierte, kalt ließ. Ohne ein Misanthrop
zu sein, war er ungesellig und konnte sich nicht anpassen.
Er hatte seine eigenen, unorthodoxen Ansichten über Er=
ziehung, und eine davon war, daß man mich nicht zur Schule

schicken sollte. Mit Hilfe eines Instruktors, der aus Salisbury kam, unterrichtete er mich, soweit er konnte, selber, und wenn es nach seinem Willen gegangen wäre, hätte ich nie eine Schule besucht; aber meine Mutter wünschte es, und ich schloß mich diesem Wunsch an. Und als mein Vater starb, schickte sie mich sofort in eine Schule. Ich bewunderte meinen Vater und respektierte seine Meinung, aber ich war doch mehr meiner Mutter nachgeschlagen.

Alle seine Fähigkeiten widmete er seinen Steckenpferden, der Büchersammlung und dem Garten; als Lebensstellung hatte er sich einen gewöhnlichen Beruf gewählt; und er war es zufrieden, in Salisbury Bankdirektor zu sein. Meine Mutter beanstandete seinen Mangel an Initiative und war auf seine Steckenpferde eifersüchtig; denn wie das nun mal mit Steckenpferden so ist, sie waren schuld daran, daß er sich von der Außenwelt abschloß und, wie sie meinte, es zu nichts brachte. In dieser Hinsicht irrte sie, wie sich später herausstellte; denn er sammelte mit Geschmack und Voraussicht Bücher, die bei ihrem späteren Verkauf erstaunliche Preise erzielten; ja ich verdanke ihnen, daß ich von den unmittelbaren Sorgen des täglichen Lebens nicht berührt werde. Doch dieser Verkauf fand viel später statt; zu jener Zeit dachte meine Mutter gottlob niemals daran, ein Buch zu verkaufen: sie achtete die Dinge, die er geliebt hatte, teilweise wohl aus dem Gefühl heraus, daß sie ungerecht gegen ihn gewesen war; und wir lebten von ihrem Geld, von der Pension, die die Bank zahlte, und von seinen wenigen Ersparnissen.

Obgleich meine Mutter nicht weltgewandt war, zogen gesellschaftliche Dinge sie immer an; sie hatte das Gefühl, sie hätte unter anderen Lebensumständen sehr wohl eine Stellung in der großen Welt ausfüllen können; aber mein Vater,

der tote Dinge den Menschen vorzog, bot ihr dazu wenig
Gelegenheit. Sie liebte Klatsch, sie liebte gesellschaftliche Er=
eignisse, und sie liebte es, sich für diese Ereignisse entspre=
chend anzuziehen; sie hatte ein empfindliches Organ für die
Meinung des Dorfes, und eine Einladung, an irgendeiner
Veranstaltung in Salisbury teilzunehmen, versetzte sie im=
mer in bebende Erregung. Sich unter gutangezogenen Leuten
auf einem gepflegten Rasen zu bewegen, im Schatten des
Münsterturmes zu grüßen und wiedergegrüßt zu werden,
Familienneuigkeiten auszutauschen und ein wenig zu poli=
tischen Unterhaltungen beizutragen — all dies erweckte in
ihr einen Zustand glückhaften Rausches; durch die Gegen=
wart von Bekannten fühlte sie sich bestätigt, sie brauchte
einen gesellschaftlichen Rahmen. Wenn der Landauer vor=
fuhr (das Dorf besaß eine Lohnkutscherei), dann bestieg sie
ihn mit einer Miene stolzer Selbstverständlichkeit, die von
ihrer üblichen zaghaften und unsicheren Art sehr abstach.
Und wenn sie meinen Vater überredet hatte, sie zu begleiten,
dann sah sie beinahe triumphierend aus.

Nach seinem Tod hörten auch die wenigen gesellschaft=
lichen Verpflichtungen auf; aber zu keiner Zeit waren sie
das gewesen, was der Name Court Place in der Vorstellung
eines Menschen mit Sinn für gesellschaftliche Unterschiede
hätte erwecken können.

Natürlich erzählte ich Maudsley nichts von alledem —
nicht, weil ich etwas verbergen wollte, sondern weil unser
Kodex persönliche Mitteilungen verbot. Prahlerei mit dem
Reichtum und der Stellung unserer Eltern waren nicht un=
gewöhnlich, aber Maudsley gehörte nicht zu denen, die so
etwas taten. In gewisser Hinsicht war er von einer frühreifen,
selbstbewußten Mentalität; er mußte sich seine Hörner schon

abgelaufen haben, ehe er in die Schule kam. Ich habe niemals einen tieferen Einblick in sein Wesen gewonnen; vielleicht gab es wenig zu entdecken, außer einer instinktiven Anpassungsfähigkeit, einem *savoir=faire*, das ihm scheinbar mühelos ermöglichte, immer auf der Seite der Überlegenen zu stehen.

Während der Tagebuch=Affäre hatte er sich neutral verhalten, und mehr konnte man von einem Freund nicht erwarten. (Das ist nicht zynisch gemeint; die Schüler der unteren Klassen hätten mir niemals wirklich helfen können.) Als ich aber Sieger blieb, machte er kein Hehl aus seiner Freude über meinen Erfolg, und später erfuhr ich, daß er seiner Familie davon berichtet hatte. Er nahm bei mir Unterricht in Zauberei, und ich erinnere mich, daß ich für ihn kostenlos gewisse Flüche erfand, die er hätte benützen können, wenn er in eine Klemme geraten wäre — obwohl ich nicht glaubte, daß dieser Fall jemals eintreten würde. Er bewunderte mich, und ich hatte das Gefühl, daß es eine Bereicherung war, seine Anerkennung zu besitzen. Einmal vertraute er mir in einem mitteilsamen Moment an, daß er nach Eton gehen werde, und er war jetzt bereits wie ein Etonschüler: gewandt, formvollendet und selbstsicher.

Die letzten Wochen des Ostersemesters waren die bisher glücklichsten meiner Schulzeit, und ihr Glanz überstrahlte die nächsten Ferien. Zum erstenmal hatte ich das Gefühl, daß ich jemand war. Als ich aber versuchte, meiner Mutter meine gehobene Stellung zu erklären, verstand sie mich nicht. Erfolg in der Schule würde sie verstanden haben (und glücklicherweise konnte ich auch davon berichten), auch sportlichen Erfolg (dessen konnte ich mich nicht rühmen, doch setzte ich meine Hoffnungen auf die Cricket=Saison). Aber als ein Zauberer bewundert zu werden? Sie schenkte mir ein sanftes, nachsichtiges Lächeln und war nahe daran, den Kopf zu schütteln. Auf ihre Weise war sie eine religiöse Frau: sie hatte mich dazu erzogen, Gutes zu tun und zu beten, was ich auch immer tat. Denn unser Kodex gestattete Gebete, so= lange diese ohne Pathos gesprochen wurden: Zwiesprache mit dem lieben Gott wurde nicht als Petzerei angesehen. Vielleicht hätte sie verstanden, was es mir bedeutete, ein Auserwählter unter meinen Kameraden zu sein, hätte ich ihr die ganze Geschichte erzählen können: aber ich mußte sie derart zurechtstutzen und verdrehen, daß von dem Original nur noch sehr wenig übrigblieb; am allerwenigsten die be= rauschende Erhebung aus einem Abgrund von Verfolgung auf ein Piedestal der Macht. Einige der Knaben waren nicht sehr nett zu mir gewesen, jetzt waren sie alle wieder unge= mein nett. Eine Eintragung in mein Tagebuch, die in ge= wisser Weise einem Stoßgebet glich, hatte die Knaben, die so wenig nett zu mir gewesen waren, zu Schaden kommen lassen, und darüber freute ich mich natürlich. »Aber war das richtig, daß du dich darüber gefreut hast?« fragte sie besorgt. »Ich finde, du hättest traurig sein müssen, selbst wenn sie unfreundlich gewesen sind. Haben sie sich sehr verletzt?« »Ziemlich arg«, sagte ich, »aber weißt du, sie waren meine Feinde.« Doch sie weigerte sich, meine Triumphgefühle zu teilen und sagte beunruhigt: »Aber man sollte in deinem Alter keine Feinde haben.«

Als ich in die Schule zurückkehrte, kam ich als gewöhn= licher Schüler und nicht als Zauberer. Aber meine Freunde und Kunden hatten den Zauberer nicht vergessen; zu mei= nem Erstaunen waren sie immer noch begierig, von meinen Fertigkeiten in den Schwarzen Künsten zu profitieren. Ich war immer noch in Mode, und auch die letzten Skrupel, die ich noch besaß, vergingen bald. Man drängte mich, weitere Beschwörungen auszusprechen. Eine davon sollte uns einen freien Tag verschaffen. In diese Beschwörung legte ich alle psychische Kraft, über die ich verfügte — und ich wurde belohnt. Gleich Anfang Juni brachen die Masern aus. Bis zur Mitte des Semesters war die halbe Schule daran erkrankt, und kurz darauf kam die sensationelle Ankündigung, daß geschlossen würde.

Man kann sich die Begeisterung derer vorstellen, die verschont blieben. Maudsley und ich gehörten dazu. Der seelische Rauschzustand des Nachhausedürfens, der normalerweise in dreizehn Schulwochen heranreifte, brach plötzlich nach nur sieben Wochen aus. Und dazu kam noch das erregende Gefühl, vom Schicksal als Günstling auserkoren zu sein; denn in der ganzen Geschichte der Schule war nur ein einziges Mal solch ein Akt der Gnade geschehen.

Der Anblick meines schwarzglänzenden Koffers mit dem eindrucksvoll gewölbten Deckel und von meines Vaters brauner hölzerner Seemannskiste, auf der ein dunklerer Farbfleck noch die Stelle zeigte, an der meine Initialen über die seinen gemalt worden waren — dieser optische Beweis dafür, daß wir wirklich nach Hause fuhren, wirkte noch viel überwältigender auf mein Gemüt als die kurze Ankündigung des Direktors nach dem Abendgebet des vorherigen Tages. Und nicht nur der Anblick, sondern auch der Geruch: der Geruch nach Zuhause, der dem Koffer und der Kiste entstieg und der den Schulgeruch vergessen ließ. Einen ganzen Tag lang standen diese Behältnisse unserer Hoffnung leer, und solange sie nicht gepackt waren, lebten wir noch in der Furcht, J.C., wie wir den Direktor nannten, könnte seinen Entschluß ändern.

Die Hausdame und ihre Helferinnen waren in anderen Schlaf=
sälen beschäftigt. Aber dann kamen auch wir an die Reihe,
und endlich sah ich, als ich mich neugierig nach oben schlich,
den Kofferdeckel offen stehen und aus seinem Einsatz das
Seidenpapier quellen, in das meine leichteren und zerbrech=
licheren Sachen eingewickelt werden sollten. Das war ein
erhabener Anblick: nichts was nachher kam, konnte ihn an
schierem Glück überbieten, obwohl die Aufregung stündlich
zunahm.

Zwei statt drei Kremser fuhren am Schuleingang vor. Der
Gleichmut auf den Gesichtern der Kutscher stand in starkem,
wenn auch recht erfreulichem Gegensatz zu der Freude auf
den unseren. Sie kannten jedoch die Spielregeln; wenn der
letzte kleine Knabe (selbst mir kam er ungewöhnlich klein
vor) auf seinen Sitz geklettert war, fuhren sie noch nicht
gleich los. Erst mußte ein letzter Ritus vollzogen werden —
der einzige Gefühlsausbruch, den wir uns erlaubten; denn
Gefühle waren in unserer Schule nicht am Platz. Der Schüler=
präses erhob sich, blickte um sich und schrie: »Ein dreifaches
Hoch für Mr. Cross, Mrs. Cross und das Baby!« Weshalb das
Baby in diesen Hochruf eingeschlossen wurde, habe ich nie
begriffen: vielleicht war das ein spontan=witziger Einfall eines
früheren Schülerpräses gewesen. Erst in späten Jahren (jeden=
falls erschien es uns so) waren Mr. und Mrs. Cross mit einer
dritten Tochter gesegnet worden. Die beiden anderen waren
in unseren Augen erwachsen, und deshalb ließen wir sie
nicht hochleben. Aber auch das Baby war kein Baby mehr;
die kleine Tochter war fast vier Jahre alt. Aber aus irgend=
einem Grund machte es uns Spaß, sie hochleben zu lassen,
genauso wie es ihr offensichtlich Spaß machte, von ihren
Eltern hochgehoben zu werden und uns zuzuwinken. Auf

dieses Ereignis warteten wir, und als es vorüber war, lachten wir und stießen uns gegenseitig an und waren, wie alle Engländer, erleichtert, daß wir unsere Gefühlsausbrüche nicht zu ernst nehmen mußten.

Wie lange dauerte das ekstatische Gefühl des Entkommenseins an? Es erreichte seinen Höhepunkt im Zug. Sowohl bei der An= wie bei der Abreise wurde der Schule ein Sonderwagen zur Verfügung gestellt, ein Salonwagen, wie es sie heute nicht mehr gibt, mit dunkelroten Plüschsitzen, die durch die ganze Länge des Waggons einander gegenüberstanden. Ein durchdringender Geruch von Ruß und Tabak haftete ihnen an, der sich mir auf der Fahrt zur Schule sofort auf den Magen legte. Aber auf der Heimreise schien er mir geradezu wie der Atem der Freiheit und wirkte wie ein Apéritif. Alle Gesichter glänzten vor Freude; wir boxten uns übermütig in die Rippen. Mit gespielter Nachlässigkeit nahm ich mein Tagebuch aus dem Koffer und zeichnete mit Rotstift Ornamente um das Datum — es war Freitag, der 15. Juni. Meine Nachbarn beobachteten mich verstohlen. Verfaßte ich einen neuen Zauberspruch? Schließlich wurde ich der Arabesken und Schnörkel müde und malte den ganzen Tag rot an.

Die Epoche der Verfolgungen hatte ich vergessen; ich war nicht mehr auf der Hut. Ich fühlte mich unverwundbar. Ich glaubte nicht, daß mein Glück von irgend etwas abhängig war; ich hatte das Gefühl, die Gesetze der Wirklichkeit seien für meine Person aufgehoben worden. Meine Träume, die das Jahr 1900, das ganze zwanzigste Jahrhundert und meine eigene Person betrafen, gingen nun in Erfüllung. Zum Beispiel kam mir niemals der Gedanke, daß ich die Masern bekommen könnte, und es erstaunte mich, daß meine Mutter dies nicht nur für möglich, sondern sogar für wahrscheinlich hielt. »Nicht wahr, du sagst es mir sofort, wenn du dich nicht wohlfühlst?« mahnte sie ängstlich. Ich lächelte. »Mir fehlt wirklich gar nichts«, versicherte ich ihr. »Das hoffe ich auch«, sagte sie. »Aber vergiß nicht, wie krank du letztes Jahr warst.«

Das vergangene Jahr, das Jahr 1899, war ein Katastro=phenjahr gewesen. Im Januar war mein Vater nach kurzer Krankheit gestorben, und im Sommer bekam ich Diphtherie mit Komplikationen; ich hatte fast den ganzen Juli und Au=gust im Bett verbracht. Es waren ungewöhnlich heiße Mo=nate, aber die einzige Hitze, an die ich mich entsinnen konnte, war die meines eigenen Fiebers, und die Hitze in meinem Zimmer schien damals nur ein zusätzliches Übel zu sein; die Hitze war mein Feind, die Sonne mußte man meiden. Ich fürchtete sie; und immer wenn ich Leute sagen hörte, was für ein herrlicher Sommer es gewesen sei, einer der heiße=sten, deren man sich entsinnen konnte, verstand ich nicht, was sie meinten — ich dachte nur an meinen schmerzenden Schlund und wie verzweifelt meine unruhigen Glieder nach einer kühlen Stelle zwischen den Bettüchern gesucht hatten. Ich hatte guten Grund zu wünschen, das Jahrhundert möge zu Ende gehen.

Ich beschloß, daß der Sommer des Jahres 1900 ein kühler Sommer werden solle; dafür wollte ich schon sorgen. Und die Wetterwarte beugte sich meinen Wünschen. Am 1. Juli betrug die Temperatur etwa 16 Grad, und wir hatten nur drei heiße Tage gehabt — den 10., den 11. und den 12. Juni. Sie waren in meinem Tagebuch angekreuzt.

Der 1. Juli brachte mir auch Mrs. Maudsleys Einladung; denn in jenen Tagen wurde die Post auch noch sonntags aus=

getragen. Meine Mutter zeigte mir den Brief: er war in einer großen, kühnen, schrägen Handschrift geschrieben; ich hatte eben das Alter erreicht, wo ich fremde Handschriften entziffern konnte und war auf diese Errungenschaft ziemlich stolz.

Mrs. Maudsley ließ die Möglichkeit einer Masernerkrankung nicht außer acht, obwohl sie das weniger ernst nahm als meine Mutter. »Wenn sich bei unseren Buben bis zum 10. Juli keine Flecken gezeigt haben«, schrieb sie, »würde ich mich außerordentlich freuen, wenn Sie Leo erlaubten, den Rest dieses Monats bei uns zu verbringen. Markus« — ah, *das* war sein Vorname — »hat mir viel von ihm erzählt, und es liegt mir daran, seine Bekanntschaft zu machen, wenn Sie ihn fahren lassen. Es wäre sehr nett für Markus, einen Jungen seines Alters als Spielkameraden zu haben; denn er ist das Nesthäkchen der Familie und fühlt sich leicht alleingelassen. Ich hörte, daß Leo ein Einzelkind ist, und ich verspreche Ihnen, daß wir gut für ihn sorgen werden. Die gute Luft in Norfolk...« etc. Sie schloß: »Vielleicht erstaunt es Sie, daß wir die Saison auf dem Lande verbringen, aber weder mein Mann noch ich waren in besonders guter Verfassung, und die Großstadt ist im Sommer kein Aufenthaltsort für einen kleinen Jungen.« Ich grübelte über diesen Brief nach, und er ging mir nicht mehr aus dem Kopf. Ich bildete mir ein, diese konventionellen Phrasen enthielten ein tiefes, mitfühlendes Interesse für meine Person; es war wohl das erste Mal in meinem Leben, daß ich das Gefühl hatte, ich sei ein Begriff für jemand, der mich nicht kannte.

Im ersten Augenblick war ich für diesen Vorschlag Feuer und Flamme, und ich verstand nicht, daß meine Mutter zögerte, die Einladung für mich anzunehmen. »Norfolk ist so weit weg«, sagte sie, »und du warst noch nie von zu Hause fort, ich meine bei Fremden.« »Aber ich war in der Schule«, widersprach ich. Das mußte sie zugeben. »Ich möchte aber nicht, daß du so lange fortgehst«, sagte sie. »Vielleicht gefällt es dir nicht, und was machst du dann?« »Ich glaube sicher, daß es mir gut gefallen wird«, sagte ich zu ihr. »Und du wirst deinen Geburtstag dort verleben«, sagte sie. »Wir haben deinen Geburtstag immer zusammen gefeiert.« Darauf blieb ich die Antwort schuldig. An meinen Geburtstag hatte ich nicht gedacht, und ein plötzliches Vorgefühl von Heimweh überfiel mich. »Versprich mir, daß du mir schreibst, wenn du unglücklich bist«, sagte sie. Ich wollte nicht wieder sagen, daß ich wußte, ich würde mich wohlfühlen; deshalb versprach ich es ihr. Aber sie war immer noch nicht zufrieden. »Vielleicht bekommst du doch noch die Masern«, sagte sie mit einer gewissen Hoffnung, »oder Markus bekommt sie.«

Jeden Tag fragte ich sie ein dutzendmal, ob sie geschrieben habe, daß ich kommen dürfe, bis sie dann die Geduld verlor. »Laß mich in Ruhe, ich habe geschrieben«, sagte sie schließlich.

Nun folgten die Vorbereitungen — was sollte ich mitnehmen? Das einzige, was ich nicht nötig hätte, sagte ich, seien Sommersachen. »Ich weiß, daß es nicht heiß wird.« Und das Wetter gab mir recht — ein kühler Tag folgte dem andern. In einem Punkt war meine Mutter durchaus meiner Meinung: sie glaubte, daß es besser sei, dicke Anzüge mitzunehmen als dünne. Sie hatte dafür einen anderen Grund: Sparsamkeit. Die heißen Monate des vergangenen Jahres hatte ich im Bett verbracht und besaß deshalb keine passenden Anzüge für große Hitze. Ich wuchs sehr rasch: die An=

schaffung wäre kostspielig und das Geld vielleicht hinaus=
geworfen gewesen. Kurz, meine Mutter gab mir nach. »Aber
paß auf, daß du dich nicht erhitzt«, sagte sie. »Es ist immer
gefährlich, sich zu erhitzen. Du mußt ja nicht unbedingt her=
umtoben, nicht?« Wir sahen einander etwas verlegen an und
waren uns einig, daß ich nicht herumtoben würde.

In ihrer Phantasie, oft mit einer gewissen Befürchtung,
versuchte sie, das Leben, das ich führen würde, vorauszu=
sehen. Eines Tages sagte sie aus heiterem Himmel: »Ver=
suche, wenn du kannst, in die Kirche zu gehen. Ich weiß
nicht, was für Leute das sind — vielleicht gehen sie nicht in
die Kirche. Wenn sie es tun, so nehme ich an, daß sie hin=
fahren.« Ihr Gesicht bekam einen sehnsüchtigen Ausdruck,
und ich wußte, daß sie mich gern begleitet hätte.

Mir wäre das nicht recht gewesen. Mich verfolgte die
Angst aller Schulbuben, meine Mutter würde in den Augen
der anderen Knaben und deren Eltern falsch wirken, sich
falsch benehmen. Sie wäre vielleicht nicht gesellschaftsfähig;
sie könnte sich »daneben« benehmen. Ich würde es leichter
ertragen, selbst gedemütigt zu werden, so glaubte ich, als
ihre Demütigung mitzuerleben.

Aber als der Tag der Abreise näherrückte, änderten sich
meine Gefühle. Nun war ich es, der nicht gehen wollte, und
meine Mutter diejenige, die darauf bestand. »Du könntest
so leicht sagen, ich hätte die Masern bekommen«, beschwor
ich sie. Sie war entsetzt. »So etwas könnte ich nie sagen«,
rief sie empört. »Und außerdem wüßten sie das. Seit gestern
bist du nicht mehr in Quarantäne.« Ich war verzweifelt: ich
versuchte mit Hilfe magischer Beschwörungen Flecken auf
meine Brust zu zaubern, aber es gelang mir nicht. Am Abend
vor meiner Abreise saßen meine Mutter und ich im Wohn=

zimmer auf einem Doppelsofa, dessen Polsterung mich an die Umrisse eines Dromedars erinnerte. Das Zimmer lag nach der Straße und war ein wenig muffig; denn wir benutzten es selten, und solange es nicht benutzt wurde, blieben die Fenster geschlossen wegen des Staubes, der bei trockener Witterung durch jedes vorbeikommende Fahrzeug in Wolken aufgewirbelt wurde. Es war unser einziger Repräsentationsraum, und ich glaube, meine Mutter wählte ihn an diesem Abend wegen der moralischen Wirkung; das Befremdende seiner Atmosphäre sollte mir den Schritt in die Fremde erleichtern, die ich in dem unbekannten Haus empfinden würde. Außerdem vermute ich, daß sie mir etwas Besonderes mitteilen wollte, dem der Raum Nachdruck verleihen sollte, aber sie sagte es nicht; denn ich war den Tränen zu nahe, um noch ein Ohr für praktische oder moralische Ratschläge zu haben.

Zweites Kapitel

Vor meinem inneren Auge erstehen die versunkenen Er=
innerungen an Brandham Hall wie ein Gemälde in Clair=
Obscur, in Kontrasten von hell und dunkel: nur mit Mühe
gelingt es mir, sie farbig zu sehen. Gewisse Dinge leben in
meiner Vorstellung als Tatsachen, ohne daß ich Bilder mit
ihnen assoziiere; anderseits drängen sich mir immer wieder
Bilder auf, hinter denen, wie hinter einer Traumlandschaft,
keine Wirklichkeit steht.

Doch das Tatsachenmaterial verdanke ich meinem Tage=
buch, das ich wie ein Heiligtum behandelte; es beginnt am
Tage meiner Ankunft, am 9., und ist bis zum 26. weiter=
geführt, dem Vorabend des schicksalhaften Freitag. Die paar
letzten Eintragungen sind in Schlüsselschrift — wie stolz war
ich auf diese Erfindung!

Es sind viele Tatsachen aufgeführt, angefangen mit: »M.
holt mich mit dem Ponywagen und dem Hilfskutscher auf
dem Bahnhof in Norwich ab. Wir fuhren $13^{3}/_{4}$ Meilen nach
Brandham Hall, das nach etwa $12^{1}/_{2}$ Meilen in Sicht kam
und dann wieder verschwand.«

Zweifellos entsprach das den Tatsachen, aber ich habe
keine Erinnerung an diese Fahrt, keine bildhafte Vorstellung,
die sie mir lebendig machen könnte; der erste Teil meines
Besuches haftet in meinem Gedächtnis als eine Serie unzu=
sammenhängender Eindrücke, die ohne zeitliche Folge sind,

deren jeder aber mit einem bestimmten Gefühl verbunden ist. Einige dieser Eintragungen könnten sich genausogut auf Orte beziehen, die ich nie gesehen, und auf Erlebnisse, die ich nie erlebt habe. Ich weiß nicht einmal mehr, wie das Haus ausgesehen hat. In mein Tagebuch habe ich mühselig eine Beschreibung übertragen, die ich in einem Führer durch Norfolk gefunden hatte:

»Brandham Hall, der Sitz der Familie Winlove, ist ein imposanter Herrensitz in frühgeorgianischem Stil, angenehm gelegen auf einer Anhöhe inmitten eines etwa 500 Morgen großen Parkes. Der, für heutige Begriffe, zu kahle und schmucklose Stil seiner Architektur ist, von Südwesten gesehen, von eindrucksvoller, wenn auch betont schlichter Wirkung. Im Inneren befinden sich interessante Familienbilder von Gainsborough und Reynolds sowie Landschaften von Cuyp, Ruysdael, Hobbema etc. und im Rauchzimmer eine Sammlung von Wirtshausszenen des jüngeren Teniers (diese können nicht besichtigt werden). Man erreicht die Räumlichkeiten des ersten Stockes über eine geschwungene Doppeltreppe, die viel Beachtung findet. Der Familie Winlove gehören die Domänen Brandham, Brandham=under=Brandham und Brandham=all=Saints. Zur Zeit sind das Herrenhaus, der Park und die Rasenplätze an Herrn W. H. Maudsley, Princes Gate und Threadneedle Street, vermietet, der der Öffentlichkeit die Besichtigung des Hauses unter den gleichen Bedingungen wie bisher gestattet. Erlaubnis zur Besichtigung erteilt der Verwalter der Brandham=Güterdirektion, Brandham.«

Von alledem erinnere ich mich nur noch deutlich an das Treppenhaus, das mir tatsächlich einen tiefen Eindruck machte. Ich verglich es mit vielen Dingen: einem Hufeisen, einem Magneten, einem Wasserfall; und ich machte mir zur Regel, beim Hinauf= und Hinabgehen jeweils eine andere Treppe zu benützen. Ich redete mir ein, daß etwas Furcht= bares geschehen könnte, wenn ich zweimal hintereinander denselben Weg einschlüge. Aber seltsamerweise (wenn ich bedenke, wie leicht ich zu beeinflussen war) ist die imposante Fassade, die ich bestimmt von Südwesten her betrachtet habe, in meiner Erinnerung verblaßt. Ich kann die Frontansicht des Hauses jetzt vor mir sehen, aber mit den Augen des Führers, nicht mit meinen eigenen.

Vielleicht benutzten wir einen Seiteneingang — ich glaube, wir taten es. Dort befand sich eine rückwärtige Treppe, die näher bei unserem Schlafzimmer lag; denn ich teilte ein Schlafzimmer, ja sogar ein Bett, ein Himmelbett, mit Mar= kus. Und nicht nur mit ihm, sondern mit seinem Aberdeen= Terrier, einem älteren, bissigen Köter, dessen Gegenwart bald beinahe unerträglich wurde. Meine Erinnerungen knüp= fen sich an den rückwärtigen Teil des Hauses, der, von Süd= westen aus nicht zu sehen, verbaut und verwinkelt war, an Korridore mit unerwarteten Krümmungen und verwirrend gleichartigen Türen, wo man sich leicht verirren konnte und dann verspätet zu den Mahlzeiten kam. Sie waren, wenn ich mich recht erinnere, nur spärlich beleuchtet, was auf den georgianischen Baustil zurückzuführen sein mußte. Vielleicht war unser Schlafzimmer ein früheres Kinderschlafzimmer. Es hatte ein breites, niedriges Fenster, das, wahrscheinlich in der elisabethanischen Epoche, sehr hoch angebracht worden war; wenn ich mich im Bett aufrichtete, konnte ich nur den Himmel sehen. In jenen Tagen gaben selbst reiche Leute ihren Kindern nicht immer die Art von Schlafräumen, die wir heute für unerläßlich ansehen.

Zweifellos bestand ein Mangel an Schlafzimmern; denn es kamen und gingen ungezählte Gäste, und einmal waren wir achtzehn Personen zum Dinner. Markus und ich saßen nebeneinander, und als sich die Damen zurückzogen, zogen auch wir uns zurück — ins Bett. Ich erinnere mich noch des rosa Schimmers der Kerzen und des glänzenden Silbers, der imposanten, statiösen Erscheinung von Mrs. Maudsley am einen Ende des Tisches und der mageren Gestalt ihres Mannes und seiner steifen Haltung am anderen Ende. Sitzend wirkte er größer als im Stehen; sie schien immer mehr Raum einzunehmen, als sie brauchte, und er weniger.

Ich weiß nicht, womit er sich den ganzen Tag über beschäftigte, und meine Erinnerung an ihn beschränkt sich auf überraschende Begegnungen in Korridoren oder Eingängen, sein plötzliches Stehenbleiben und die Frage: »Gefällt es dir?« Und wenn ich geantwortet hatte: »Jawohl, Sir«, sagte er: »Das ist recht«, und eilte weiter. Er war ein schmächtiger, kleiner Mann mit einem langen, hängenden Schnurrbart; seine blaugrauen Augen waren von schweren Lidern halbverdeckt, und den langen, dünnen Hals umschlossen auffallend hohe Kragen. Es war genau so schwierig, sich ihn als Herrn des Hauses vorzustellen, wie es schwierig gewesen wäre, in seiner Frau nicht die Herrin zu sehen.

Ihr Gesicht erscheint mir heute nur noch verschwommen, so viele Eindrücke haben inzwischen das Original verwischt; aber wenn ich sie in meinen Träumen sehe (denn es ist mir nicht gelungen, sie aus ihnen herauszuhalten), dann nie mit jenem furchtbaren Ausdruck, den sie bei unserer letzten Begegnung hatte, wo man ihr Gesicht kaum noch als Gesicht bezeichnen konnte, wo sie wie eine Erscheinung aus einem Porträt von Ingres oder Goya wirkte, ein volles, blasses Ge=

sicht, mit dunklen, glänzenden Augen, einem starren, durch=
bohrenden Blick und zwei oder drei schwarzen, halboffenen
Locken, die ihr in die Stirn fielen. Seltsamerweise ist ihre
Haltung mir gegenüber in meinen Träumen so herzlich, wie
sie zu Beginn meines Aufenthalts war, als ich die Gefahr,
die hinter ihrer Faszination lag, nur dunkel ahnte. Ist es
möglich, daß ihr Geist mir Abbitte leisten möchte? — Denn
sie muß schon lange tot sein — sie war damals schätzungs=
weise Mitte oder Ende der Vierzig, und erschien mir alt.
Markus hatte ihre Farben, aber nicht ihre Schönheit geerbt.

Ich glaube, es war mein erster Abend, als ich, der geehrte
Gast, bei Tisch neben ihr saß.

»Und du bist also ein Zauberer?« sagte sie lächelnd.

»Oh«, antwortete ich bescheiden, »nicht ganz. Wissen Sie,
nur in der Schule.«

»Du wirst uns hier nicht verzaubern?« sagte sie.

»O nein«, antwortete ich und rutschte auf meinem Stuhl
hin und her, wie immer, wenn ich nervös war, und nahm mir
vor, Markus wegen dieses Vertrauensbruches zur Rede zu
stellen.

Sie sah niemals jemanden an, es sei denn, mit Absicht; und
mir kam es vor, als wolle sie keinen Blick unnütz verschwen=
den. Meistens ruhte ihr Auge auf ihrer Tochter, die gewöhn=
lich zwischen zwei jungen Männern saß. Ich erinnere mich,
daß ich mir überlegte: »Wo nehmen die nur ihren Gesprächs=
stoff her? Sie scheinen so interessiert zu sein — viel inter=
essierter als sie es ist.«

Mir fehlte die glückliche Gabe aller Schuljungen, bestimm=
ten Gesichtern bestimmte Namen anzudichten — vielleicht
weil ich erst so kurz zur Schule ging. Ich wurde natürlich
jedem vorgestellt, und Markus sagte mir, wer ankam und

wer abreiste und einiges mehr über diese Menschen. Und ich verzeichnete ihre Namen pflichtschuldig in meinem Tage= buch, Herr Soundso und Fräulein Dieunddie — gewöhnlich kamen sie einzeln an. Aber die wenigen Jahre, die uns trenn= ten, waren wie ein Ozean; ich glaube, ich hätte mit einem Hottentottenkind mehr gemeinsam gehabt als mit diesen Erwachsenen um die Zwanzig herum. Was sie dachten, was sie taten, womit sie sich beschäftigten, war für mich ein Ge= heimnis. Diese jungen Männer, die eben von der Universität kamen (wie Markus mir versicherte), diese jungen Frauen, die man sogar noch weniger unterscheiden konnte, grüßten mich auf ihrem Weg zum oder vom Tennisplatz oder Crok= ketrasen; die Männer in weißen Flanellhosen, weißen Schu= hen und runden Strohhüten, die Frauen ebenfalls in Weiß, mit Wespentaillen und Hüten, so groß wie Wagenräder, alle in Weiß oder fast ausschließlich in Weiß, bis auf die schwarzen Socken der Männer, die manchmal über den wei= ßen Wildlederschuhen sichtbar wurden. Einige hatten mir mehr zu sagen als die übrigen; aber alle waren nur Statisten einer Szene, und ich hatte niemals auch nur im geringsten das Gefühl, ich müßte eine persönliche Beziehung zu ihnen haben. Sie waren »sie«, und Markus und ich waren »wir« — verschiedene Altersstufen, wie wir heute sagen würden.

Und das war der Grund, weshalb ich während der ersten zwei Tage niemals ganz begriff, daß jemand von »ihnen« der Sohn oder die Tochter des Hauses war. Blond (das waren fast alle), weißgekleidet, Tennisschläger schwingend, sah eines aus wie das andere!

Denys, der Sohn und Erbe, war ein großer, blonder junger Mann mit unausgeprägten Zügen und einem arroganten Ge= sichtsausdruck (Schuljungen spüren Arroganz sehr schnell).

Er war voll von Plänen und Ansichten, die er übermäßig her=
ausstrich — und selbst ich konnte doch ihre Bedeutungslosig=
keit erkennen. Er pflegte sich über die Vorteile dieses und
jenes Projekts zu verbreiten, bis seine Mutter, mit wenigen
kühlen Worten, seine Seifenblasen zum Platzen brachte. Ich
glaube, er spürte, daß sie ihn verachtete, und er war deshalb
um so ängstlicher bemüht, sich gegen sie zu behaupten und
eine Stellung einzunehmen, deren sich sein Vater nie erfreut
hatte. Nie bemerkte ich eine Mißstimmung zwischen Mr. und
Mrs. Maudsley; sie ging ihrer Wege und er die seinen, zwer=
genhaft und den Eindruck äußerster Harmlosigkeit verbrei=
tend. An die wesentlich demonstrativere Art meiner Eltern
gewöhnt, hätte ich wohl kaum bemerkt, daß sie verheiratet
waren. Mir schien, als ob er allein nie in die Pläne einbe=
zogen wurde, die Mrs. Maudsley für jedermann machte;
denn, das begriff ich allmählich, sie hatte uns alle wie Mario=
netten an einem Faden, der in meiner Vorstellung der Strahl
ihrer dunklen Augen war. Es schien nur, als kämen und
gingen wir unbemerkt, aber in Wirklichkeit waren wir es
nicht.

»Meine Schwester ist sehr schön«, sagte Markus eines Ta=
ges zu mir. Er verkündete das so unpersönlich, als ob er
sagte: »Zwei und zwei ist vier«, und genauso faßte ich es
auch auf. Es war eine Tatsache wie andere Tatsachen, etwas,
das man wissen mußte. Der Gedanke, daß Miss Marian (ich
glaube, so nannte ich sie bei mir) schön sei, war mir nie ge=
kommen; aber als ich sie das nächste Mal sah, betrachtete
ich sie mit Markus' Augen. Das muß im vorderen Teil des
Hauses gewesen sein, denn ich habe die Erinnerung an viel
Licht, das es in unserem Teil, Markus' und meinem, nur
spärlich gab; ich hatte, glaube ich, eine Schuljungenvorstel=

lung, der vordere Teil des Hauses, in dem die Erwachsenen wohnten, sei die »private Abteilung« und ich dringe in frem= des Revier ein, wenn ich dorthinging. Sie muß, während ich sie beobachtete, ruhig dagesessen sein, denn ich habe den Eindruck, daß ich auf sie heruntersah, und sie war selbst für die Maßstäbe der Erwachsenen groß. Und ich muß sie über= rascht haben; denn sie hatte, wie ich das später nannte, ihren »verhangenen« Blick. Die schweren Augenlider ihres Vaters verdeckten ihre Augen und ließen nur einen schmalen Strei= fen Blau sehen, das so tief und feucht war, als schimmere es durch eine ungeweinte Träne hindurch. Ihr Haar glänzte in der Sonne, aber ihr Gesicht, das voll war wie das ihrer Mut= ter, nur blaß=rosa statt sahnig=weiß, trug einen ernsten, grü= belnden Ausdruck, der durch ihre kleine, gebogene Nase ins fast Raubvogelhafte gesteigert wurde. In diesem Augenblick wirkte sie unnahbar, fast so unnahbar wie ihre Mutter. Eine Sekunde später öffnete sie ihre Augen — ich erinnere mich des aufzuckenden blauen Strahls — und ihr Gesicht erhellte sich.

Also das ist Schönheit, dachte ich, und lange Zeit war meine Vorstellung von ihr als Person überlagert, ja sogar verdunkelt von dem abstrakten Begriff der Schönheit, die sie verkörperte. Das brachte sie mir nicht näher — im Gegenteil; aber ich verwechselte sie nun nicht länger mit den anderen jungen Damen, die wie Planeten mein Schönheitsideal um= kreisten.

Diese ersten Tage bestanden aus einer Folge fließender Eindrücke, die in keinem Zusammenhang miteinander stan= den und keinen Sinn, geschweige denn eine Geschichte er= gaben. In meinem Gedächtnis sind nur einzelne Bilder hän= gen geblieben — meist in hellen und dunklen Tönen, aber manchmal mit leichten Farben überzogen. So entsinne ich mich der Zeder auf dem Rasen, ihrer dunklen Zweige und der strahlenden Helle des Grases am Rande ihres Schattens; und ich erinnere mich auch der Hängematte aus scharlach= rotem Segeltuch, die an zwei Pfählen unter ihr befestigt war. Diese Hängematte war eine Neuheit, die vor kurzem die aus Kordel geknüpften Hängematten abgelöst hatte, in denen die Knöpfe hängenblieben und abgerissen wurden. Sie wurde von den jungen Leuten viel benützt, und ich höre immer noch das Gelächter, wenn sie das Übergewicht bekamen und ins Gras rollten.

Nichts von alledem wird in meinem Tagebuch erwähnt. Dafür aber mehrfach die Stallungen, an die ich mich jedoch nicht mehr entsinnen kann, obwohl ich die Namen von fünf Pferden, Lady Jean, Princess, Unkas, Dry Toast und Nogo — Nogo fand ich höchst komisch — sorgsam eingetragen habe; aber ich kann mich nicht erinnern, wie Nogo oder eines der anderen Pferde ausgesehen hat. Ich erinnere mich jedoch der Wagenremise, obwohl das Tagebuch sie verschweigt. Die Laternen, die Federn, die Deichseln, die Spritzbretter mit ihrer glänzenden Lackierung und leuchtenden Farbe fessel= ten mich. Und der Geruch des Zaumzeugs — mich bezauberte er mehr als die schärferen Gerüche der Pferde. Für mich war die Wagenremise eine Schatzkammer.

Damit genug der Abschweifungen über die Mängel mei= nes Gedächtnisses. Eine Sache allerdings, die ich vergessen hatte, brachte mir das Tagebuch wieder in Erinnerung — und nicht nur die Sache selbst, sondern die ganze Szene steht in äußerster Klarheit vor mir.

»Donnerstag, 12. Juli. Sah den Tödlichen Nachtschatten — Atropa belladonna.«

Markus war nicht dabei, ich war allein, auf Entdeckung in einigen zerfallenen Schuppen, die für mich offensichtlich mehr Anziehungskraft besaßen als der Anblick von Brand=ham Hall aus Südwesten. In einem dieser Schuppen, der nicht nur verfallen war, sondern auch kein Dach hatte, stieß ich plötzlich auf die Pflanze. Aber es war keine Pflanze in dem Sinne, wie ich dieses Wort verstand, es war ein Busch, fast ein Baum, und so hoch wie ich. Sie sah wie der Inbegriff des Bösen, aber auch wie der Inbegriff der Gesundheit aus, so glänzend, stark und saftig: fast vermeinte ich zu sehen, wie der Saft, der sie nährte, in ihr aufstieg. Es schien, als hätte sie den Platz auf der Welt gefunden, der ihr am besten zusagte.

Ich wußte, daß jede einzelne Faser an ihr giftig war. Ich wußte auch, daß sie schön war; stand das denn nicht im Botanikbuch meiner Mutter? Ich verharrte auf der Schwelle, ich wagte nicht einzutreten, ich starrte auf die Beeren, die wie Schuhknöpfe glänzten, und auf die stumpfen, purpur=farbenen, haarigen, glockenförmigen Blüten, die zu mir herüberreichten. Ich fühlte, daß die Pflanze mich vergiften konnte, selbst wenn ich sie nicht berührte. Und daß sie mich verschlingen würde, wenn ich nicht von ihr äße; sie sah, trotz all der Nahrung, die sie bekam, so hungrig aus.

Ich schlich mich von dannen, als hätte man mich beim An=blick von etwas Verbotenem ertappt, und überlegte, ob Mrs. Maudsley es als Einmischung empfinden würde, wenn ich ihr davon erzählte. Aber ich erzählte ihr nichts. Ich konnte den Gedanken nicht ertragen, daß diese kraftstrotzenden Stengel auf einem Müllhaufen vertrocknen oder in einem Feuer knistern sollten: daß soviel Schönheit zerstört würde. Außer=dem wollte ich sie wiedersehen.

Atropa belladonna!

Drittes Kapitel

Es fing alles damit an, daß das Wetter mich im Stich ließ. Der Montag, an dem ich mich auf die Reise machte, war ein kühler, trüber Tag gewesen, aber am nächsten Morgen stand kein Wölkchen am Himmel, und die Sonne brannte herab. Nachdem wir vom Mittagstisch geflohen waren (rück=blickend scheint es mir, daß wir alle Mahlzeiten fluchtartig, wie entkommene Gefangene, verließen), sagte Markus: »Komm, wir schauen nach dem Thermometer — es ist eins von denen, die die höchste und tiefste Tagestemperatur ver=zeichnen.«

Ärgerlicherweise und aus unerklärlichen Gründen — wenn man bedenkt, wie oft ich noch darauf zurückgreifen muß — kann ich mich nicht mehr erinnern, wo das Thermometer hing; aber ja, ich kann es; es hing an der Wand eines acht=eckigen Baus mit spitzem Dach, der unter einer Eibe stand. Dieser kleine Bau faszinierte mich, er hatte etwas Verwun=schenes und Unwirkliches an sich. Er galt als ein ehemaliger Vorratsraum für Wildbret, den man der Kühle wegen unter der Eibe errichtet hatte; aber das war nur eine Hypothese; niemand konnte genau sagen, welchen Zwecken er gedient hatte.

Markus erklärte mir, wie das Thermometer funktionierte, und zeigte mir den kleinen, kurzen Magnet, der die Markie=rung hinauf= oder herunterzog. »Aber wir dürfen es nicht berühren«, sagte er, meine Gedanken erratend, »sonst wird mein Vater böse. Er will das Instrument gern selbst be= dienen.«

»Ist er oft böse?« fragte ich. Ich konnte mir Mr. Maudsley nicht böse und auch in keiner anderen Gemütswallung vor= stellen. Aber dies war fast immer das erste, was man über Erwachsene wissen wollte.

»Nein, aber meine Mutter wäre böse«, antwortete Markus mit schiefem Seitenblick.

Das Thermometer stand auf beinahe 28 Grad.

Wir waren die ganze Strecke vom Speisezimmer her ge= rannt, teils weil wir regelrecht flohen, teils weil wir oft rann= ten, wenn wir genausogut hätten gehen können. Ich schwitzte ein wenig und erinnerte mich der oft wiederholten Mah= nungen meiner Mutter: »Schau, daß du dich nicht erhitzt.« Wie hätte ich mich nicht erhitzen sollen? Ich betrachtete Mar= kus. Er trug einen leichten Flanellanzug. Sein Hemdkragen war nicht geöffnet, aber er saß lose um den Hals; seine Ho= sen konnte man nicht als Shorts bezeichnen, denn sie reichten bis unters Knie, aber auch sie waren lose und weit genug. Darunter trug er, nicht ganz bis zur Hose, ein Paar dünne graue Strümpfe, die sauber über die runden Strumpfbänder umgeschlagen waren; und an den Füßen hatte er — Wunder über Wunder — keine Stiefel, sondern was man damals Halbschuhe nannte. Einem leicht angezogenen Kind von heute erschiene dies als ein dicker Winteranzug; für mich hätte es ein Badeanzug sein können, so wenig entsprach es dem korrekten, seriösen Begriff von Kleidung.

Diese schneiderischen Details habe ich sichtbar vor mir; denn Markus und ich wurden zusammen photographiert; und obgleich an einer Ecke des Films Licht hineingekommen war und der Hintergrund und wir selbst gefährlich schief wirken, zeigt der verblichene, rotbraune Abzug die unbestechliche Genauigkeit, welche die Kamera in jenen Tagen, wo sie noch nicht so leicht lügen konnte, besaß. Ich trage einen Eton=kragen und eine gebundene Schleife; eine Norfolkjacke mit einem sehr hohen Koller, Lederknöpfen, rund wie Kugeln, die sorgfältig geschlossen sind, und einem Gürtel, den ich enger als notwendig geschnürt habe. Meine Kniehosen waren mit einem Tuchriemen und einer Schnalle unterhalb des Knies befestigt, aber diese Vorrichtung verdeckten dicke schwarze Strümpfe, deren runde Strumpfbänder unterhalb der Hose eine doppelte Abschnürung der Blutzirkulation in meinen Beinen verursachten. Um das Bild zu vervollständigen: ich trage noch ein Paar offensichtlich neue Stiefel, die ihrer Neu=heit wegen besonders groß wirken und deren Laschen, die ich scheinbar vergessen hatte einzustecken, kühn hervor=stehen.

Meine Hand liegt auf Markus' Schulter (ich war ein oder zwei Zoll größer und ein Jahr älter als er), mit jener Attitude der Zuneigung, die damals dem männlichen Geschlecht auf einer gemeinsamen Photographie gestattet war (Studenten, ja sogar Soldaten, legten einander die Arme um die Schul=tern). Und obwohl die unglückliche Verzerrung der Photo=graphie den Eindruck erweckt, als versuchte ich ihn umzu=werfen, sieht es so aus, als hätte ich ihn gerne — was auch zutraf, wenngleich die Kühle und das Konventionelle in sei=nem Wesen eine enge Freundschaft mit ihm erschwerten. Wir waren uns nicht sehr ähnlich, und äußere Umstände, die mit unseren eigenen Neigungen nur wenig übereinstimmten, hatten uns zusammengeführt. Sein rundes Gesicht blickt ohne sonderliches Interesse und mit einer selbstgefälligen

Billigung der Situation in die Welt; auf meinem eher langen Gesicht spiegeln sich Befangenheit und die Mühe des Sich=anpassenmüssens. Beide trugen wir Kreissägen, die seine hatte ein einfarbiges Band, die meine eines in den Schul=farben; die Deckel und Ränder ergeben zwei scharfe, schräge Linien, die zu einer schiefen Ebene zu gehören scheinen, über die wir in sausender Fahrt in die Tiefe stürzen.

Noch immer war meine Furcht vor der Hitze nicht allzu groß. Wie heftig sie mir auch physisch zusetzte, so besaß ich ihr gegenüber doch gewisse andere Möglichkeiten; glaubte ich doch immer noch halb und halb, ich könne das Wetter beeinflussen. In jener Nacht bereitete ich einen mächtigen Zauberspruch vor, der die Temperatur sinken lassen sollte. Aber das Wetter kümmerte sich nicht darum, es verhielt sich wie ein Kranker, dessen Fieberkurve dem Arzt Widerpart bietet. Und als wir am nächsten Tag vom Mittagstisch zur Wildbretkammer gestürmt waren, zeigte das Thermometer fast 29 Grad, und der Magnet stieg immer noch höher.

Ich wurde mutlos und sagte mit großer Überwindung zu Markus:

»Ich überlege, ob ich meine Cricketkluft anziehen soll.«

Er antwortete sofort:

»Das täte ich an deiner Stelle nicht. Nur Kaffern tragen ihre Schulkleider während der Ferien. Ganz schlechter Stil. Eigentlich solltest du auch nicht dein Schulband am Hut tra=gen, aber ich wollte nichts sagen. Und, Leo, du solltest nicht in Hausschuhen zum Frühstück kommen, so was machen Bankkommis. Wenn du willst, kannst du sie nach dem Tee anziehen.«

In mancher Hinsicht war Markus seinem Alter voraus,

während ich in vielen Dingen noch recht unbedarft war. Bei der Erwähnung von Bankkommis zuckte ich zusammen. Mir fiel ein, daß mein Vater sonntags immer in Pantoffeln zum Frühstück erschienen war. Aber Markus konnte nicht wissen, daß mich seine Bemerkung traf: ich hatte ihm nie etwas über meines Vaters niedere gesellschaftliche Stellung erzählt.

»Und dann, Leo, gibt es noch etwas, das man nicht tut. Wenn du dich ausziehst, faltest du deine Kleider zusammen und legst sie auf einen Stuhl. Das tut man nicht. Du mußt sie dort liegenlassen, wo sie gerade hinfallen. Die Dienst= boten werden sie schon aufheben; dafür sind sie ja schließ= lich da.«

Er machte diese Bemerkungen ganz obenhin, aber mit so viel Autorität, daß ich keinen Augenblick an ihrer Richtig= keit zweifelte. In meinen Augen war er genau so ein — wenn nicht ein größerer — Ratgeber in Takt= und Modefragen, wie ich in den seinen ein Experte für die Schwarze Kunst.

Während des Tees sagte jemand zu mir: »Du siehst aber heiß aus. Kannst du nicht etwas Leichteres anziehen?« Die Stimme verriet nicht viel Besorgtheit um meinen Zustand; sie hatte eher einen neckenden Unterton. Und um mich zu verteidigen, sagte ich sofort, indem ich mit einem Taschen= tuch über mein Gesicht fuhr, denn ich hatte noch nicht ge= lernt, daß man es nur abtupft: »Oh, mir ist gar nicht sehr heiß. Das kommt nur, weil Markus und ich gerannt sind.« »Gerannt, bei diesem Wetter?« sagte eine andere Stimme mit einem affektierten Seufzer, aus dem ich Sarkasmus her= aushörte, das rote Tuch für alle Schuljungen; und so heiß mir auch war, überlief es mich kalt, und mir schien, als hörte ich das höhnische »Überwältigt« und sähe die grinsenden Gesichter.

Tatsächlich war dies der Beginn einer milden Verfolgung
— sehr, sehr mild und mit Lächeln und liebenswürdigen Ge=
sichtern getarnt; die Erwachsenen konnten nicht wissen, daß
es eine Verfolgung war. Aber wann immer man mir begeg=
nete, rief man mir nun zu »Hallo, Leo, immer noch heiß«
und »Warum ziehst du denn deine Jacke nicht aus? Du wür=
dest dich ohne sie viel wohler fühlen« — mit einem leisen
Lächeln über dieses unmögliche Ansinnen, denn in jenen
Tagen hielt man in Kleiderfragen sehr streng auf Etikette,
und Jacken wurden nicht ohne weiteres abgelegt. Allmählich
fürchtete ich mich vor diesen Scherzen; sie schienen wie die
Flammen eines Gasringes überall um mich herum aufzu=
zucken und mich zu versengen, und meine Röte wurde noch
dunkler, als sie schon war. Das entsetzliche Gefühl, Ziel=
scheibe des allgemeinen Spottes zu sein, überfiel mich wieder
mit aller Macht. Ich glaube nicht, daß ich übermäßig empfind=
lich war; meiner Erfahrung nach fürchten die meisten Men=
schen nichts mehr als ausgelacht zu werden. Was anderes ist
die Ursache von Kriegen, weshalb ziehen sie sich so endlos
in die Länge, wenn nicht aus der Angst heraus, man könne
an Ansehen verlieren? Ich ging sogar Markus aus dem Wege;
denn ich wagte nicht, ihm zu sagen, was mich bekümmerte.

In dieser Nacht arbeitete ich einen neuen Zauber aus. Ich
konnte nicht schlafen, teils aus Verzweiflung und Aufregung,
teils weil der Aberdeen=Terrier, der ebenfalls unter der Hitze
litt, so lange nach einer kühlen Stelle suchte, bis er die Hälfte
meines Kopfkissens einnahm. Unter dem Kopfkissen lag
mein Tagebuch. Ich konnte es hervorziehen, ohne den Hund
aufzuwecken, und im Dunkeln den Fluch zu Papier bringen;
denn ich bildete mir ein, daß er ohne diese Formalität wir=
kungslos bliebe. Es war ein guter Fluch; ich hatte ihn in jenen

Stunden nach Mitternacht, mit denen ich damals noch nicht vertraut war, ausgebrütet — und er wirkte; am nächsten Tag erreichte das Thermometer nicht ganz 25 Grad, und ich fühlte mich ruhiger und lange nicht so heiß.

Man schien mir dies aber nicht anzusehen; denn beim Tee begann die sanfte Neckerei von neuem. Diesmal war ich aber besser gewappnet; denn mich stärkte das Wissen, das meinen wohlmeinenden Peinigern offenbar fehlte, daß die Temperatur tatsächlich zurückgegangen war. Aber man neckte mich weiter, und bald war ich wieder so unglücklich wie zuvor. Ich begriff nicht, daß man au fond versuchte, Interesse für mich zu zeigen, und daß meine unzweckmäßige Kleidung und mein schwitzendes Gesicht nur ein Anlaß waren, mich aus meiner Reserve zu locken. Es drückte mich besonders hart, daß ein Norfolkjackett in Norfolk fehl am Platz sein sollte; ich hatte mir vorgestellt, daß alle es tragen würden. Plötzlich sah ich mich wie in einem Spiegel und erkannte, was für eine lächerliche Figur ich abgab. Bislang hatte ich mein Äußeres immer als etwas Selbstverständliches hingenommen; nun sah ich, wie unelegant ich im Vergleich zu den anderen wirkte; und im selben Augenblick, und zum erstenmal, war ich mir meiner gesellschaftlichen Unterlegenheit schmerzlich bewußt. Ich fühlte mich zwischen diesen eleganten, reichen Leuten ganz und gar deplaciert. Nichts treibt einem das Blut mehr zu Kopf als Verlegenheit; und mein Gesicht war flammendrot, und Schweißperlen standen darauf. Wäre mir nur irgendeine geistreiche Bemerkung eingefallen, mit der ich den Spieß hätte umdrehen können, irgend etwas, das ein Erwachsener in dieser Situation gesagt hätte! »Es kann sein, daß ich erhitzt aussehe«, sagte ich trotzig, »aber innerlich bin ich ganz kühl, eigentlich bin ich ein fröstelnder Sterblicher.« Eine Lachsalve folgte diesem Ausspruch, und mir schossen die Tränen in die Augen. Ich trank hastig von meinem Tee und begann von neuem zu schwitzen. Plötzlich hörte ich Mrs. Maudsleys Stimme hinter dem silbernen Teekessel. Sie wehte mir wie ein kühler Luft= hauch entgegen.

»Hast du deine Sommerkleider zu Hause gelassen?«

»Nein... ja... ich glaube, Mutter hat vergessen, sie ein= zupacken«, stotterte ich.

Doch dann dämmerte mir die ganze Ungeheuerlichkeit dieser Bemerkung, sie war gleichermaßen eine Lüge wie eine grausame Verleumdung meiner Mutter, die mir bestimmt leichtere Kleider besorgt hätte, hätte ich ihr dies nicht aus= geredet. Ich spürte, daß ich sie in den Augen der anderen herabgesetzt hatte, und brach in Tränen aus.

Einen Augenblick lang herrschte betretenes Schweigen; man rührte in den Teetassen, und dann sagte Mrs. Mauds= leys kühle Stimme:

»Nun, willst du ihr dann nicht schreiben und sie bitten, sie zu schicken?«

Statt zu antworten, schluckte ich nur heftig, und dann sagte Marian, die, glaube ich, niemals Bemerkungen über meinen erhitzten Zustand gemacht hatte:

»Oh, das würde zu lange dauern, Mama. Du kennst doch die Post. Heute ist Donnerstag, und er würde sie bestimmt nicht vor Ende nächster Woche bekommen. Laß mich morgen mit ihm nach Norwich fahren und ihm einen neuen Anzug kaufen. Möchtest du das nicht gern?« sagte sie, indem sie sich mir zuwandte.

Ich bejahte mit schwacher Stimme. Aber zwischen den sich lichtenden Wolken erschien jetzt eine neue, sehr schwarze.

»Ich habe kein Geld. Das heißt, nur fünfzehn Schilling und achteinhalb Pence.«

»Das macht nichts«, sagte Marian belustigt. »Wir haben schon welches.«

»Oh, aber das kann ich nicht annehmen«, protestierte ich. »Das wäre Mutter nicht recht.«

»Marian, du mußt nicht vergessen, daß er die Sachen zu Hause hat«, sagte ihre Mutter.

Mir wurde sehr unbehaglich, aber Marian sagte rasch: »Oh, wir wollen sie ihm aber zum Geburtstag schenken; da= gegen würde sie sicher nichts einzuwenden haben, nicht wahr? Und dann hat er zwei Garnituren. Übrigens, wann ist dein Geburtstag?« fragte sie mich.

»Nun, er ist — eigentlich... am Siebenundzwanzigsten.«

»Was, in diesem Monat?«

Ihr Interesse ließ meine Verlegenheit schwinden.

»Ja. Wissen Sie, ich bin im Zeichen des Löwen — Leo — geboren. Aber das ist gar nicht mein richtiger Name.«

»Was ist denn dein richtiger Name?«

Ich sah, wie Markus mich anschaute, aber ich konnte jetzt nicht umhin, es ihr zu sagen.

»Lionel. Aber erzählen Sie es niemand.«

»Warum nicht?«

»Weil es ein ziemlich geschraubter Name ist.«

Ich merkte, wie sie versuchte, dieses Geheimnis einer Schuljungenseele zu ergründen; doch sie ging darüber hin= weg und sagte:

»Aber das ist ja großartig, daß dein Geburtstag schon so bald ist. Jetzt können wir dir alle etwas zum Anziehen schen= ken. Das sind die nettesten Geschenke. Soll ich dir eine Mähne schenken?«

Ich fand das sehr komisch, wenn auch ein bißchen ver=
rückt.

»Oder ein Löwenfell?«

Ich versuchte in diesen Ton einzustimmen.

»Das dürfte ziemlich heiß sein.«

»Allerdings.« Plötzlich sah Marian gelangweilt aus, und
fast hätte sie gegähnt. »Also, morgen fahren wir«, sagte sie.

»Vielleicht willst du lieber bis Montag warten, wenn Hugh
hier ist«, sagte ihre Mutter, »und einen Ausflug nach Nor=
wich arrangieren?«

»Wer wird hier sein?« fragte Marian.

»Hugh. Er kommt am Samstag. Ich dachte, du wüßtest
das.«

»Hugh kommt?« fragte Mr. Maudsley. Es war einer seiner
seltenen Beiträge zur allgemeinen Unterhaltung.

»Ja, er bleibt bis Ende des Monats, vielleicht auch länger.«

»Bist du dessen sicher, Mama?« warf Denys ein. »Als ich
ihn sah, sagte er mir, daß er zu den Rennen nach Goodwood
geht.«

»Ich hatte gestern einen Brief von ihm.«

»Du weißt doch, daß er sich Goodwood nie entgehen
läßt?«

»Ich glaube, dieses Jahr hat er es vor.«

»Ich möchte dir nicht widersprechen, Mama, aber mir er=
scheint es höchst unwahrscheinlich, daß sich Trimingham
Goodwood entgehen läßt. Weißt du, er...«

»Nun, ich glaube, du wirst sehen, daß er die Absicht hat,
Goodwood unseretwegen aufzugeben... Marian, willst du
nicht doch lieber bis Montag warten?«

In qualvoller Ungewißheit wartete ich auf ihre Antwort.
Wer war dieser Hugh oder Trimingham, der mir meinen gro=

ßen Augenblick verdarb? Ich grollte ihm, ja, ich war eifer=
süchtig auf ihn. Seine Anwesenheit würde mir den Ausflug
verderben. Und bis Montag warten zu müssen! Aber Mrs.
Maudsley hatte ihren Wunsch sehr deutlich geäußert, und
wie könnte irgend jemand, selbst Marian, es wagen, sich
ihren Wünschen zu widersetzen?

»Möchtest du nicht lieber bis Montag warten?« wieder=
holte Mrs. Maudsley.

Marian antwortete sofort, und es war, als kreuzten sich
zwei Degenklingen.

»Norwich bietet Hugh gar nichts, Mama. Er kennt es bes=
ser als wir. Er würde bestimmt nicht gerne mit Leo und mir
in Läden herumziehen — und dazu noch in dieser Hitze.«
Sie blickte lausbubenhaft auf ihre Mutter, die ein unbewegtes
Gesicht zeigte. »Außerdem wird Leo bis Montag zu Butter
geschmolzen sein, und er wird nichts mehr brauchen als
einen Musselinsack! Aber natürlich kann sich uns jeder an=
schließen, der möchte!«

Ihr Blick wanderte von einem Gesicht zum andern — es
war eine Herausforderung, keine Einladung — und meine
Augen folgten den ihren in verzweifelter Angst, jemand
könne doch annehmen. Aber niemand ging darauf ein. Alle
entschuldigten sich. Ich glaube, daß mein Entzücken nur allzu
deutlich zu sehen war.

»Dann dürfen wir also fahren, Mama?« fragte Marian.

»Natürlich, es sei denn, dein Vater braucht die Pferde.«

Mr. Maudsley schüttelte den Kopf.

»Aber geh nicht zu Stirling und Porter«, sagte Mrs. Mauds=
ley, »wie du das manchmal tust. Ihre Sachen gefallen mir
nie.«

»Ich würde zu Challow und Crawshay gehen«, sagte

Denys mit überraschender Bestimmtheit. »Das ist bei weitem das beste Geschäft.«

»Nein, Denys, das ist es nicht«, sagte seine Mutter.

»Ich weiß, daß Trimingham manchmal seine Krawatten dort kauft«, beharrte Denys.

»Braucht Leo Krawatten?«

»Ich stifte ihm eine Krawatte, wenn ihr versprecht, sie bei Challows zu kaufen.«

Mir wurde schon wieder heiß.

»Ich sag euch was«, meinte Marian, »jedes Mitglied der Familie soll ihm etwas schenken, und wenn die Sachen dann nicht richtig sind, teilen wir uns alle in die Verantwortung.«

»Die Buxen ich, ich die Buxen«, sagte Markus plötzlich.

»Oh, Markus!«

Markus' Witz löste einen Chor der Mißbilligung aus, und er machte ein Schafsgesicht, bis seine Mutter sagte:

»Nun, die werde *ich* ihm schenken, lieber Markus.«

Der Ausdruck warmer Zuneigung auf ihrem Gesicht überraschte mich.

Marian sagte, sie wolle feststellen, was ich brauche. Zu diesem Zwecke mußte sie meine dürftige Garderobe untersuchen, eine Inquisition, die ich fürchtete; aber als der Augenblick kam und sie, von Markus geführt, sachte und doch ein wenig hastig in unserem Zimmer erschien, was war das für eine Freude! — Eine Verwandlungsszene. Sie betrachtete jedes Kleidungsstück fast ehrfürchtig. »Wie wundervoll sind sie geflickt!« sagte sie. »Ich wünschte, wir hätten jemanden, der so flicken kann!« Ich sagte ihr nicht, daß meine Mutter es gemacht hatte, aber vielleicht erriet sie es. Sie fand immer alles sehr rasch heraus. »Diese Kleider, die du zu Hause hast, sind ein Märchen, nicht wahr?« sagte sie. »Ein Märchen?«

echote ich. »Ich meine, du besitzt sie in Wirklichkeit gar nicht?« Ich nickte, glücklich, ertappt worden zu sein, ent= zückt, daß wir ein Geheimnis teilten. Aber wie konnte sie das gemerkt haben?

Viertes Kapitel

Der Ausflug nach Norwich war ein Wendepunkt: er än=
derte alles. An den Ausflug selbst erinnere ich mich kaum
noch, außer an ein allgemeines Wohlgefühl, das immer stär=
ker und höher in mir aufzusteigen schien, wie Wein, der ein
Glas füllt. Für gewöhnlich war mir die Prozedur des Kleider=
kaufens lästig, denn ich war, was mein Äußeres anbetraf,
nicht eitel, und hatte auch keinen Grund dazu. Ich hatte nie
geglaubt, daß es etwas Wesentliches sei, bis mich die Be=
lustigung, die ich durch mein erhitztes Aussehen hervor=
gerufen hatte, davon überzeugte, daß dem so war. Der Ge=
danke, ich sei irgendwie von meinem Aussehen abhängig,
war mir eine Offenbarung, und zwar im ersten Augenblick
eine sehr beunruhigende. Als mir Marian sagte, daß mir ein
Kleidungsstück stehe und ein anderes nicht (sie war darüber
nie einen Augenblick im Zweifel), als ich begriff, daß ihr
Interesse an Kleidern vorwiegend deren Wirkung und nicht
deren Haltbarkeit galt, wurde in mir ein neues Gefühl ge=
weckt, an dessen Süße ich mich noch erinnere, obwohl es so
rasch erstarb. Ich kehrte von diesem Ausflug nicht nur mit
dem Gefühl zurück, daß es herrlich war, ich zu sein, sondern
ich war auch zutiefst befriedigt, auszusehen wie ich.

Wir nahmen das Mittagessen im »Maidshead« in Wen=
sum Street ein, und das war für mich ein großer Augenblick;
denn selbst zu Lebzeiten meines Vaters galt es als eine außer=

gewöhnliche Extravaganz, in ein Hotel zu gehen: wenn wir auswärts aßen, dann immer in einem Restaurant.

Wir waren früh von Brandham abgefahren, und bis zum Mittagessen hatten wir fast alle Besorgungen erledigt. Die Pakete wurden eines nach dem anderen in den Wagen ge= legt, bis der Vordersitz fast ganz von ihnen bedeckt war. Ich konnte kaum glauben, daß die meisten für mich waren. »Würdest du dich gerne jetzt schon umziehen?« fragte mich Marian, »oder möchtest du lieber warten, bis wir zu Hause sind?« Ich erinnere mich noch heute des Zwiespaltes, den diese Frage in mir hervorrief. Schließlich sagte ich, um die Vorfreude zu verlängern, daß ich warten wolle. So heiß es auch in Norwich gewesen sein mußte — das Thermometer stand, als wir später nachsahen, immer noch auf 28 Grad und war höher gewesen —, erinnere ich mich nicht, die Hitze ge= spürt zu haben, obwohl ich die Winterkleider trug.

Über was hatten wir gesprochen, das mir den Eindruck von Flügeln und Blitzen hinterließ, einen Eindruck von Luft, die von Vogelflug zerteilt wurde? Von sausendem Auf= und Niederschwingen, von einem regenbogenfarbenen Perlen, das in der alles überstrahlenden Helle des Tages unterging?

Dies alles schien mit Marians Gegenwart verknüpft, und meine Verzückung dauerte noch an, als sie mich nach dem Essen entließ und mir sagte, ich solle mich für eine Stunde in der Kathedrale umsehen. Zweifellos kam es zum Teil daher, daß ich wußte, ich werde sie bald wiedersehen; aber noch nie hatte ich so stark das Gefühl gehabt, in Harmonie mit meiner Umgebung zu sein. Mir war, als drücke das ganze Gebäude, das steil in sein berühmtes gewölbtes Dach emporstrebte, mein eigenes Gefühl aus, und später, als ich aus dem kühlen Dunkel seines Inneren in die Hitze und in den Sonnenschein hinaustrat (auf den Gottesacker, dessen Name mich faszinierte), verdrehte ich meinen Hals, um den Punkt zu finden, genau den Punkt, an dem die höchste Spitze des Turmes in den Himmel eindrang.

O altitudo! Sie hatte mir gesagt, ich solle sie am Denkmal von Sir Thomas Browne treffen; und um ja nicht zu spät zu kommen, kam ich zu früh; da stand der Wagen mit den beiden Pferden, und der Kutscher hob grüßend seine Peitsche. Ich stakste um das Denkmal herum, überlegte, wer Sir Thomas Browne wohl sei und scheute mich, in den Wagen zu steigen und darin Platz zu nehmen, als sei ich der Besitzer. Und dann erblickte ich sie auf der gegenüberliegenden Seite des Platzes. Sie schien sich von jemandem zu verabschieden, jedenfalls hatte ich den Eindruck, als lüfte jemand den Hut. Sie kam langsam auf mich zu, drängte sich durch den schläfrigen Mittagsverkehr und sah mich erst viel später. Dann winkte sie mit ihrem Sonnenschirm mit den gekräuselten, schaumigen Rüschen und beschleunigte ihren Schritt.

Meine geistige Verwandlung vollzog sich in Norwich; dort geschah es, daß ich mir, wie ein Schmetterling, der aus der Puppe steigt, zum erstenmal meiner Flügel bewußt wurde. Bis zum Tee mußte ich auf die öffentliche Bestätigung meiner Apotheose warten. Mein Erscheinen wurde mit begeisterten Ausrufen begrüßt, als habe die ganze Gesellschaft für diesen Augenblick gelebt. Statt Gasflammen schienen nun Springbrunnen um mich herum in die Höhe zu schießen. Man hieß mich auf einen Stuhl steigen und mich wie ein Planet um meine Achse drehen, während man jedes Detail meiner neuen Ausstattung, soweit es sichtbar war, bewundernd oder scherzhaft kommentierte. »Hast du deine Kra=

watte bei Challows gekauft?« rief Denys. »Ich werde sie sonst nicht bezahlen.« Marian bejahte. In Wirklichkeit hatte die Krawatte, wie ich später entdeckte, ein anderes Firmen= zeichen: wir waren in so vielen Läden gewesen! »Wie kühl er ausschaut!« witzelte jemand. »Ja«, sagte ein anderer, »kühl wie eine Gurke und das gleiche Grün!« Sie diskutier= ten, welche Schattierung Grün das wäre. »Lincoln=Grün!« sagte eine andere Stimme. »Er könnte Robin Hood sein!« Das entzückte mich, und ich sah mich mit Jungfer Marian durch die Wälder streifen. »*Fühlst* du dich denn nicht ganz anders?« fragte mich jemand fast vorwurfsvoll, als hätte ich das bestritten. »Ja«, rief ich aus, »ich fühle mich wie ein anderer Mensch!« — womit ich nicht einmal die volle Wahr= heit sagte. Alle lachten. Das Gespräch wandte sich allmählich von meiner Person ab, wie das bei Kindern der Fall ist, und ich kletterte verlegen von meinem Piedestal herab. Ich be= griff, daß mein Augenblick vorbei war; aber was für ein Augenblick war das gewesen. »Komm her, mein Lieber«, sagte Mrs. Maudsley, »und laß dich aus der Nähe betrach= ten.« Ich ging nervös auf sie zu, gefangen im Lichtstrahl ihres Auges wie eine Motte, in jenem schwarzen Schein= werferkegel, dessen Intensität und Kraft sich niemals ver= änderte. Sie rieb das weiche, feine Material zwischen ihren Fingern. »Diese rauchgrauen Perlmuttknöpfe sind hübsch, findest du nicht auch? Ja, ich finde das einen sehr guten Kauf und hoffe, deine Mutter ist der gleichen Ansicht. Übrigens, Marian«, fügte sie hinzu und wandte sich ihrer Tochter zu, als existierten ich und meine Belange nun nicht länger für sie, »hattest du Zeit, die kleinen Kommissionen zu erledigen, die ich dir aufgetragen hatte — die Sachen, die wir nächste Woche brauchen?« »Ja, Mama«, sagte Marian.

»Und hast du deine eigenen Einkäufe erledigen können?«

Marian zuckte die Achseln.

»O nein, Mama, das hat Zeit.«

»Du mußt nicht zu lange damit warten«, sagte Mrs. Maudsley ruhig. »Ich nehme an, du hast niemanden in Nor=wich getroffen?«

»Keine Menschenseele«, sagte Marian. »Wir mußten uns schwer dranhalten. Nicht wahr, Leo?«

»Ja, das stimmt«, antwortete ich, und mein Eifer, ihr bei=zupflichten, war so groß, daß ich gar nicht an die Stunde dachte, die ich in der Kathedrale verbracht hatte.

Der Sommer hatte sich von einem Feind in einen Freund verwandelt: auch das war eine Folge unserer Einkaufsfahrt nach Norwich. Ich hatte das Gefühl, daß ich mich nun nach Herzenslust in der Hitze bewegen könne, und ich eroberte sie wie ein neues Element. Ich liebte es, zu beobachten, wie sie schimmernd vom Boden aufstieg und schwer in den Kro=nen der juligrünen Bäume hing. Ich liebte den Eindruck von Regungslosigkeit, den sie erweckte oder zu erwecken schien und der die ganze Natur in einer kontemplativen Stille ein=fing. Ich liebte es, die Hitze zu greifen und sie auf meinem Hals und meinen Knien zu spüren, die sich jetzt unverhüllt ihrer Umarmung darboten. Ich sehnte mich danach, immer tiefer und tiefer in sie einzudringen, ihr immer näher und näher zu kommen; denn ich fühlte, daß meine Erfahrungen irgendwie zu einem Höhepunkt führen würden und daß ich, wenn es nur heißer und heißer werden würde, einmal bis ans Herz der Hitze gelangen könnte.

Der grüne Anzug mit seinen rauchgrauen Perlmuttknöp=fen und dem offenen Kragen, der so leicht war; die dünne Unterwäsche, deren Berührung mich zärtlich streichelte; die

Strümpfe, die kaum dicht genug waren, um meine Beine vor Kratzern zu schützen; die Halbschuhe, mein besonderer Stolz, all das, so fühlte ich, war nur ein erster Schritt auf dem Weg zu meiner vollständigen körperlichen Vereinigung mit dem Sommer. Eines nach dem anderen würde ich diese Kleidungsstücke ablegen — in welcher Reihenfolge vermochte ich nicht zu sagen, obwohl das eine Frage war, die mich beschäftigte. Welches Kleidungsstück würde das letzte sein, das mich noch von der endgültigen letzten Befreiung zur Nacktheit zurückhielt? Meine Ansichten von Anstand waren ungenau und schwer zu definieren, wie alle meine Ansichten in bezug auf geschlechtliche Dinge; trotzdem war ich mir über meine Sehnsucht, mich mit meinen Kleidern auch dieser Vorstellungen zu entledigen und wie ein Baum oder eine Blume unverhüllt der Natur gegenüberzustehen, durchaus im klaren.

Diese Sehnsucht nach Erfüllung in reiner Nacktheit schwebte am Rande meines Bewußtseins; vielleicht glaubte ich selbst nicht, daß sie sich je verwirklichen würde. Inzwischen änderte der Stolz auf meine neue Ausrüstung auf einer anderen Bewußtseinsebene meine Lebensansichten, und meine Beziehung zur Umwelt. Neue Kleider wirken immer wie ein Tonikum, und die Umstände, durch welche ich zu den meinen gekommen war, machten diese zu einem Super=Tonikum. Ich stolzierte wie ein radschlagender Pfau umher und plusterte mich. Aber ich war dabei der Dankbarkeit und Ergriffenheit durchaus fähig, und diese beiden Gefühle waren in mir geweckt worden. Dankbarkeit für die Gaben — wie konnten meine Wohltäter mich nicht schätzen, wie hätte ich sie nicht schätzen können, nachdem die Zuneigung durch solche Gaben besiegelt worden war? Und Ehrfurcht vor der Art, in der sie gegeben wurden: die beiläufige Ansammlung

enormer Rechnungen, die sich von Laden zu Laden ver=
größerte, als sei Geld überhaupt nichts! Die Aufwendungen
waren märchenhaft gewesen; sie gehörten zu einem anderen,
großzügigeren Lebensstil als dem, den ich gewöhnt war.
Mein Verstand konnte ihn nicht begreifen, aber meine Phan=
tasie konnte damit spielen; denn im Gegensatz zu meinem
Verstand, der das, was er nicht begriff, ad acta legen konnte,
liebte es meine Phantasie, sich in das Unverständliche zu
versenken und meine Ahnungen davon durch eine Analogie
auszudrücken. Ich hatte mir bereits eine zurechtgelegt. Von
diesen herrlichen, mit Dukaten (ich vermutete, mit Guineen)
gesegneten Wesen, die, scheinbar unberührt durch irgend=
welche Bindungen an Arbeit oder Familie, kamen, blieben
und gingen, diesen Weltbürgern, die die Welt zu ihrem
Spielplatz machten, in deren Macht es stand (denn das ver=
gaß ich nie), mich durch ein Lachen unglücklich und durch
ein Lächeln glücklich zu machen — von diesen Wesen zu den
kaum erhabeneren und sagenhafteren Figuren des Tierkrei=
ses war nur ein kurzer Schritt.

Ein Gegenstand meines Trousseaus war ein Badeanzug,
und teils meinem Wunsch nach Nacktheit entsprechend, teils
weil mir der Gedanke, mich darin zu sehen, gefiel (der Tag
mit Marian hatte mich in vieler Hinsicht meiner selbst be=
wußt gemacht), wünschte ich mir sehr, ihn anzuziehen. Ich
gestand, daß ich nicht schwimmen konnte, wenn mich nicht
jemand hielt, aber Marian sagte, sie werde dafür sorgen.
Dem jedoch setzte meine Gastgeberin eine Schranke. Meine
Mutter hatte ihr geschrieben, ich sei zart und neige zu Er=
kältungen; die Verantwortung, mich baden zu lassen, werde
sie nicht ohne die vorherige Erlaubnis meiner Mutter über=

nehmen. Aber wenn ich wolle, könne ich natürlich den anderen beim Baden zusehen.

Ein Badeausflug war schon geplant, und ich hatte gerade noch Zeit, den Brief zu schreiben und mich den anderen anzuschließen. Es war Samstag, der 14., — meteorologisch ein enttäuschender Tag; denn das Thermometer (von dem ich jetzt wünschte, es würde in unerhörte Höhen hinaufschießen) hatte noch keine 25 Grad erreicht. Aber dies war ein Geheimnis, das ich mit Markus und seinem Vater teilte; die anderen, die den wahren Stand der Dinge nicht kannten, klagten laut über die Hitze. Ich nahm, um mit der übrigen Gesellschaft enger verbunden zu sein, meinen Badeanzug mit. Auch Markus hatte den seinen bei sich. Er würde ihn gebrauchen, obwohl er, wie ich, nicht schwimmen konnte. Keiner der beiden Anzüge, so mußte ich betrübt feststellen, machte große Konzessionen an die Nacktheit. Ich hatte den meinen anprobiert; er war enttäuschend weit, und Markus' war genau so.

Ich hatte noch nie mit Erwachsenen zusammen gebadet. Das war an sich nicht überraschend, denn in jenen Tagen war das Baden ein Zeitvertreib von nur wenigen, und ein Badeausflug bedeutete ein weit sensationelleres Erlebnis, als dies heute der Fall ist. Ich war neugierig darauf und fürchtete mich beinahe davor; ich hatte die Vorstellung, mich einem fremden und vielleicht sogar feindlichen Element zu überantworten. Obwohl mein Erlebnis nur indirekt sein würde, fühlte ich ein Prickeln auf der Haut und eine leichte Übelkeit in meinen Eingeweiden.

Zu sechst gingen wir im Gänsemarsch den Pfad hinunter — Marian und Denys, ein junger Mann und eine junge Frau, deren Namen in meinem Tagebuch stehen, an deren Gesichter ich mich aber nicht erinnern kann, und Markus und ich,

die den Abschluß bildeten. Es war gegen sechs Uhr, aber die
Hitze hing noch immer in der Luft, nicht brennend, aber all=
gegenwärtig und wohltuend. Durch ein Gatter betraten wir
ein Wäldchen. Diesen Weg sollte ich an heißeren Tagen noch
oft gehen; aber nie mehr hatte ich den gleichen Eindruck von
Kühle, die auf Hitze folgte. Die Bäume standen sehr dicht,
sie schlossen uns ein; die Stille wirkte ansteckend, keiner
sprach. Wir kamen auf einen Pfad, der zwischen den Bäumen
dahinführte, und folgten ihm, kletterten dann einen steilen,
baumbestandenen Abhang hinunter und über einen Zaun in
eine Wiese. Wieder eine Stufe näher dem Erlebnis! Unter
dem erneuten Ansturm der Hitze begannen wir wieder zu
sprechen, und Markus sagte:

»Trimingham kommt heute abend.«

»Oh, kommt er?« antwortete ich ohne sonderliches Inter=
esse, aber ich merkte mir den Namen für mein Tagebuch.

»Ja, aber spät, wir werden schon im Bett sein.«

»Ist er nett?« fragte ich.

»Ja, aber furchtbar häßlich. Du mußt nicht erschrecken,
wenn du ihn siehst, sonst ist er verletzt. Er mag es nicht,
wenn man Mitleid mit ihm hat. Weißt du, er ist im Krieg
verwundet worden, und sein Gesicht ist nicht mehr in Ord=
nung gekommen. Man sagt, daß es nie mehr richtig wird.«

»Scheußliches Pech«, sagte ich.

»Ja, aber das darfst du weder ihm noch Marian sagen.«

»Warum nicht?«

»Mama würde das nicht gern hören.«

»Warum nicht?« sagte ich wieder.

»Versprich, daß du's niemandem sagst — nicht einmal in
der Folter!«

Ich versprach es.

»Mama möchte, daß Marian ihn heiratet.«

Ich kaute schweigend an dieser Neuigkeit herum. Sie war mir äußerst unangenehm. Schon jetzt war ich leidenschaftlich eifersüchtig auf Trimingham, und die Tatsache, daß er ein Kriegsheld war, konnte in meinen Augen keine Empfehlung sein. Mein Vater hatte den Krieg so sehr mißbilligt, daß er mit den Buren sympathisierte. Ich war durchaus fähig, in das Lied »Die Soldaten der Königin« und »Auf Wiedersehen, Dolly, ich muß dich verlassen« einzustimmen, und war bei der Entsetzung von Ladysmith vor Aufregung fast verrückt geworden; aber ich glaubte, daß mein Vater recht hatte. Vielleicht verdiente es Trimingham, verstümmelt zu sein. Und weshalb konnte Mrs. Maudsley wünschen, daß Marian einen Mann heiratete, der abstoßend häßlich und nicht einmal ein Mister war?

Wir durchquerten die Wiese auf einem erhöhten Pfad, der zu einem halbkreisförmigen Binsendickicht führte; wir gingen auf die äußerste Spitze der Bucht zu. Es war eine jener sumpfigen, schilfigen Wiesen in Norfolk, auf denen Wollgras wächst. Trotz der Hitze, die alles austrocknete, mußte man vorsichtig gehen, um den durch das Gras halb verdeckten Pfützen rötlichen Wassers auszuweichen. Quatsch, quatsch, und meine niedrigen Schuhe versanken in braunem Gerinnsel.

Vor uns war ein schwarzes Etwas, ganz aus Stangen und Sparren und Pfählen gefügt, wie ein Galgen. Es machte einen furchterregenden, sehr verlassenen Eindruck. Es war wie etwas, dem man lieber auswich, das einem gefährlich werden konnte; ich wunderte mich, daß wir so unbekümmert darauf zugingen. Wir hatten es fast erreicht, und ich sah, wie die Verschalung abfaulte, und begriff, daß sich jahrelang nie=

mand darum gekümmert hatte, als plötzlich aus dem Schilf der Kopf und die Schultern eines Mannes auftauchten. Er stand mit dem Rücken zu uns und hörte uns nicht. Er ging gemächlich die Stufen zu der Plattform zwischen den Rädern und Rollen hinauf. Er ging sehr langsam, ganz im Genuß seines Alleinseins; er bewegte seine Arme und spielte mit den Schultern, als wolle er sich ganz freimachen, obgleich er nichts anhatte, das ihn hätte irgendwie beengen können: einen Augenblick lang dachte ich, er sei nackt.

Ein oder zwei Sekunden stand er fast regungslos und wippte nur prüfend auf den Zehen; dann warf er die Arme hoch, spannte sich wie ein Bogen und verschwand. Erst als ich das Aufspritzen des Wassers hörte, begriff ich, wie nahe der Fluß war.

Die Erwachsenen starrten einander bestürzt an, und wir starrten sie an. Die Bestürzung wandelte sich in Empörung. »Was für eine Frechheit!« sagte Denys. »Ich glaubte, wir hätten den Platz für uns allein. Der muß doch wissen, daß er hier nichts zu suchen hat. Was sollen wir machen? Sollen wir ihn fortjagen?«

»In diesem Aufzug kann er nicht gut gehen«, sagte der andere junge Mann.

»Schön, sollen wir ihm fünf Minuten Zeit lassen zu ver= schwinden?«

»Was ihr auch macht, ich ziehe mich jetzt um«, sagte Ma= rian. »Ich brauch lange. Komm mit, Eulalie« (das war der seltsame Name ihrer Freundin), »das hier ist unsere Bade= hütte. Sie ist besser als sie aussieht«, und sie deutete auf eine Hütte im Schilf, die, wie die meisten Hütten, einem ver= lassenen Hühnerhaus glich. Sie gingen und überließen es uns, die Situation zu klären.

Wir sahen einander unentschlossen an und durchquerten dann das Schilf in Richtung auf das Ufer. Bis jetzt war der Fluß verborgen gewesen.

Sofort änderte sich das Bild der Landschaft. Der Fluß be= herrschte es. Ich möchte sagen, die beiden Flüsse, es sah aus wie zwei verschiedene Flußläufe. Oberhalb der Schleuse, neben der wir standen, kam der Fluß aus dem Schatten der Baumgruppe. Grün, bronzefarben und golden floß er durch Binsen und Schilf; der Kies blitzte auf, und ich konnte die Fische über die Untiefen flitzen sehen. Unterhalb der Schleuse verbreiterte er sich zu einem See, der so blau war wie der Himmel. Nicht eine Pflanze trübte die Oberfläche, nur etwas zerbrach den glatten Spiegel: der auf= und niedertauchende Kopf des Eindringlings.

Er sah uns und begann auf uns zuzuschwimmen; seine Arme, die oben gebräunt und unten weiß waren, teilten das Wasser. Bald konnten wir sein Gesicht sehen, und seine Augen waren mit dem für Schwimmer typischen angestreng= ten Ausdruck auf uns gerichtet. »Ach, das ist ja Ted Burgess«, sagte Denys leise, »der Pächter vom Schwarzhof. Wir kön= nen nicht unhöflich gegen ihn sein — erstens gehört ihm das Land am anderen Ufer, und außerdem würde Triming= ham das nicht gerne sehen. Wartet, ich werde besonders nett zu ihm sein. Für einen Bauern schwimmt er nicht schlecht, was?« Es schien, als sei Denys erleichtert, daß er keine Szene machen müsse; und ich, der sich eher darauf gefreut hatte und glaubte, daß der Bauer ein Mann war, den man nicht so einfach davonjagen konnte, war enttäuscht.

»Ich will ihm eben guten Tag sagen«, sagte Denys. »Wir verkehren natürlich nicht mit ihm, aber ich möchte nicht, daß er denkt, wir seien hochnäsig.«

Burgess war jetzt fast unter uns. Ein dicker alter Pfahl, der am Ziegelwerk der Schleuse befestigt war, ragte aus dem Wasser. Die Witterung hatte ihn ausgehöhlt und fast wie einen Bleistift zugespitzt. An diesen Pfosten klammerte sich Burgess und begann sich hochzuziehen. Er hing über der Spitze, um Fuß zu fassen, und es sah aus, als würde er aufge= spießt; dann griff seine Hand nach einem Ring, der oben in die Mauer eingelassen war, und er stand triefend am Ufer.

»Was für eine Art an Land zu gehen!« sagte Denys und legte seine trockne Hand in die nasse des Bauern. »Warum haben Sie denn nicht den bequemen Weg auf der anderen Seite der Schleuse genommen? Wir haben dort ein paar Stu= fen machen lassen.«

»Ich weiß«, sagte der Bauer, »aber ich habe immer diesen Weg genommen.« Er sprach im Dialekt dieser Gegend. Das verlieh seinen Worten Wärme und Gewicht. Er sah auf das Wasser, das sich in einer Pfütze auf den bläulichen Ziegeln zu seinen Füßen sammelte, und schien plötzlich verlegen darüber, in Gegenwart bekleideter Menschen fast nackt zu sein. »Ich wußte nicht, daß jemand kommen würde«, sagte er entschuldigend. »Die Ernte hat gerade begonnen, und ich bin bei der Arbeit so heiß geworden, daß ich gedacht habe, du läufst schnell runter und springst hinein, weil doch Sams= tag ist. Ich brauch' nicht lang, nur noch einen Kopfsprung.«

»Oh, bitte, eilen Sie sich nicht unseretwegen«, unterbrach ihn Denys. »Das ist ganz in Ordnung. Uns ist auch heiß, oben im Haus. Übrigens«, fügte er hinzu, »heute abend kommt Trimingham; er wird Sie wahrscheinlich sehen wollen.«

»Würde mich nicht wundern«, sagte der Bauer, nickte Denys zu und rannte die Treppe zur Plattform hinauf, bei jedem Schritt einen dunklen Fußabdruck hinterlassend. Wir sahen ihn untertauchen — es mußte wohl zehn Fuß in die Tiefe sein —, und dann sagte Denys: »Ich glaube, ich habe ihm die Situation erleichtert. Glaubt ihr nicht auch?« Sein Freund stimmte ihm zu. Sie gingen fort, um ein Versteck im Schilf zu suchen; wir schlugen die andere Richtung ein. Die gefiederten Spitzen der Binsen nickten einladend. In ihrem Schutz konnten wir sehen, ohne, wie wir glaubten, gesehen zu werden: es war aufregend und geheimnisvoll wie in einer Höhle. Markus begann sich auszuziehen. Ich wollte seinem Beispiel folgen, aber Markus sagte: »Ich würde mir ja keinen Badeanzug anziehen, wenn ich doch nicht bade. Das sieht komisch aus.« Also blieb ich, wie ich war.

Das Schilf raschelte, als die Männer herauskamen, und fast im gleichen Augenblick hörten wir die Tür der Hütte knarren und die Stimmen der Frauen. Sie gingen alle zu= sammen zu den Stufen oberhalb der Schleuse, und ich folgte ihnen und hatte das Gefühl, daß ich nicht mehr zu ihnen gehöre. Irgendwie war es enttäuschend, sie so bis zum Hals bekleidet zu sehen, fast als würden sie in ihren Kleidern baden; ich erinnere mich, daß Marians Anzug sie weit mehr zu verhüllen schien als ihre Abendkleider. Sie alberten auf den Stufen, indem sie einander scherzhaft Mut machten, als erste hineinzugehen. Denys und sein Freund zogen einander ins Wasser und wurden mit der Strömung durch die Schleuse gespült, während Marian und Eulalie und Markus in dem seichten Wasser oberhalb blieben, wo es nur hüfttief war; ihre Füße waren verschwommen weiß auf dem golden leuch= tenden Kies zu sehen, während sie mit langen, unsicheren Schritten herumwateten, in unsichtbare Löcher einsanken und dabei einander anspritzten, schrien, kicherten und lach= ten. Ihre dicken, unförmigen Anzüge klebten an ihren Kör=

pern und nahmen allmählich deren sanfte Formen an. Nun wurden sie mutiger und bespritzten sich mit Absicht; mit zusammengekniffenen Augen gingen sie aufeinander los, das Kinn kampflustig vorgereckt. Ihre ausgestreckten Hände drückten das Wasser mit langen, langsamen Bewegungen zur Seite und fingen es dann mit vollen Armen wieder auf. Die Bewegung teilte sich allmählich ihrem Körper mit; sie lächelten glücklich und atmeten in tiefen, seligen Zügen.

Mir war, als sähe ich einem Tanz zu, von dem ich ausge= schlossen war. Ich konnte diesen Anblick nicht länger er= tragen und wandte mich nach der anderen Seite der Schleuse, wo Denys und der andere Mann im tiefen Wasser auf dem Rücken trieben, es manchmal strampelnd aufspritzen ließen, manchmal in den Himmel starrten, so daß nur ihre Gesich= ter zu sehen waren. Während ich so dastand und sie be= wunderte, ohne den Wunsch zu haben, bei ihnen zu sein, hörte ich unter mir einen Laut; es war Ted Burgess, der am Pfahl hing und sich hinaufzog. Seine Muskeln traten hervor, sein Gesicht war vor Anstrengung verzerrt. Offenbar sah er mich nicht; und ich wich vor diesem kraftvollen Körper, der mir etwas zu sagen schien, von dem ich nichts wußte, fast angstvoll zurück. Ich verzog mich in das Schilf und ließ mich dort nieder, während er sich auf den warmen Ziegeln in der Sonne ausstreckte.

Neben ihm lagen seine Kleider; er hatte sich nicht die Mühe genommen, den Schutz des Schilfes aufzusuchen. Auch jetzt tat er es nicht. Er glaubte sich unbemerkt von den ande= ren Badenden und überließ sich dem Alleinsein mit seinem Körper. Er spielte mit seinen Zehen, schnaubte laut durch die Nase, zwirbelte seinen braunen Schnurrbart, in dem im= mer noch Wassertropfen hingen, und betrachtete sich kritisch.

Was er sah, schien ihn zu befriedigen, und er hatte allen Grund dazu. Ich, der Körper und Geist nur im Stadium der Entwicklung kannte, befand mich plötzlich der Reife in ihrer ausgeprägtesten Form gegenüber; und ich überlegte, was für ein Gefühl das wohl sein müsse, so wie er zu sein, Herr über diese Gliedmaßen, die den Anforderungen des Turnsaals und des Sportplatzes längst entwachsen und nur für ihre eigene Kraft und Schönheit da waren. Auf welche Weise, überlegte ich, können sie sich ihrer selbst bewußt werden?

Jetzt hatte er den Stengel eines Wegerichs in seiner linken Hand und strich damit sanft über die Haare seines rechten Unterarms; sie glitzerten in der Sonne und waren blasser als seine Arme, die bis über den Ellbogen mahagonibraun waren. Dann streckte er beide Arme senkrecht über seine Brust empor, die so weiß war, daß sie zu einem anderen Menschen hätte gehören können; nur unterhalb des Halses hatte die Sonne einen kupferfarbenen Brustpanzer eingebrannt. Und er lächelte vor sich hin, ein inniges, zufriedenes Lächeln, das bei den meisten Menschen kindisch oder dumm ausgesehen hätte, das bei ihm aber wie eine Feder auf einem Tiger wirkte — ein scharfer Kontrast, der ganz zu seinem Vorteil ausfiel.

Ich überlegte mir, ob es richtig wäre, ihn so zu belauern, aber ich konnte mich nicht bewegen, ohne mich zu verraten, und ich hatte das Gefühl, es sei gefährlich, ihn zu stören.

Die Badenden waren die ganze Zeit über ruhig gewesen, aber plötzlich ertönte ein Schrei vom Fluß her — »Oh, mein Haar, mein Haar! Es hat sich gelöst, es ist ganz naß! Ich werde es nie mehr trocken bekommen! Was soll ich tun? Was soll ich tun? Ich gehe raus!«

Der Bauer sprang auf. Er nahm sich nicht die Zeit, sich abzutrocknen. Er zog sein Hemd über den Kopf und seine

Kordhose über seine nasse Badehose, fuhr mit den Füßen in dicke, graue Socken und zog die Stiefel an. Die wütende Energie, die er so unmittelbar nach seiner bisherigen Ruhe in diese Bewegungen legte, erschreckte mich. Sein Ledergür= tel machte ihm am meisten zu schaffen; er fluchte, als er die Schnalle befestigte. Dann ging er über die Schleuse hinweg von dannen.

Einen Augenblick später erschien Marian. Sie hielt ihr langes Haar von sich weg. Es machte zwei Windungen, die mir vertraut waren; sie gehörten zu der Jungfrau des Tier= kreises. Sie sah mich sofort; halb lachte sie, halb war sie zornig. »Oh, Leo«, sagte sie, »du sitzt so selbstzufrieden da. Ich hätte Lust, dich in den Fluß zu werfen.« Ich glaube, ich machte ein erschrecktes Gesicht, denn gleich darauf sagte sie: »Nein, nein, das war nur Spaß. Du siehst nur so schrecklich *trocken* aus, und bis ich es bin, wird es ewig dauern.« Sie sah sich um und sagte: »Ist der Mann fort?«

»Ja«, sagte ich, wie immer glücklich, auf eine Frage, die sie mir stellte, antworten zu können. »Er ist in großer Eile fortgegangen. Er heißt Ted Burgess und ist ein Bauer«, gab ich bereitwillig weiter Auskunft. »Kennen Sie ihn?«

»Es kann sein, daß ich ihn getroffen habe«, sagte Marian. »Ich kann mich nicht erinnern. Aber du bist noch da, das ist wenigstens etwas.«

Ich wußte nicht, was sie meinte, aber es klang wie ein Kompliment. Sie ging in die Hütte. Bald gingen auch die anderen aus dem Wasser. Markus kam zu mir und erzählte mir, wie herrlich es gewesen wäre. Ich beneidete ihn um sei= nen nassen Badeanzug, der auf seine halbe Größe zusammen= geschrumpft schien: mein trockener lag da wie ein Zeichen der Schande. Wir mußten lange auf die Damen warten. End=

lich kam Marian aus der Hütte. Sie hielt ihr langes Haar von sich weg. »Oh, ich werde es nie mehr trocken bekommen«, jammerte sie, »und es tropft auf mein Kleid.« Es war komisch, sie so hilflos und verzweifelt zu sehen, sie, die immer alle Dinge so leicht nahm, und das alles wegen einer solchen Lappalie wie nasse Haare. Frauen waren sehr seltsam. Ganz plötzlich hatte ich eine Idee. Sie durchfuhr mich wie ein Freudenstrahl: »Hier ist mein Badeanzug«, sagte ich, »der ist *ganz* trocken. Wenn Sie ihn so um Ihren Hals nehmen, daß er über Ihren Rücken hängt, können Sie Ihr Haar darüber fallen lassen, und Ihr Haar wird trocknen und Ihr Kleid nicht naß werden.« Ich hielt atemlos inne; mir schien dies die längste Rede, die ich je gehalten hatte, und ich zitterte, weil sie vielleicht nicht darauf hören könnte: man tat die Vorschläge von Kindern so oft achtlos ab. Ich hielt das Kleidungsstück beschwörend in die Höhe, damit sie selbst sehen konnte, wie geeignet es für ihre Zwecke war. »Das könnte gehen«, sagte sie zögernd. »Hat jemand eine Nadel?« Man hatte eine Nadel zur Hand; der Anzug wurde um ihren Hals drapiert, man gratulierte mir zu meinem großartigen Einfall. »Und jetzt mußt du mein Haar darüber ausbreiten«, sagte sie zu mir, »und paß auf, daß du nicht daran ziehst. Oh, oh!« Ich fuhr erschrocken zurück; wie konnte ich ihr wehgetan haben? Ich hatte ihr Haar kaum berührt, so sehr mich auch danach verlangte. Dann sah ich, daß sie lächelte, und machte mich wieder an die Arbeit. Es war wahrhaft ein Liebesdienst, der erste meines Lebens.

Ich ging neben ihr durch die immer länger werdenden Schatten zurück, ängstlich bemüht, ihr immer noch »etwas« zu bedeuten, obwohl ich nicht wußte, was. Hin und wieder fragte sie mich, wie ihr Haar sei, und jedesmal, wenn ich es berührte, um es festzustellen, gab sie vor, ich hätte daran gezogen. Sie war in einer seltsam exaltierten Stimmung, und genau so erging es mir; und ich dachte, daß unsere Über= spanntheit irgendwie aus derselben Quelle käme. Meine Ge= danken umfingen sie, drangen in sie ein: ich war der Bade= anzug, über den ihr Haar fiel; ich war ihr trocknendes Haar, ich war der Wind, der es trocknete. Ich hatte ein überwälti= gendes Gefühl, etwas erreicht zu haben, das ich mir nicht erklären konnte. Aber als sie mir mein Eigentum wieder zurückgab, feucht von der Feuchtigkeit, vor der ich sie be= wahrt hatte, und mich noch einmal ihr Haar fühlen ließ, das trocken war von einer Trockenheit, die sie mir verdankte, fühlte ich, daß die Schale meines Glückes bis zum Rand ge= füllt war.

Fünftes Kapitel

Das Frühstück in Brandham Hall begann mit einer Familienandacht um neun Uhr. Mr. Maudsley saß am oberen Tischende und las die Gebete (die Speisen standen alle auf der Anrichte). Die anderen Stühle waren vom Tisch an die Wand zurückgestellt worden; ich glaube, sie waren alle gleich, aber ich hatte meinen Lieblingsstuhl, den ich an bestimmten Merkmalen erkannte und nach Möglichkeit ergatterte. Nachdem der Gong ertönt war, zogen die Dienstboten im Gänsemarsch herein, angeführt vom Butler, der seine feierlichste Miene aufgesetzt hatte. Ich zählte sie jedesmal, kam aber immer nur bis zehn, obwohl es hieß, es seien zwölf im Haus. Die Familie erschien weniger regelmäßig. Mrs. Maudsley war immer anwesend; für Markus und mich war es eine Ehrensache; Denys kam ab und zu, und Marian, die selten pünktlich war, erschien manchmal, wenn wir schon halb fertig waren. Im großen ganzen waren immer etwas über die Hälfte der Gäste anwesend. Markus sagte mir, man sei in keiner Weise verpflichtet zu kommen; aber die meisten Haushalte alten Stils hielten an der Familienandacht fest (ich wagte ihm nicht zu sagen, daß dies bei uns nicht der Fall war). Sein Vater sah es gerne, wenn man kam, nahm es aber nicht übel, wenn man wegblieb.

Zuerst setzten wir uns, dann knieten wir nieder; während wir saßen, las Mr. Maudsley eine Textstelle, während wir knieten, las er die Gebete; er las mit alltäglicher Stimme, ohne Betonung, aber nicht ohne Andacht; er war eine so farblose Persönlichkeit, daß er sich allem, was er tat, anzupassen schien.

Beim Sitzen hatte man die beste Gelegenheit, Beobachtungen anzustellen, die Gäste zu studieren oder, was leichter war, die Dienstboten, denn sie saßen uns gegenüber. Markus war in gewissen Dingen ihr Vertrauter; er wußte zum Beispiel, wer von ihnen in Schwierigkeiten war und weshalb. Wenn es schien, als hätte eines von ihnen gerötete Augen, so verlieh dies der morgendlichen Zeremonie einen dramatischen Akzent. Später, während man kniete, konnte man die Knöchel so in die Augen pressen, daß farbige Kreise erschienen, und man konnte die nächste Umgebung genauestens inspizieren. Dies so diskret zu tun, daß man sich nicht dem Vorwurf mangelnder Frömmigkeit aussetzte, war eine der Aufgaben, die man sich stellte.

An jenem Morgen, meinem ersten Sonntagmorgen in Brandham Hall, ging Markus nicht mit mir hinunter. Er sagte, er fühle sich nicht wohl. Er überlegte nicht lange, ob er aufstehen solle oder nicht, wie ich das getan hätte, noch erbat er von irgend jemandem die Erlaubnis, liegenbleiben zu dürfen. Er blieb einfach im Bett. Seine blassen Wangen waren leicht gerötet, und seine Augen glänzten. »Mach dir keine Gedanken meinetwegen«, sagte er. »Es wird schon jemand kommen. Bestelle Trimingham beste Grüße von mir.«

Insgeheim fest entschlossen, Mrs. Maudsley sofort nach der Andacht davon zu berichten (denn abgesehen von meiner wirklichen Besorgnis fand ich Gefallen daran, mich in der Rolle eines Überbringers schlechter Nachrichten zu sehen), wartete ich, bis der letzte Gongschlag verhallt war und stand auch schon am obersten Absatz der Doppeltreppe. Ich mußte nicht lange überlegen, welche Seite diesmal an der Reihe war.

Trimingham, dachte ich, als ich die Treppenkaskade hin= untertobte (an diesem Morgen war ich eine Rothaut; über die Wasserfälle schießend, mußte ich eine Art Entdecker sein), Trimingham: der Mister=lose Trimingham, von dem Marians Mutter wünschte, daß sie ihn heirate. Wenn sie ihn nun aber nicht heiraten wollte? Ich haßte den Gedanken, ihre Wünsche könnten in irgendeiner Weise durchkreuzt oder vereitelt werden. Trimingham lastete auf meiner Seele. Viel= leicht konnte ich einen Zauber auf ihn herabbeschwören. Diesen Zauber in Gedanken formulierend, erreichte ich mei= nen Lieblingsstuhl und machte ein andächtiges Gesicht. Die anderen Gäste kamen herein, und einer davon setzte sich neben mich. Man brauchte mir nicht zu sagen, um wen es sich handelte, und obwohl ich gewarnt war, zuckte ich zu= sammen. Auf der mir zugewandten Gesichtshälfte verlief eine sichelförmige Narbe vom Auge bis in den Mundwinkel; sie zog das Auge herunter, wobei sie einen Teil des roten, feuchtglänzenden Lidinneren sehen ließ, und den Mund nach oben, so daß man das Zahnfleisch über den Zähnen sah. Ich glaube nicht, daß er das Auge oder den Mund jemals schlie= ßen konnte, nicht einmal im Schlaf. Er hatte sich, wie ich später erfuhr, eigens einen Schnurrbart wachsen lassen, um dies zu verdecken. Aber dieser Schnurrbart war eine kümmer= liche Angelegenheit, die nichts verbesserte. Sein verunstalte= tes Auge tränte etwas: auch jetzt, während ich ihn betrach= tete, betupfte er es mit einem Taschentuch. Sein ganzes Ge= sicht war verzerrt; die Backe mit der Narbe war viel kürzer als die andere.

Ich dachte, daß es unmöglich sei, ihn gerne zu haben, und

sofort wurde er mir sympathischer. Das war niemand, vor dem man Angst haben mußte, auch wenn er nicht durch seine zweifelhafte gesellschaftliche Stellung im Nachteil gewesen wäre, eine Stellung, von der ich annahm, daß sie unterhalb der eines Gentleman, aber über der eines, nun, eines Ted Burgess lag. Aber weshalb wurde soviel Getue um ihn ge=macht? Der Grund mußte in seiner Entstellung liegen. Ich hielt die Maudsleys für eine religiöse Familie; vielleicht war er eine Art Angestellter, den sie nicht aus den Augen ver=lieren wollten, und sie waren aus christlicher Nächstenliebe ʒut zu ihm. Ich würde es auch sein, dachte ich, als ich, ge=sammelter als sonst, der Lesung lauschte.

Ich hatte keine Gelegenheit, ihm Markus' Grüße auszu=richten; denn er saß beim Frühstück auf der anderen Seite des Tisches, der bis auf den letzten Platz besetzt war; am Samstag waren mehrere Gäste angekommen, während wir badeten. Marian saß an seiner einen Seite, seiner guten Seite: mir kam sofort der Einfall, ihn als zweiseitig zu be=trachten, wie Janus. Die beiden sahen nebeneinander wie »Die Schöne und das Ungeheuer« aus. Wie lieb von ihr, dachte ich, sich so um ihn zu bekümmern! Ihre blauen Augen hatten für ihn einen Blick, den sie kaum für einen anderen Menschen hatten, außer manchmal für mich.

Die Männer gingen nun auf und ab und aßen dabei ihren Porridge. Dies, so sagte mir Markus, sei *de rigueur;* nur Flegel äßen ihren Porridge im Sitzen. Ich wanderte mit mei=nem Teller umher, voll Angst, etwas zu verschütten. Die Damen jedoch blieben sitzen. Mrs. Maudsley machte einen abwesenden Eindruck. Ihr rätselhafter Insektenblick ver=weilte mehrmals auf Trimingham — er brauchte dazu nicht zu wandern, er war einfach *da.* Aber mich erfaßte er nicht,

und als sie mich endlich zu beachten geruhte, war das Früh=
stück beendet, wir verließen den Tisch, und sie sagte: »Oh,
ist Markus nicht da?« Sie hatte sein Fehlen nicht einmal be=
merkt, obwohl er ihr Liebling war. Aber sie ging sofort auf
sein Zimmer hinauf, wohin ich ihr erst folgte, nachdem ich
mich vergewissert hatte, daß die Luft wieder rein war. Zu
meinem Erstaunen war mit zwei Reißnägeln an unserer Türe
ein Briefumschlag mit »Eintritt verboten« befestigt. Dies
war eine Herausforderung, die ich sofort annahm. Außerdem
war es ebensogut mein Zimmer wie Markus', und keiner
hatte das Recht, mich auszusperren. Ich öffnete die Tür und
streckte den Kopf hinein.

»Was ist los?« fragte ich.

»Anständig von dir, vorbeizuschauen«, sagte Markus ge=
langweilt aus seinem Bett heraus, »aber bleib' draußen. Ich
habe Kopfweh und ein paar Flecken, und Mama meint, es
könnten Masern sein. Sie hat es nicht gesagt, aber ich weiß
es.«

»Verdammtes Pech, alter Knabe«, sagte ich. »Aber wie
steht's mit der lieben alten Quarantäne?«

»Nun, es gibt Fälle, wo sich so etwas auch nach der Qua=
rantäne zeigt. Aber der Arzt kommt, und der wird es fest=
stellen. Schöner Spaß für dich, wenn du sie bekommst. Viel=
leicht bekommen wir sie alle, wie in der Schule. Dann kön=
nen wir weder das Cricket=Match noch den Ball oder sonst=
was veranstalten. Mensch, ich lach' mich kaputt.«

»Gibt es denn ein Cricket=Match?«

»Ja, das haben wir jedes Jahr. Da sind sie dann alle gut
beschäftigt.«

»Und einen Ball?« fragte ich besorgt. Einem Ball fühlte
ich mich nicht gewachsen.

»Ja, der ist für Marian und Trimingham und die ganze Nachbarschaft. Er soll am Samstag, den 28., steigen. Mama hat die Einladungen schon verschickt. Herr des Himmels! Bis dahin werden wir hier ein Hospital haben!«

Bei dieser Vorstellung wieherten wir vor Lachen, und Markus sagte:

»Es wäre besser, du bliebst nicht hier drin und atmetest meine lausigen Bakterien ein.«

»Herrje, du kannst recht haben. Da fällt mir ein, ich brauche mein Gebetbuch.«

»Wie, gehst du in die liebe alte Kirche?«

»Na, ich dachte, ich könnte mal.«

»Verdammt anständig von dir. Aber weißt du, du brauchst nicht.«

»Ich weiß, aber ich will nicht schofel sein. Zu Hause gehn wir manchmal«, gestand ich ihm großmütig. »Soll ich mich ins Zimmer wagen und meine Gebetsklamotten holen?«

Im vergangenen Semester war es Mode geworden, ein Buch »Klamotte« zu nennen.

»Ja, aber halt' den Atem an.«

Ich atmete tief ein, rannte auf die Kommode zu, grabschte nach dem Gebetbuch und erreichte puterrot wieder die Tür.

»Prachtjunge, ich hätte nicht gedacht, daß du es schaffst«, sagte Markus, während ich nach Luft rang. »Und hast du einen alten Knopf oder was ähnliches für den Klingelbeutel?«

Ein erneuter Tauchversuch nach der Kommode, aber dies= mal mußte ich nach Luft schnappen. Während ich sie einsog, hatte ich das deutliche Gefühl, daß mehrere Bakterien in der Größe von Schnaken durch meine Luftröhre rutschten. Um mich von dieser Vorstellung zu befreien, öffnete ich meinen Geldbeutel und roch daran. Das neue Leder hatte einen durchdringenden, aromatischen Geruch, der fast so belebend wirkte wie ein Riechfläschchen; und das Mittelfach mit dem diebessicheren Schloß barg einen halben Sovereign. In anderen Fächern lagen weitere Münzen, die nach ihrem Wert geordnet waren; das äußerste enthielt Pennies.

»Mama würde dir etwas geben, wenn du sie darum bittest«, sagte Markus. »Wahrscheinlich wird sie's sowieso tun. Sie ist in solchen Sachen sehr anständig.«

In einem plötzlichen Anfall von männlicher Diskretion in Geldsachen gab ich eine ausweichende Antwort.

»Ich werde mir's überlegen«, sagte ich und drückte die Geldbörse, die köstlich knirschte.

»Na, spreng' die Bank nicht. Bis nachher, alter Junge. Bete nicht zuviel.«

»Bis nachher, alter Gauner«, antwortete ich.

Zu Hause bedienten wir uns eines anderen Vokabulars als in der Schule. Es waren zwei völlig voneinander verschiedene Sprachen, aber wenn wir unter uns waren und besonders bei aufregenden Ereignissen — wie Markus' vermutlichen Masern — verfielen wir auch außerhalb der Schule oft in den Schuljargon. Nur wenn Markus mich in *les convenances* unterrichtete, wie er das nannte, denn er liebte es, sein Französisch anzubringen, hielt er sich streng an ein korrektes Vokabular. Denn da handelte es sich um eine ernste Angelegenheit.

Irgendwo auf der Sonnenseite des Hauses, der »privaten Seite«, ich glaube am Fuß des Treppenhauses, versammelten sich die Kirchgänger: es herrschte eine ungewohnte Atmosphäre. Man sprach und bewegte sich zurückhaltend, und jedermann trug eine gesetzte Miene zur Schau. Ich bewunderte die kostbaren Gebetbücher der Damen; die Männer schienen die ihren, wenn sie überhaupt welche hatten, zu verbergen. Ich trug meinen Etonanzug: Markus sagte, das sei korrekt, und nach dem Mittagessen könne ich wieder meinen grünen Anzug anziehen. Ich bemühte mich, ein frommes Gesicht zu zeigen und stolzierte zwischen den sich versammelnden Gästen umher, aber niemand schenkte mir viel Beachtung, bis Mrs. Maudsley mich beiseite nahm und sagte: »Würdest du das wohl in den Klingelbeutel legen?« Und sie steckte mir einen Schilling zu. Ich fühlte mich plötz= lich enorm bereichert, und mich durchfuhr der Gedanke, ob ich eine kleinere Münze dagegen auswechseln sollte. Das könnte ich dann Markus erzählen. Aber sogleich verwarf ich den Gedanken wieder. Wir standen immer noch herum. Ich wurde unruhig: Kirchen warten nicht. Mr. Maudsley zog seine Uhr: »Warten wir auf Trimingham?« fragte er.

»Nun, vielleicht noch ein oder zwei Minuten«, antwortete seine Frau.

Meine Mutter hatte sich geirrt: wir fuhren nicht. Die Kirche war nur eine halbe Meile entfernt. Man konnte sie fast von überall sehen, sie war nicht zu verfehlen. Sie stand neben dem Cricketplatz. Zu zweit und zu dritt bewegten wir uns darauf zu, nicht paarweise, wie in der Schule. In der Schule machten wir vorher aus, mit wem wir gehen würden. Da ich mich ohne Markus fremd fühlte, schloß ich mich versuchs= weise an ein oder zwei Paare an, und als diese miteinander beschäftigt schienen, ging ich allein. Schließlich kam Marian, die ebenfalls allein war, auf mich zu, und ich erzählte ihr von Markus. »Ich nehme an, es wird sich wieder geben«, sagte sie. »Wahrscheinlich ist es nur ein leichter Sonnen= stich.« Die Sonne brannte vom Himmel, und der Staub wehte uns ins Gesicht.

»Ist Ihr Haar jetzt trocken?« fragte ich besorgt.

Sie lachte und sagte: »Dank deines Badeanzugs!«

Ich war stolz, daß ich ihr hatte helfen können, aber mir fiel nichts ein, was ich ihr sagen konnte, außer: »Tragen Sie Ihr Haar Tag und Nacht aufgesteckt?«

Sie lachte wieder und sagte: »Hast du denn keine Schwe= stern?« Ich war erstaunt, ja sogar verletzt; hatte ich ihr doch an dem Tag, an dem wir nach Norwich fuhren, alles über meine Familie erzählt, was für mich einer Bloßlegung meines Innersten gleichkam. Ich erinnerte sie daran.

»Natürlich hast du mir's erzählt«, sagte sie. »Und ich er= innere mich ganz genau an alles. Aber ich muß an soviel denken; es war mir entfallen. Es tut mir sehr leid.«

Ich hatte sie nie vorher irgend jemand gegenüber sich ent= schuldigen gehört, und nun empfand ich ein seltsam süßes Machtgefühl. Aber ich wußte nicht, was ich jetzt sagen sollte, und betrachtete sie nur schweigend — ihren Strohhut, dessen Schleife wie die Flügel einer Windmühle aussahen, und die Spuren, die ihr geblümter hellblauer Rock im Staub der Straße hinterließ. Plötzlich sah ich mit halbem Auge, daß Trimingham uns folgte. Er trödelte nicht wie wir und würde uns bald eingeholt haben. Ich wollte nicht, daß dies geschah und rechnete aus, wann er uns eingeholt haben würde; aber schließlich fühlte ich mich verpflichtet zu sagen: »Triming= ham ist hinter uns her«, als wäre er eine Seuche oder ein Unglück oder die Polizei.

»Oh, kommt er?« sagte sie und wandte den Kopf, aber sie rief ihn nicht herbei und gab ihm auch kein Zeichen, und sein Schritt wurde langsamer, und als er mit uns auf gleicher Höhe war, ging er, zu meiner großen Erleichterung, lächelnd an uns vorbei und schloß sich den Leuten vor uns an.

Sechstes Kapitel

Ich weiß nicht mehr, wie wir in die Kirche kamen oder wer mir meinen Platz anwies. Diese Frage hatte mich beun= ruhigt; denn ich wußte, wie wichtig es war, daß man auf dem richtigen Platz saß. Aber ich erinnere mich, daß wir im Quer= schiff saßen, im rechten Winkel zur übrigen Gemeinde und ein oder zwei Stufen höher als diese. Ein Kirchendiener bot mir ein Gebetbuch und ein Gesangbuch an, und es freute mich, ihm zeigen zu können, daß ich bereits beides hatte.

Ich war erleichtert, endlich in der Kirche zu sein. Es war dasselbe Gefühl, als hätte man einen Zug erwischt. Als erstes sah ich die Nummern der Psalmen nach und zählte die Verse zusammen; denn ich wußte, wenn es mehr als fünfzig waren, wurde mir möglicherweise schlecht, und ich müßte mich setzen. Und davor fürchtete ich mich, denn es veran= laßte die Leute, sich umzudrehen und mich anzuschauen. Ein= oder zweimal hatte man mich sogar hinausgeführt, und ich mußte mich am Kircheingang niedersetzen, bis ich mich wieder wohler fühlte. Ich genoß zwar die Wichtigkeit, die ich auf diese Weise gewann, aber ich fürchtete die Vorspiele, den kalten Schweiß, die Schwäche in den Knien und die Angst, ob ich es durchstehen könne. Vielleicht war dies ein Beweis, daß mir Religion nicht bekam. In jenen Tagen waren Andachten anstrengender als heute, und die Psalmen wur= den in ungekürzter Form gesungen.

Aber alles in allem waren es diesmal nur vierundvierzig Verse. Beruhigt sah ich mich nach etwas um, womit sich meine Gedanken beschäftigen konnten. Die Wand des Quer= schiffes war mit Steintafeln bedeckt, und auf jeder stand der selbe Name. »Zum Andenken an Hugh Winlove, 6. Grafen von Trimingham«, las ich. »Geboren 1783, gestorben 1856.« Ich studierte sie aufmerksam; alle Grafen schienen Hugh zu heißen. Sieben Grafen waren aufgeführt, aber es hätten acht — nein neun — sein müssen. Der fünfte fehlte; für ihn gab es keine Inschrift. Und auch der neunte fehlte. »Dem Andenken von Hugh, 8. Grafen von Trimingham, geboren 1843, ge= storben 1894.« — Mein Gefühl für Ordnung war verletzt, und was noch ärgerlicher war: zwei der Grafen hießen per= verserweise Eduard. Was war mit dem fünften Grafen ge= schehen, daß er hier keine Gedenktafel hatte? Er hatte vor so langer Zeit gelebt, vielleicht in einer jener glücklichen Epochen, wo die Geschichte ohne Daten auszukommen schien. Aber der achte Graf war 1894 gestorben, also mußte es einen neunten geben. Weshalb war er nicht hier?

Plötzlich dämmerte es mir, daß er noch leben könnte.

Diese Entdeckung oder Hypothese — denn ich glaubte noch nicht so recht an ihre Wahrscheinlichkeit — ließ mich die versammelten Grafen in einem anderen Licht sehen. Zu= erst hatte ich sie als Teil der Kircheneinrichtung betrachtet, mausetot und vergessen, toter und vergessener, als wenn man ihnen ordentliche Gräber statt nur ein Stückchen Wand überlassen hätte. Sie waren Daten aus einem Geschichts= buch; ihre Taten, die man verzeichnet hatte, waren genau wie jene, die in einem Geschichtsbuch verzeichnet stehen: die Schlachten, die sie geschlagen, die Ehren, die sie erlangt, die Stellungen, die sie in der Regierung eingenommen hatten

— was könnte langweiliger sein? Ihre Ruhmestaten waren Dinge, die man lernen mußte und dann doch vergaß, die man aber gefragt und deretwegen man vielleicht gestraft wurde, wenn man sie nicht wußte. »Schreibe zehnmal den vollen Namen des sechsten Grafen von Trimingham.«

Wenn es aber wirklich einen neunten Grafen gab, der nicht in einer Mauer begraben war, sondern herumspazierte, dann wäre die ganze Familie plötzlich lebendig; dann ge= hörte sie nicht der Geschichte an, sondern der Gegenwart, und die Kirche war eine Zitadelle ihres Ruhmes — die Kirche und Brandham Hall.

Ich grübelte über all das nach, und mir schien, als seien die Maudsleys die Erben des Ruhmes der Trimingham. Es war wohl ein Ruhm mit dem Ort verbunden, den die Mauds= leys sozusagen in Pacht genossen. Und wenn sie das taten, so taten es auch ihre Gäste und somit auch ich.

Ein Glorienschein, der stärker war als das Sonnenlicht, er= füllte das Querschiff. Er erfüllte auch mich, und indem er über den Raum hinauswuchs, verschmolz er mit dem Tier= kreis, meiner bevorzugten Religion.

»Bemühe dich gut zu sein«, hatte meine Mutter mir gesagt, und das fiel mir nicht schwer, denn ich hatte einen Hang zur Verehrung. In der Schule nahm ich Gesangsunterricht, und unter den Liedern, die ich lernte, war eines — »Mein Lied soll immer deine Gnade preisen« —, das mir große Freude bereitete. Ich hatte das Gefühl, ich könnte mich wirklich in die Gnade Gottes vertiefen und sie lobpreisen, wenn ich nur nicht immerzu stehen müßte; aber für mich war die Gnade nur ein Attribut Gottes; sie hatte in meiner Vorstellung nichts mit den Sünden der Menschheit zu tun. Und auf die gleiche Weise brachte ich Güte nicht mit Moral in Zusam=

menhang; sie war nicht etwas, das man anstrebte, sondern eine abstrakte Vorstellung, in die man sich versenkte; sie gehörte zu der Vollkommenheit der himmlischen Gestalten, obwohl es nicht deren Güte war, die mich besonders anzog, sondern ihre Immunität gegen die Unzulänglichkeiten, unter denen ich litt. Ich konnte ihr und mein Los nur im Gegensatz zueinander sehen.

In diese Vorstellung des Absoluten versunken, entging mir ein Teil des Gottesdienstes, und meine nervöse Angst wegen der Psalmen befiel mich von neuem. Aber sie währte nicht lange; bei Vers 40 kontrollierte ich meine Symptome und fand sie normal: ich wußte aus Erfahrung, daß in der Zeitdauer von vier weiteren Versen nichts passieren konnte.

Aber nun kam ein alarmierender Laut; die Stimme des Pfarrers schaltete auf eine tiefere Tonart: »O Gott, Vater des Himmels.« Meine Stimmung sank. Wir steuerten auf die Litanei zu. Sofort zog ich meine Uhr; ich wußte, ich konnte diese Prüfung am besten überstehen, wenn ich mit mir selbst wettete, wie lange es noch dauern würde.

Gewöhnlich verschloß ich mich völlig gegen den Text der Lieder und merkte nur auf den Taktwechsel des Gesummes — Anzeichen dafür, daß es dem Ende zuging. Aber diesmal drangen einige Worte in mich ein, und »elende Sünder« war plötzlich kein bloßer Klang mehr, sondern ein Begriff, dessen Bedeutung mich herausforderte.

Dagegen wehrte ich mich heftig. Weshalb sollten wir uns »Sünder« nennen? Das Leben war nun einmal, wie es war; und die Menschen handelten so, daß es einem manchmal Schmerz verursachte. Ich dachte an Jenkins und Strode. Waren sie Sünder? Selbst damals, als die Verfolgung ihren Höhe= punkt erreicht hatte, hatte ich sie niemals dafür gehalten:

sie waren Jungen wie ich, und sie hatten mich in eine Lage gebracht, in der ich meinen Grips zusammennehmen mußte, um mich wieder daraus zu befreien; und ich hatte mich befreit und hatte den Spieß umgedreht. Hätte ich sie als Sünder betrachtet und statt Widerstand zu leisten zu Gottes Gnade Zuflucht genommen, hätte ich die Geschichte meiner Befreiung nicht so inständig genießen können. Mein Sieg wäre nicht mir zuzuschreiben gewesen: die Lösung des Problems hätte in Gottes Hand gelegen, nicht in der meinen, und ich hätte mich sogar noch als Sünder bekennen müssen, weil ich die Flüche auf sie herabgewünscht hatte.

Nein, dachte ich, und rebellierte immer heftiger, das Leben hat seine eigenen Gesetze, und es ist an mir, mich gegen alles, was auf mich zukommt, zu verteidigen, ohne bei Gott über Sünden zu jammern, seien es nun meine eigenen oder die der anderen. Was nutzte es einem Mann, wenn er in die Klemme kam, die Menschen, die daran schuld waren, elende Sünder zu nennen? Oder gar sich selbst einen elenden Sünder zu schelten? Die Gleichmacherei dieses Sündertums mißfiel mir; das kam mir vor wie ein verregnetes Cricket=Match, bei dem jeder eine Entschuldigung — und was für eine lahme Entschuldigung! — für sein schlechtes Spiel hatte. Das Leben war dazu da, einen Mann auf die Probe zu stellen, an seinen Mut, seine Initiative und Geistesgegenwart zu appellieren; und ich sehnte mich danach, so glaubte ich, mich zu bewähren. Ich trug kein Verlangen, die Knie zu beugen und mich einen elenden Sünder zu nennen.

Aber die Idee der Güte zog mich an; denn ich betrachtete sie nicht als die Kehrseite der Sünde. Ich sah sie als etwas Klares und Positives und Schöpferisches wie die Sonne, als etwas, das man anbetete, aber aus angemessener Entfernung.

Die Vorstellung von den versammelten Grafen schloß den Begriff der Güte mit ein, und die Maudsleys, als ihre Statthalter, kamen ebenfalls in ihren Genuß, nicht so eindeutig zwar, aber immerhin soweit, daß sie sich von anderen menschlichen Wesen unterschieden. Sie waren eine Rasse für sich, Super-Erwachsene, nicht den gleichen Gesetzen des Lebens unterworfen wie kleine Buben.

Ich war gerade zu diesem Ergebnis gelangt, als der letzte Choral angekündigt wurde. Was für ein langer Gottesdienst, beinahe ein Rekord! Es war 12 Uhr 52. Die Kirchendiener machten eben ihre Runde; und der Ausdruck desjenigen, der die Stufen zum Querschiff hinaufstieg und sich uns näherte, bestärkte meine Annahme, wir seien etwas Außergewöhnliches, so respektvoll war seine Haltung.

Auf dem Heimweg von der Kirche war ich wieder das fünfte Rad am Wagen, und diesmal schloß Marian sich mir nicht an; sie setzte sich sofort entschlossen an die Spitze der kleinen Prozession. Ich trödelte hinterher, und versuchte, die Tatsache meiner Isoliertheit dadurch zu verbergen, daß ich mich wie ein Tourist in der Gegend umsah. Aber wieder war ich nicht der letzte: Trimingham war an der Kirchentüre stehengeblieben, um mit dem Küster zu plaudern, der ihn unterwürfig ansah. Der Respekt, der Trimingham von allen Seiten erwiesen wurde, verwirrte mich und ärgerte mich noch, als er mich einholte und, wie ich gestehen muß, sehr freundlich zu mir sagte:

»Ich glaube, wir sind einander nicht vorgestellt worden. Ich heiße Trimingham.«

Da ich keine gesellschaftliche Erfahrung besaß, wußte ich nicht, daß ich nun ebenfalls meinen Namen nennen mußte; ich verkannte, daß er nur den Regeln der Konvention folgte, und fand es reichlich albern von ihm, zu glauben, ich wisse seinen Namen nicht, nachdem dieser auf jedermanns Lippen gewesen war.

»Guten Tag, Trimingham«, antwortete ich von oben herab, wie jemand, der eigentlich sagen wollte: »Sie sind lediglich Trimingham, und vergessen Sie das bitte nicht.«

»Du kannst mich Hugh nennen, wenn du willst«, schlug er vor, »es kostet nicht mehr.«

»Aber Sie heißen doch Trimingham, nicht wahr?« konnte ich nicht umhin zu fragen. »Sie sagten es doch selbst?« Um sicherzugehen, und auch mit einer gewissen Hinterhältigkeit, fügte ich hastig hinzu: »Ich meine, Mr. Trimingham.«

»Das erste Mal hast du's richtig gesagt«, antwortete er.

Von Neugierde überwältigt, starrte ich in sein seltsames Gesicht, auf die Narbe, das ausdruckslose, triefende Auge, den nach oben gezogenen Mund, als könnten sie mir etwas verraten. Dann argwöhnte ich, er würde mich necken, und sagte:

»Aber nennt man nicht alle erwachsenen Männer Mister?«

»Nicht alle«, sagte er. »Doktoren, zum Beispiel, oder Professoren nicht.«

Ich begriff, daß hier etwas nicht stimmte.

»Aber die nennt man Doktor oder Professor«, sagte ich. »Das ist ein — ein Titel.«

»Nun«, sagte er, »ich habe auch einen Titel.«

Da dämmerte es mir, und es war wie die Einsicht in etwas Unbegreifliches; langsam, ja schmerzvoll, sagte ich:

»Sind Sie der *Graf* von Trimingham?«

Er nickte.

Nun mußte ich es ganz genau wissen.

»Sind Sie der *neunte* Graf Trimingham?«

»Der bin ich«, sagte er.

Als ich den Schock dieser Enthüllung, die mir die Sprache verschlug, überwunden hatte, fühlte ich mich erst einmal beleidigt. Weshalb hatte man es mir nicht gesagt? Ich hätte mich noch schlimmer blamieren können. Dann wurde mir plötzlich sonnenklar, daß ich es hätte wissen müssen. Es war von Anfang an klar gewesen, allzu klar. Aber so war es nun einmal. Bei mir waren zwei und zwei niemals vier, solange ich fünf daraus machen konnte.

»Sollte ich Sie nicht ›Mylord‹ nennen?« fragte ich endlich.

»O nein«, sagte er, »nicht in einer gewöhnlichen Unterhaltung. Vielleicht, wenn du mir einen Bettelbrief schreibst ...Aber Trimingham ist ganz in Ordnung, wenn du das dem Hugh vorziehst.«

Ich war plötzlich erstaunt über seine Leutseligkeit. Der fragwürdige Mister=lose Trimingham, der in meiner Vorstellung gelebt hatte, verschwand vollständig, um durch den neunten Grafen ersetzt zu werden, der mir aus irgendeinem Grunde neunmal herrlicher als der erste vorkam. Ich war noch nie in meinem Leben einem Lord begegnet, noch hatte ich jemals vermutet, einem zu begegnen. Es war ganz gleichgültig, wie er aussah: er war zuerst einmal ein Lord. Und dann erst, lange, lange danach, ein menschliches Wesen mit einem Gesicht und Gliedmaßen und einem Körper.

»Aber du hast mir deinen Namen nicht gesagt«, sagte er.

»Colston«, brachte ich mühsam hervor.

»Mr. Colston?«

Ich errötete unter diesem allerdings sehr sanften Hieb.

»Mein Vorname ist Leo.«

»Dann werde ich dich Leo nennen, wenn ich darf.«

Ich murmelte irgend etwas. Ich fürchte, er muß den Wan=

del in meiner Haltung bemerkt haben: der Kirchendiener und der Küster hatten mehr Würde gezeigt als ich.

»Nennt Marian dich Leo?« fragte er plötzlich. »Ich habe bemerkt, daß du heute morgen mit ihr gesprochen hast.«

»O ja, das tut sie«, sagte ich begeistert. »Und ich nenne sie Marian; sie bat mich darum. Finden Sie nicht, daß sie ein prima Mädel ist?«

»Aber ja, das finde ich«, sagte er.

»Ich finde sie primissima. Eins A. Ich weiß gar nicht, wie ich sagen soll«, schloß ich lahm. »Ich würde alles für sie tun.«

»Was würdest du tun?«

Ich witterte eine Falle; ich merkte, daß man mich beim Prahlen erwischt hatte. Es gab so wenig, was ich für sie tun konnte und was sich bedeutend anhören würde. Indem ich darüber nachdachte, was ich angesichts der beschränkten Möglichkeiten eines kleinen Jungen tun könne, sagte ich:

»Wenn ein großer Hund sie angreifen würde, könnte ich ihn fortjagen, oder ich könnte natürlich auch Besorgungen für sie erledigen — wissen Sie, Sachen tragen und Botschaften überbringen.«

»Das wäre sehr nützlich«, sagte Lord Trimingham, »und außerdem liebenswürdig. Würdest du ihr jetzt eine Botschaft überbringen?«

»Ja, pfundig. Was soll ich sagen?«

»Sag' ihr, ich hätte ihr Gebetbuch. Sie hat es in der Kirche liegen lassen.«

Immer froh, rennen zu dürfen, setzte ich mich in Trab. Marian ging neben einem Mann, einem der Neuankömm=linge von gestern abend. Ich lief zu den beiden.

»Bitte, Marian«, sagte ich und war dabei bemüht, mög=lichst wenig zu stören, »Hu bat mich, Ihnen zu sagen —«

Sie sah erstaunt auf mich herunter.

»Wer bat dich, mir etwas zu sagen?«

»Hu, wissen Sie, Hu, der Graf.«

Beide lachten.

Ich schämte mich entsetzlich. Ich dachte, sie nähme an, ich würde respektlos seinen Vornamen gebrauchen. »Habe ich es falsch ausgesprochen?« fragte ich. »Er bat mich, ihn Hu zu nennen«, fügte ich hinzu. Ich hatte das Wort nur geschrie= ben gesehen und vergessen, wie er es ausgesprochen hatte.

»Ja, aber nicht Hu«, sagte sie. »Hugh wie, nun ... stew oder whew. Was für Worte! Trotzdem, ich hätte es wissen sollen, ich habe nicht nachgedacht... Was hat Hugh gesagt?«

»Er sagte, er hat Ihr Gebetbuch. Sie haben es in der Kirche liegen lassen.«

»Wie nachlässig von mir. Ich scheine alles zu vergessen. Bitte, sage ihm meinen Dank.«

Ich trabte zu Lord Trimingham zurück und überbrachte ihm Marians Botschaft.

»Ist das alles, was sie gesagt hat?« fragte er. Er schien enttäuscht zu sein. Vielleicht hatte er, wie ich, erwartet, daß sie sofort kommen und ihn um das Gebetbuch bitten würde.

Vor dem Haupteingang war ein hochrädriges Gig vorge= fahren, die Räder waren schwarz und gelb gestrichen. Sie hatten sehr dünne Speichen und waren mit Gummi belegt. Ein Groom hielt die Zügel.

»Weißt du, wem dieses Fahrzeug gehört?« fragte Lord Trimingham. Er schien seine Enttäuschung wegen des Gebet= buches überwunden zu haben.

Ich verneinte.

»Franklin, Doktor Franklin. Du darfst ihn nicht Mister nennen. Er ist kein Chirurg.«

Ich verstand das nicht ganz, lachte aber pflichtschuldig. Ich hatte eine große Zuneigung zu Lord Trimingham gefaßt, obwohl ich nicht hätte sagen können, ob ich den Grafen oder den Menschen liebte.

»Doktoren kommen immer um die Mittagszeit, das ist eine ihrer Gewohnheiten«, sagte er.

Ich war so kühn zu fragen: »Aber woher wissen Sie, daß es Dr. Franklin ist?«

Lord Trimingham zuckte die Achseln. »Oh, ich kenne jeden in dieser Gegend«, sagte er.

»Das hier gehört natürlich alles eigentlich Ihnen, nicht wahr?« fragte ich. Dann brachte ich einen Satz an, über den ich nachgegrübelt hatte. »Sie sind Gast in Ihrem eigenen Haus.«

Er lächelte. »Und mit größtem Vergnügen«, sagte er betont, aber vielleicht ein wenig zu betont.

Nach dem Mittagessen, als ich mich eben verdrücken wollte, rief mich Mrs. Maudsley zu sich. Es fiel mir immer schwer, mich ihr zu nähern, dem schwarzen Scheinwerfer= strahl ihrer Augen zu folgen; und ich mußte den Eindruck erweckt haben, daß ich nur zögernd kam.

»Markus geht es nicht sehr gut«, sagte sie zu mir, »und der Doktor meint, wir müssen ihn ein bis zwei Tage im Bett lassen. Er glaubt nicht, daß es etwas Ansteckendes ist, aber um sicher zu gehen, geben wir dir ein anderes Zimmer. Ich glaube, man räumt eben deine Sachen um. Nur über den Gang, gegenüber von deinem alten Zimmer — ein Zimmer mit einer grüngepolsterten Tür. Soll ich's dir zeigen?«

»O nein, vielen Dank«, sagte ich, erschrocken über diesen Vorschlag. »Ich kenne die grüne Polstertür.«

»Und gehe nicht zu Markus hinein«, rief sie mir nach, als ich forteilte.

Aber schon verlangsamten sich meine Schritte. Würde ich das Zimmer für mich haben oder würde ich es teilen müssen? Wenn ich die Tür öffnete, würde ich dann jemand im Zimmer vorfinden, der sich über den Eindringling ärgerte? Vielleicht einen der erwachsenen Gäste, der die größere Hälfte des Bettes einnähme und komische Angewohnheiten beim An= und Ausziehen hätte und vielleicht nicht wollte, daß ich ihm zusähe? Ich blieb vor der Tür stehen und klopfte an die weiche Polsterung; es war ein ersticktes Klopfen. Es kam keine Antwort, also ging ich hinein. Mit einem Blick sah ich, daß meine Angst unbegründet gewesen war.

Es war ein sehr kleines Zimmer, fast eine Zelle; und das Bett war so schmal, daß es nur für einen Menschen gedacht sein konnte. Alle meine Sachen waren da, meine Haarbürste, meine rote Kragenschachtel; aber sie sahen plötzlich alle verändert aus, und auch ich fühlte mich verändert. Ich ging auf den Zehenspitzen umher, als erforschte ich eine neue Persönlichkeit. Ob ich mehr war oder weniger als vorher, konnte ich nicht entscheiden; aber ich fühlte, ich war für eine neue Rolle ausersehen.

Dann erinnerte ich mich, was Markus mir wegen des Umziehens gesagt hatte, und begann voll Freude und verstohlen — all meine Bewegungen in diesem neuen Zimmer waren verstohlen — meinen Etonanzug auszuziehen. Dann brach ich auf, ein Robin Hood in Lincolngrün mit dem prickelnden Gefühl bevorstehender Abenteuer. Ich wahrte alle Vorsicht, die ein Bandit, der nicht beobachtet werden wollte, gewahrt hätte, und ich bin sicher, daß niemand mich das Haus verlassen sah.

Siebtes Kapitel

Das Thermometer stand auf 28 Grad: das war zufrieden=
stellend; aber ich war überzeugt, daß es noch höher steigen
könne.

Seit meiner Ankunft in Brandham Hall war kein Tropfen
Regen gefallen. Ich war in die Hitze verliebt; ich hatte ihr
gegenüber das gleiche Gefühl, das ein Konvertit für seine
neue Religion hat. Ich war ihr Verbündeter und glaubte bei=
nahe, sie könne um meinetwillen Wunder wirken.

Erst vor einem Jahr hatte ich als gehorsames Echo in die
Klage meiner Mutter eingestimmt: »Ich glaube nicht, daß
diese Hitze noch sehr viel länger andauern kann, was meinst
du?« Nun erschien mir mein krankes Ich, das so sehr unter
der Temperatur gelitten hatte, ganz unglaubhaft.

Und ohne daß es mir bewußt wurde, hatte sich mein Ge=
fühlsleben gewandelt. Der begrenzte Radius meiner Erfah=
rungen, mit dem ich bisher zufrieden gewesen war, befrie=
digte mich nun nicht länger. Mich verlangte nach mehr. Mich
verlangte danach, das erhebende Gefühl, das ich während
des Gesprächs mit Lord Trimingham und bei der Entdeckung,
daß er ein Graf war, empfunden hatte, ununterbrochen zu
genießen. Um mit all dem, was Brandham Hall verkörperte,
in Einklang zu sein, mußte ich über mich hinauswachsen,
mußte ich auf einer höheren Ebene leben.

Wahrscheinlich schlummerten all diese Wünsche schon seit

Jahren in mir, und der Tierkreis war ihre letzte Manifestation gewesen. Aber das war der Unterschied: in jenen Tagen hatte ich gewußt, wo ich hingehörte. Ich hatte die Wirklichkeit meines Schuldaseins nie mit den Träumen verwechselt, die meine Phantasie berauschten. In der Tatsache, daß diese Träume unerreichbar waren, lag ihr eigentlicher Sinn. Ich war ein Schuljunge, der sich gewissenhaft, aber ohne Ehrgeiz, den Wirklichkeiten eines Schuljungendaseins unterwarf. Die Maßstäbe eines Schuljungen waren meine Maßstäbe: während meines Alltagslebens bewegte ich mich in ihren Grenzen; dann kamen das Tagebuch und die Verfolgung; und der Erfolg, den ich mit meiner Anrufung der übernatürlichen Hilfe hatte, erschütterte in gewisser Hinsicht meinen sehr erdgebundenen Wirklichkeitssinn. Ich war, wie andere Dilettanten der Schwarzen Kunst, geneigt zu glauben, ich sei ein Eingeweihter. Aber ich war dessen nicht *sicher;* und nun übertrumpfte der irdische Kriegsruhm der Triminghams noch die Großartigkeit der Maudsleys; und beide zusammen hatten das Gleichgewicht meines realistisch=idealistischen Weltbildes gestört. Ohne es zu wissen, schritt ich über die Regenbogenbrücke, die von der Wirklichkeit ins Traumland führte.

Jetzt hatte ich das Gefühl, daß ich dem Tierkreis und nicht der South=Downhill=Schule angehörte; und daß meine Gefühle und mein Gebaren diesen Wechsel ausdrücken mußten. Mein Traum war meine Wirklichkeit geworden, mein altes Leben eine abgestreifte Hülle.

Und im Medium der Hitze schien diese Wandlung möglich. Sie lag, als eine befreiende Kraft mit eigenen Gesetzen, außerhalb meines Erfahrungsbereiches. In der Hitze nahmen die gewöhnlichsten Gegenstände andere Gestalt an. Mauern, Bäume, ja sogar der Boden, den mein Fuß berührte, waren nicht mehr kühl, sondern fühlten sich warm an. Und der Tastsinn besitzt ja unter allen Sinnen die größte Verwand= lungskraft. Viele Dinge, die man gerne gegessen und ge= trunken hatte, weil sie heiß waren, wies man nun aus dem gleichen Grund zurück. Wenn nicht auf Eis gelegt, schmolz die Butter. Nicht nur, daß die Hitze alle Gerüche veränderte oder verstärkte, sie hatte auch ihren eigenen Geruch; ich nannte ihn bei mir den Gartengeruch. Er setzte sich aus dem Duft vieler Blumen zusammen und dem Geruch, den sie der Erde entlockte, aber dazu kam noch etwas ganz Besonderes, das man nicht beschreiben kann. Es schien weniger Geräusche zu geben, und sie schienen von weither zu kommen, als ver= meide die Natur jede Anstrengung. Die Sinne, der Verstand, das Herz und der Körper sprachen in der Hitze eine andere Sprache. Man fühlte sich als ein anderer Mensch; man *war* ein anderer Mensch.

Instinktiv sah ich mich nach Markus um, aber Markus war nicht da. Ich würde den Nachmittag allein verbringen müs= sen; die anderen, die Gefährten des Tierkreises, waren alle mit ihren eigenen, erhabenen Angelegenheiten beschäftigt. Ich würde nicht nach ihnen suchen. Die Angst, die ich vor ihnen gehabt hatte, war verschwunden; würde ich mich ihnen nähern, so würden sie freundlich zu mir sein, aber ich wäre ihnen im Weg. Außerdem wünschte ich, wünschte ich drin= gend, allein zu sein.

Wie konnte man die Hitze am besten erforschen? Das war die Frage. Wie konnte man ihre Kraft am stärksten fühlen und mit ihr verschmelzen? Während unserer nachmittäg= lichen Spielzeit hatten Markus und ich uns gewöhnlich im Haus herumgetrieben, dessen weniger zugängliche Neben= räume uns faszinierten. Ich wollte weiter fortgehen. Der ein=

zige Weg, den ich außer den Fahrwegen kannte, war der Pfad zum Badeplatz, und ich schlug ihn ein.

Die Uferwiesen schienen über Nacht vertrocknet zu sein. Die braunen Pfützen neben dem Fluß waren versickert; die Weiden schimmerten in silbrigem Glast. Ich überlegte, ob ich den Bauern beim Baden antreffen würde. Aber dem war nicht so; der Ort war verlassen, und ohne die Rufe und das Lachen und das Planschen erschreckte er mich, wie er mich das erste Mal erschreckt hatte — vielleicht weil ich an Ertrinkende denken mußte. Ich bestieg das schwarze Schafott, das so heiß war, daß man es fast nicht anfassen konnte, und sah auf den glatten Spiegel hinab, den der Kopfsprung des Bauern hatte zersplittern lassen. Wie makellos war er jetzt, ein dunkler Abglanz des Himmels!

Ich überschritt die Schleuse und folgte dem Pfad, der zwischen Binsen verlief, die so hoch waren wie ich. Bald kam eine zweite, kleinere Schleuse, die aber ein Tor mehr hatte als die erste. Ich überquerte auch sie und befand mich in einem Kornfeld. Es war erst kürzlich abgeerntet worden; einige Garben lagen auf der Erde, andere waren aufgestellt. Diese hatten etwas andere Formen als unsere Garben in Wiltshire und bestärkten mich in meinem Gefühl, in einem fremden Land zu sein.

Hier bereute ich zum erstenmal, daß ich meine ausgeschnittenen Schuhe anhatte; denn die Stoppeln waren hoch und stachen mich an den Knöcheln. Aber es war nicht eigentlich unangenehm, das harte Stechen auf meiner Haut zu spüren. In der äußersten Ecke des Feldes sah ich ein Gatter, und ich ging, vorsichtig auftretend, darauf zu.

Es führte auf einen ausgefahrenen Feldweg. An manchen Stellen waren die Furchen so tief und eng und so vertrocknet,

daß ich meinen Fuß, wenn ich wie unter einem Zwang hin=
eintrat, kaum wieder losbekam. Wenn man sich vorstellte,
ich würde hier festgehalten, am Fuß festgehalten, mich win=
dend wie ein Wiesel im Falleisen, bis Hilfe käme!

Jenseits des Feldes schien sich der Weg in den Hügeln zu
verlieren. Aber als ich näherkam, bemerkte ich, daß er nach
links abbog und im Zickzack zwischen vereinzelten Hecken
zu einem Bauernhof und einem Haus führte. Dort endete er.

Für einen Jungen meiner Generation war ein Bauernhof
etwas Abenteuerliches, ein romantisches Symbol wie das
Wigwam eines Indianers. Alle möglichen Gefahren konnten
einen da erwarten: ein bissiger Schäferhund, an dem man
vorbei mußte, eine Strohmiete, die man hinunterrutschen
mußte, wollte man vor sich selbst nicht als Feigling dastehen.

Es war niemand zu sehen.

Ich öffnete das Tor und trat ein. Ich fand mich einer Stroh=
miete gegenüber, an die einladend eine Leiter gelehnt war.
Auf den Zehen, gebückt und um mich spähend, rekognos=
zierte ich. Es war eine alte, zur Hälfte schon abgetragene
Miete; aber es war noch genug da, um hinunterzurutschen.
Eigentlich hatte ich gar keine Lust dazu; aber es gab keiner=
lei Entschuldigung, es nicht zu tun, wenn ich mir meine Selbst=
achtung erhalten wollte. Unwillkürlich benahm ich mich so,
als ruhten die Augen der ganzen Schule auf mir. Plötzlich
ergriff mich eine leichte Panik. Ich wollte so rasch wie mög=
lich mit der Rutscherei fertig werden; und ich unterließ es,
eine notwendige und erprobte Vorsichtsmaßnahme zu tref=
fen, die von erfahrenen Strohmietenrutschern immer getrof=
fen wurde: eine Strohschütte zu machen, die meinen Sturz
mildern sollte. Ich hätte es tun können — es lag genug Stroh
herum — aber meine Eile war zu groß.

Der wilde Saus durch die Luft, der dem Fliegen so nahe kam, berauschte mich: es wurde einem vor allem so wunderbar kühl dabei; und obwohl ich jetzt ein Anbeter der Hitze war, empfand ich es nicht als unlogisch, jede Möglichkeit auszukosten, mich von ihr zu erholen. Ich war bereits entschlossen, noch mehrmals hinunterzurutschen, als ich — peng! — mit dem Knie auf etwas Hartem aufschlug. Später entdeckte ich, daß es ein vom Stroh verdeckter Hackstock war; aber im Augenblick konnte ich nur stöhnen und zusehen, wie das Blut aus einer klaffenden Wunde unterhalb meiner Kniescheibe quoll. Der Gedanke an das Schicksal von Jenkins und Strode ging mir durch den Kopf, und ich überlegte, ob ich mir wohl die Knochen gebrochen oder eine Gehirnerschütterung bekommen hatte.

Was ich daraufhin unternommen haben würde, weiß ich nicht, aber die Entscheidung wurde mir abgenommen. Über den Hof kam der Bauer, in jeder Hand einen Eimer mit Wasser. Ich erkannte ihn — es war Ted Burgess vom Badeplatz; aber offensichtlich erkannte er mich nicht.

»Was, zum Teufel —!« begann er, und in seinen rotbraunen Augen tanzten zornige Lichter. »Himmel und Hölle, was treibst du hier? Ich hätte gute Lust, dir die größte Tracht Prügel zu verabreichen, die du jemals in deinem Leben bekommen hast.«

Merkwürdigerweise verargte ich ihm das nicht. Ich fand, es wäre genau das, was ein wütender Bauer sagen mußte. Ich wäre eigentlich enttäuscht gewesen, wenn er mich weniger barsch angefahren hätte. Aber ich hatte furchtbare Angst; denn mit seinen über die mir so gut bekannten Arme aufgerollten Hemdsärmeln sah er aus, als sei er durchaus fähig, seine Drohung wahrzumachen.

»Aber ich kenne Sie!« japste ich, als sei dies ein sicheres Mittel, seinen Zorn zu bannen. »Wir ... wir *kennen* uns!«

»Kennen uns?« sagte er ungläubig. »Woher?«

»Vom Badeplatz«, sagte ich. »Sie badeten allein ... und ich kam mit den anderen.«

»Ah!« sagte er, und seine Stimme und sein Verhalten änderten sich gänzlich. »Dann gehörst du ja zum Schloß.«

Ich nickte mit so viel Würde, wie ich in meiner halb liegenden Stellung, zusammengekauert, den Nacken voll Stroh und mich sehr klein fühlend und zweifellos auch sehr klein aussehend, aufbringen konnte. Nun, da eine noch größere leibliche Gefahr abgewandt war, meldete sich der Schmerz in meinem Knie mit großer Heftigkeit. Vorsichtig tastend berührte ich die Stelle und verzog das Gesicht.

»Ich glaube, wir verbinden das lieber«, sagte er. »Komm her! Kannst du gehen?«

Er gab mir die Hand und zog mich hoch. Das Knie war steif und schmerzte, und ich konnte nur hinken.

»Dein Glück, daß es Sonntag ist«, sagte er. »Sonst wäre ich nicht hiergewesen. Ich wollte gerade den Pferden Wasser bringen, als ich dich jaulen hörte.«

»Habe ich gejault?« fragte ich bedrückt.

»Das hast du«, sagte er. »Aber andere Burschen hätten gebrüllt.«

Ich freute mich über das Kompliment und meinte, ich müsse ihm ebenfalls eines machen.

»Ich sah Sie tauchen«, sagte ich. »Das war nicht schlecht.«

Er schien es gern zu hören. Dann sagte er: »Du mußt mir's nicht übelnehmen, wenn ich etwas barsch war. Das ist meine Art, und diese Lausbuben hier, die machen mich halb verrückt.«

Ich kreidete es ihm nicht an, daß er seinen Ton geändert hatte, als er erfuhr, wo ich herkam. Es erschien mir richtig, natürlich und ganz in der Ordnung, gerade so, wie es richtig und in der Ordnung schien, daß ich meinen Ton Trimingham gegenüber geändert hatte, als ich begriff, daß er ein Graf war. Ich übertrug meine hierarchischen Prinzipien auf meine mora= lische Begriffe, soweit sie vorhanden waren, und hatte einen ausgeprägten Respekt vor Persönlichkeiten.

Durch eine Tür, die direkt in die Küche führte, betraten wir das Haus, das mir sehr schäbig vorkam. »Hier halte ich mich meistens auf«, sagte er, als müsse er sich rechtfertigen. »Ich bin keiner von diesen Salon=Bauern; ich arbeite selbst. Setz dich hin. Dann hole ich etwas, das wir auf das Knie tun können.«

Erst als ich saß, merkte ich, wie sehr mich mein Sturz mit= genommen hatte.

Er kam mit einer großen Flasche, auf der KARBOL stand, und mit einigen weißen Lappen zurück. Dann holte er eine weiße Emailschüssel vom Ausguß und wusch die Wunde, die aufgehört hatte zu bluten.

»Du hast Glück gehabt«, sagte er, »daß deine Hose und deine Strümpfe nicht blutig geworden sind. Du hättest dir diesen hübschen grünen Anzug verderben können.«

Ein Gefühl der Erleichterung stieg in mir hoch; ich war glücklich. »Miss Marian hat ihn mir geschenkt«, sagte ich. »Miss Marian Maudsley vom Schloß.«

»So, hat sie?« sagte er und betupfte das Knie. »Ich hab' mit den feinen Leuten nicht viel zu tun. So, das wird jetzt ein bißchen brennen.« Er tauchte ein Tuch in das Karbol und betupfte damit die Wunde. Mir schoß das Wasser in die Augen, aber es gelang mir, nicht zu zucken. »Du bist ein

Spartaner«, sagte er, und ich fühlte mich köstlich belohnt. »Jetzt werden wir's damit verbinden.« Er griff nach einem alten Taschentuch.

»Aber brauchen Sie das nicht?« fragte ich.

»Oh, ich hab' noch genug davon.« Es schien, als habe ihn diese Frage etwas verstimmt. Er wickelte die Bandage ziem= lich stramm: »Zu fest?« fragte er.

Mir gefiel seine unbeholfene Zartheit.

»Nun versuch', damit zu gehen«, sagte er. Ich stapfte auf den Steinplatten des Küchenbodens herum: der Verband saß fest; mir wurde langsam wieder besser. Das Bewußtsein, daß etwas, das so schlecht begonnen hatte, nun ein gutes Ende nahm, wirkte wie ein Tonikum. Welch eine Geschichte konnte ich jetzt erzählen! Dann begriff ich plötzlich, daß ich in seiner Schuld stand. Obwohl ich, wie alle Kinder, gewohnt war, daß man alles für mich tat, war ich doch alt genug für das Gefühl, ich sei ihm verpflichtet. Aber ich hätte nicht gewagt, ihm Geld anzubieten, selbst wenn ich welches gehabt hätte. Was konnte ich tun? Konnte ich ihm ein Geschenk machen? Der Gedanke an ein Geschenk beschäftigte mich. Ich sah mich in der Küche um, die außer einem großen Viehzüchterkalender keinerlei Schmuck aufwies und die sich so sehr von der Um= gebung unterschied, in der ich mich noch kurz zuvor befun= den hatte, und sagte ziemlich großartig:

»Haben Sie vielen Dank, Mr. Burgess« (ich war froh, daß ich den »Mister« angebracht hatte). »Kann ich irgend etwas für Sie tun?«

Ich war fest davon überzeugt, daß er »nein« sagen würde; aber statt dessen sah er mich prüfend an und sagte:

»Nun, vielleicht kannst du das.«

Sofort war meine Neugierde geweckt.

»Könntest du eine Botschaft für mich überbringen?«

»Natürlich«, sagte ich, enttäuscht darüber, daß man mir einen so läppischen Auftrag gab. Ich erinnerte mich an Lord Trimimghams Botschaft und welchen Mißerfolg ich damit gehabt hatte. »Um was handelt es sich und wem soll ich sie überbringen?«

Er antwortete nicht sofort, sondern nahm die Schüssel mit dem verfärbten Wasser und spülte sie im Ausguß. Dann kam er zurück und beugte sich über mich.

»Hast du es sehr eilig?« fragte er. »Kannst du noch ein paar Minuten warten?« Es schien immer, als spräche er mit dem ganzen Körper, und das verlieh seinen Worten eine merkwürdige Eindringlichkeit.

Ich sah auf meine Uhr und überlegte. »Wir trinken nicht vor fünf Uhr Tee«, sagte ich. »Ziemlich spät, nicht wahr? Zu Hause trinken wir früher. Ich könnte warten ... nun, zehn oder fünfzehn Minuten.«

Er lächelte und sagte: »Deinen Tee darfst du nicht versäumen.« Er schien nachzudenken. In verändertem Ton sagte er: »Willst du gern die Pferde sehen?«

»O ja.« Es sollte recht begeistert klingen.

Wir waren an einem langen Ziegelschuppen angekommen, der vier Türen hatte. Neben jeder Tür war ein Fenster, und aus jedem Fenster sah ein Pferdekopf heraus. »Dieser Schimmel ist Briton«, sagte er, »das beste Zugpferd, das ich habe. Aber er verträgt kein anderes neben sich, er muß alles allein machen. Komisch, was? Das ist die Braune, sie heißt Smiler, ein braves, williges Arbeitstier; aber sobald die Ernte vorbei ist, wird sie trächtig sein. Und der Graue da ist Boxer; aber dem werden jetzt die Zähne schon ein bißchen lang. Und der da ist das Wagenpferd; manchmal nehme ich ihn für die

Jagd. Hat er nicht einen schönen Kopf?« Er beugte sich vor und küßte die samtige Nase, und das Pferd zeigte seine Freude, indem es die Nüstern blähte und schnaubte.

»Und wie heißt er?« fragte ich.

»Pierrot«, antwortete er grinsend, und ich grinste zurück, ohne zu wissen weshalb.

Die ganze Hitze des Nachmittags schien sich auf den Fleck, auf dem wir standen, zu konzentrieren und den Geruch der Pferde, des Mistes und des gesamten Bauernhofes zu verstärken. Sie machte mich unruhig, ja fast schwindelig, und trotzdem regte sie mich an; und als die Besichtigung vorüber war und wir wieder ins Haus gingen, war ich halb traurig, halb froh.

Als wir die Küche betraten, sagte der Bauer unvermittelt: »Wie alt bist du?«

»Am 27. dieses Monats werde ich dreizehn«, sagte ich mit Nachdruck und hoffte, er würde nun sagen: »Nein, aber so was!« Denn bei den meisten Erwachsenen konnte man annehmen, daß sie sich für unsere Geburtstage interessierten.

Statt dessen sagte er: »Ich hätte dich für älter gehalten. Für dein Alter bist du ein großer Junge.«

Dieses Lob schmeichelte mir, besonders da es von einem Mann seiner Größe kam.

»Ich möchte wissen, ob ich mich auf dich verlassen kann«, fuhr er fort.

Ich war sehr überrascht und auch ein wenig beleidigt; aber nur ein wenig, denn ich dachte, dies müsse das Vorspiel zu einem Vertrauensbeweis sein.

Ich sagte jedoch ziemlich unwillig: »Natürlich können Sie das. In meinem Zeugnis steht, daß ich vertrauenswürdig sei; ›ein zuverlässiger Junge‹ schrieb der Schuldirektor.«

»Ja, aber kann auch ich das?« sagte er und sah mich scharf an. »Kann ich mich darauf verlassen, daß du den Mund hältst?«

Was für eine idiotische Frage an einen Schuljungen, dachte ich. Wir waren alle aufs Dichthalten eingeschworen. Ich be= trachtete ihn fast mitleidig. »Soll ich Ihnen das große Ehren= wort geben?« fragte ich.

»Das kannst du halten, wie du willst«, antwortete er. »Aber wenn du nicht dichthältst —« er hielt ein, und die kör= perliche Drohung, die immer von ihm ausging, zitterte durch den ganzen Raum.

»Hat es etwas mit heute nachmittag zu tun?« fragte ich. »Sie können sich darauf verlassen, daß ich nicht vorhabe, etwas davon zu erzählen; aber man wird mein Knie sehen.«

Er überging diese Bemerkung. »Da drüben ist ein Junge, nicht wahr?« sagte er. »Ein Bursche in deinem Alter?«

»Ja, mein Freund Markus«, sagte ich. »Aber der liegt im Bett.«

»Oh, der ist im Bett?« wiederholte der Bauer nachdenklich. »Da bist du also sozusagen allein.«

Ich erklärte ihm, daß wir gewöhnlich nachmittags zusam= men spielten, daß ich aber statt dessen heute nachmittag einen Spaziergang gemacht hatte.

Er hörte mit halbem Ohr zu, dann sagte er: »Ein großes Haus, nicht wahr? Ein sehr großes Haus; viele Zimmer drin, was?«

»Wenn ich die Schlafzimmer miteinrechnen sollte«, sagte ich, »könnte ich nicht sagen, wie viele es sind.«

»Und ich schätze, alles wimmelt von Leuten, die mitein= ander schwätzen und so weiter? Man ist nie mit jemand allein?«

Ich konnte mir nicht vorstellen, was diese Fragerei be=
zweckte.

»Na, mit mir unterhalten sie sich nicht sehr viel«, sagte
ich. »Wissen Sie, sie sind alle erwachsen und haben ihre Er=
wachsenenspiele wie Whist und Tennis und Unterhaltungen.
Sie wissen schon, was ich meine — wo man einfach mitein=
ander redet, damit geredet wird« (dies erschien mir ein selt=
samer Zeitvertreib). »Aber manchmal unterhalte ich mich ein
wenig mit ihnen, wie heute morgen nach der Kirche mit Graf
Trimingham; und einmal habe ich einen ganzen Tag mit
Marian verbracht — sie ist die Schwester von Markus, wissen
Sie, ein prima Mädel — aber das war in Norwich.«

»Oh, du hast einen Tag mit ihr verbracht?« sagte der
Bauer. »Das bedeutet wohl, daß du ziemlich gut mit ihr
stehst?«

Ich überlegte. Bei meiner Achtung für Marian wollte ich
meine Stellung ihr gegenüber nicht großartiger erscheinen
lassen, als mir zustand. »Sie hat sich heute morgen wieder
mit mir unterhalten«, erzählte ich ihm. »Auf dem Kirchgang,
obwohl sie sich mit Graf Trimingham hätte unterhalten
können, wenn sie gewollt hätte.« Ich versuchte, mich an an=
dere Gelegenheiten zu erinnern, bei denen sie mit mir ge=
sprochen hatte. »Sie unterhält sich recht oft mit mir, wenn
Erwachsene in der Nähe sind — sie ist die einzige, die das
tut. Ich erwarte das natürlich auch nicht von ihnen. Ihr Bru=
der Denys sagt, ich sei ihr Schatz. Er hat das schon mehrmals
gesagt.«

»Oh, hat er das?« sagte der Bauer. »Heißt das, daß du
manchmal mit ihr allein bist? Ich meine, daß ihr beide zu=
sammen in einem Zimmer seid, ohne daß ein anderer dabei
ist?«

Er sprach mit großer Eindringlichkeit, als vergegenwärtige er sich diese Szene.

»Nun, manchmal«, sagte ich. »Manchmal sitzen wir zu= sammen auf einem Sofa.«

»Ihr sitzt zusammen auf einem Sofa?« wiederholte er.

Das mußte ich ihm erklären. Zu Hause hatten wir zwei So= fas; hier schien gar keines zu sein; in Brandham Hall aber —

»Wissen Sie«, sagte ich, »es gibt dort so viele Sofas.«

Er begriff. »Aber wenn ihr zusammen seid und schwätzt?«

Ich nickte. Wir saßen zusammen und schwätzten.

»Dann bist du ihr nahe genug —?«

»Nahe genug?« wiederholte ich. »Ja, natürlich ist ihr Kleid —«

»Ja, ja«, sagte er. Er begriff auch das. »Diese Kleider neh= men viel Platz ein. Aber du bist ihr nahe genug, um — ihr etwas zuzustecken?«

»Ihr etwas zuzustecken?« sagte ich. »O ja, ich könnte ihr etwas zustecken.« Es klang wie »anstecken«; in meinem Kopf spukten immer noch die Masern. Er sagte ungeduldig:

»Zum Beispiel einen Brief. Ich meine, ohne daß es jemand sieht.«

Fast hätte ich gelacht. Wie konnte er sich wegen einer solchen Kleinigkeit so anstellen? »O ja«, sagte ich. »Bestimmt nahe genug dafür.«

»Dann werde ich ihn schreiben«, sagte er, »wenn du noch Zeit hast.«

Als er sich abwandte, durchfuhr mich ein Gedanke. »Aber wie können Sie ihr schreiben, nachdem Sie sie gar nicht ken= nen?« fragte ich.

»Wer sagt, daß ich sie nicht kenne?« entgegnete er beinahe wütend.

»Nun, Sie selbst. Sie sagten, Sie kennen die vom Schloß nicht. Und sie hat mir erzählt, sie kennt Sie nicht; denn ich habe sie gefragt.«

Einen Augenblick lang dachte er nach und hatte dabei den angestrengten Ausdruck in den Augen, den er beim Schwim= men gehabt hatte.

»Hat sie gesagt, daß sie mich nicht kennt?« fragte er.

»Nun, sie sagte, es wäre möglich, daß sie Sie getroffen hat, sie könne sich aber nicht erinnern.«

Er holte tief Atem.

»Eigentlich kennt sie mich schon«, sagte er. »Ich bin so eine Art Freund von ihr; aber ich gehöre nicht zu der Sorte, mit der sie sich zeigt. Das hat sie wohl gemeint...« Er machte eine Pause. »Wir haben Geschäfte zusammen.«

»Ist das ein Geheimnis?« fragte ich begierig.

»Mehr als das«, sagte er.

Mit einemmal überkam mich eine Schwäche, als hätten die Psalmen die Fünfzig=Verse=Grenze überschritten. Zu meinem Erstaunen (denn die Erwachsenen konnten in dieser Bezie= hung sehr achtlos sein) bemerkte er es und sagte: »Du siehst ja ganz mitgenommen aus. Setz dich und lege deine Füße hoch! Hier ist ein Hocker. Ich habe leider keine Sofas.« Er verfrachtete mich in den einzigen Lehnstuhl. »Ich brauch' nicht lange«, sagte er.

Aber er brauchte lange. Er holte eine Flasche blauschwar= zer Stephens=Tinte (ich war ziemlich entsetzt, daß er kein richtiges Tintenfaß hatte) und einen Bogen blauliniertes Schreibpapier und schrieb umständlich. Seine Finger schienen zu klobig, um die Feder halten zu können.

»Soll ich ihr vielleicht etwas ausrichten?« sagte ich.

Er sah mit zusammengekniffenen Augen auf.

»Du würdest es nicht verstehen«, sagte er.

Endlich war der Brief fertig. Er steckte ihn in einen Um=
schlag, leckte die Klappe und schlug mit der Faust wie mit
einem Hammer darauf. Ich streckte meine Hand aus, aber er
gab ihn mir nicht.

»Wenn du sie nicht allein triffst«, sagte er, »dann gib ihn
ihr nicht.«

»Was soll ich dann damit machen?«

»Dann wirf ihn dorthinein, wo man an der Kette zieht.«
Ein Teil meines Ichs wünschte, er hätte dies nicht gesagt;
denn ich fing schon an, meine Mission in einem romantischen
Licht zu sehen. Aber der andere Teil billigte die praktische
Seite dieser Vorsichtsmaßnahme, war ich doch ein geborener
Intrigant.

»Sie können sich darauf verlassen«, sagte ich.

Jetzt, dachte ich, wird er mir den Brief sicherlich geben;
aber immer noch hielt er ihn unter seiner geballten Faust,
wie ein Löwe, der etwas mit seiner Tatze festhält.

»Hör mal«, sagte er, »bist du wirklich ein sicherer Kunde?«

»Natürlich bin ich das«, antwortete ich verletzt.

»Wenn nämlich«, sagte er langsam, »irgend jemandem
dieser Brief in die Finger fällt, dann wird die Geschichte für
sie und für mich schlecht ausgehen, und vielleicht auch für
dich.«

Er hätte nichts sagen können, das meinen Ehrgeiz mehr
angestachelt hätte.

»Ich werde ihn mit meinem Leben verteidigen«, sagte ich.

Darüber lächelte er, hob die Hand und schob mir den Brief
zu.

»Aber Sie haben ihn ja nicht adressiert!« rief ich.

»Nein«, sagte er, und in einer plötzlichen Aufwallung von

Vertrauen, die mich erregte, fügte er hinzu: »Und ich habe ihn auch nicht unterschrieben.«

»Wird sie sich freuen, wenn sie ihn bekommt?« fragte ich.

»Ich nehme es an«, sagte er kurz angebunden.

Ich wollte genau Bescheid wissen.

»Und wird es eine Antwort geben?«

»Das kommt darauf an«, sagte er. »Frag' nicht so viel. Es ist besser, du weißt nicht alles.«

Damit hatte ich mich zu begnügen. In meinem Kopf war plötzlich eine Leere, wie die *Détente* nach einem abziehenden Gewitter, und mir wurde klar, daß es spät geworden sein mußte. Ich sah auf meine Uhr. »Zum Kuckuck!« rief ich, »ich muß sausen.«

»Wie fühlst du dich?« fragte er besorgt. »Was macht das Knie, he?«

»Eins A«, sagte ich und bewegte es auf und ab. »Es hat nicht durch das Taschentuch geblutet«, fügte ich ein wenig bedauernd hinzu.

»Das kommt noch, wenn du gehst.« Er sah mich mit seinem harten, prüfenden Blick an. »Du siehst ein bißchen spitz aus«, sagte er. »Soll ich dich nicht doch lieber ein Stück weit fahren? Der Wagen ist da, und ich kann das Pferd im Nu anspannen.«

»Vielen Dank«, sagte ich, »ich werde gehen.« Ich wäre gern gefahren, aber ich hatte plötzlich das Bedürfnis, allein zu sein. Da ich noch zu jung war, um den Dreh zu finden, wie man sich verabschiedet, stand ich verlegen herum. Außerdem wollte ich noch etwas sagen.

»Da, du hast den Brief vergessen«, sagte er. »Wo wirst du ihn hintun?«

»In meine Hosentasche«, sagte ich und steckte ihn gleich=

zeitig ein. »Dieser Anzug hat mehrere Taschen«, — ich deu=
tete darauf — »aber ein Mann, der einen Polizisten kannte,
hat mir mal gesagt, daß die Hosentasche die sicherste ist.«

Er gab mir einen anerkennenden Blick, und zum erstenmal
bemerkte ich, daß er schwitzte. Das Hemd klebte an seiner
Brust und hatte dunkle Flecken.

»Du bist ein tüchtiger Junge«, sagte er und schüttelte mir
die Hand. »Hau ab und laß dir's gut gehen.«

Ich lachte. Es schien mir so komisch, daß einem jemand
sagte, man solle es sich gut gehen lassen. Und dann fiel mir
ein, was ich hatte sagen wollen. »Darf ich wiederkommen
und noch einmal auf Ihrer Strohmiete rutschen?«

»Ich werde sie dir schön herrichten«, sagte er. »Und jetzt
mußt du dich sputen.«

Er begleitete mich bis zum Hofgatter, und als ich mich
etwas später umdrehte, stand er immer noch dort. Ich winkte,
und er winkte zurück.

Als ich kam, saßen alle beim Tee. Mir war, als sei ich
monatelang fort gewesen, so anders war diese Atmosphäre
und so sehr hatte mein neues Erlebnis mich ihr entfremdet.
Beim Anblick meines Knies überschüttete man mich mit An=
teilnahme, und ich erzählte, wie freundlich Ted Burgess ge=
wesen war.

»Ah, das ist der Bursche vom Schwarzhof«, sagte Mr.
Maudsley. »Gut aussehender Kerl; soll, wie ich höre, ein
guter Reiter sein.«

»Das ist der Mann, den ich sprechen muß«, sagte Lord
Trimingham. »Ich nehme an, daß er nächsten Sonntag beim
Match mitspielt. Dann werde ich mit ihm reden.«

Ich hätte gern gewußt, ob Ted Burgess in Schwierigkeiten

geraten war; und ich sah Marian an und erwartete, daß sie etwas sage, aber sie schien nicht zugehört zu haben. Ihr Gesicht hatte den verhangenen Raubvogelausdruck, der mir schon manchmal aufgefallen war. Ich konnte den Brief in meiner Tasche knistern hören und überlegte, ob man ihn sehen könne. Plötzlich stand sie auf und sagte:

»Ich glaube, ich sollte dir das Knie neu verbinden, Leo. Es sieht nicht sehr sauber aus.«

Ich war froh, daß ich loskam, und folgte ihr. Sie ging ins Badezimmer. Ich glaube, es war das einzige im ganzen Haus; ich hatte es noch nie gesehen; Markus und ich badeten in einer runden Wanne in unserem Zimmer.

»Bleib' hier«, befahl sie, »ich hole dir einen neuen Verband.«

Es war ein großer Raum, in dem, wie mir schien, unnötigerweise ein Waschtisch stand; denn weshalb sollten sich Leute, die ein Bad nahmen, auch noch waschen? Die Badewanne war mit Mahagoni verkleidet und hatte einen Mahagonideckel. Sie sah aus wie ein Sarg. Als Marian zurückkam, hob sie den Deckel auf, und ich mußte mich auf den Rand der Wanne setzen. Sie zog mir meinen Schuh und meinen Strumpf aus, als wisse sie nicht, daß ich alt genug war, um das selbst zu tun. »So, jetzt halte dein Knie unter die Leitung«, sagte sie.

Das Wasser rann köstlich kühl über mein Bein.

»Herr des Himmels«, sagte sie, »da bist du aber schön hingefallen.« Jedoch zu meinem Erstaunen sprach sie nicht von Ted Burgess, bis sie fast fertig und der neue Verband schon angelegt war. Der alte lag auf dem Rand der Wanne, zerknittert und blutdurchtränkt, und sie betrachtete ihn und sagte: »Ist das sein Taschentuch?«

»Ja«, sagte ich. »Er sagte, er wolle es nicht zurückhaben.

Soll ich es wegwerfen? Ich weiß, wo der Abfallhaufen ist.«
Das war kein übertriebener Diensteifer; ich wollte ihr nur
den Gang ersparen. Und außerdem freute ich mich darauf,
den Abfallhaufen wiederzusehen, diese unaufdringliche Mah=
nung an die Vergänglichkeit inmitten all der Pracht.

»Ach, vielleicht werde ich es auswaschen«, sagte sie. »Es
scheint mir ein recht gutes Taschentuch zu sein.«

Da fiel mir der Brief ein, den ich vergessen hatte; denn
wenn ich in ihrer Nähe war, dachte ich nur an sie. »Er bat
mich, Ihnen dies zu geben«, sagte ich und zog ihn aus der
Tasche. »Ich fürchte, er ist ziemlich zerknittert.«

Sie riß ihn mir beinahe aus der Hand und wußte nicht
gleich, wohin damit. »Oh, diese Kleider! Warte einen Augen=
blick.« Sie verschwand und nahm den Brief und das Taschen=
tuch mit. Einen Augenblick später kam sie zurück und sagte:
»So, was ist jetzt mit dem Verband?«

»Aber Sie haben ihn ja schon drumgewickelt«, sagte ich
und zeigte ihr mein Knie.

»Guter Gott, natürlich. Jetzt werde ich dir deinen Strumpf
anziehen.«

Ich protestierte; aber nein, sie wollte es selbst tun, und ich
kann nicht behaupten, daß ich etwas dagegen hatte. »Werden
Sie den Brief beantworten?« fragte ich, enttäuscht darüber,
daß sie alles so selbstverständlich hingenommen hatte. Aber
sie schüttelte nur den Kopf.

»Du darfst niemandem von diesem ... Brief erzählen«,
sagte sie, ohne mich anzusehen. »Keinem Menschen, nicht
einmal Markus.«

Dieses ewige Appellieren an meine Diskretion ödete mich
an. Die Erwachsenen schienen nicht zu begreifen, daß es mir,
wie den meisten Schuljungen, leichter fiel zu schweigen als

zu sprechen. Ich war die geborene Auster. Ich versicherte auch
Marian nochmals, daß ihr Geheimnis bei mir gut aufgehoben
sei. Ich erklärte ihr geduldig, daß ich es Markus sowieso nicht
erzählen könne, weil er im Bett lag und man mir nicht er=
laubte, ihn zu sehen.

»Ach ja, natürlich«, sagte sie. »Ich scheine wirklich alles
zu vergessen. Aber kein Sterbenswörtchen! Ich wäre sehr
böse mit dir, wenn du irgend etwas sagtest.« Dann, als sie
sah, daß ich verletzt und den Tränen nahe war, schmolz sie
und sagte: »Ach nein, das wäre ich doch nicht; aber weißt du,
das wäre für uns alle ein fürchterliches Unglück.«

Achtes Kapitel

Es gibt Erinnerungen, die an der Oberfläche des Bewußt=
seins bleiben, während andere allmählich versinken. Noch
heute spüre ich die deutliche, aber schwer zu analysierende
Veränderung, die Lord Triminghams Ankunft im ganzen
Hause auslöste. Vorher hatte die Atmosphäre des Hauses
etwas lässig Selbstzufriedenes gehabt, und trotz Mrs. Mauds=
leys straffer Zügelführung ging alles ein wenig seinen Schlen=
drian. Jetzt schien sich jedermann zusammenzureißen, als
müsse man sich besonders gut bewähren, so wie in den letz=
ten Schulwochen, kurz vor dem Examen. Es war, als ob alles,
was man sagte und tat, mehr Gewicht habe, als hinge etwas
davon ab, als liefere man einen Beitrag zu einem noch bevor=
stehenden Ereignis.

Es war mir klar, daß dies alles nichts mit mir zu tun hatte.
Das eilfertig bereitgehaltene Lächeln und die unterdrückte
Erregung galten nicht mir; an der Konversation, die niemals
abbrechen durfte, hatte ich nur geringen Anteil. Fast jeden
Tag wurden Picknicks, Ausflüge oder Besuche arrangiert;
Mrs. Maudsley pflegte sie nach dem Frühstück zu verkünden.
Uns allen waren sie Befehl, nur Lord Trimingham wurde ein
fragender Blick zugeworfen, als sei er ein Signal, das zu be=
achten war, ehe man das Zeichen zur Abfahrt geben konnte.

»Paßt mir blendend«, sagte er dann, oder: »Genau das,
was ich mir gewünscht habe.«

Ich sehe mich an einem Flußufer sitzen, die Picknickkörbe werden ausgepackt, Decken ausgebreitet, ein Diener beugt sich über uns, um die Teller zu wechseln. Die Erwachsenen tranken bernsteinfarbenen Wein aus hohen, spitz zulaufen= den Flaschen. Mir gab man schäumende Limonade, aus einer Flasche, die eine Glaskugel als Verschluß hatte. Ich genoß die Mahlzeit; anstrengend war nur die Unterhaltung, die man später, während alles wieder eingepackt wurde, führte. Ich wagte mich in Marians nächste Nähe, aber sie sah mich nicht; sie hatte nur Augen für Lord Trimingham, der neben ihr saß. Ich konnte nicht hören, was sie miteinander sprachen, und ich wußte, ich würde es nicht verstanden haben, wenn ich es gehört hätte. Die Worte hätte ich natürlich verstanden, aber nicht, was sie besagten.

Plötzlich sah Lord Trimingham auf und sagte: »Hallo, da ist ja Merkur!«

»Weshalb nennen Sie ihn Merkur?« fragte Marian.

»Weil er Botengänge macht«, sagte Lord Trimingham. »Du weißt doch, wer Merkur war?« fragte er mich.

»Merkur ist der kleinste der Planeten«, sagte ich und war froh, daß ich antworten konnte. Aber ich hatte den Verdacht, daß er auf meine Größe anspielte.

»Du hast ganz recht, aber vorher war er der Götterbote. Er trug Nachrichten vom einen zum anderen.«

Der Götterbote! Darüber dachte ich nach, und mir schien, obgleich die Aufmerksamkeit der Götter sich schnell wieder von mir abwandte, daß ich an Bedeutung gewonnen hätte. Ich stellte mir vor, wie ich den Tierkreis durchwanderte, wie ich einen Stern nach dem anderen aufsuchte: ein köstlicher Wachtraum, der bald darauf ein echter Traum wurde; denn mitten unter dem Kauen an einem langen, saftigen Grashalm schlief ich ein. Als ich erwachte, öffnete ich nicht sofort die Augen; ich hatte das Gefühl, man würde mich auslachen, weil ich geschlafen hatte, und diesen Augenblick wollte ich solange wie möglich hinauszögern. Und ich hörte Marian zu ihrer Mutter sagen: »Ich glaube, daß es ihn zu Tode lang= weilt, Mama, immer hinter uns herzutrotten; er wäre viel glücklicher, wenn man ihn seine eigenen Wege gehen ließe.«

»Ach, glaubst du?« sagte Mrs. Maudsley. »Er hängt so an dir, Marian — wie ein kleines Lämmchen.«

»Er ist ein Schatz«, sagte Marian. »Aber du weißt doch, wie das bei Kindern ist: eine kurze Zeit in der Gesellschaft von Erwachsenen reicht einem für lange.«

»Nun, ich kann ihn fragen«, sagte Mrs. Maudsley. »Im Augenblick sind wir zusammen mit ihm dreizehn — ich weiß nicht, ob das schlimm ist. Zu dumm, das mit Markus.«

»Wenn Markus Masern hat«, sagte Marian beiläufig, »dann müssen wir doch wohl den Ball absagen?«

»Ich sehe nicht ein, weshalb«, sagte Mrs. Maudsley mit Nachdruck. »Wir würden zu viele Menschen enttäuschen. Und du möchtest es doch auch nicht, Marian, nicht wahr?«

Ich konnte Marians Antwort nicht hören, aber ich spürte, wie die Meinungen der beiden aufeinanderprallten. Nachdem ich noch eine kurze Zeit lang Schlaf vorgetäuscht hatte, öff= nete ich vorsichtig die Augen. Marian und ihre Mutter waren fort. Die meisten anderen Gäste standen immer noch plau= dernd herum. Die beiden Wagen waren im Schatten vorge= fahren; die Pferde warfen die Köpfe hin und her und schlugen mit den Schwänzen, um die Fliegen zu verscheuchen. Steif saßen die Kutscher auf ihren hohen Böcken; aus meiner Per= spektive wirkten sie gewaltig; ihre kokardengeschmückten Zylinder berührten fast die buschigen Zweige und malten noch dunklere Töne auf den grünen Schatten. Das Spiel der Schatten gefiel mir. Ich erhob mich so selbstverständlich wie ich konnte und hoffte, keine Aufmerksamkeit zu erwecken; aber Lord Trimingham sah mich.

»Aha!« sagte er. »Merkur hat seinen Dienst verschlafen.«

Ich lächelte zurück. Etwas Beständiges in seinem Wesen fiel mir auf. Er gab mir ein Gefühl der Sicherheit, als könne nichts, was ich sagte oder tat, seine Meinung über mich ändern. Seine Scherze fielen mir nie auf die Nerven, zum Teil wohl zweifellos deshalb, weil er ein Graf war, zum Teil aber auch, weil ich Achtung vor seiner Selbstdisziplin hatte. Er hat recht wenig Grund zu lachen, dachte ich, und trotzdem lacht er. Hinter seiner Heiterkeit standen das Hospital und das Schlachtfeld. Ich spürte, daß er eine Kraftreserve besaß, die jeden, auch den schwersten Rückschlag aushalten würde.

Trotz allem gewahrte ich (obwohl ich mir das niemals eingestanden hätte), als ich den einen freien Platz auf dem Bock neben dem Diener eingenommen hatte, daß mir die alltägliche Unterhaltung des Kutschers mehr zusagte als das seichte, ziellose, unverbindliche Geplauder, dem ich vor dem Einschlafen gelauscht hatte. Ich gab gern Auskünfte und erhielt gern Auskünfte, und er versorgte mich damit, genau wie die Wegzeichen und Meilensteine, die alle paar Minuten auftauchten und nach denen ich immer wieder begierig Ausschau hielt. Manchmal konnte er meine Fragen nicht beantworten. »Warum gibt es in Norfolk so viele Seitenstraßen?« fragte ich. »Da, wo ich lebe, gibt es gar keine.« Er wußte es nicht. Aber für gewöhnlich konnte er antworten, und bei ihm hatte ich das Gefühl, daß das Gespräch einen Sinn hatte. Bei den anderen gab es nichts, woran man sich halten konnte: spinnwebdünne Fäden, die sich in meinen Gedanken verfingen,

zerrissen und mich ermüdeten. Das Geplauder der Götter! —
Ich grollte ihnen nicht, noch ärgerte es mich, daß ich sie nicht
verstehen konnte. Ich war der kleinste der Planeten, und
wenn ich Botschaften zwischen ihnen hin= und hertrug und
sie nicht immer verstehen konnte, so hatte auch das seine
Richtigkeit. Sie hatten eine andere Sprache — die Sternen=
sprache.

Unter dem vielfarbenen Dach aus Sonnenschirmen, das
hinter mir lag — eine Schildkrötenschale, welche der Sonne
wehrte — hatte mehr als ein Männerkopf Schutz gesucht.
Das Summen der Gespräche stieg zu mir empor. Wie sie es
nur durchhielten! Aber ich war nicht verpflichtet, ihnen aus
Höflichkeit zuzuhören. Zuerst hatte mich Marians Vorschlag,
mich von weiteren Ausflügen zu dispensieren, ein wenig ver=
letzt; doch nun erkannte ich, daß sie ihn in meinem Interesse
gemacht hatte, und ihre Bemerkung »er ist ein Schatz« war
wie eine Süßigkeit, die mir im Munde zerging. Natürlich
schätzte ich die Auszeichnung, bei ihnen sein zu dürfen. Ich
genoß unseren Triumphzug durch die Landschaft, die Blicke,
mit denen die Vorübergehenden die Wagen anstarrten, die
Kinder, die herbeirannten, um die Gatter zu öffnen und im
Staub nach den Pennies zu grabschen, welche die Kutscher
ihnen achtlos hinwarfen. Aber das alles konnte ich auch in
meiner Vorstellung genießen. Auch wenn ich nicht dabei war,
konnte ich mich in ihren Strahlen sonnen, ganz genauso und
vielleicht noch besser. Denn dann gehörte mir die Quint=
essenz des Erlebnisses, ohne alle die Zufälle und Schatten=
seiten, wie das beherrschte Gesicht, das ich machen und das
Interesse, das ich vortäuschen mußte. Ich dachte an die Re=
misen, ich dachte an den Badeplatz. Ich dachte an die Stroh=
miete, auf der ich nun hinunterrutschen konnte, wann immer

ich wollte — ich dachte sogar an den Abfallhaufen. Dies waren Orte, die mich auf eine vertraute Weise ansprachen und nach denen ich mich zurücksehnte.

»Kennen Sie Ted Burgess?« fragte ich den Kutscher.

»O ja«, sagte er, »wir kennen ihn hier alle.«

Etwas in seinem Tonfall veranlaßte mich zu fragen: »Mögen Sie ihn?« »Man kennt sich eben«, antwortete der Kutscher. »Mr. Burgess ist ein bißchen ein Leichtfuß.«

Mir fiel auf, daß er ihn Mister nannte, aber der Rest seiner Bemerkung blieb mir unverständlich. Mir schien Ted Burgess nicht im geringsten ein Leichtfuß zu sein.

Endlich kamen wir dorthin, worauf ich mich besonders ge= freut hatte — zum Hügelabhang, der einzig wirklich steilen Stelle auf der ganzen Spazierfahrt, dem einzig Sensationellen auf diesem Weg. Ein Warnschild tauchte auf und kam all= mählich näher:

FÜR RADFAHRER!

FAHRT VORSICHTIG

Daraus machte ich einen Witz. »Vier Radfahrer: fahrt vor= sichtig«, das hieß, daß jede andere Anzahl Radfahrer riskie= ren konnten, was ihnen beliebte. Ich versuchte das dem Kut= scher zu erklären, aber er war mit den Bremsen beschäftigt. Es ging abwärts. Die Hinterteile der Pferde, angespannt und mit Schweißflocken bedeckt, preßten gegen das Spritzbrett. Ich drehte mich um und sah, wie der Wagen hinter uns es gleichfalls schwer hatte. Als die Bremsen heißer wurden, stieg ein brenzlicher Geruch auf, der mir aus irgendeinem verrück= ten Grund wie Weihrauch vorkam. Das Gefühl von An= strengung und Gefahr nahm zu: die Sensation hatte ihren Höhepunkt erreicht.

Endlich waren wir unten angekommen, und beide Wagen hielten. Nun stand uns das Gegenteil bevor, weniger auf= regend, weniger angsteinflößend, aber kaum weniger dra= matisch; denn nun wurden die Zügel gelockert, und die Her= ren stiegen aus, um den Pferden den Aufstieg zu erleichtern. Ein warmes Gefühl der Nächstenliebe ergriff mich. Ich bat um die Erlaubnis, ebenfalls aussteigen zu dürfen.

»Na, dein Gewicht macht nichts aus!« sagte der Kutscher, sehr zu meinem Verdruß, aber er half mir trotzdem die federnden schmalen Tritte hinunter, auf denen man so leicht ausrutschen konnte. Ich schloß mich den Männern an und versuchte, meine kurzen Schritte dem Tempo ihrer langen Beine anzupassen.

»Meiner Treu, wie kühl du aussiehst!« sagte Lord Triming= ham und betupfte sein Gesicht mit einem seidenen Taschen= tuch. Er trug einen weißen Leinenanzug und hatte, im Ge= gensatz zu den anderen, einen Panama=Hut, der mit einem Knopf und einer schwarzen Schnur an seiner Jacke befestigt war. Dieser Anzug wirkte, wie all seine Anzüge, außer= ordentlich elegant. Vielleicht fiel einem das wegen des Kon= trastes zu seinem Gesicht bei ihm mehr auf. »Heute ist der heißeste Tag, den wir bisher hatten.«

Ich machte einige hüpfende Schritte, um zu zeigen, wie wenig mir das ausmachte; aber ich behielt seine Worte im Gedächtnis. Und als wir wieder auf unseren Plätzen saßen, und die Pferde sich in langsamen, schaukelnden Trab setzten, kam meine alte Begeisterung für die Hitze wieder. Vielleicht würde der heutige Tag einen Rekord brechen. Wenn er es nur täte, dachte ich, wenn er es nur könnte! Ich war in das Außergewöhnliche verliebt und bereit, ihm alles normale Geschehen zu opfern.

Bei der Ankunft war mein erster Gedanke, nach der Wild=
bretkammer zu laufen; aber daran wurde ich gehindert. Er=
stens war der Tee serviert, und zweitens hatte ich einen Brief
von meiner Mutter, der mit der Nachmittagspost gekommen
war: »Master Leo Colston, p/a Mrs. Maudsley, Brandham
Hall/Norwich.« Ich betrachtete die Adresse voll Stolz: ja,
dort war ich.

Ich liebte es, die Briefe meiner Mutter ganz allein für mich
zu lesen. Selbst die Wildbretkammer war mir dafür zu ex=
poniert. Manchmal zog ich mich auf die Toilette zurück, aber
jetzt, wo ich ein eigenes Zimmer hatte, besaß ich einen siche=
ren Winkel. Dorthin trug ich meinen Brief, wie ein Hund
seinen Knochen. Aber zum erstenmal konnte ich dem Brief
meiner Mutter kein wirkliches Interesse abgewinnen. Die
unbedeutenden Ereignisse meines Zuhause blieben, während
ich von ihnen las, unbedeutend und in weiter Ferne, statt mir
nahezugehen und mich zu erfüllen; sie waren wie die Dia=
positive einer Laterna Magica, denen das Licht fehlte, das sie
lebendig machte. Ich hatte das Gefühl, ich gehörte nicht dort=
hin; mein Platz war hier; hier war ich ein Planet, wenn auch
nur ein kleiner, und war Botengänger für die anderen Pla=
neten. Und meiner Mutter Bemerkungen über die Hitze er=
schienen mir unangebracht und fast lästig. Sie müßte wissen,
dachte ich, daß ich die Hitze genoß, daß ich für sie unantast=
bar war, unantastbar für alles...

Sie hatte mir für diesen Besuch eine schwarzlederne Schreib=
mappe mitgegeben, in deren obere rechte Ecke ein Tintenfaß
eingelassen war. Ich versuchte ihr zu schreiben, aber ich fand
nicht die geeigneten Worte. Es war nicht wie in der Schule,
wo ich meine Briefe so sorgfältig verfaßte, daß am Schluß
kaum etwas übrigblieb als die Tatsache, daß es mir gut ergehe

und ich das gleiche von ihr hoffe; ich wollte ihr von meinem Aufstieg erzählen und dem reineren Äther, der göttlicheren Luft, die ich jetzt atmete. Aber selbst mir erschienen meine Versuche kläglich. Graf Trimingham sagte, ich sei wie Mer= kur — ich besorge Botschaften — Markus' Schwester Marian ist immer noch sehr nett zu mir, ich glaube, ich mag sie von allen am liebsten — es ist schade, daß sie heiratet, aber dann wird sie eine Frau Gräfin —. Was konnte ihr das alles be= deuten, was konnte es mir bedeuten, daß ich mir eine solche Wichtigkeit beimaß? Von all dem schrieb ich etwas, und über Markus' Unpäßlichkeit (obgleich ich natürlich nichts von Masern erwähnte); ich erzählte ihr von den Festen, den vergangenen und den bevorstehenden — den Picknicks, dem Cricket=Match, der Geburtstagsgesellschaft und dem Ball; ich dankte ihr für die Erlaubnis zu baden und ich versprach, nicht allein zu gehen; und ich war ihr sie liebender Sohn. Aber selbst das klang falsch und ein wenig herablassend, als gestatte sich ein Unsterblicher verwandtschaftliche Gefühle gegen einen Sterblichen.

Obwohl ein kläglicher Versuch, nahm der Brief lange Zeit in Anspruch, und es war schon nach sechs, als ich in größter Eile die Wildbretkammer erreichte. Ich erwartete etwas Sen= sationelles, und ich wurde nicht enttäuscht. Das »Mercury«= Thermometer war auf 29 Grad herabgesunken; aber der Magnet verzeichnete 33 Grad. 33! Vielleicht war das ein Rekord, auf jeden Fall ein Rekord für England, wo, wie ich glaubte, die Temperatur niemals fünfunddreißig Grad im Schatten erreicht hatte. Daß sie diese Höhe erreichte, das war mein Ehrgeiz. Nur noch zwei Grad mehr! Eine Lappalie für die Sonne, die das leicht vollbringen könnte; vielleicht würde sie es morgen tun. Während ich meinen Gedanken nachhing, war mir, als fühlte ich in mir die enormen meteorologischen Anstrengungen, die die Welt unternahm, um sich selbst zu übertreffen, um in eine Daseinssphäre einzudringen, die sie nie zuvor erreicht hatte. Ich selbst war das Thermometer (man hatte mich doch Merkur genannt, so dachte ich ver= wirrt), das unaufhörlich höher und höher emporstieg; und in Brandham Hall, mit seinen noch immer unerforschten Ge= fühlshöhen, konnte ich den Gipfelpunkt meines Daseins er= klimmen. Ich fühlte mich berauscht und unbeschwert, als sei ich von einer gütigen Fee verzaubert, gesegnet mit etwas, das mich über mich und die Grenzen meiner Alltagsmensch= lichkeit hinaustrug. Und dennoch schloß mich dieses Erlebnis nicht aus der Gemeinschaft der anderen aus. Es war untrenn= bar mit den Erwartungen verknüpft, die ich in den Gesich= tern meiner Umgebung widergespiegelt sah. Auch sie warte= ten auf Erfüllung, und ich kannte die verschiedenen Stadien, die zu ihr führten, so genau, als wären sie Sprossen in einer Leiter: das Cricket=Match, meine Geburtstagsgesellschaft und der Ball.

Und dann? Dann würde es eine Vereinigung geben, die ich in meinen Gedanken nur allmählich, zögernd und beinahe unwillig, mit Marian und Lord Trimingham in Zusammen= hang brachte. Aber auch in diesen Gedanken zuckte etwas von dem großen Glücksrausch; das Glücksgefühl, ihr den Teil meines Ichs zu opfern, der sein Glück in ihrer Person gefunden hatte.

»Gefällt es dir gut?« sagte eine Stimme hinter mir.

Es war Mr. Maudsley, der sich ebenfalls meteorologischen Studien hingab. Von einem Fuß auf den anderen tretend (ich konnte nicht still stehenbleiben, wenn er mich ansprach), be= jahte ich seine Frage.

»War hübsch heiß, heute«, bemerkte er.

»Ein Rekord?« fragte ich eifrig.

»Es würde mich nicht wundern«, sagte er. »Ich werde nachsehen. Du magst die Hitze?«

Ich bejahte. Er berührte den Magneten. Ich wollte den Be= weis der heutigen Hitze nicht ausgelöscht sehen, murmelte irgend etwas und lief davon.

Durch das Zusammentreffen verwirrt, vergaß ich, was ich noch vorgehabt hatte, und befand mich plötzlich in der Nähe des Rasens, wo weißgekleidete Gestalten ebenso ziellos wie ich. auf und ab spazierten. Es lag mir fern, mich ihnen anzu= schließen; ich wünschte mit meinen aufregenden Gefühlen allein zu sein und versuchte, den Graben zu erreichen, der den Rasen vom Park trennte. Ich wußte aus Erfahrung, daß er tief genug war, um mich zu verbergen. Aber es war zu spät; ich war gesehen worden.

»He!« rief Lord Triminghams Stimme. »Komm her! Wir brauchen dich!«

Er kam zum Rand des Grabens und sah auf mich herunter.

»Versuchst du, durchs Niemandsland zu verduften?« sagte er.

Die militärische Anspielung verstand ich nicht, aber der Sinn der ganzen Unterstellung war mir durchaus klar.

»Du läufst hier immer in der Gegend herum«, sagte er. »Kannst du da nicht Marian suchen und sie bitten, den Vier= ten beim Crocket zu machen? Es ist das einzige, wozu wir noch fähig sind. Wir haben sie gesucht und können sie nicht finden; aber ich nehme an, daß du sie in der Tasche hast.«

Unwillkürlich fuhr ich mit den Händen zur Tasche, und er lachte.

»Also«, sagte er, »schaff' sie uns tot oder lebendig herbei.«

Ich trabte davon. Ich hatte keine Ahnung, wo ich sie suchen könne, und trotzdem kam mir überhaupt nicht der Gedanke, daß ich sie nicht finden würde. Mein Weg führte mich um das Haus herum, fort von seinen noblen und eindrucksvollen Fassaden, die mir so wenig bedeuteten, hinter die zusammen= gewürfelten rückwärtigen Gebäude, die mir so viel bedeute= ten, und die Aschenbahn entlang, die zu den verlassenen Remisen führte. Und dort traf ich sie. Sie ging ziemlich schnell, mit hocherhobenem Kopf.

Sie sah mich nicht gleich, und als sie mich schließlich doch sah, betrachtete sie mich eisig. »Was machst du hier?« sagte sie.

Ich fühlte mich schuldig wie alle Kinder, wenn sie von Er= wachsenen zur Rede gestellt werden; aber ich hatte eine Ant= wort bereit und war sicher, daß sie sich darüber freuen würde.

»Ju bat mich, Ihnen zu sagen«, begann ich.

»Wer bat dich, mir etwas zu sagen?«

»Ju, wissen Sie, Ju.«

Ich hatte das Gefühl, es sei mein Schicksal, Hughs Namen falsch auszusprechen. Wir standen, aber ich merkte, daß sie ziemlich rasch atmete. »Laß uns jetzt von etwas anderem sprechen«, sagte sie, als hätte sie meinen Launen nun lange genug nachgegeben. Einen Augenblick kam mir der Gedanke, sie wolle nicht von Lord Trimingham sprechen und würde mir absichtlich das Wort abschneiden; aber ich mußte meine Botschaft überbringen.

»Es handelt sich nicht um Sie, sondern um Graf Hugh«, sagte ich. Nun war kein Mißverständnis mehr möglich, und ich wartete darauf, daß sich ihre Züge aufhellten. Aber das geschah nicht. Ihre Augen bewegten sich eilig hin und her, und sie sah beinahe verwirrt aus.

»Oh, Hugh«, sagte sie, und schrie beinahe wie ein Kauz. »Wie dumm von mir. Du sprichst seinen Namen aber auch reichlich komisch aus.«

Es war das erste Mal, daß sie mir etwas Unfreundliches sagte, und ich glaube, ich sah betroffen aus; denn sie bemerkte meine Verwirrung und sagte etwas freundlicher:

»Aber es gibt verschiedene Arten, ihn auszusprechen. Nun, was will er?«

»Er möchte, daß Sie Crocket mitspielen.«

»Wieviel Uhr ist es?« fragte sie.

»Fast sieben Uhr.«

»Wir essen doch nicht vor halb neun? Nun schön, ich komme.«

Unsere Freundschaft war wiederhergestellt, und wir gingen nebeneinander her.

»Er sagte, ich müsse Sie tot oder lebendig zu ihm bringen«, wagte ich zu sagen.

»So, sagte er das? Nun, was bin ich?«

Ich fand das sehr komisch. Nachdem wir ein bißchen gescherzt hatten, sagte sie:

»Wir essen morgen mittag bei Nachbarn. Es sind lauter Erwachsene, steinalt, schon ganz bemoost, und Mama meint, du könntest dich langweilen. Würde es dir etwas ausmachen, wenn du hierbleibst?«

»Natürlich nicht«, antwortete ich. Mir fiel ein, daß sie und nicht ihre Mutter glaubte, ich könne mich langweilen, aber ich nahm ihr das nicht übel. Sie war wie das Mädchen im Märchen, dessen Worte zu Perlen wurden, sobald sie von ihren Lippen fielen.

»Womit wirst du dich amüsieren?« fragte sie.

»Nun«, sagte ich, um Zeit zu gewinnen, »ich könnte

verschiedenes unternehmen.« Dies klang ziemlich großartig.

»Was zum Beispiel?«

Ihr Interesse schmeichelte mir, doch, in die Enge getrieben, fiel mir nur eine Beschäftigung ein.

»Ich könnte spazierengehen.« Selbst mir erschien dies ein phantasieloses Unterfangen zu sein.

»Wohin wirst du gehen?«

Ich hatte ein plötzliches Gefühl, daß sie die Konversation in eine bestimmte Richtung führte, und folgte beinahe schlaf= wandlerisch.

»Nun, ich könnte eine Strohmiete herunterrutschen.«

»Wo?«

»Nun, vielleicht bei Bauer Burgess.«

»Oh, bei ihm?« sagte sie, und es klang sehr erstaunt. »Leo, wenn du dorthin gehst, willst du mir dann einen Gefallen tun?«

»Natürlich. Was denn?« Aber ich wußte es schon, ehe sie es sagte.

»Ihm einen Brief bringen.«

»Ich hoffte, daß Sie das sagen würden!« rief ich aus.

Sie sah mich an, schien zu überlegen und sagte dann:

»Weshalb? Weil du ihn magst?«

»Ja, aber natürlich nicht so sehr wie Hugh.«

»Warum hast du ihn lieber? Weil er ein Graf ist?«

»Nun, das ist einer der Gründe«, gab ich ohne falsche Scham zu. Der Respekt vor Titeln lag mir im Blut, und ich empfand ihn nicht als Snobismus. »Und er ist auch so zart= fühlend. Ich meine, er kommandiert mich nicht herum. Ich habe geglaubt, ein Lord wäre so stolz.«

Marian sann darüber nach.

»Und Mr. Burgess«, fuhr ich fort, »der ist nur ein Bauer.«

Ich erinnerte mich an den Empfang, den er mir bereitet hatte, ehe er wußte, woher ich kam. »Er ist ziemlich grob.«

»So?« sagte sie, aber nicht, als ob sie das für einen Fehler hielte. »Weißt du, ich kenne ihn nicht sehr gut. Wir schrei= ben uns manchmal Zettel ... wegen geschäftlicher Angelegen= heiten. Und du sagst, du würdest sie gern überbringen?«

»O ja, sehr gern«, sagte ich begeistert.

»Weil du T — Mr. Burgess gern hast?«

Ich wußte, daß sie wollte, ich würde ja sagen, und ich war bereit, ihr den Gefallen zu tun, um so mehr, als der Wunsch, ihr meine Gefühle zu gestehen, mich überwältigte, und ich die Möglichkeit sah, es zu tun.

»Ja. Aber es gibt noch einen anderen Grund.«

»Und der ist?«

Ich hatte keine Ahnung, daß diese Worte so schwer aus= zusprechen waren, wenn es dazu kam; aber endlich brachte ich sie doch heraus: »Weil ich Sie gern habe.«

Sie schenkte mir ein bezauberndes Lächeln und sagte:

»Das ist sehr süß von dir.«

Sie blieb stehen. Wir hatten eine Wegkreuzung erreicht. Der eine Weg, der ungepflegt war, führte zu den rückwär= tigen Gebäuden; der andere, ein breiterer, den ich selten ging, führte zur Vorderfront des Hauses.

»In welcher Richtung wolltest du gehen?« fragte sie.

»Nun, ich wollte Sie begleiten — zum Crocketrasen.«

Ihr Gesicht verdüsterte sich. »Ich glaube, ich werde nun doch nicht gehen«, sagte sie beinahe schnippisch. »Ich bin ziemlich müde. Sag' ihnen, ich hätte Kopfschmerzen, oder sag' ihnen, du hättest mich nicht gefunden.«

Mir war, als stürze meine Welt ein. »Oh!« rief ich aus. »Aber Hugh wird sehr enttäuscht sein.«

Es war nicht nur das: ich würde enttäuscht sein, daß mir mein Fang entkommen war, und ich des Triumphes, sie tot oder lebendig herbeizubringen, verlustig ging.

Der Schalk blitzte wieder in Marians Gesicht auf. »Deine vielen Hughs bringen mich ganz durcheinander«, sagte sie. »Meinst du jetzt wirklich den Grafen Hugh?«

»Hugh«, sagte ich und versuchte, dabei so zu säuseln wie sie, obwohl ich das nicht sehr gerne tat, denn es klang sehr affektiert.

»Nun schön, dann muß ich wohl gehen«, sagte sie. »Was für ein Sklavenhalter bist du doch! Aber wenn es dir nichts ausmacht, gehe ich lieber allein.«

Es machte mir entsetzlich viel aus. »Aber, nicht wahr, Sie sagen ihnen, daß ich Sie geschickt habe?« bettelte ich.

Sie blickte über die Schulter zurück. »Vielleicht«, sagte sie in neckendem Ton.

Neuntes Kapitel

Zwischen dem darauffolgenden Tag, einem Dienstag, und dem Cricket=Match am Samstag überbrachte ich dreimal Bot=schaften zwischen Marian und Ted Burgess: drei Billetts von ihr, und von ihm eines und zwei mündliche Mitteilungen.

»Sag ihr, daß alles in Ordnung ist«, sagte er beim ersten Mal; dann: »Sag ihr, es klappt nicht.«

Es war nicht schwer, ihn zu finden; denn gewöhnlich war er bei der Ernte auf dem Feld auf der anderen Seite des Flus=ses. Ich konnte ihn von der Schleuse aus sehen. Als ich das erste Mal zu ihm ging, fuhr er auf dem Mäher, einer neu=modischen Maschine, die das Korn schnitt, aber nicht zu Garben band; ich erinnerte mich, daß sie eine Sprungfede=rung hatte. Ich ging neben ihm her, und als das noch unge=schnittene Korn zwischen uns und den drei oder vier Land=arbeitern lag, die Garben banden, hielt er das Pferd an, und ich überreichte ihm den Brief.

Am nächsten Tag wurde der letzte schmale Streifen ge=schnitten. Burgess stand mit seiner Flinte da und wartete auf Kaninchen und andere Tiere, die vielleicht erst im letzten Augenblick aus diesem Versteck fliehen würden. Das war so spannend, daß ich eine Zeitlang den Brief gänzlich vergaß, und er, mit zusammengekniffenen Augen aufpassend, schien ihn offensichtlich ebenfalls vergessen zu haben.

Meine Aufregung steigerte sich; ich glaubte, diese letzte

Zuflucht stecke voll von Wild. Aber ich täuschte mich: die letzten Ähren fielen, und nichts kam heraus.

Der Mann auf dem Mäher wendete zum Gatter, das ins nächste Feld führte. Die Arbeiter stapften zur Hecke, um ihre Jacken und Binsenkörbe zu holen. Der Bauer und ich blieben allein.

Das abgeerntete Feld wirkte sehr kahl, und er sah sehr groß und verloren darin aus. Wie er so dastand, rot und golden wie das Korn in der Sonne, kam er mir plötzlich wie eine Garbe vor, die der Schnitter vergessen hatte und die er sich später noch holen würde.

Ich gab ihm den Umschlag, den er sofort aufriß. Und da merkte ich, daß er, ehe ich kam, etwas getötet hatte. Denn zu meinem Entsetzen besudelte er den Umschlag und dann auch den Brief mit einem großen Blutflecken.

Ich schrie: »Oh, das dürfen Sie nicht tun!« Aber er gab keine Antwort, so sehr war er in den Brief vertieft.

Als ich ihn das nächste Mal suchte, traf ich ihn nicht auf dem Feld, sondern auf dem Hof, und da gab er mir den Brief mit.

»Auf dem ist kein Blut«, sagte er scherzend, und ich lachte; denn im Grunde akzeptierte ich das Blut, ja es freute mich sogar, war es doch etwas, das zu dem Männerleben gehörte, in das auch ich eines Tages eingeweiht werden würde. Ich hatte viel Spaß beim Rutschen auf der Strohmiete. Das tat ich übrigens jedesmal, wenn ich Briefe überbrachte; es war der Höhepunkt meines Ausfluges, und wenn ich wieder zu der beim Tee versammelten Gesellschaft zurückkam, konnte ich wahrheitsgemäß erzählen, daß ich auf diese Weise meine Nachmittage verbracht hatte.

Es waren wirklich goldene Nachmittage. Wie recht hatte Marian gehabt, als sie meinte, ich sei glücklicher zu Hause! Das begriff ich erst, als mir Mrs. Maudsley am Donnerstag in ihrem »Ordonnanz=Zimmer«, wie man es nannte, mit= teilte, nach dem Mittagessen besuche man eine Familie mit Kindern und ich hätte mitzugehen. Zwischen Kindern ist das Eis oft schwer zu brechen, sie freunden sich nicht leicht an; ihre Welten sind sehr abgegrenzt, ja sogar ihre Spiele haben ihre eigenen geheimen Regeln. Es fiel mir nicht leicht, mich an die Spielregeln jener Kinder zu gewöhnen; denn ich er= innerte mich der viel bedeutenderen Aufgaben, die nun un= erledigt blieben. Vielleicht erschien mir ihr bloßes So=Tun= als=Ob auch deshalb recht langweilig, weil dabei kein Blut vergossen wurde.

Ich nahm nämlich meine Pflichten als Merkur sehr ernst, einmal wegen der mir eingeschärften Schweigepflicht, vor allem aber, weil ich das Gefühl hatte, etwas für Marian zu tun, das niemand anderer als ich für sie tun konnte. Um die Zeit zu vertreiben, schwätzte sie mit ihren erwachsenen Freunden. Sie zeigte Lord Trimingham ein lächelndes Ge= sicht, saß während der Mahlzeiten an seiner Seite und ging mit ihm auf der Terrasse auf und ab. Aber beim Aushändigen der Billetts entdeckte ich, so klein ich auch war, in ihrem Wesen eine Eindringlichkeit, die sie anderen gegenüber nicht zeigte — nein, nicht einmal Lord Trimingham. Ihr dienen zu dürfen, machte mich unbeschreiblich glücklich, und an die weiteren Folgen meiner Handlung dachte ich nicht. Ich ver= lieh jedoch meinen Botengängen eine ganz eigene Bedeutung — eigentlich mehrere Bedeutungen, denn ich konnte keine finden, die mich befriedigte. Ich konnte mir bei aller Phanta= sie einfach nicht vorstellen, weshalb Marian und Ted Burgess

Briefe wechselten. »Geschäfte«, sagten sie beide. »Geschäfte« waren für mich ein ernster, fast geheiligter Begriff. Meine Mutter sprach dieses Wort mit Ehrfurcht aus; es verbanden sich die Bürostunden meines Vaters und der Lebensunterhalt damit. Marian hatte es nicht nötig, Geld zu verdienen, aber Ted Burgess. Vielleicht half sie ihm dabei; vielleicht floß auf irgendeine geheimnisvolle Weise durch diese Botschaften Geld in seine Taschen. Vielleicht enthielten sie sogar Geld: Schecks oder Banknoten, und vielleicht sagte er deshalb: »Sag ihr, es ist in Ordnung« — was bedeutete, er habe es erhalten. Der Gedanke, ich überbrächte vielleicht Geld wie ein Bank= bote, und man könnte mir auflauern und mich ausrauben, erregte mich; welches Vertrauen mußten sie in mich setzen, um mir solch kostbare Sendschreiben in die Hand zu geben.

Und doch konnte ich nicht recht daran glauben; denn nie= mals sah ich, daß dem Umschlag ein Geldschein entnommen wurde. Vielleicht teilte sie ihm etwas mit, etwas, das ihm bei seiner Landarbeit nützen mochte. Ich konnte mir nicht vor= stellen, was es sein könne; aber ich verstand ja auch noch nichts von der Landwirtschaft. Vielleicht tauschte sie aber auch Aufzeichnungen mit ihm, Aufzeichnungen über die Temperatur zum Beispiel, den täglichen Thermometerstand, den sie feststellen konnte, und er nicht. Die letzten Messun= gen waren, obwohl sie nicht den Höchststand des Montags erreichten, zufriedenstellend gewesen: 28 Grad am Dienstag, 29 Grad am Mittwoch, am Donnerstag und am Freitag fast 33 Grad (ich habe aus Neugierde meine Eintragungen mit den offiziellen Aufzeichnungen verglichen und festgestellt, daß sie nur geringfügig davon abweichen). Oder, wenn es nicht das gemeinsame Interesse an der Tagestemperatur war, es konnte doch etwas sein, das in den Augen der Erwachse=

nen ähnlich wichtig war und das ich, würde man es mir erklären, verstehen würde. Vielleicht handelte es sich um Wetten: ich wußte, welche Bedeutung die Erwachsenen dem Wetten beimaßen. Vielleicht wetteten sie, in welcher Zeit dieses oder jenes Feld abgeerntet sein würde?

Vielleicht befand er sich in irgendeiner Klemme, und sie versuchte ihm herauszuhelfen. Vielleicht war die Polizei hinter ihm her, und sie versuchte ihn zu retten. Vielleicht hatte er einen Mord begangen (der Blutfleck erleichterte mir diese Vorstellung). Vielleicht wußte nur sie davon und unterrichtete ihn über das Vorgehen der Polizei.

Dies war, weil die sensationellste, die von mir bevorzugte Lösung des Problems. Ganz befriedigte sie mich aber nicht; und wenn ich mich in ihrer oder in Ted Burgess' Gegenwart befand, Billetts erhielt oder ablieferte, dann erschien sie mir so unzulänglich wie die anderen. Weder er noch sie benahmen sich in meinen Augen so, wie sich Menschen in den Situationen benehmen würden, die ich mir vorgestellt hatte.

Hinter dem instinktiven Wunsch, eine Lösung zu finden, die meine Phantasie befriedigte, lauerte eine schleichende und fast beschämende Neugierde, die den wirklichen Grund herausfinden wollte. Aber ich gab dieser Neugierde nicht nach, ich wollte kein Spitzel sein. Das Privileg, an den Handlungen der himmlischen Gestalten teilzuhaben, hatte mein Selbstgefühl derart entflammt, daß ich nicht einer solch unwürdigen Bestätigung meiner Kombinationsgabe bedurfte. Außerdem hatte ich den Verdacht, daß ich enttäuscht sein könnte, wenn ich den wirklichen Grund entdeckte. Und das bewahrheitete sich auch: ich wurde enttäuscht.

Am Freitag vor dem Cricket=Match geschahen zwei Dinge, die in gewisser Weise miteinander zusammenhingen. Einmal durfte Markus, der nicht mehr masernverdächtig war, sein Zimmer verlassen. Man erlaubte ihm nicht auszugehen, aber man hatte entschieden, daß er soweit wiederhergestellt war, um beim Cricket=Match zusehen zu können. Natürlich wußte ich, daß es ihm besser ging, aber sein Aufstehen überraschte mich. Seine Temperatur war an diesem Morgen zum ersten= mal wieder normal gewesen, und meine Mutter hätte mich noch einen weiteren Tag im Bett gelassen. Ich nahm an, alle Ärzte hätten die gleichen Behandlungsmethoden. Wie dem auch war, ich freute mich sehr, als er zum Mittagessen er= schien; denn obgleich er kein sehr naher Freund war, verband mich mit ihm doch das Gefühl vertrauter Kameradschaft, dem nichts gleichkommt. Ich konnte ihm in unserer gemeinsamen Sprache alles sagen, was mich bewegte. Ich mußte es ihm nicht erst übersetzen und mich dabei in den Gedankengängen und Ausdrücken der Erwachsenen verstricken. Jedenfalls glaubte ich das. Wir steckten die Köpfe zusammen und schwätzten darauf los und vergaßen alles um uns herum. Und da, mitten während des Essens, begriff ich plötzlich, welche Folgen sein Wiederkommen für mich hatte.

Es würde mir nicht möglich sein, weitere Botschaften zu überbringen. Ich konnte mich diesem Geheimdienst nur wid= men, solange ich selbständig war. Ich konnte kommen und gehen, wie es mir paßte. Man erkundigte sich fast nicht nach meinem Zeitvertreib, und die Antwort, ich sei die Strohmiete hinuntergerutscht, erwies sich als völlig ausreichend. Aber es würde nicht so einfach sein, Markus Sand in die Augen zu streuen — in diese eher ausdruckslosen grauen Augen, die so viel mehr sahen, als man glaubte. Er war kein so enthusiasti= scher Poseur wie ich; er besaß nicht so viel Phantasie; er über= nahm zwar bei unseren Spielen die Rolle von Lord Roberts oder Kitchener oder Krüger oder de Wet, aber nur eine kurze Zeit lang und nur unter der Bedingung, daß die Engländer siegten; er war ein leidenschaftlicher Patriot, weigerte sich jedoch auch geflissentlich, für aussichtslose Fälle einzutreten. Ich konnte ihm vieles erzählen, aber nicht, daß ich in meiner Phantasie Robin Hood war und seine Schwester Jungfer Marian.

Er würde wohl ein= oder zweimal mit mir die Strohmiete hinunterrutschen, aber er würde dies nicht zu einer täglichen Gewohnheit machen — das bewies die Art, mit der er meine dahingehenden Andeutungen aufnahm. Ich konnte wohl ein paar Landarbeiter, die sich sowieso nicht um mich kümmer= ten, überlisten; aber Ted Burgess in Markus' Gegenwart einen Brief zu übergeben oder eine mündliche Botschaft von ihm entgegenzunehmen, das war etwas anderes. Außerdem — in meinem Kopf begannen sich die Schwierigkeiten zu häufen — würde er überhaupt nicht mit dem Bauern sprechen wollen, oder allenfalls sehr distanziert, und er würde auch mich daran hindern; er besaß ein nüchternes Standesbewußt= sein, obwohl sich sein Snobismus, im Gegensatz zu dem meinen, in Grenzen hielt. Ganz gewiß würde er nicht in die Küche gehen und warten, bis Ted mühselig einen Brief ab= gefaßt hatte.

Je mehr ich darüber nachdachte, wie diese Ausflüge in Markus' Gesellschaft zu bewerkstelligen seien, desto un= durchführbarer schienen sie mir und desto weniger behagte mir die Aussicht darauf. Ebensowenig freute mich der Ge= danke, Markus hintergehen zu müssen, obgleich ich darin geübt und ein kritikloser Anhänger der Tradition des »Nicht= Petzens« war. Das hatte also nicht etwa moralische Gründe — die ethischen Postulate, die außerhalb des Ehrenkodex der

Schule lagen, beachtete ich kaum — sondern ich glaubte, un=
sere Beziehungen könnten dadurch getrübt werden.

So argumentierte ein Teil meines Ichs. Der andere Teil war
immer noch in das Abenteuer verliebt und raunte mir zu, wie
farblos ein Leben ohne Abenteuer sein würde. Damit hatte
ich in meinen Überlegungen bisher nicht gerechnet; ich hatte
nicht mit dem Gefühlsverlust gerechnet (von dem mich be=
reits jetzt eine Vorahnung befiel, wie ein erstes drohendes
Anzeichen kommender Entbehrungen), unter dem ich leiden
würde, wenn ich nicht mehr nach Marians Willen Befehle
ausführen konnte. Ich hatte noch nicht begriffen, wie sehr
sich meine Interessen in Brandham Hall während Markus'
Abwesenheit verschoben hatten. Wie konnte ich Marian
sagen, daß ich ihr nicht länger dienen wollte, daß Robin Hood
seine Pflicht verletze?

Mein Gedankenaustausch mit Markus, der ebenso intensiv
und wesentlich ausgedehnter gewesen war als der zwischen
Dr. Livingstone und Stanley, verlief allmählich im Sande.
Halb hoffend, halb bangend erwartete ich das Ende der Mahl=
zeit. Endlich war es soweit, und wieder überfiel mich ein
zwischen Hoffnung und Befürchtung schwankendes Gefühl,
man werde mich von meinem nachmittäglichen Botengang
dispensieren. Früher hatte mir Marian die Botschaften kurz
nach dem Frühstück gegeben — das heißt, kurz nachdem ihre
Mutter den »Tagesbefehl« ausgegeben hatte.

Wie üblich rannte ich mit Markus los; da hörte ich sie
nach mir rufen. Wenn er mir nun folgte?

»Sekunde, alter Gipskopf«, sagte ich, »die Dame Marian
geruht, mir etwas mitzuteilen. Ich werde mich baldigst wie=
der einfinden.«

Während er zögernd stehenblieb, eilte ich davon und fand sie an einem Schreibtisch in einem Zimmer, an das ich mich nicht mehr erinnern kann; denn das Haus war voll von Schreibtischen. Aber ich erinnere mich, daß ich die Tür hinter mir schloß.

»Marian«, begann ich, und ich war eben im Begriff ihr mitzuteilen, daß Markus' Wiedererscheinen unsere Gepflogenheiten grundlegend ändere, als ich das Türschloß schnappen hörte. Blitzartig drückte sie mir einen Umschlag in die Hand; blitzartig steckte ich ihn in meine Tasche. Die Türe öffnete sich, und auf der Schwelle stand Lord Trimingham.

»Ah, eine Liebesszene«, bemerkte er. »Ich hörte Sie rufen«, sagte er zu Marian, »und glaubte, Sie riefen mich, aber es galt diesem Glücklichen. Aber darf ich Sie ihm jetzt entführen?«

Sie erhob sich mit einem raschen Lächeln und ging auf ihn zu, wobei sie mir einen kurzen Blick über die Schulter zuwarf.

Als sie fort waren, griff ich in meine Tasche, um mich zu vergewissern, daß der Brief noch da war. Meine Taschen waren nicht sehr tief, und die Briefe konnten leicht herausrutschen. Manchmal vergewisserte ich mich ein dutzendmal während eines Ganges auf diese Weise. Aber heute fühlte sich der Brief anders an, und ich spürte sofort weshalb. Der Brief war nicht verschlossen.

Ich fand Markus und sagte ihm, wohin ich ginge.

»Was! Wieder die olle Strohmiete?« sagte er gelangweilt. »Von dir wird nichts mehr übrigbleiben, scheint mir, als ein glänzender Fettfleck und ein mächtiger Gestank dazu.«

Wir kalberten ein wenig miteinander, und dann fragte ich ihn, was er vorhabe.

»Oh, ich werde die Zeit schon irgendwie totschlagen«, sagte er. »Vielleicht setze ich mich an das Fenster da drüben und schaue zu, wie sie poussieren.«

Darüber mußten wir sehr herzlich lachen; denn das er= schien uns die alleralbernste Angewohnheit der Erwachsenen. Plötzlich kam mir ein Einfall, der mich sofort wieder ernst werden ließ.

»Ich bin überzeugt, daß deine Schwester Marian nicht poussiert«, sagte ich. »Dafür ist sie viel zu vernünftig.«

»Sei nur nicht zu sicher«, sagte Markus geheimnisvoll. »Und weil wir schon davon reden, alter Döskopp, Frau Fama munkelt, daß sie mit dir poussiert.«

Auf diese Bemerkung hin versetzte ich ihm einen Schlag, und wir rauften, bis Markus schrie: »Pax. Du vergißt, daß ich ein Invalide bin.«

Im Vollgefühl meines Sieges verließ ich ihn und schlug den Weg nach der Wildbretkammer ein. Es war drei Uhr. Das Thermometer stand auf 32 Grad. Es war möglich, daß es noch höher steigen würde. Ich konzentrierte mich ganz darauf, das herbeizuzwingen, und ich glaubte zu fühlen, wie die Natur wortlos meinem Wunsche entsprach. Aus der Ferne drangen die Geräusche des Crocket=Spiels zu mir herüber — der scharfe Schlag des Holzhammers auf den Ball, der dumpfe Knall, mit dem die Bälle aneinanderstießen, und Schreie des Triumphs und Protests. Kein anderer Laut störte die Stille.

Ich hatte den Baumgürtel oberhalb des Flußufers zur Hälfte durchquert, als meine Hand automatisch in die Tasche fuhr und die scharfe Kante des unverschlossenen Briefum= schlags berührte. Ohne jede Absicht zog ich ihn heraus und betrachtete ihn. Auf dem Umschlag stand keine Adresse (oder Anschrift, wie Mrs. Maudsley aus mir unerfindlichen Gründen sagte); die Briefe waren nie adressiert. Aber die offene Klappe ließ Schriftzüge sichtbar werden, die im Augenblick auf dem Kopf standen.

Die komplizierten Regeln unseres Schulkodex forderten auch einen sehr gesunden Respekt gegen das elfte Gebot. Wir besaßen aber auch einen stark entwickelten Gerechtigkeitssinn, und wenn man uns erwischte, so erwarteten wir nicht, daß man uns laufen ließ. Wir kannten die entsprechenden Strafen für die meisten Vergehen; und wenn wir auch über sie murrten, so empfanden wir sie doch nicht als ungerecht; ich jedenfalls gewiß nicht. Sie waren so folgerichtig wie das Gesetz von Ursache und Wirkung. Wenn man die Hand ins Feuer hielt, dann verbrannte man sich. Ließ man sich beim Spicken erwischen, wurde man bestraft: da war kein Wort darüber zu verlieren.

Wir hatten wenig Gefühl für Recht und Unrecht im abstrakten Sinne, wußten aber sehr genau, daß man erst ein Gebot übertreten haben mußte, um bestraft werden zu können. Und wenn es sich um Grenzfälle handelte, und ein Junge gestraft wurde, weil er etwas »Unrechtes« getan hatte, das nicht im Gegensatz zu einem anerkannten Gebot stand, dann waren wir empört und betrachteten ihn als das Opfer einer Ungerechtigkeit.

Die Regeln für das Lesen von Briefen anderer Leute standen ziemlich fest. Wenn wir unsere Briefe herumliegen ließen und ein anderer sie las, so war das unser eigener Fehler, und wir hatten kein Recht zu Vergeltungsmaßnahmen. Wenn aber jemand einem das Pult oder den Spind durchstöberte und die Briefe darin las, dann machte er sich schuldig, und man war berechtigt Rache zu nehmen. Selbst wenn Jenkins und Strode mich nicht gequält hätten, hätte ich mich doch moralisch berechtigt gefühlt, Flüche auf sie herabzurufen.

Sowohl in den Schulstunden wie außerhalb derselben hatte ich in der Schule oft schriftliche Mitteilungen weitergegeben. Waren sie versiegelt, so wäre mir nicht im Traum eingefallen, sie zu lesen; waren sie unverschlossen, so las ich sie oft — ja, es entsprach gewöhnlich der Absicht des Absenders, daß man sie las; denn sie sollten Gelächter hervorrufen. Unversiegelte Briefe konnte man lesen, versiegelte nicht; das lag auf der Hand. Das gleiche galt für Postkarten; man las eine Karte, die an einen anderen adressiert war, nicht jedoch einen Brief.

Marians Brief war unversiegelt, und deshalb durfte ich ihn lesen. Warum zögerte ich noch?

Ich zögerte, weil ich mir nicht sicher war, ob es in ihrer Absicht lag, daß ich diesen Brief las. Die anderen waren ver=schlossen gewesen. Diesen hatte sie mir in großer Eile ge=geben. Vielleicht hatte sie die Absicht gehabt, ihn zu siegeln.

Aber sie hatte es nicht getan.

Unser Kodex legte großes Gewicht auf Tatsachen und nur wenig auf Absichten. Entweder hatte man etwas getan, oder man hatte es nicht getan; und es spielte keine Rolle, was man dabei beabsichtigt hatte. Ein Versehen konnte genau so schwerwiegend sein wie etwas, das man mit voller Über=legung getan hatte. Das war nur logisch. Aber zu meinem Erstaunen konnte ich Marian nicht in diese Gedankengänge einbeziehen. Sie war mehr als ein beliebiges Beispiel in einer Streitfrage. Ich meinte es gut mit ihr, ich wollte ihr nützlich sein, ich war ihr gefühlsmäßig verbunden. Ich konnte ihre Absichten nicht mißachten.

Eine Zeitlang zappelte ich in den mir ungewohnten Netzen moralischer Kasuistik. Warum konnte nicht alles so unkom=

pliziert weitergehen wie bisher? Warum drängte sich die lebhafte Vorstellung von Marian immer zwischen mich und meine Gedanken?

Und woher wußte ich, daß es *nicht* ihr Wunsch war, daß ich den Brief las? Daß sie ihn nicht absichtlich offen gelassen hatte, damit ich etwas darin fände, das für uns beide von Nutzen sein würde? Konnte es nicht ein Beweis für die Achtung sein, die sie für mich empfand? Vielleicht stand in diesem Brief sogar etwas über mich — etwas Freundliches, etwas Liebes, das mich vor Freude erröten ließe, mir ungeahnte Wonnen schenken würde...

Ich glaube, daß diese Hoffnung schließlich den Ausschlag gab, obwohl ich viele andere Argumente durchgegangen war, die die Richtigkeit meiner Handlungsweise rechtfertigen sollten. Eines davon war, daß dies der letzte Brief sein würde: ich war ziemlich fest entschlossen, keine weiteren mehr anzunehmen. Und ein anderes, unlogisches, ging dahin, daß die Kenntnis des Inhalts mir meine Entscheidung erleichtern würde; waren die Briefe wirklich wichtig, handelte es sich dabei um Leben oder Tod (was ich eigentlich hoffte), stand Marians Sicherheit auf dem Spiel, käme sie in fürchterliche Schwierigkeiten, nun, dann würde ich die Botschaften weiterhin überbringen — Markus hin, Markus her.

Aber ich würde den Brief nicht aus dem Umschlag nehmen. Ich würde nur die Worte lesen, welche die Klappe freigab, und drei dieser Worte waren die gleichen, das konnte ich schon verkehrt herum sehen.

»Liebster, Liebster, Liebster,
heute abend, selber Ort, selbe Zeit.
Aber paß auf, daß du nicht —«
Das übrige war vom Umschlag verdeckt.

Zehntes Kapitel

Selbst Adam und Eva können nach dem Genuß jenes Apfels nicht verstörter gewesen sein, als ich es war.

Mir war, als stürze die Welt ein! Meine Enttäuschung war so grenzenlos, daß ich nicht mehr wußte, wo ich war, und als ich wieder zu mir kam, war es wie das Erwachen aus einem Traum.

Sie waren verliebt! Marian und Ted Burgess waren ver= liebt! Von allen möglichen Erklärungen war dies die einzige, die mir niemals in den Sinn gekommen war. Welche Täu= schung, welch gräßliche Täuschung! Und welch ein Narr war ich gewesen!

Um meine Selbstachtung wiederzugewinnen, brach ich in ein dumpfes Gelächter aus. Wenn ich mir überlegte, *wie* ich hereingelegt worden war! Der Einsturz meiner aus hochge= spannten Gefühlen zusammengesetzten Welt löste nicht nur die seelische Belastung, sondern auch den sehr starken phy= sischen Druck, unter dem ich gelebt hatte. Ich hatte das Ge= fühl, ich würde zerrissen. Meine einzige Rechtfertigung war die, daß ich so etwas von Marian nicht hatte erwarten kön= nen. Marian, die so viel für mich getan hatte; Marian, die wußte, was ein Junge empfand; Marian, die Jungfrau aus dem Tierkreis — wie hatte sie so tief sinken können? Zu sein, was wir alle am meisten verachteten — weichlich und schlapp, und wenn die üble Komik der ganzen Angelegenheit ver=

blaßt war, kaum mehr ein Objekt für heimliches Gekicher. Meine Gedanken schweiften ziellos umher: Dienstmädchen, alberne Dienstmädchen, die verliebt waren und mit rot= geränderten Augen zur Familienandacht herunterkamen — Postkarten, Ansichtspostkarten, Scherzpostkarten, ordinäre Postkarten, die man in Andenkenläden finden konnte — ich selbst hatte solche verschickt, ehe ich es besser wußte.

»Wir amüsieren uns in South=Down« — ein fettes Pärchen in verliebter Umschlingung. »Besucht South=Down mit Eu= rem Schatz!« — zwei Verliebte mit himmelnden Gesichtern, das eine sehr dick, das andere sehr dünn.

Und immer, oder fast immer, der Kontrast zwischen Dünn und Dick; der Mann oder die Frau in scheußlicher Verzeich= nung, spindeldürr oder übermäßig fett: der Mann oder die Frau, der Mann oder die Frau…

Ich lachte und lachte und wünschte fast, Markus wäre bei mir, um mit mir darüber zu lachen, und gleichzeitig war ich unglücklich darüber, und begriff unbewußt, daß Spott, so unterhaltend er auch sein mochte, kein Ersatz für Verehrung ist. Daß ausgerechnet Marian so etwas tun sollte! Kein Wunder, daß sie es geheimzuhalten wünschte. Wie um ihre Schande zu verbergen, schob ich den Brief tief in den Um= schlag und verschloß ihn.

Aber abliefern mußte ich ihn.

Ich kletterte über den Zaun auf die Uferwiese, und sofort zog mich die Sonne in ihre glühende Umarmung. Wie stark sie war! Die morastigen Stellen, die den Pfad säumten, waren fast vertrocknet, die Grashalme, die sonst im Wasser stan= den, waren von der Sonne verbrannt und schmutziggelb. Und als ich auf der Schleuse stand, sah ich beinahe mit Be= dauern, wie tief der Wasserspiegel gesunken war. Auf der blauen, der tiefen Seite, konnte ich auf dem Grund Steine sehen, die vorher nie sichtbar gewesen waren; und auf der anderen Seite, der grüngoldenen, verlor sich das Wasser fast unter den Pflanzen, die einen quälenden Eindruck von Ver= wilderung hervorriefen. Und die Wasserlilien ragten unbe= holfen aus dem Wasser, statt darauf zu schwimmen.

Dies alles war das Werk der Sonne. Und auch mir hatte sie etwas angetan: sie hatte meine Gefühlsskala verändert. Die bittere Scham, die ich im Schatten der Bäume für Marian empfunden hatte, empfand ich nun nicht mehr. Ich weiß nicht, ob ich die Hilflosigkeit der Kreatur gegenüber der Natur begriff; aber mein Herz, das es nicht ertragen konnte, von Marian schlecht zu denken, milderte die Vorwürfe, mit denen mein Verstand sie überhäufte. Im Zusammenhang mit ihr schien mir das Poussieren nun nicht mehr länger die ver= dammungswerteste Beschäftigung zu sein, in die sich ein menschliches Wesen einlassen konnte. Aber meine Grund= einstellung vermochte auch die Sonne nicht zu ändern. Ich brachte es nicht über mich, zu sagen: »Das Poussieren ist in Ordnung, weil sie es tut« oder »Andere Menschen dürfen nicht poussieren, nur sie kann sich das erlauben.« Schließlich mußte sie jemanden haben, der sie poussierte, und was ihr recht war —

Erst jetzt fiel mir Ted Burgess ein; er war ja ihr Partner. Es war kein angenehmer Gedanke. Wo steckte er? Auf dem Feld, auf dem die Männer ernteten, war er jedenfalls nicht; das konnte ich mit einem Blick feststellen.

Ich ging zu ihnen hinunter. »Mr. Burgess ist droben auf dem Hof«, sagten sie mir. »Er hat da was zu tun.« »Was denn?« fragte ich. Sie grinsten verlegen; aber ich konnte mir keinen Reim darauf machen.

Bis zum Hof war es fast eine Meile. Meine Gedanken waren in wildem Aufruhr, und ich versuchte, an die Stroh= miete zu denken und an das herrliche Gefühl, das ich beim Hinunterrutschen empfand. Es war der einzige feste Halt, an den ich mich in meiner Aufregung noch klammern konnte. Immer noch sah ich das Poussieren in der Art der Witzpost= karten bildhaft vor mir, eine Beleidigung für das Auge und durch das Auge auch für die Empfindung. Albernheit, Albern= heit, eine Art Clownerie, die die Menschen lächerlich, weich= lich und schlapp machte... Oder bestenfalls bemitleidens= wert; aber wer wollte schon bemitleidet sein? Mitleid hieß soviel wie auf Menschen herabsehen, und ich wollte zu ihnen emporblicken.

Als ich das Gatter zum Hof öffnete, trat er gerade aus einer der Stalltüren. Er begrüßte mich wie immer; mit einer halb spöttischen, halb scherzhaften Geste, in der aber etwas von der Achtung lag, die er für mich oder für das Schloß hatte, und die ich genoß. Ich bemerkte, daß sein Arm noch etwas dunkler gebräunt war, und ich beneidete ihn darum. Es fiel schwer, ihn sich albern oder poussierend vorzu= stellen.

»Wie geht's dem Briefträger?« fragte er. Den Namen hatte er mir gegeben. Es war eine der Freiheiten, die sich die Erwachsenen Kindern gegenüber herausnehmen. Bei Lord Trimingham gefiel mir das; aber ich war mir nicht sicher, ob es mir bei Ted Burgess gefiel.

»Danke, sehr gut«, sagte ich ziemlich kühl.

Er zog seinen verwitterten Ledergürtel herauf.

»Hast du mir etwas mitgebracht?« fragte er. Ich gab ihm den Brief. Wie immer wandte er mir den Rücken zu, um ihn zu lesen; dann steckte er ihn in die Tasche seiner Kordhose.

»Braver Junge«, sagte er. Und als ich ihn erstaunt ansah, fügte er hinzu: »Du hast doch nichts dagegen, daß man dich einen braven Jungen nennt, was?«

»Durchaus nicht«, antwortete ich kurz angebunden. Und dann schien mir der Augenblick gekommen zu sein, und ich hörte mich sagen:

»Ich fürchte, ich werde Ihnen keine Briefe mehr bringen können.«

Er riß vor Erstaunen den Mund auf und runzelte die Stirne.

»Warum nicht?« fragte er.

Ich erklärte ihm die Schwierigkeiten wegen Markus.

Er hörte mit finsterem Gesicht zu, und es war, als verlöre er plötzlich seine Vitalität. Unwillkürlich empfand ich ein gewisses Vergnügen, als ich ihn so fassungslos und nieder= geschlagen sah.

»Hast du ihr das gesagt?« fragte er.

»Wem?« parierte ich in der Hoffnung, ihn noch weiter zu verwirren.

»Miss Marian natürlich.«

Ich gab zu, daß ich es nicht getan hatte.

»Was wird sie dazu sagen? Es liegt ihr sehr viel daran, diese Mitteilungen zu bekommen.«

Ich trat unsicher von einem Fuß auf den anderen, und er nutzte seinen Vorteil aus.

»Sie wird nun nicht wissen, was sie machen soll; und ich weiß es genau so wenig.«

Ich schwieg. Dann sagte ich:

»Was haben Sie denn gemacht, ehe ich kam?«

Nun mußte er lachen und sagte: »Du bist aber ein komi= scher Kauz, was? Na, es war nicht so einfach.«

Die Auskunft befriedigte mich.

»Sieh' mich an«, sagte er plötzlich. »Sie hat dich doch gern, nicht wahr?«

»Ich — ich glaube.«

»Und du möchtest doch, daß sie dich gern hat?«

Ich bejahte.

»Und es wäre dir nicht recht, wenn sie dich nicht mehr gern hätte?«

»Nein.«

»Und weshalb?« sagte er und kam näher auf mich zu. »Weshalb würdest du es nicht gern haben? Welchen Unter= schied würde es in deinem Leben machen, wenn sie dich nicht mehr gern hätte? Wo würdest du das spüren?«

Ich war wie hypnotisiert.

»Hier«, sagte ich, und meine Hand fuhr von allein nach meinem Herzen.

»Also hast du ein Herz«, sagte er. »Ich dachte schon, du hättest vielleicht keines.«

Ich schwieg.

»Weißt du, es wäre ihr nicht recht«, sagte er, »wenn du keine Briefe mehr brächtest. Sie würde nicht mehr so zu dir sein wie früher, glaub mir. Das willst du doch nicht, was?«

»Nein.«

»Sie möchte diese Briefe haben, genau wie ich. Sie bedeu= ten uns beiden sehr viel. Es sind keine gewöhnlichen Briefe. Sie werden ihr fehlen, genau wie mir. Vielleicht wird sie weinen. Möchtest du denn, daß sie weint?«

»Nein«, sagte ich.

»Es ist nicht schwer, sie zum Weinen zu bringen«, sagte er. »Vielleicht glaubst du, sie sei unnahbar und stolz, aber in Wirklichkeit ist sie es nicht. Als du noch nicht hier warst, hat sie manchmal geweint.«

»Warum?« fragte ich.

»Warum? Nun, du würdest mir's nicht glauben, wenn ich's dir sagte.«

»Hat sie Ihretwegen geweint?« fragte ich und war zu er= staunt, um empört zu sein.

»Ja. Aber es war nicht meine Schuld, weißt du! Du denkst wahrscheinlich, ich sei so ein rauher Bursche, nicht wahr? Nun, das bin ich auch. Aber sie hat geweint, weil wir uns nicht treffen konnten.«

»Woher wissen Sie das?« fragte ich.

»Weil sie weinte, wenn sie mich sah. Ist das nicht ein= leuchtend?«

Mir wollte das zwar nicht einleuchten, aber ich ahnte un= gefähr, was er meinte. Sie hatte jedenfalls geweint, und bei diesem Gedanken schossen mir die Tränen in die Augen.

Ich fühlte, wie ich zu zittern begann. Durch seine Heftig= keit beunruhigt, beunruhigt auch durch die fremdartigen Ge= fühle, die er in mir geweckt, und durch die Dinge, die auszu= sprechen er mich gezwungen hatte.

Er bemerkte das und sagte: »Du hast einen heißen Weg gehabt. Geh' aus der Sonne, komm herein.«

Ich wäre lieber draußen geblieben; denn in der düsteren, ärmlich eingerichteten Küche mit ihrem kahlen, unfreund= lichen und schäbigen Aussehen, der jede Spur einer weib= lichen Atmosphäre fehlte, die Kinder zu ihrem Wohlbefinden brauchen, fühlte ich instinktiv, daß seine eigenen vier Wände ihn mir noch überlegener machten. Und obgleich seine Worte mich tief getroffen hatten, wollte ich noch immer nicht weiter Briefe überbringen.

»Ich dachte, ich würde Sie auf dem Feld antreffen«, sagte ich, in der Hoffnung, dies sei ein ungefährliches Thema.

»Das hättest du auch getan«, antwortete er. »Ich bin zu=
rückgekommen, um nach Smiler zu sehen.«

»Oh, ist sie krank?« fragte ich.

»Sie ist trächtig.«

»Was ist das?« fragte ich. »Heißt das, daß Sie Ärger mit
ihr haben?« Pferde hatten manchmal ihre Tücken.

»Nein«, sagte er kurz angebunden. »Sie bekommt ein
Fohlen.«

»Ich verstehe«, sagte ich; aber ich verstand gar nichts. Die
Dinge des Lebens waren mir ein Geheimnis, obgleich mehrere
meiner Schulkameraden behaupteten, sie hätten sie erforscht,
und auch durchaus bereit gewesen wären, mich aufzuklären.
Aber ich war nicht so sehr an den Tatsachen selbst inter=
essiert, wie an der Bedeutung, die sie in meiner Phantasie
hatten. Ich interessierte mich brennend für Lokomotiven und
für die Geschwindigkeit der schnellsten Expreßzüge; vom
Prinzip der Dampfmaschine verstand ich jedoch nichts, und
ich hatte auch nicht den Wunsch, es zu verstehen. Aber nun
war meine Neugierde geweckt.

»Warum bekommt sie eines?« fragte ich.

»Die Natur will es wohl so«, sagte er.

»Aber will Smiler es denn, wenn es sie doch krank macht?«

»Nun, sie wird nicht gefragt.«

»Wer zwingt sie denn dann dazu?«

Der Bauer lachte. »Unter uns gesagt«, sagte er, »sie hat
ein bißchen herumpoussiert.«

Poussiert! Das Wort traf mich wie ein Keulenschlag. Also
konnten Pferde poussieren, und das Resultat war ein Fohlen.
Ich begriff das nicht. Ich fuhr mit der Hand zum Mund — eine
nervöse Bewegung, die mir geblieben ist und die, glaube ich,
von diesem Tag her datiert. Ich schämte mich meiner Un=

wissenheit wie eines körperlichen Defekts. »Ich wußte nicht, daß Pferde poussieren können«, sagte ich.

»O ja, das können sie.«

»Aber poussieren ist so *blöde*«, sagte ich und war froh, daß ich es gesagt hatte. Es war beinahe, wie wenn ein Zahn heraus war. Ich konnte Blödheit nicht mit Tieren in Verbin= dung bringen. Sie hatten ihre Würde, albern waren sie nicht.

»Wenn du älter bist, wirst du das nicht mehr denken«, antwortete er mit einer Ruhe, die ich bisher an ihm nicht ge= kannt hatte. »Poussieren ist nicht albern. Es ist nur ein Wort, das gehässige Menschen für etwas benützen...« er brach ab.

»Ja?« half ich ihm.

»Nun, für etwas, das sie selbst gern täten. Weißt du, sie sind neidisch. Und deshalb sind sie gehässig.«

»Wenn man jemanden poussiert, bedeutet das, daß man ihn dann heiratet?« fragte ich.

»Ja, im allgemeinen schon.«

»Kann man auch jemanden poussieren, ohne ihn zu hei= raten?« forschte ich weiter.

»Meinst du mich?« sagte er. »Ob ich es könnte?«

»Sie oder irgend jemand anderer.« Ich kam mir sehr schlau vor.

»Ja, wahrscheinlich.«

Ich dachte darüber nach.

»Könnte man jemanden heiraten, ohne ihn vorher zu poussieren?«

»Man könnte, aber...« Er schwieg.

»Aber was?« fragte ich.

Er zuckte mit den Schultern. »Es wäre nicht gerade das, was ein Liebhaber tun würde.«

Ich bemerkte, daß er das Wort »Liebhaber« nicht, wie ich

es zu hören gewohnt war, in abschätzigem Sinn benutzte, sondern eher im gegenteiligen. Ich hatte nicht vor, mir seine Auffassung aufzwingen zu lassen, aber ich wollte wissen, was er meinte.

»Und wenn man jemanden poussiert, ohne ihn zu heiraten, wäre das dann recht schlimm?« fragte ich.

»Manche Leute würden sagen, ja. Ich nicht«, sagte er kurz angebunden.

»Kann man jemanden lieben, ohne ihn zu poussieren?« fragte ich.

Er schüttelte den Kopf.

»Das wäre nicht natürlich.«

Das Wort »natürlich« schien seiner Ansicht nach jeden Zweifel auszuschalten. Ich hatte nie geglaubt, es könne etwas rechtfertigen. Natürlich! Poussieren war also natürlich! Das hätte ich nie gedacht. Ich hatte geglaubt, es sei eine Art Gesellschaftsspiel der Erwachsenen.

»Wenn man also jemanden poussiert, dann bedeutet das, daß man ein Baby bekommt?«

Diese Frage erschreckte ihn. Sein rotes Gesicht wurde fleckig, und seine Backenknochen traten hervor. Er holte tief Atem, hielt die Luft an und stieß sie dann wieder geräuschvoll aus.

»Natürlich nicht«, sagte er kurz. »Was fällt dir denn ein?«

»Sie haben es doch gesagt. Sie sagten, Smiler hätte poussiert, und deshalb bekäme sie jetzt ein Fohlen.«

»Du bist ein ganz Schlauer, was?« sagte er, und ich sah, wie er nach einer Antwort suchte. »Nun, bei den Pferden ist das nicht dasselbe.«

»Warum denn nicht?« fragte ich.

Wieder mußte er scharf nachdenken.

»Nun, weil die Natur sie anders eingerichtet hat als uns.«

Schon wieder die Natur! Ich fand diese Antwort nicht sehr befriedigend, und der Gedanke, von der Natur sozusagen benützt zu werden, gefiel mir nicht. Ich spürte, daß er mir etwas verschwieg, und es bereitete mir ein qualvolles Vergnügen, ihn in die Enge zu treiben.

»Meinst du nicht, das wären genug Fragen für einen Tag?« sagte er, um mich endlich von dem Thema abzubringen.

»Aber Sie haben sie nicht beantwortet«, widersprach ich. »Sie haben mir fast *überhaupt nichts* gesagt.«

Er stand von dem Holzstuhl auf und ging in der Küche umher. Ab und zu sah er unwillig auf mich herunter.

»Nein, und ich habe es auch nicht vor«, antwortete er mürrisch. »Ich habe keine Lust, dir Flausen in den Kopf zu setzen. Du wirst es schon früh genug erfahren.«

»Aber wenn es so etwas Hübsches ist?«

»Ja, hübsch ist es«, gab er zu. »Aber es hat keinen Sinn, daß du es erfährst, ehe es Zeit ist.«

»Aber es ist Zeit«, sagte ich.

Darüber lachte er, und seine Miene änderte sich.

»Du bist ein großer Junge, was? Wie alt, sagtest du, wirst du?«

»Ich werde am Freitag, den 27., dreizehn.«

»Also«, sagte er, »wir wollen einen Vertrag schließen. Ich werde dir alles sagen, wie das mit dem Poussieren ist, aber unter einer Bedingung.«

Ich wußte, was jetzt kommen würde, aber der Höflichkeit halber fragte ich:

»Und das wäre?«

»Daß du weiter unser Briefträger bleibst.«

Ich versprach es, und indem ich es versprach, schienen sich

auch alle Schwierigkeiten in Nichts aufzulösen. Eigentlich hätte es dieser letzten Bestechung nicht bedurft. Ich nehme an, daß er sich rückversichern wollte. Aber seine Methode, mich weichzumachen, wie wir das heute nennen würden, hatte schon genügt. Er hatte erreicht, daß ich ahnte, was Marian und er einander bedeuteten, und obgleich ich die Macht, die sie zu einander führte, genau so wenig begriff wie die Macht, die den Stahl zu dem Magneten zieht, so erkannte ich doch ihre Gewalt. Und mit dieser Gewalt war eine Ahnung von Schönheit und Geheimnis verbunden, die trotz all meiner Vorurteile meine Phantasie ergriff.

Aber ich kann nicht leugnen, daß Teds Versprechen mich aufzuklären, mich doch bedrückte, obwohl ich nicht hätte sagen können, weshalb ich so inständig zu wissen wünschte, was Poussieren war.

»Du hast etwas vergessen«, sagte er plötzlich.

»Was?«

»Die Strohmiete.«

Er hatte recht; ich hatte sie vergessen. Nun schien sie mir ein Symbol für etwas, über das ich hinausgewachsen war — körperliche Anstrengung um ihrer selbst willen: sie bedeutete mir jetzt fast nichts mehr.

»Rauf auf die Leiter mit dir«, sagte er, »ich werde inzwischen schreiben.«

Elftes Kapitel

Meteorologisch gesehen, war der Samstag eine Enttäu=
schung. Das Thermometer stieg nur bis 25 Grad; Wolken
zogen auf — die ersten Wolken, die ich seit meiner Ankunft
in Brandham gesehen hatte — und die Sonne schien nur hin
und wieder. Und genau so ist auch meine Erinnerung an
diesen Tag — zerrissen.

Ich erinnere mich einer Unterhaltung beim Frühstück.
Markus genoß den köstlichen Vorzug, sein Frühstück im
Bett einzunehmen.

»Es hängt alles davon ab«, sagte Denys, »ob wir es fertig=
bekommen, daß Ted Burgess ausscheidet, ehe er sich einge=
spielt hat.«

Ich spitzte die Ohren.

»Ich bin nicht der Ansicht, daß er ihr bester Schläger ist«,
sagte Lord Trimingham. »Meiner Meinung nach werden . . .
und . . .« (die Namen sind mir entfallen) »viel eher gute
Läufe machen als er. Er ist nur ein Schläger, und auch sein
Schlag ist nicht ganz gleichmäßig.«

Ich sah zu Marian hinüber, die neben Lord Trimingham
saß; aber sie äußerte sich nicht.

»Aber er wird das Spiel an sich reißen«, beharrte Denys,
»und was dann?«

»Wenn er erst ganz im Spielfeld ist, dann werden wir
ihn schon erwischen«, sagte Lord Trimingham.

»Wenn er aber die anderen überspielt?«

»Sobald ich das bemerke, werde ich entsprechende Maß=
nahmen ergreifen«, sagte Lord Trimingham lächelnd. Er war
der Kapitän unserer Mannschaft.

»Ich weiß, daß du ein unersetzlicher Werfer bist, Hugh«,
sagte Denys. »Niemand weiß das besser als ich. Aber wenn
er das Spiel nun einfach an sich reißt —«

»Ich glaube nicht, daß er das tun wird«, sagte Mrs. Mauds=
ley unerwartet. »Ich verstehe nicht sehr viel von Cricket,
aber ich glaube mich zu erinnern, Denys, daß du letztes Jahr
die gleiche Prophezeiung gemacht hast, und dann schied
dieser Mr. Burgess aus, weil er getaucht war, oder wie man
das nennt.«

»Ducken, Mama.«

»Also schön, geduckt.«

Denys stimmte in das allgemeine Gelächter ein, das eher
ihm als Mrs. Maudsley galt. In sein noch sehr wenig aus=
geprägtes Gesicht, das, wenn man es nicht zu genau betrach=
tete, hübsch war, stieg die Röte, und auch ich wurde ver=
legen. Wir Schuljungen hänselten einander erbarmungslos,
und das war auch ganz in Ordnung; es stand in unseren
Gesetzen. Aber ich wußte, daß es nicht den Gesetzen der Er=
wachsenen entsprach, und ich hielt sehr auf Gesetze.

Nach einiger Zeit ergriff Denys jedoch wieder das Wort.

»Und ihr seid euch wohl darüber im klaren, daß wir die
Mannschaft noch nicht eingeteilt haben. Wer wird nun der
Elfte?«

Darauf schwiegen alle. Ein oder zwei Mitglieder der Tisch=
runde sahen mich an, aber ich wußte nicht, ob das etwas be=
deutete. Natürlich interessierte mich die Zusammensetzung
unserer Mannschaft, und ich hatte mir auch schon Gedanken

gemacht, wer wohl spielen würde; aber an den olympischen Beratungen des Auswahlkomitees hatte ich nicht teilge= nommen.

»Eine ziemlich schwierige Frage, nicht wahr?« sagte Lord Trimingham und rieb sein Kinn.

»Ja, es ist eine schwierige Frage, das muß ich zugeben, Hugh; wir müssen sie aber auf irgendeine Weise lösen. Das heißt, wir müssen elf Männer im Spiel haben.«

Das war völlig klar, aber niemand machte einen Vorschlag.

»Was meinen Sie, Mr. Maudsley?« fragte Lord Triming= ham. »Ich glaube, wir haben zwei Anwärter für diesen Po= sten.«

Lord Trimingham wandte sich oft in dieser Weise an seinen Gastgeber, und das war jedesmal überraschend; denn seit der Ankunft Seiner Lordschaft schien es, als sei nicht Mr. Maudsley, sondern er der Hausherr. Obwohl Mr. Maudsley sehr selten sprach, war er nie um eine Antwort verlegen.

»Vielleicht sollten wir ein Konklave einberufen«, sagte er, und die Männer erhoben sich etwas verlegen und verließen im Gänsemarsch das Zimmer.

Ich lungerte vor der Türe zum Rauchzimmer herum (ein Zimmer, in das ich noch nie eingedrungen war), damit mir auch ja nichts entging und ich etwaige Neuigkeiten unver= züglich an Markus weitergeben konnte. Sie beratschlagten so lange, daß ich glaubte, sie seien vielleicht durch einen anderen Ausgang hinausgegangen. Aber endlich ging die Tür auf, und sie erschienen einer nach dem anderen mit be= tont ernsten und wichtigen Gesichtern. Ich versuchte den Anschein zu erwecken, als ginge ich gerade zufällig vorbei. Als letzter kam Lord Trimingham.

»Hallo, da ist ja Merkur«, sagte er, und sein Gesicht, das

er beinahe verzerren mußte, um ihm einen besonderen Aus=
druck zu verleihen, verzog sich zu einer Grimasse. »Pech,
mein Alter«, sagte er. »Ich fürchte, ich habe schlechte Nach=
richten für dich.«

Ich starrte ihn an.

»Ja. Wir konnten dich nicht in die Mannschaft aufnehmen,
weil Jim« (Jim war der Dienerjunge) »im letzten und vor=
letzten Jahr mitgespielt hat. Er ist ein vielversprechender
Werfer, auf den wir nicht verzichten können. Miss Marian
wird wütend auf mich sein; aber du kannst ihr sagen, es sei
nicht meine Schuld. Du wirst also der Ersatzmann sein.«

Seine Worte überraschten mich völlig. Ich hatte kaum Zeit,
mich enttäuscht zu fühlen, so rasch wurde ich auch schon
wieder von einer Welle des Glücksgefühls emporgetragen.

»Ersatzmann!« Ich rang nach Luft. »Ich gehöre also zur
Mannschaft! Jedenfalls«, fügte ich hinzu, »darf ich bei ihr
sitzen.«

»Du freust dich also?« sagte er.

»Und wie! Wissen Sie, ich habe überhaupt nichts der=
gleichen erwartet! Soll ich mit auf den Spielplatz gehen?«

»Ja.«

»Soll ich mich gleich umziehen?«

»Das kannst du, aber vor zwei Uhr gehen wir nicht.«

»Werden Sie mir sagen, wenn es soweit ist?«

»Du wirst es merken, wenn die Musik beginnt.«

Ich war schon am Weglaufen, um Markus diese Neuig=
keiten mitzuteilen, als er mich noch einmal zurückrief.

»Könntest du jetzt eine Botschaft überbringen?«

»O ja.«

»Dann frage sie, ob sie beim Konzert ›Home, Sweet Home‹
singen wird.«

Ich flog geradezu und fand Marian, wie erwartet, beim Arrangieren der Blumen. Und schon hatte ich Lord Triminghams Botschaft vergessen.

»Oh, Marian, ich spiele!«

»Du spielst?« sagte sie. »Spielst du denn nicht immer?«

»Nein, das meine ich nicht. Heute nachmittag beim Cricket=Match. Zumindest bin ich Ersatzmann, was fast das gleiche bedeutet. Ich könnte natürlich nie Schläger werden, selbst wenn einer von unserer Mannschaft sterben würde.«

»Es hat also keinen Sinn, darauf zu hoffen«, sagte sie.

»Nein, aber wenn einem von den Schlägern die Luft aus=ginge, dann könnte ich für ihn laufen, und ich könnte auch jemanden ersetzen, der sich vielleicht das Bein bricht oder den Knöchel übertritt.«

»Wem würdest du denn das wünschen?« sagte sie nek=kend. »Papa?«

»Aber *nein*.«

»Denys?«

»Nein.« Es gelang mir nicht, in diese Verneinung die gleiche Überzeugung zu legen.

»Ich glaube, du wünschst es Denys. Oder wäre dir Bruns=kill vielleicht lieber?« Brunskill war der Butler. »Seine Ge=lenke sind recht steif. Er könnte leicht in der Mitte ausein=anderbrechen.«

Ich mußte lachen.

»Oder Hugh?«

»O *nein*, doch nicht er!«

»Und warum nicht?«

»Oh, weil er schon eine Verletzung hat — und außer=dem —«

»Außerdem?«

»Außerdem ist er unser Kapitän, und ich mag ihn so gern und — o Marian!«

»Ja?«

»Er bat mich, Ihnen eine Botschaft zu überbringen.« Ich sammelte mich. »Eigentlich zwei, aber die eine ist nicht wichtig.«

»Sag' mir die unwichtige. Und weshalb ist sie nicht wichtig?«

»Weil sie mich betrifft. Er sagte, Sie dürften nicht böse auf ihn sein —«

»Weshalb sollte ich nicht böse auf ihn sein?« Sie stach ihren Finger an einer weißen Rose. »Au«, rief sie. »Weshalb sollte ich nicht böse auf ihn sein?«

»Weil ich nicht in der Elf bin.«

»Aber ich dachte, du bist es.«

»Nein, nur Ersatzmann.«

»Ach natürlich, du hast es mir ja gesagt. Wie schade. Ich werde doch böse auf ihn sein.«

»O nein, bitte nicht«, rief ich, denn ich glaubte, sie wäre wirklich böse, so zornig steckte sie die Blume in die Vase. »Es war nicht seine Schuld, und überhaupt muß ein Kapitän — ich meine, es wäre schrecklich, wenn es Bevorzugungen gäbe. Also wäre es nicht fair, wenn Sie böse mit ihm wären. Möchten Sie«, fügte ich hastig hinzu, um den Stein des Anstoßes aus dem Weg zu räumen, »jetzt die andere Botschaft hören?«

»Ich bin nicht besonders neugierig darauf.«

Ich fühlte mich durch diese Antwort sehr vor den Kopf gestoßen, aber ich nahm auch dies für einen der Scherze, die sich Erwachsene mit Kindern leisten.

»Aber —« begann ich.

»Also schön, vielleicht ist es besser, wenn ich sie erfahre. Du hast gesagt, sie sei wichtiger als die andere. Weshalb?«

»Weil sie Sie betrifft«, sagte ich.

»Oh.« Sie nahm ein paar tropfende. Rosen aus der wei=ßen Emailschüssel, in der sie lagen, hielt sie hoch und be=trachtete sie kritisch. »Ziemlich kümmerliche Exemplare, was?« sagte sie, und im Vergleich zu ihr sahen sie wirklich welk aus. »Aber ich nehme an, daß man Ende Juli, und dazu noch bei dieser Hitze, nicht viel von den Rosen erwarten kann.«

»Es ist noch nicht Ende Juli«, erinnerte ich sie, denn ich war in Fragen des Datums sehr genau. »Es ist erst der Ein=undzwanzigste.«

»Stimmt das?« sagte sie. »Ich weiß nie, was für ein Tag ist. Wir leben in einem solchen Wirbel von Vergnügungen, nicht wahr? Dauernd Gesellschaften. Hängen sie dir nicht zum Hals heraus? Möchtest du nicht wieder nach Hause?«

»O nein«, sagte ich, »außer Sie wünschen es.«

»Ganz gewiß nicht. Du bist mein einziger Lichtblick. Ohne dich hielte ich es gar nicht aus. Übrigens, wie lange bleibst du noch?«

»Bis zum Dreißigsten.«

»Aber das ist ja schon so bald. Da darfst du noch nicht fort. Bleib bis zum Ende der Ferien. Ich werde es mit Mama besprechen.«

»Oh, das geht nicht. Meine Mutter wäre traurig. Sie ver=mißt mich sowieso schon.«

»Das glaube ich nicht. Das bildest du dir ein. Bleib wenig=stens noch eine Woche länger. Ich werde mit Mama sprechen.«

»Ich müßte nach Hause schreiben —«

»Ja, natürlich. Schön, das hätten wir dann. Und die Blu=

men habe ich auch arrangiert. Kann ich dir eine der Vasen anvertrauen, trägst du sie mir?«

»Ja, bitte«, sagte ich. »Aber, Marian —«

»Ja?«

»Ich habe Ihnen Hughs zweite Botschaft noch nicht gesagt.«

Ihr Gesicht verfinsterte sich. Sie stellte die Vasen, die sie trug, wieder hin und sagte fast gereizt: »Also, worum handelt es sich?«

»Er möchte wissen, ob Sie ›Home, Sweet Home‹ beim Konzert singen werden?«

»Bei welchem Konzert?«

»Bei dem Konzert heute abend, nach dem Cricket=Match.«

Marian machte ein sehr düsteres Gesicht. Sie dachte einen Augenblick nach, dann sagte sie:

»Sag ihm, ich werde es singen, wenn er — nun gut — wenn er ›Sie trug einen Kranz von Rosen‹ singt.«

In meiner übertriebenen Schuljungen=Auffassung von Fairneß empfand ich dies als eine äußerst befriedigende Lösung, und sobald ich Marian die Blumen getragen hatte, was ich im Schrittempo tun mußte, rannte ich los, um Lord Trimingham zu suchen.

»Nun, was hat sie gesagt?« fragte er gespannt.

Ich teilte ihm Marians Bedingung mit.

»Aber ich singe nicht«, sagte er.

Seine Stimme war viel ausdrucksvoller als sein Gesicht. Ich begriff mit einem Male, daß diese Antwort ein Schlag für ihn gewesen war. Er hatte gesagt: »Ich singe nicht«, und nicht etwa: »Ich kann nicht singen.« Aber es war ganz offensichtlich, daß er nicht konnte, und ich konnte plötzlich gar nicht begreifen, daß ich nicht vorher daran gedacht hatte.

In der Schule gehörte es zur Tagesordnung, daß man vor den Kopf gestoßen wurde, und ich war überrascht, daß er so nie=dergeschlagen war. Aber ich wollte ihn wieder aufheitern und sagte deshalb, mit mehr Geistesgegenwart, als ich ge=wöhnlich aufbrachte: »Ach, es war nur ein Witz.«

»Ein Witz?« wiederholte er. »Aber sie weiß, daß ich nicht singe.«

»Deshalb war es ja eben ein Witz«, erklärte ich geduldig.

»Ach, meinst du wirklich?« sagte er, und seine Stimme wurde wieder heller. »Ich wollte, ich könnte es glauben.«

Es wäre wohl besser gewesen, wenn ich ihn bei seinem ursprünglichen Glauben gelassen hätte.

Ich traf Marian am späten Vormittag wieder, und sie fragte mich, ob ich Lord Trimingham ihre Botschaft über=bracht hätte. Ich bejahte.

»Was hat er gesagt?« fragte sie.

»Er lachte«, sagte ich. »Er fand es einen glänzenden Witz; denn Sie wissen ja, daß er nicht singt.«

»Hat er wirklich gelacht?« Sie sah betroffen aus.

»O ja.« Ich fing an, mich nun nicht nur in der Rolle eines Botengängers, sondern auch noch in der eines Redakteurs zu sehen.

Mit Markus' voller Zustimmung zog ich die Cricket=Aus=rüstung an, die ich in der Schule trug. Aber als ich ihn fragte, ob ich die Schulmütze tragen könne — eine blaue Mütze aus mehreren Streifen, die sich oben in einem Knopf trafen, und mit einem eingewebten Greif auf der Stirnseite — kamen ihm Zweifel. »Es wäre in Ordnung«, sagte er, »wenn es die Mütze der englischen Nationalmannschaft wäre oder auch eine Grafschafts= oder Clubmütze. Aber nachdem es nur eine Schulmütze ist, könnte man denken, du willst angeben.«

»Das würde niemand denken, wenn ich sie als Schutz gegen den Regen aufsetzte, du altes Roß.«

»Es wird aber nicht regnen, du Leimsieder.« Wir stritten uns eine Weile über die Möglichkeiten, eine Mütze zu tra= gen, und überhäuften uns dabei mit einfallsreichen Beleidi= gungen.

Sonne und Schatten wechselten über der Landschaft, Sonne und Schatten wechselten in meinem Gemüt. Seit Markus' Genesung war mir vage bewußt geworden, daß ich ein Dop= pelleben führte. In gewisser Weise war das ein erhebender Gedanke, es gab mir ein Gefühl von Macht und weckte meine schlummernde Begabung zur Intrige. Aber es ängstigte mich auch. Ich hatte Angst, ich könnte etwas falsch machen, und unbewußt ahnte ich, daß die Schwierigkeiten, Markus von den Briefen nichts wissen zu lassen, weiterhin bestanden, obwohl ich mir halb und halb eingeredet hatte, daß es mich nicht kümmere. Ich trug etwas mit mir herum, das mich zu einer Gefahr werden ließ, aber was das war und weshalb es mich gefährlich machte, darüber war ich mir nicht im klaren. Und der Gedanke daran wurde alsbald durch das unmittel= bar bevorstehende Cricket=Match und die seinetwegen im ganzen Hause verbreitete Unruhe zurückgedrängt. Ich sah weißgekleidete Gestalten, die mit wichtigem Gehabe hin und her gingen, hörte Männerstimmen, die einander in befeh= lendem und dringendem Tone etwas zuriefen, als wäre das Leben plötzlich ernster geworden, als stünde eine Schlacht bevor.

Wir aßen stehend von einem kalten Büfett, wobei wir uns

selbst an der Anrichte bedienten, und dies schien mir etwas höchst Außergewöhnliches zu sein. Es milderte die Erregung und sprungbereite Spannung, und Markus und ich betätigten uns, indem wir den anderen aufwarteten. Aufwarteten und auf sie warteten; denn wir waren schon lange mit Essen fertig und standen gelangweilt herum, als Lord Trimingham Mr. Maudsley einen Blick zuwarf und sagte: »Sollten wir jetzt nicht aufbrechen?«

Ich erinnere mich daran, wie ich mit unserer Mannschaft zum Cricket=Platz ging, wie ich manchmal mich als einer der ihren zu fühlen, manchmal auch dieses Gefühl zu unterdrücken versuchte, und erinnere mich auch an die Überzeugung, mit der ich glaubte, daß es nichts Wichtigeres auf der Welt gebe als unseren Sieg, eine Überzeugung, die einen Jungen so schnell erfüllt. Ich erinnere mich, wie die Klassenunterschiede dahinschwanden und der Butler, der Diener, der Kutscher, der Gärtner und der Dienerjunge auf ein und derselben Stufe mit uns zu stehen schienen; und ich erinnere mich, daß mir ein sechster Sinn ermöglichte, mit ziemlicher Genauigkeit vorauszusagen, was für eine Figur ein jeder von ihnen auf dem Spielfeld abgeben würde.

Alle unsere Spieler trugen weiße Flanellhosen. Die Dorf= mannschaft, die schon zum größten Teil im Pavillon versammelt war, enttäuschte mich durch ihr unscheinbares Aus= sehen. Einige trugen Arbeitskleidung, einige hatten bereits die Röcke ausgezogen, und man sah ihre Hosenträger. Wie können sie die geringste Chance gegen uns haben, fragte ich mich, denn obwohl ich weniger konventionell war als Mar= kus, glaubte ich doch nicht, daß man ein Spiel gewinnen könne, für das man nicht korrekt angezogen war. Es war, als kämpften ausgebildete Soldaten gegen Eingeborene. Und

dann durchfuhr mich plötzlich der Gedanke, daß die Dorf=
mannschaft vielleicht wie die Buren sei, die, an uns gemessen,
über keine bedeutende Ausrüstung verfügten, aber sich doch
gut hielten. Und ich betrachtete sie mit größerer Achtung.

Die meisten Mitglieder der beiden Mannschaften kannten
sich bereits. Diejenigen, die sich nicht kannten, wurden ein=
ander durch Lord Trimingham in aller Form vorgestellt.
Das darauffolgende Händeschütteln mit einem nach dem an=
deren fand ich damals, wie noch heute, verwirrend. Die
ersten paar Namen hafteten, dann fingen sie an von meinem
Gedächtnis abzugleiten wie Regentropfen von einem impräg=
nierten Mantel. Plötzlich hörte ich: »Burgess, das ist unser
Ersatzmann Leo Colston.« Ich streckte automatisch die Hand
aus. Als ich aber sah, wer es war, errötete ich aus irgend=
einem Grund bis in die Haarwurzeln. Auch er schien ver=
wirrt, faßte sich aber schneller als ich und sagte: »O ja, My=
lord, Master Colston und ich kennen uns. Er besucht mich,
um meine Strohmiete hinunterzurutschen.«

»Wie dumm von mir«, sagte Lord Trimingham. »Natür=
lich, das hat er uns ja erzählt. Aber Sie sollten ihn als Boten
benützen, Burgess, darin ist er unschlagbar.«

»Ich bin überzeugt, daß er ein sehr brauchbarer junger
Herr ist«, sagte der Bauer, ehe ich noch den Mund aufmachen
konnte.

Lord Trimingham wandte sich ab und ließ uns stehen.

»Ich habe Sie nicht gesehen, als ich kam«, stotterte ich
und starrte auf die weißen Flanellhosen des Bauern, in denen
er fast so verkleidet wirkte wie in einem Maskenkostüm.

»Ich war bei der Stute«, sagte er. »Aber jetzt geht es ihr
gut, sie hat ihr Fohlen. Du mußt kommen und sie dir an=
schauen.«

»Sind Sie der Kapitän?« fragte ich; denn es war schwer, sich ihn in einer untergeordneten Position vorzustellen.

»O nein«, sagte er, »ich bin kein großer Cricket=Spieler. Ich schlag' nur so drauf los. Bill Burdock, der ist unser Käpt'n. Da drüben steht er und spricht mit Seiner Lordschaft.« Ich war es natürlich gewöhnt, daß die Dienstboten Lord Tri= mingham »Seine Lordschaft« nannten; aber es erschien mir seltsam, daß Ted es tat, und unwillkürlich suchte mein Blick Marian; doch die Damen vom Schloß waren noch nicht er= schienen. »Schau, sie losen mit einer Münze die Seiten aus«, sagte er mit einem Eifer, der fast knabenhaft war. »Aber das hat nichts zu sagen; Seine Lordschaft gewinnt nie beim Losen.«

Diesmal jedoch gewann er, und wir kamen zuerst daran. Das Spiel war bereits in vollem Gang, als Mrs. Maudsley mit ihrem Gefolge erschien. Ich konnte meinen Unmut über ihr Zuspätkommen kaum verbergen. »Die kommen einfach nie rechtzeitig weg«, raunte mir Markus zu. »Auf nachher, Al= ter.« Er folgte ihnen zu einer Reihe Stühle unterhalb der Treppe, ich saß mit der Mannschaft im Pavillon.

Ich habe seitdem niemals mehr freiwillig einem Cricket= Match zugesehen und habe fast alle Regeln vergessen. Aber ich weiß, daß die Voraussetzungen in Brandham außerge= wöhnlich gut waren. Die Triminghams hatten immer In= teresse für dieses Spiel gehabt, und Mr. Maudsley hatte ihre Tradition fortgeführt. Wir hatten eine Tafel, worauf der Stand des Spiels mit Nummern zum Einschieben angezeigt wurde, und eine weiße Linie markierte das Spielfeld. Dieses ganze korrekte Zubehör verlieh dem Match eine Aura von Bedeutung und Gewichtigkeit, wie ich es vom Leben erwar= tete. Wäre alles nur provisorisch gewesen, hätte ich nicht so großen Anteil genommen. Mir gefiel es, wenn das Dasein auf den einfachen Nenner des Gewinnens oder des Verlie= rens gebracht wurde, und ich war ein leidenschaftlicher Par= teigänger. Ich glaubte, die Ehre des Schlosses stünde auf dem Spiel, und daß wir niemandem mehr in die Augen schauen könnten, wenn wir es verlören. Ich bildete mir ein, daß die meisten Zuschauer schon in ihrer Eigenschaft als Dorfbewoh= ner oder als Bewohner der Nachbardörfer gegen uns waren. Die Tatsache, daß sie bei einem guten Schlag applaudierten, ließ kein Gefühl der Verbundenheit mit ihnen in mir auf= kommen. Wenn wir Rosetten im Knopfloch getragen oder uns durch Farben unterschieden hätten, so hätte ich wohl kaum einem der gegnerischen Zuschauer in die Augen sehen können, während ich bereitwillig dem größten Halunken unter unseren Anhängern die Hand gereicht hätte.

Vor allem wünschte ich inständig, Lord Trimingham möge sich auszeichnen, teils weil er unser Kapitän war und das Wort »Kapitän« in meinen Augen einen Glorienschein be= saß, teils weil ich ihn gern hatte, teils weil ich es genoß, daß mir seine Leutseligkeit eine gewisse Wichtigkeit verlieh, und teils weil sich in ihm die Herrlichkeit Brandham Halls und alle Hoffnungen auf sein Eingehen in ein Heldenepos ver= körperten.

Das erste Tor fiel nach fünfzehn Läufen, und nun betrat er das Spielfeld. »Trimingham ist ein guter Schläger«, hatte Denys mehr als einmal gesagt. »Ich gebe zu, daß Laufen nicht seine Stärke ist. Aber er hat einen solch wuchtigen Schlag, daß er in der Nationalmannschaft stehen könnte, und ich zweifle sehr, ob sogar ein R. E. Forster bei seinen letzten Schlägen mithalten könnte. Ich bezweifle es wirklich.«

Ich sah, wie er mit jener ungezwungenen, eleganten Hal=

tung, die in so auffallendem Kontrast zu seinem zerstörten Gesicht stand, auf das Tor zuging. Die Feierlichkeit, mit der er seinen Platz einnahm, hatte etwas von einem furchtein= flößenden Ritual. Und er gab uns wirklich einen Vorge= schmack seines Könnens. Sein prachtvoller Schlag, der den Ball über das ganze Spielfeld trieb, ließ ihn zweimal die Grenzlinie erreichen; der letzte Ball ging scharf am Tor vor= bei. Plötzlich verließ ihn das Glück. Trimingham schied aus und hatte nur elf Punkte für uns gemacht.

Verhaltener, wohlwollender Applaus, der eher seiner Per= son als seinem Spiel galt, begrüßte ihn, als er zurückkam. Ich stimmte in das gedämpfte Klatschen ein und murmelte, als er an mir vorbeiging, mit niedergeschlagenen Augen: »Pech, Sir.« Zu meiner großen Überraschung applaudierte Marian so wild, als applaudiere sie dem Helden dieses Zeit= alters; und ihre Augen leuchteten, als sich ihre Blicke trafen. Er antwortete ihr mit jener verzerrten Grimasse, die bei ihm ein Lächeln ausdrückte. »Ist es möglich, daß sie ihn ver= höhnt?« dachte ich. »Soll das wieder ein Witz sein?« Ich hatte nicht den Eindruck; sie als Frau verstand eben nichts von Cricket.

Nun folgte eine Katastrophe auf die andere. Diese »Buren« in ihrer zusammengewürfelten Ausrüstung, die nach jedem unserer Fehlschläge triumphierend den Ball in die Luft war= fen — wie ich sie verabscheute! Ich hatte das Gefühl, daß die Zuschauer, die am Rand des Spielfeldes standen, saßen, lagen oder an Bäumen lehnten, in aufrührerischen Gefühlen schwelgten und sich an der Niederlage ihrer Herren wei= deten.

So stand es, als Mr. Maudsley an die Reihe kam. Steif= beinig betrat er den Platz, blieb mehrmals stehen und schien mit seinen Handschuhen nicht zurecht zu kommen. Ich glaube, er war nicht älter als fünfzig Jahre. Aber mir erschien er hoffnungslos alt und gänzlich aus dem Rahmen fallend; es war, als sei Schwager Chronos persönlich mit seiner Sense auf die Erde herabgekommen, um Gänseblümchen zu mähen. Unwillkürlich dachte man bei seinem Anblick an Bürostunden und das leise Klirren von gemünztem Gold, Dinge, die so gar nichts mit einem Cricket=Platz zu tun hatten. Wie ein Kobold beobachtete er den Schiedsrichter und reagierte mit raschen, ruckartigen Bewegungen seines Schlägers auf dessen Anweisungen. Während er sich über die Positionen der Spieler orientierte, fuhr sein Kopf auf dem dünnen, eidechsenartigen Hals hin und her. Bei diesem Anblick rieben sich die Spieler die Hände und drängten näher. Plötzlich tat er mir leid. Seine Chancen standen so schlecht; er mußte ein Spiel spielen, für das er zu alt war, und er versuchte, jünger auszusehen als er war. Das Spiel hatte einen lächerlichen Zug bekommen, der es um seinen Ernst brachte.

Aber ich hatte mich getäuscht. Dieselben Fähigkeiten, die es Mr. Maudsley ermöglicht hatten, im Leben voranzukommen, verließen ihn auch auf dem Cricket=Feld nicht — vor allem nicht sein klares Urteil. Er kannte seine Grenzen und vermied jedes Risiko. Man kann nicht behaupten, daß er gut spielte. Er hatte keinerlei Stil, so schien es wenigstens mir. Er stellte sich jedem Ball, der ihm entgegenkam, mit sachlicher Berechnung. Seine Methode war unorthodox, aber wirksam. Er hatte ein unfehlbares Gefühl dafür, wo sich die Spieler befanden, und es gelang ihm stets, den Ball durch die Lücken zu bringen. Ob seine Gegner sich enger formierten, ob sie ausschwärmten, sich schier die Beine verrenkten und sich noch so sehr konzentrierten — sie erreichten nichts.

Unsere anderen Schlagleute hatten weniger Glück. Nach= dem einige wegen recht kümmerlicher Versager ausgeschie= den waren, kam Denys an die Reihe und spielte nun zu= sammen mit seinem Vater. Jetzt zeigten die Damen, wie ich an ihren bewegungslosen Hüten erkennen konnte, wirkliches Interesse am Spiel; im Geist sah ich den Scheinwerferstrahl von Mrs. Maudsleys Auge zwischen ihrem Mann und ihrem Sohn hin und her gehen. Es würde ihr nicht viel ausmachen, wenn Denys ausscheidet, dachte ich.

Denys hatte uns, ehe er den Pavillon verließ, gesagt, was er vorhatte. »Es kommt darauf an, daß er sich nicht über= anstrengt«, sagte er. »Ich werde so schlagen, daß er nicht mehr laufen muß, als nötig ist.«

Eine Weile hatte diese Taktik Erfolg. Denys schlug so gut, daß kein Lauf nötig war. Er gestikulierte reichlich und ging nachdenklich auf und ab, wenn sein Vater am Werfen war. Aber seine Methode vertrug sich nicht gut mit der Taktik seines Vaters. Mr. Maudsley, der immer darauf aus war, einen Lauf zu machen, und genau wußte, wann er ihn machen mußte, wurde häufig durch Denys' erhobenen Arm, der wie der eines Polizisten in die Luft fuhr, daran gehindert.

Die Zuschauer kicherten ein paarmal bei solchen Gelegen= heiten, aber Denys schien ihre Erheiterung ebensowenig zu bemerken wie seines Vaters sichtlich zunehmende Gereizt= heit. Als dieses Stopsignal schließlich wieder einmal vor ihm hochging, rief Mr. Maudsley: »So lauf doch!« Es war wie ein Peitschenhieb. Die ganze Autorität, die Mr. Mauds= ley im täglichen Leben so sorgsam verbarg, lag in diesen drei Worten. Denys schoß wie ein Hase los, aber er kam zu spät. Die anderen hatten den Ball schon. Verdattert und mit rotem Kopf kehrte er in den Pavillon zurück.

Es stand außer Zweifel, wer das Feld beherrschte. Aber seltsamerweise konnte ich den Erfolg meines Gastgebers, den ich ihm durchaus gönnte, nicht mit dem Geist des Spieles in Einklang bringen. Das war nicht Cricket. Es war nicht Crikket, wenn ein ältliches, gnomenhaftes Individuum mit faltigem Hals und knackenden Gelenken durch Kopfarbeit und überlegene Schläue das Sprichwort vom Sieg der Jugend ad absurdum führte. Es war ein Sieg des Verstandes über die Kraft, dem ich nur mit Mißtrauen zusehen konnte.

Mr. Maudsley fand jedoch keinen, der ihm lange zur Seite stand. Die letzten drei Schlagleute waren bald mattgesetzt. Immerhin hatten wir die respektable Punktzahl von 142 erreicht. Ein gewaltiger Applaus begrüßte Mr. Maudsley, als er unbesiegt und mit fünfzig Punkten für seine Mannschaft zurückkam. Er kam allein — der Diener, sein letzter Partner, war bei den Leuten vom Dorf stehengeblieben, unter denen er sich zweifellos wohler fühlte. Wir erhoben uns alle ihm zu Ehren. Er war etwas blaß, aber viel weniger erhitzt als die Dorfmannschaft, die heftig in Schweiß geraten war und sich die Gesichter abwischte. Lord Trimingham erlaubte sich, ihm auf die Schulter zu klopfen; so sanft der Schlag auch war, der zerbrechliche Körper erzitterte.

Während der Teepause wurde das Spiel wieder und wieder durchgesprochen, aber der Held der Stunde schien es zufrieden, daß er unbehelligt blieb. Und in der Tat war es bald genauso schwierig, ihn mit diesem Spiel in Zusammenhang zu bringen wie mit den Finanztransaktionen, die er in seinem Stadtbüro durchführte. Um fünf Uhr betrat unsere Mannschaft wieder das Spielfeld. Das Dorf brauchte 143 Punkte zum Sieg und hatte zwei Stunden lang Zeit, um diese Zahl zu erreichen.

Zwölftes Kapitel

Ich besitze die Karten, auf denen der Spielverlauf ver=
zeichnet ist, noch heute. Während sie mir aber unsere einzel=
nen Ergebnisse vor Augen bringen, bleiben die der Dorf=
partei, trotz der genauen Eintragungen, bis zur Spielmitte
nichts als Zahlen. Das kommt zweifellos daher, daß ich un=
sere Leute alle persönlich kannte und die anderen, mit einer
Ausnahme, nicht. Unser Sieg schien aber auch bereits eine
so ausgemachte Sache zu sein, daß meine Aufmerksamkeit
stark nachließ: man kann sich auf eine ungleiche Partie nur
schlecht konzentrieren. Die Erregung über unsere Tore vor
der Teepause schien gegenstandslos und beinahe verschwen=
det — als hätten wir alle unsere Kraft darauf verwandt, eine
Nadel aufzuheben. Ich erinnere mich, daß mir die Dorfleute
eigentlich leid taten, als ihre Männer einer nach dem anderen
mit langen Gesichtern ausschieden und so viel unscheinbarer
aussahen als bei ihrem Eintritt ins Spiel.

Und als das Spiel mich nicht mehr in Anspruch nahm, zog
das Bild der Landschaft mein Interesse auf sich. Ich sah zwei
riesige Bogen: den Bogen der Bäume jenseits des Cricket=
Platzes und darüber die Wölbung des Himmels; und einer
wiederholte die Linienführung des anderen. Das entzückte
meinen Sinn für Symmetrie. Nur der Kirchturm störte. Die
Kirche selbst war hinter den Bäumen fast verborgen, die in
einem nahezu vollkommenen Halbkreis auf der Anhöhe

wuchsen, wo sie stand. Aber statt daß der Turm diesen Halb=
kreis in zwei gleiche Segmente teilte, ragte seine bleistift=
ähnliche Spitze links von der Mitte in den Himmel — um
etwa 8 Grad links, wie ich schätzte. Warum konnte die Kirche
sich nicht den Linien der Natur anpassen? Es muß doch eine
Stelle geben, so dachte ich, von der aus der Turm als eine
Fortsetzung der Achse dieses Halbkreises zu sehen war, lot=
recht in die Unendlichkeit aufsteigend, mit zwei majestäti=
schen rechten Winkeln, die ihn wie Stützpfeiler auf beiden
Seiten hielten. Vielleicht genossen einige Zuschauer gerade
diese Ansicht. Ich wünschte mir, ich könnte auf die Suche
darnach gehen, während unsere Mannschaft die Dorfmann=
schaft in Grund und Boden spielte.

Aber bald blieb mein Blick, der dem störenden Kirchturm
in den Himmel folgte, an der riesenhaften Wolke haften, die
dort oben hing, und versuchte, sie zu durchdringen. Eine
Ausgeburt der Hitze, glich sie keiner Wolke, die ich je ge=
sehen hatte. Sie war nach oben hin von reinstem Weiß, rund
und dick und leuchtend wie eine Schneewehe; dann wurde
das Weiß rosa überhaucht, und im Herzen der Wolke ver=
tiefte sich das Rosa zu Purpur. Verbarg sich in dieser purpur=
nen Mitte ein Unheil, ein drohender Donner? Es kam mir
nicht so vor. Die Wolke schien vollkommen stillzustehen.
So scharf ich sie auch beobachtete, ich konnte nicht die ge=
ringste Veränderung an ihrem Umriß wahrnehmen. Und
dennoch bewegte sie sich; sie bewegte sich auf die Sonne zu,
und je näher sie ihr kam, desto leuchtender und immer leuch=
tender wurde sie. Noch ein wenig weiter, und dann —

Während ich die in den Himmel gravierten Linien des
Halbbogens in mich aufnahm, hörte ich Klappern und Stim=
mengewirr. Ted Burgess betrat, vor sich hinpfeifend, das

Spielfeld. Kein Zweifel, daß er sich Mut machen wollte. Ein Gentleman hätte sich nicht so benommen.

Was für Gefühle hegte ich ihm gegenüber? Wünschte ich, daß er versagte? Er war ein Gegner, natürlich nicht mein persönlicher, aber ein Gegner des Schlosses. Ich war verwirrt, denn bis jetzt waren meine Gefühle ganz eindeutig gewesen; selbstverständlich wünschte ich nicht, daß er sehr viele Punkte sammelte, aber wenn ihm ein tüchtiger Schlag gelänge, ein großartiger Schlag —

Schon beim ersten Ball kam er gerade noch durch einen glücklichen Zufall davon. Und da wußte ich es: ich wünschte nicht, daß er »unterlag«. (»Unterliegen« war ein Wort, das die Zeitungen in ihren Berichten von Cricket=Matchen ge= brauchten, wenn sie vom Ausscheiden eines Schlagmannes schrieben; es gefiel mir sehr.) Dieser Wunsch erweckte in mir ein Gefühl von Schuld und Illoyalität. Aber ich tröstete mich mit dem Gedanken, daß es sportlich und deshalb lobenswert sei, wenn man dem Gegner Glück im Spiel wünschte; außer= dem waren sie so sehr im Hintertreffen! Und in diesem Zu= stand wunderlicher Neutralität verharrte ich, während Ted einen schlechten Schlag nach dem anderen machte.

Dann fand er sich zurecht und tat einige gute Schläge, wie ich sie erhofft hatte. Der Ball pfiff über die Grenzlinie, und die Zuschauer stoben auseinander. Sie lachten und klatsch= ten Beifall. Aber ich glaube, keiner hatte das Gefühl, daß es mehr als ein Zufallstreffer war. »Er wird es nicht lange machen«, sagte ein Neunmalkluger neben mir. Und es sah wirklich so aus, als sollte jeder nächste Schlag sein letzter sein.

Doch er hatte das Glück auf seiner Seite. Er nahm seine ganze Kraft zusammen, und mit einer mächtigen Schulter=

drehung schlug er den Ball direkt über das Dach des Pavil=
lons in die Bäume.

Eine Horde kleiner Jungen rannte los, um danach zu
suchen, und während sie suchten, legten sich unsere Spieler
ins Gras. Nur Ted und sein Partner und die beiden Schieds=
richter blieben stehen. Sie sahen wie Sieger auf einem
Schlachtfeld aus. Es schien, als sei aller Kampfgeist vergessen;
es war ein Augenblick völliger Entspannung. Und auch als
der Finder den Ball triumphierend ins Feld geworfen hatte
und das Spiel wieder begann, wurde es nicht interessanter
und spannender. »Guter, alter Ted!« rief jemand.

Die Tabelle mit den Eintragungen des Spielverlaufs liegt
vor mir. Aber sie sagt mir nicht, wann das Spiel den Cha=
rakter eines Kampfes annahm und Teds glückliche Schläge
uns gefährlich wurden. Vielleicht war es die Haltung der
Zuschauer, die mich plötzlich befürchten ließ, daß wir einer
Niederlage entgegengingen. Jedenfalls begann mein Herz
heftig zu schlagen.

Man applaudierte. Ted hatte seine »Fünfzig« erreicht. Es
waren völlig andere »Fünfzig« als die von Mr. Maudsley.
Diesmal triumphierte das Glück, nicht Geschicklichkeit; denn
der Wille, ja sogar der Wunsch zu siegen schien zu fehlen.
Undeutlich spürte ich, daß dieser Kontrast mehr war als nur
eine Auseinandersetzung zwischen Schloß und Dorf. Es war
darüber hinaus ein Kampf zwischen Ordnung und Gesetz=
losigkeit, zwischen Traditionsgebundenheit und Auflehnung
gegen die Tradition, zwischen bestehender Gesellschaftsord=
nung und Revolution, zwischen zwei verschiedenen Lebens=
haltungen. Ich wußte, auf welche Seite ich gehörte; aber
innerlich schwankte ich. Der Verräter in mir sah die Dinge
anders; er trennte den Einzelmenschen von der Mannschaft,

ja sogar von der eigenen Mannschaft, und fand an Ted Bur=
gess' Sieg nichts auszusetzen. Aber ich konnte solche Ge=
danken nicht vor den Schoßkindern sagenhaften Reichtums
äußern, unter denen ich mich hier im Schatten der Terrasse
des Pavillons bewegte. Ihre Gesichter hatten sich wie durch
ein Wunder beruhigt, und nun schlossen sie Wetten über
den Ausgang des Spieles ab, wobei sie mir gelegentlich einen
einverständnisheischenden Blick zuwarfen. Als ich jetzt einen
leeren Platz neben Marian erspähte, steuerte ich auf sie zu
und flüsterte:

»Ist es nicht aufregend?« Ich hielt dies noch nicht für Ver=
rat an unserer Sache.

Als sie darauf nicht antwortete, wiederholte ich die Frage.
Sie wandte sich mir zu und nickte, und ich sah, daß sie
schwieg, weil sie sich nicht genug in der Gewalt hatte. Ihre
Augen glänzten, ihre Wangen waren gerötet und ihre Lip=
pen bebten. Ich war ein Kind und lebte unter Kindern, und
ich wußte, was das bedeutete. Ich machte mir weiter keine
Gedanken, aber der Anblick eines erwachsenen Menschen in
so offensichtlicher Erregung erhöhte meine eigene leiden=
schaftliche Anteilnahme am Spiel; und ich konnte mich kaum
mehr ruhig verhalten; denn die Aufregung machte mich
immer zappelig. Meine widerstreitenden Gefühle wurden
heftiger. Ich wußte, was Marian erhoffte, und in der Tiefe
meines Herzens mußte ich ihr zustimmen. Es war schon
immer so gewesen. Aber meine Erziehung und meine Loya=
lität gegenüber den Menschen von Brandham Hall ließen es
nicht zu, daß ich der anderen Seite den Sieg wünschte. Mit
brennendem Gesicht stahl ich mich auf meinen Platz zurück.

Ted Burgess konnte das Spiel gewinnen, aber er konnte
das nicht ohne Partner tun. Hatte er keinen Partner mehr,

dann war das Spiel zu Ende. Die Dorfleute hatten nur noch zwei Leute im Spiel. Als die letzten auf der Liste waren sie gewiß rechte »Flaschen«.

Da Ted so weite Schläge machte, hatte Lord Trimingham einige Männer weit zurückgezogen, und einer stand gerade vor uns. Ted schlug den ersten Ball direkt auf ihn zu. Ich glaubte, er würde über ihn hinwegfliegen, aber die Flugbahn wurde sehr bald flach. Während der Ball sich dem Boden näherte, schien er immer schneller zu fliegen. Der Spieler erreichte ihn gerade noch mit der Hand, aber der Ball sprang ab und raste gefährlich auf uns zu. Mrs. Maudsley sprang mit einem unterdrückten Schrei auf; Marian hob die Hände schützend vor das Gesicht; ich hielt den Atem an. Es folgte ein Augenblick der Verwirrung und der ängstlichen Fragen, ehe man festgestellt hatte, daß keine der Damen getroffen war. Beide Damen versuchten, die Sache scherzhaft abzutun, und lachten über ihr knappes Entrinnen. Der Ball lag zu Mrs. Maudsleys Füßen und sah seltsam klein und harmlos aus. Ich warf ihn dem Mann zu, der ihn verfehlt hatte, und sah jetzt, daß es einer unserer Gärtner war. Aber er fing ihn nicht auf. Sein Gesicht war vom Schmerz verzerrt, und er rieb sich die linke Hand vorsichtig mit der rechten.

Lord Trimingham und einige andere Spieler gingen auf ihn zu, und er kam ihnen entgegen. Ich sah, wie er ihnen seine verletzte Hand zeigte. Sie berieten; sie schienen eine Entscheidung zu treffen. Dann löste sich die Gruppe auf, und Lord Trimingham und der Gärtner gingen in den Pavillon.

Verwirrung bemächtigte sich meiner. Alle möglichen Gedanken überstürzten sich: daß das Spiel zu Ende sei; daß der Gärtner lebenslänglich verkrüppelt bleibe; daß Ted ins Gefängnis müsse. Dann hörte ich Lord Trimingham sagen:

»Wir haben einen Unfall. Pollin hat seinen Daumen ver=
renkt, und ich fürchte, wir brauchen unseren Ersatzmann.«
Selbst dann war mir noch nicht klar, daß er mich meinte.

Mit weichen Knien betrat ich mit ihm die Arena. »Wir
müssen ihn herausbekommen«, sagte er. »Wir müssen ihn
aus dem Spiel bekommen. Hoffentlich hat ihn diese Unter=
brechung unsicher gemacht.« Ich hörte kaum auf das, was er
mir sagte, und folgte mechanisch seiner Handbewegung, die
mich auf meinen Platz wies.

Zufällig war das ein Feenkreis, eine Stelle, wo das Gras
niedriger und heller wuchs, und das gab mir plötzlich Selbst=
vertrauen. Ich hatte das Gefühl, es könnte ein magischer
Kreis sein, der mich schützte. Meine Nervosität ließ nach,
und ein Gefühl der Begeisterung ergriff mich. Ich fühlte mich
eins mit meiner Umgebung, und die altehrwürdigen Cricket=
regeln verliehen mir Sicherheit. Ein überwaches Wahrneh=
mungsvermögen, wie ich es nie gekannt hatte, schärfte meine
Sinne. Das Gefühl der Verantwortung stachelte mich an.
Aber trug ich überhaupt Verantwortung? Ted war wieder
am Schlagen, aber seine Bälle kamen nicht in meine Rich=
tung. Und da wurde mir plötzlich bewußt, daß dies auch
höchst unwahrscheinlich war. Ich hatte den Platz des »Square
leg«, den unwichtigsten, mit der geringsten Verantwortung
verbundenen Posten, der bekanntlich mit den unerfahren=
sten Spielern besetzt wurde. Kein Ball würde in meine Nähe
kommen.

Ein beschämender Gedanke! Beschämend war aber auch
die Erleichterung, die er mir verschaffte. Aus meiner Selbst=
überschätzung erwachend, sah ich nach den Zahlen auf der
Anzeigetafel und entdeckte, daß unser Sieg in höchster Ge=
fahr war.

Auch unser Kapitän war sich dessen bewußt. Lord Trimingham hatte den Ball. Er warf ihn spielerisch von einer Hand in die andere und nahm einige Änderungen in der Aufstellung vor. Einen Augenblick lang fürchtete ich, er würde mich aus meinem magischen Kreis herausnehmen; aber es geschah nicht. Lord Trimingham schenkte mir keinen Blick, er hielt den Ball; er war der Anführer, er leitete unseren Angriff.

Es war nicht Ted, der ihm nun gegenüberstand, sondern Teds Partner. So viel kann auf einem Cricketplatz passieren, ehe man sich's versieht! Fast hätte ich übersehen, daß der Mann ausscheiden mußte. Bekümmert sah er auf sein angeschlagenes Tor und wandte sich mit langem Gesicht und schweren Schritten zum Pavillon. Es sprach für die Popularität unseres Kapitäns, daß er noch in diesem kritischen Stadium großmütig beklatscht wurde. Und es sprach auch dafür, daß der Junge, der die Zahlentafel bediente, angesteckt von der Nervosität der anderen, die Zahlen verkehrt einschob und daß ringsum ein Gelächter losbrach. Aber seltsamerweise löste dieser Fehler die Spannung nicht, er erhöhte sie nur noch. Es schien, als ob selbst die nüchternen Zahlen von der Nervosität beeinträchtigt würden. Der Junge trat zurück und besah sein Werk. Dann brachte er, unter noch größerem Gelächter, die Zahlen in die richtige Reihenfolge. 136! Das Dorf brauchte nur noch sieben Punkte zum Sieg, und nun kam der letzte Schlagmann dran.

Als der ausscheidende und der ablösende Schlagmann aneinander vorbeigingen und ein paar Worte wechselten, wozu beide mit dem Kopfe nickten, befragte ich mich noch einmal, wem meine Sympathien gehörten. Aber meine Gefühle umgaben mich wie ein Nebel, dessen Form man sehen kann, solange er auf einen zukommt, aber nicht, wenn man mitten darin steht, und seine dichten, kreisenden Schleier hatten meine Urteilskraft bald getrübt. Aber ich besaß noch völlig das Gefühl für die Spannung dieses Spiels. Und es wurde noch dadurch verstärkt, daß ich mir, ohne daß ich es hätte erklären können, einer persönlichen Spannung zwischen dem Werfer und dem Schlagmann bewußt wurde, zwischen Lord Trimingham und Ted, die nun einander gegenüberstanden, Gutsherr und Pächter, Herr und Knecht, Schloß und Dorf — das waren die Antagonisten. Aber da war noch etwas, etwas, das mit Marian zu tun hatte, mit Marian, die auf den Stufen des Pavillons saß und die von hier aus nur ein leuchtender Farbfleck war.

Es war ein stolzer und erhebender Gedanke, daß wir, die Spieler, nicht das geringste Zeichen von Erregung zeigen durften, wohingegen sich die Zuschauer heiserschreien und müdefuchteln konnten. Weder Lord Trimingham, der die Eigentümlichkeit hatte, vor jedem Lauf mit dem Absatz Löcher in den Boden zu bohren, ließ sich etwas anmerken, noch Ted, wenn auch sein Gesicht unter den wirren Haaren scharlachrot war und ihm das Hemd am Rücken klebte. Sie faßten einander scharf ins Auge, der Brite und der Bur, fast so wie zwei Männer, dachte ich, die einander nach dem Leben trachten.

Lord Trimingham warf einen täuschend angeschnittenen Ball. Aber Ted wartete nicht, bis er fiel; er rannte los und schlug ihn bis zur Spielfeldgrenze. Er schlug wundervoll, und die Begeisterung durchfuhr mich wie ein elektrischer Schlag. Die Menge johlte und schrie, und plötzlich neigte sich die Waage meiner Gefühle ganz auf ihre Seite. Jetzt war es ihr Sieg, Teds Sieg, den ich herbeiwünschte, nicht der unsere, nicht Lord Triminghams. Ich vergaß die drei Läufe, die sie noch benötigten. Mir war, als hörte ich den Sieg wie einen Sturm heranbrausen.

Ich könnte nicht sagen, ob der nächste Ball auf das Tor zielte oder nicht. Aber er wurde weit höher geschlagen, und plötzlich sah ich, wie Teds Gesicht und sein Körper herum= fuhren, und ich sah den Ball, der wie an einem Seil, das sich zwischen ihm und mir spannte, geradewegs auf mich los= zischte. Ted setzte zum Lauf an, blieb dann abrupt stehen und blickte mich wild an, ungläubiges Erstaunen in den Augen.

Meine Hand schoß über meinen Kopf empor — und da hielt sie auch schon den Ball. Der Anprall hatte mich zu Boden geworfen. Als ich wieder auf den Füßen stand, den Ball immer noch an mich gepreßt, als krampfe sich mein Herz plötzlich im Schmerz zusammen — hörte ich den köstlichen Klang des Beifalls und sah, wie sich die Mannschaften auf= lösten und Lord Trimingham auf mich zukam. Ich weiß nicht mehr, was er sagte — meine Gefühle überwältigten mich — aber ich weiß noch, daß ich seine Glückwünsche um so höher einschätzte, als sie zurückhaltend und unaufdringlich waren. Sie hätten in der Tat an einen *Mann* gerichtet sein können. Und wie ein Mann, und keineswegs der geringste, schloß ich mich der Gruppe an, die sich auf den Rückweg zum Pavillon machte. Wir gingen in einem unordentlichen Haufen, die besiegten und die siegreichen Spieler Seite an Seite. Alle Feindschaft war begraben, und ein nicht endenwollender Ap= plaus der Zuschauer umgab uns.

Ich konnte meine Gefühle nicht ausdrücken; die üblichen Maßstäbe, an denen ich solche Dinge zu messen pflegte, reich= ten für diese Hochstimmung nicht aus. Ich schwebte immer

noch in der Luft, obwohl die Bühne, auf der ich eine so be=
deutsame Rolle gespielt hatte, schon wieder abgeschlagen
war. Aber ich spürte auch jene eigenartige Empfindung, die
selbst in dem allgemeinen Aufruhr der Leidenschaften nicht
unterging, jenes schmerzliche Bedauern, das mich im Augen=
blick des Fangs mit der Wucht eines Schwerthiebs getroffen
hatte. Weit davon entfernt, meine Exaltation zu mindern,
verstärkte es sie nur noch. Sie wirkte wie der Wermuts=
tropfen im Kelch des Glücks. Aber ich fühlte, daß ich noch
glücklicher wäre, daß ich noch mehr über mich hinauswüchse,
wenn ich es Ted bekennen würde. Eine Stimme in mir warnte
mich, daß solch ein Bekenntnis nicht den Gepflogenheiten
entspräche; Cricketspieler verbargen ihre persönlichen Ge=
fühle hinter zusammengepreßten Lippen. Aber ich war buch=
stäblich außer mir. Ich wußte, daß dieses Match durch mich
entschieden worden war, und ich fühlte, daß ich es mir er=
lauben konnte, die Konvention zu sprengen. Aber wie würde
er es aufnehmen? Was ging in ihm vor? Freute er sich über
den Erfolg, den er gehabt hatte, oder war er bitterlich ent=
täuscht von dem vorzeitigen Ende? Betrachtete er mich noch
als seinen Freund, oder sah er in mir seinen Feind, der ihn
zu Fall gebracht hatte? Es war mir ziemlich egal. Und als ich
sah, daß er allein ging (den meisten Spielern war der Ge=
sprächsstoff ausgegangen), wandte ich mich zu ihm und
sagte mit bebender Stimme: »Tut mir leid, Ted. Ich wollte
Sie gar nicht aus dem Spiel haben.«

Er antwortete nicht sofort; seine Gedanken schienen weit
weg zu sein. Dann lächelte er mir zu und sagte: »Das ist
völlig in Ordnung.« Kurz darauf bekam sein Gesicht einen
anderen Ausdruck. Er sah mich besorgt an und sagte begüti=
gend: »Mach' dir keine Sorgen um mich. Bring dich nicht um

den Spaß. Freu dich nur. Ich wollte, ich wäre an deiner Stelle. Es war ein verdammt guter Fang. Ich hätte nie gedacht, daß du ihn halten könntest. Um die Wahrheit zu sagen, ich hatte dich ganz vergessen, und dann sah ich mich um und, bei Gott, da warst du. Und dann dachte ich: ›Der geht direkt über seinen Kopf.‹ Aber du hast dich wie eine Harmonika auseinandergezogen. Ich hatte mir ein Dutzend Möglichkei= ten vorgestellt, wie ich hinausfliegen könnte, aber ich hätte nie geglaubt, daß mich unser Briefträger rausbekäme.«

»Ich hab's nicht vorgehabt«, wiederholte ich. Ich wollte meine Entschuldigung um jeden Preis anbringen.

In diesem Augenblick verstärkte sich der Applaus, und ein paar Enthusiasten riefen dabei Teds Namen. Wenn wir auch alle Helden waren, so war er doch offensichtlich der Favorit der Menge. Und ich blieb zurück, damit er allein hineingehen konnte. Seine Mitspieler brachten ihm im Pa= villon eine Ovation; selbst die Damen aus unserer Gesell= schaft, die vorne saßen, zeigten ein gewisses Interesse, als Ted hereinkam. Eine einzige ausgenommen: Marian, so be= merkte ich, blickte nicht auf.

Sobald wir wieder im Schloß waren, sagte ich zu Markus: »Leih mir mal deine Tabelle, Alter.«

»Warum hast du denn nicht selbst eine geführt, Pudding= gesicht?« fragte er mich.

»Wie konnte ich denn, du Trottel, wenn ich im Spiel war?«

»Warst du im Spiel, du Maser=Bazillus? Bist du ganz sicher?«

Nachdem ich ihm dafür gehörig heimgezahlt und ihm die Tabelle entrissen hatte, holte ich die Eintragungen nach, die mir auf meiner Tabelle fehlten.

»E. Burgess, C. sub. b. Ld. Trimingham 81«, las ich. »He,

du hättest meinen Namen auch einschreiben können, du elen=
der Schuft.«

»›C. sub.‹ ist korrekt«, sagte er. »Außerdem möchte ich
diese Tabelle sauber halten, und das wäre sie nicht mehr,
wenn dein Name draufstünde.«

Dreizehntes Kapitel

Das Bankett im Gemeindesaal erhielt durch die Anwesen=
heit verschiedener Lokalgrößen und der beiden Mannschaf=
ten seinen besonderen Glanz. Mir schien es bei weitem das
großartigste Ereignis, an dem ich je teilgenommen hatte. Die
Dekoration, die Farbenpracht, die Hitze, das fast überwälti=
gende Gefühl männlicher Kameradschaft (worauf ich sehr
großes Gewicht legte) stiegen mir ebenso zu Kopf wie die
Bowle, die man mir einschenkte. Zeitweise verlor ich völlig
das Gefühl, ein Einzelwesen zu sein. Dann wieder schwang
sich mein Geist hinauf zur spitzbogigen Saaldecke, zu den
Union Jacks und Papierschlangen: ein Himmelskörper, ein
Gefährte der Sterne. Ich fühlte, daß ich meine Aufgabe im
Leben erfüllt hatte, daß mir nichts mehr zu tun übrigblieb.
Nun konnte ich für immer auf den Lorbeeren meines Ruhmes
ausruhen. Meine beiden Nachbarn — sie gehörten der Dorf=
mannschaft an, denn man hatte uns aufgeteilt, weil man es
nicht für richtig hielt, daß bei dieser demokratischen Festlich=
keit zwei Mitglieder der Schloßmannschaft nebeneinander=
saßen — müssen mich für einen sehr langweiligen Gesell=
schafter gehalten haben. Denn, so viel es auch mit ihnen zu
besprechen gab, ich vermochte es nicht in Worte zu fassen.
Sie nahmen mir das auch gar nicht übel. Das Essen erforderte
ihre ganze Aufmerksamkeit, und bisweilen unterhielten sie
sich über mich hinweg miteinander, als wäre ich gar nicht da.

Ihre Bemerkungen, die mir meist unverständlich blieben, er=
weckten schallendes Gelächter; oft genügte schon ein Nicken
oder Grunzen, und bald schien mir in meiner Berauschtheit
die ganze Welt ein einziges Gelächter zu sein.

Nach dem Essen hielt Mr. Maudsley eine Rede. Ich erwar=
tete, er würde sehr stockend sprechen, denn ich hatte ihn
noch nie mehrere Worte hintereinander sagen hören. Aber
er war erstaunlich beredsam. In stetem Fluß folgte Satz auf
Satz, als läse er ein Manuskript ab, und seine Stimme war
genauso monoton und ausdruckslos wie bei der Morgen=
andacht. Aus diesem Grund und wegen der Schnelligkeit,
mit der er sprach, ging manche witzige Wendung verloren.
Aber diejenigen, die verfingen, hatten durch diese trockene
Vortragsweise um so größeren Erfolg. Mit — wie mir schien
— unübertrefflicher Gewandtheit gelang es ihm, fast jeden
Spieler beim Namen zu nennen und etwas Bemerkenswertes
über seine Leistungen zu sagen. Im allgemeinen war ich Re=
den gegenüber taub; sie gehörten für mich wie Predigten zu
den Dingen, die nur für Erwachsene bestimmt waren. Aber
dieser Rede hörte ich aufmerksam zu, denn ich hoffte, daß
ich meinen eigenen Namen hören würde. Und ich wurde
nicht enttäuscht. »Als letzten, aber nicht als geringsten, es
sei denn in der Statur, erwähne ich unseren jungen David,
Leo Colston, der den Goliath vom Schwarzhof — wenn ich
ihn so nennen darf — nicht mit einer Schleuder, sondern mit
einem Fang besiegte.« Alle Augen waren auf mich gerichtet,
oder jedenfalls glaubte ich das. Und Ted, der mir fast gegen=
übersaß, zwinkerte mir auffällig zu. In seinem dunklen An=
zug mit dem hohen gestärkten Kragen sah er noch fremder
aus als in Flanellhosen. Je mehr Kleider er anhatte, desto
fremder wirkte er. Während Lord Triminghams Anzug im=

mer ein Teil seiner selbst zu sein schien, wirkte Ted in seiner Ausstaffierung wie ein Bauerntölpel.

Rede reihte sich an Rede — es schien, als höre man die Zeit selbst verrinnen — und dann wurde nach Gesang verlangt. Auf dem Podium am Ende der Halle stand ein Piano, und davor wartete einladend ein gepolsterter, plüschbezogener Drehstuhl. Aber nun erhob sich ein Stimmengewirr, dessen Grund schließlich auch ich erfaßte: wo war der Begleiter? Man rief nach ihm, aber er erschien nicht. Erklärungen wur= den laut. Er hatte eine Nachricht geschickt, daß er sich nicht wohlfühle; aber unerklärlicherweise war diese Nachricht nicht ausgerichtet worden. Enttäuschung bemächtigte sich der An= wesenden. Was war ein Cricket=Match, was war ein Bankett ohne Lieder? Frost legte sich auf unsere vom Wein erwärm= ten Gemüter, und es gab keinen Wein mehr, um sie wieder aufzutauen. Es war noch früh; vor uns lag der Abend, eine endlose Leere. Würde niemand in die Bresche springen? Lord Trimighams ungleiche Augen, in denen immer ein Funke von Autorität leuchtete, schweiften durch den Raum, und man wich ihnen so sorgfältig aus, als gehörten sie einem Auktio= nator. Ich jedenfalls starrte auf das Tischtuch; denn Markus wußte, daß ich einigermaßen Klavier spielen konnte. Aber mit einemmal, als alle auf ihrem Platz angewurzelt zu sein schienen, regungslos, als könnten sie sich nicht mehr vom Fleck rühren, nicht mehr aufblicken, solange nach einem Klavierspieler gesucht wurde, bewegte sich etwas, erhob sich ein Rauschen, fast als entfalte sich eine Fahne, die senkrecht am Mast emporsteigt — und ehe noch die Entspannung, die der Erleichterung folgt, unsere versteiften Körper hatte lok= kern können, war Marian leichtfüßig durch die Halle ge= gangen und hatte sich auf den Klavierstuhl gesetzt. Wie

schön sie aussah in ihrem gainsboroughblauen Kleid, ein=
gerahmt von Kerzen! Von dort oben sah sie auf uns herab
wie von einem Thron, erheitert und ein wenig spöttisch, als
wollte sie sagen: Ich habe mein Teil getan, nun seid ihr an
der Reihe.

Wie ich erfuhr, war es Brauch, daß die ersten Sänger Mit=
glieder der beiden Mannschaften sein mußten. Man rief alle
auf, und einige wurden gedrängt; aber ich glaube, man
wußte schon von vornherein, wer singen würde und wer
nicht. Jene, so stellte ich fest, hatten ihre Noten mitgebracht.
Es blieb unklar, wo sie sie hervorholten. Die einen zeigten
eine etwas betretene, die anderen eine eher herausfordernde
Miene, aber alle schienen gleichermaßen befangen gegen=
über der Begleiterin und stellten sich soweit entfernt von ihr
auf, wie sie konnten. Marians Spiel faszinierte mich, und ich
hörte mehr auf sie als auf die Sänger. Ich sah ihre weißen,
schlanken Finger (trotz der ewigen Sonne war es ihr gelun=
gen, sie weiß zu erhalten) über die Tasten gleiten; und welch
köstliche Klänge entlockte sie dem alten Schepperkasten! Man
merkte, wie ungleichmäßig die Tasten reagierten, aber die
Töne perlten so zart wie Wasser aus der Quelle. Welches
Feuer in den lauten Passagen, und welche Süße in den leisen!
Und es grenzte an ein Wunder, wie sie die widerspenstigen
Tasten in ihrer Gewalt hielt. Taktvoll und gekonnt paßte sie
die Begleitung dem Gesang an und versuchte ihn weder zu
beschleunigen noch zu dehnen. Aber ihre Darbietung unter=
schied sich im Niveau so sehr von der ihrer Partner, daß es
keine völlige Harmonie ergab. Es war, als habe man ein Voll=
blutpferd zu einem Ackergaul gespannt. Die Zuhörer trugen
dem Rechnung, und ihr Beifall war ebenso respektvoll wie
ausgelassen.

Als Ted Burgess aufgerufen wurde, schien er es nicht zu hören, und ich glaubte, er hätte es wirklich nicht gehört. Doch auch als seine Freunde anfingen, seinen Namen zu wiederholen und scherzhafte Ermunterungen hinzufügten: »Los, Ted! Genier' dich nicht! Wir wissen alle, daß du's kannst!«, machte er keine Anstalten sich zu erheben. Mit bockigem und verlegenem Gesicht saß er auf seinem Stuhl. Die Gesellschaft genoß das. Ihre Zurufe verstärkten sich und wurden fast zum Chor, worauf er sich, ziemlich ungnädig, vernehmen ließ, er sei nicht zum Singen aufgelegt. Lord Trimingham stimmte in den Chor ein: »Enttäuschen Sie uns nicht, Ted«, sagte er (das »Ted« überraschte mich, doch vielleicht war es eine Konzession an die Sportkameradschaft). »Auf dem Cricketplatz haben Sie uns ja auch nicht warten lassen.« Teds Widerstand schien unter dem darauffolgenden allgemeinen Gelächter zu schwinden. Er erhob sich schwerfällig und stolperte, ein umfangreiches Notenbündel unter dem Arm, zum Podium. »Jetzt aber Vorsicht!« rief jemand, und das Gelächter verstärkte sich.

Marian schien dies alles nicht zu berühren. Als Ted zu ihr trat, hob sie die Augen, sagte etwas zu ihm, und er reichte ihr zögernd sein Liederheft. Sie überflog es rasch und stellte eines der Blätter auf den Notenhalter: ich bemerkte, daß sie ein Eselsohr in die Seite machte, was sie bisher nie getan hatte. »Ein Paar funkelnder Augen«, verkündete Ted in einem Ton, als wäre das das letzte, was man sich wünschen konnte, und jemand meinte: »Bißchen freundlicher, wir sind hier nicht auf einer Beerdigung!« Zuerst hörte man weniger die Stimme des Sängers als sein Schnaufen. Aber allmählich gewann sie an Stärke und Sicherheit und Farbe und gab sich dem tanzenden Rhythmus des Liedes hin, so daß es schließ=

lich eine recht beachtliche Darbietung wurde, welche die Zu=
hörer um so mehr anerkannten, als der Anfang so dürftig
gewesen war. Man verlangte eine Zugabe, die erste des
Abends. Wieder mußte Ted sich mit Marian beraten; ihre
Köpfe neigten sich einander zu; wieder schien er sich zu
weigern, und abrupt trat er vom Piano zurück und verneigte
sich zum Zeichen seiner Ablehnung. Aber der Beifall ver=
doppelte sich; Teds Bescheidenheit gefiel, und man war ent=
schlossen, ihn zum Singen zu bringen.

Das neue Lied war ein Schmachtfetzen von Balfe. Ich
glaube nicht, daß man ihn heute noch singt, aber mir gefiel
er, und mir gefiel Teds Art der Wiedergabe und das Zittern,
das in seiner Stimme mitschwang.

> Andere Lippen, andere Herzen
> werden Lieb' dir schwören.
> Sie erliegen deinen Blicken,
> die auch mich betören.

Ich erinnere mich des nachdenklichen Ausdrucks auf den Ge=
sichtern der Zuhörer, während sie dieser resignierten und
honigsüßen Vorhersage künftiger Treuebrüche lauschten,
ohne die Bitterkeit, die darin lag, zu begreifen. Und ich
glaube, daß mein Gesicht das ausdrückte; denn es schien mir,
als wisse ich alles über andere Lippen und andere Herzen,
die Liebe schworen, und ich wußte, wie traurig und dennoch
schön es war. Auch die überschwengliche Sprache war mir
nicht fremd. Aber welche Erfahrung, wenn überhaupt eine,
ich damit verknüpfte, das weiß ich nicht. Mich versetzte das
Lied in eine poetische Stimmung, hervorgerufen durch den
Klang von Worten, die ich schön fand, von Worten aus der
Welt der Erwachsenen, die für mich Poesie waren und den=

noch Realität besaßen — die Realität ihrer Bedeutung für die Erwachsenen, die ich bedingungslos anerkannte. Lieder hat= ten solche Dinge zum Inhalt. Nie kam mir der Gedanke, daß schlimme Gefühle erweckt werden könnten, wenn andere Lippen und andere Herzen Liebe schworen, oder daß sie sie auf andere Weise schwören könnten, als zur Begleitung eines Pianos in einem Konzertsaal. Und schon gar nicht brachte ich solche Bekenntnisse in Verbindung mit dem Phänomen, das man Poussieren nannte. Hätte ich es getan, so wäre ich ent= setzt gewesen. Ich saß in ekstatischer Versunkenheit, als lauschte ich einer Sphärenmusik, und als der Liebende von der Geliebten schließlich nichts verlangte, außer daß sie sich, mitten unter dem Scherzen mit einem anderen oder vielen anderen, seiner erinnern sollte, traten mir beseligende Trä= nen der Rührung in die Augen.

Als das Lied zu Ende war, wurden Rufe nach der Begleite= rin laut, und Marian erhob sich, um den Beifall zusammen mit Ted entgegenzunehmen. Sie wandte sich zur Seite und verneigte sich leicht vor ihm. Er aber, statt darauf zu reagie= ren, drehte seinen Kopf zweimal in ihre Richtung und wieder zurück, wie ein Komödiant oder ein Clown, der mit seinem Partner Schabernack treibt. Die Zuhörer lachten, und ich hörte, wie Lord Trimingham sagte: »Er ist nicht sehr galant, was?« Mein Nachbar sprach sich deutlicher aus. »Was ist mit unserem Ted los«, flüsterte er über mich hinweg mei= nem anderen Nachbarn zu, »daß er so schüchtern mit den Damen ist? Das kommt wohl, weil sie vom Schloß ist.« In= zwischen hatte sich Ted wieder soweit gefaßt, daß er sich vor Marian verbeugte. »So ist's besser«, bemerkte mein Nachbar. »Wenn nicht der Unterschied wäre — was gäben die für ein schönes Paar ab.«

Als wäre er sich dieses Unterschieds schmerzhaft bewußt, kam Ted, flammendrot im Gesicht, vom Podium herunter, und als er wieder auf seinem Platz saß, begegnete er den Glückwünschen und versteckten Hänseleien seiner Freunde mit mürrischer, bockiger Miene.

Sein Unbehagen störte mich, aber ich genoß es auch wie=der; denn es brachte Schwung in die Gesellschaft, machte sie lebhaft und würzte ihre Reden mit spöttischer Boshaftigkeit. Ted, der Ungeschickte, war genau so populär wie Ted, der Held, vielleicht sogar mehr; denn allzuviel Heldenverehrung beansprucht die eigene Eitelkeit zu sehr. Die folgenden Lie=der brachten, ob humoristisch oder romantisch, keine bemer=kenswerten Ereignisse. Es wurden Fehler gemacht, die Ma=rian geflissentlich überspielte, aber es waren eben Fehler, und sie erhöhten nicht die Stimmung der Zuhörer. Da sie meist auf mangelnde Gesangstechnik zurückzuführen waren, stör=ten sie die Fröhlichkeit des Abends, indem sie ihm die Atmo=sphäre einer Musikstunde gaben. Auch dies hatte für mich seinen Reiz, bestätigte es doch die Überlegenheit des Schlos=ses. Und ich war gerade daran, mich in diesem Gefühl zu sonnen, und meinen anderen Sensationen diese weitere hin=zuzufügen, als ich Lord Trimingham in die Stille, die auf das letzte Lied folgte, sagen hörte: »Was ist mit unserem Ersatz=mann? Kann er nicht auch etwas zum Besten geben? Das Neueste aus der Schule zum Beispiel. Komm, Leo.«

Zum zweiten Male wurde ich aufgefordert, aus der Immu=nität der Kindheit in die Verantwortlichkeit der Erwachsenen=welt hinüberzuwechseln. Es war wie ein Sterben, aber ein Sterben mit der Aussicht auf eine Auferstehung: Wenn es ein drittes Mal geschähe, würde es keine Auferstehung mehr geben. Selbst als ich meinen Platz verließ — ich kam gar nicht auf den Gedanken, mich zu weigern — und merkte, wie mein Mund trocken wurde, wußte ich, daß ich wieder der werden würde, der ich gewesen war, wußte es mit derselben Sicherheit, die mir sagte, daß dies beim drittenmal nicht mehr der Fall sein würde. Ich hatte keine Noten, aber ich konnte ein Lied. Lord Trimingham hatte recht gehabt. Ich konnte sogar mehrere Lieder, eines davon hatte ich beim Schul=konzert gesungen. Aber noch auf dem Podium fiel mir nicht ein, daß ich es ja auswendig konnte.

»Nun, Leo«, sagte Marian, »was soll es sein?« Sie sprach in gewöhnlichem Tonfall, als wäre außer uns niemand im Raum, und als wäre es gleichgültig, ob jemand da sei.

Ich sah mich im Geiste schon in der katastrophalen Stille des ausbleibenden Beifalls an meinen Platz zurückgehen, und ich spürte das Versagen wie eine Entblößung. Hilflos sagte ich: »Aber ich habe keine Noten.«

Sie lächelte mich mit Sternenaugen an, deren ich mich noch heute erinnere, und sagte: »Vielleicht kann ich dich ohne Noten begleiten. Was ist es denn?«

»Der junge Minnesänger.«

»Mein Lieblingslied«, sagte sie. »Wie hoch kommst du?«

»Bis zum A«, sagte ich, stolz auf meine hohe Lage, aber auch voll Angst, sie würde sagen, daß sie es in dieser Ton=art nicht spielen könne.

Sie sagte nichts, sondern zog einen Ring vom Finger und legte ihn ziemlich nachdrücklich oben auf das Piano. Dann setzte sie sich, unter einem Rauschen von Seide, das wie Par=füm um sie stäubte, und begann mit dem Vorspiel.

Wahrscheinlich hatte ich keinen Grund, ihr dankbar zu sein, daß ich ein zweites Mal vor dem bewahrt wurde, wovor ich mich am meisten fürchtete: mich öffentlich zu blamieren.

Beim ersten Mal hatte ich dieses Gefühl gehabt. Sie hatte sich viel Mühe gegeben, damit ich korrekt angezogen war. Das zweite Mal hatte ich nicht ihr zu danken, sondern ihrer musikalischen Begabung. Trotzdem glaube ich, daß ich ihre zweite Bemühung sogar noch höher schätzte; denn diesmal war es nicht ihre Freundlichkeit, die mich errettete, sondern eine ihrer Tugenden. Um einer Freundlichkeit willen wäre ich vielleicht nicht in den Krieg gezogen, wohl aber um einer Tugend willen. Und ich tat es auch. Denn während meine Stimme emporstieg, bestand für mich kein Zweifel darüber, wer auszog und weshalb. Ich war es, und zwar ihrethalben. Ihr allein galt mein Lied. Nie hatte sich ein Soldat williger dem Tode geweiht als ich; ich erwartete ihn inbrünstig; um nichts in der Welt hätte ich ihn missen wollen. Und was meine Harfe anbetraf, so konnte ich kaum den Augenblick abwarten, in dem ich ihre Saiten zerreißen würde. Nie sollte sie in Sklaverei ertönen, verkündete ich. Und ich kann ehr=lich behaupten, daß sie es nie tat.

Ich kannte das Lied so gut, daß ich während des Singens nicht darauf achten mußte. Meine Gedanken konnten wan=dern, wohin sie wollten. Und obwohl ich, im Gegensatz zu den anderen Sängern, deren Augen auf die Noten gerichtet waren, in den Saal hinein blickte, konnte ich Marians Finger auf der Klaviatur, das Leuchten ihrer weißen Arme und ihres noch weißeren Nackens sehen und mir nicht nur einen, son=dern eine ganze Reihe von Toden vorstellen, die ich für sie sterben würde. Und jeder war natürlich ganz schmerzlos: eine Krone ohne Kreuz.

An dem Schweigen in der Halle merkte ich, daß das Lied gut ankam; aber auf den Beifallssturm, der in dem engen Raum viel stärker wirkte als der Applaus, der meinem Fang

gegolten hatte, war ich nicht vorbereitet. In diesem Augen=
blick wußte ich nicht, was ich später erfahren sollte. Als ich
scheinbar unvorbereitet auf das Podium ging, um zu singen,
hatte die Gesellschaft mich keineswegs lächerlich gefunden,
sondern dies als eine sportliche Haltung empfunden. Da stand
ich nun und vergaß mich zu verneigen, während man mit
den Füßen trampelte und die Rufe nach einer Zugabe lauter
wurden. Marian kam nicht an meine Seite; sie saß, den Kopf
leicht geneigt, am Piano. Wieder einmal hilflos, trat ich neben
sie. Aber sie wurde nicht gleich auf mich aufmerksam. Ganz
unnötigerweise sagte ich:

»Sie wollen, daß ich noch einmal singe.«

»Was kannst du denn noch singen?« fragte sie, ohne auf=
zusehen.

»Nun«, sagte ich, »ich kann ein Lied, das heißt ›Engel,
ewig hell und rein‹, aber das ist ein Kirchenlied.«

Für einen Augenblick entspannte sich ihr ernstes Gesicht
zu einem Lächeln. Dann sagte sie, wieder ganz kurz ange=
bunden: »Ich fürchte, ich bin dir da keine Hilfe. Ich kann die
Begleitung nicht.«

Mir war, als zöge man den Boden unter mir fort. Ich sehnte
mich danach, meinen Triumph zu wiederholen, und mein
Gefühlsbarometer stand so hoch, daß mir die Kraft fehlte,
meine Enttäuschung zu verbergen. Aber während ich noch
versuchte auszusehen, als berühre mich das nicht, ertönte aus
dem Zuschauerraum eine Stimme in starkem Dialekt: »Ich
glaub', das hab ich da.« Und im nächsten Augenblick stand
der Sprecher auf dem Podium. In der Hand hielt er einen
abgegriffenen, in Papier eingeschlagenen Notenband, an den
ich mich noch heute erinnere: »Die Prachtausgabe populärer
Lieder.«

»Sollen wir den ersten Teil auslassen?« fragte Marian, aber ich bat sie, ihn mich singen zu lassen.

> Schlimmer denn Tod fürwahr! Ihr Wachen, ihr!
> Führt mich zur Pein, führt zu den Flammen mich.
> Habt Dank für euer Erbarmen!

So ging das Rezitativ und endete mit Händels üblichem Bum = Bum. Ich war stolz darauf, daß ich es singen konnte; denn es war in höchst schwieriger Moll=Tonart geschrieben, und die Intervalle waren sehr kitzelig. Ich besaß auch genug musikalisches Gefühl, um zu wissen, daß ohne dieses Rezitativ die sanfte Arie, die darauf folgte, bei weitem nicht so effektvoll war. Und ich sang es sehr gern, weil der Gedanke an etwas, das schlimmer war als der Tod, eine gewaltige An= ziehungskraft auf meine Phantasie ausübte. Der junge Minne= sänger war in den Tod gezogen, aber der Heldin dieses Lie= des drohte etwas Schlimmeres als der Tod. Was das sein mochte, das konnte ich mir nicht vorstellen, aber bei meiner Leidenschaft für Extreme genoß ich es mit ekstatischer Be= geisterung. Außerdem war es ein Frauenlied, und ich hatte das Gefühl, daß ich diese bitteren Erfahrungen nicht nur für Marian, sondern mit ihr machte... Gemeinsam erfuhren wir dieses Schicksal, das schlimmer war als der Tod; gemeinsam stürmten wir unserer Apotheose entgegen:

> Engel, ewig hell und rein!
> Schließt in eure Hut mich ein.
> Nehmt in euren heiligen Kreis
> Mich in jungfräulichem Weiß,
> Mich in jungfräulichem Weiß.

Ich entzündete mich an einer Vision von Engeln, kostbaren Gewändern, Jungfräulichkeit und weißem Glanz, die sich ins Unendliche fortsetzte, und an dem Gefühl des Aufwärtsstürmens, welches das langsame Anschwellen der Musik so ausdrucksvoll versinnbildlichte. Aber ich glaube, daß nichts von alledem in meiner Stimme mitschwang; denn für mich war Gesang eine Fertigkeit wie das Cricketspiel: nichts von dem, was man fühlte, durfte gezeigt werden.

Marian blieb am Piano und überließ es mir, den Beifall allein entgegenzunehmen. Aber als er immer lauter wurde, stand sie plötzlich auf, nahm meine Hand und verneigte sich vor den Zuhörern; und dann ließ sie meine Hand los, wandte sich mir zu und knickste tief.

Ich kehrte an meinen Platz zurück, aber nicht sofort zu dem Knaben, der ich vor dem Gesang gewesen war; der Übergang war zu plötzlich. Ich hatte das Gefühl, daß mein Erfolg (denn ich konnte nicht daran zweifeln, daß es einer gewesen war) mich irgendwie von den anderen entfernt hatte. Niemand sagte etwas zu mir. Schließlich fragte jemand, ob ich vorhätte, das Singen zu meinem Beruf zu machen. Darüber war ich einigermaßen erstaunt; denn Singen war eine Fähigkeit, der man in der Schule kein besonderes Gewicht beimaß. Und jetzt, da ich mein Talent bewiesen hatte, war ich geneigt, es herabzusetzen. »Ich würde lieber ein Berufs-Cricketspieler«, sagte ich. »So ist's richtig«, bemerkte jemand. »Ted sollte auf der Hut sein.« Ted reagierte nicht darauf. Er betrachtete mich nachdenklich und sagte: »Deine hohen Töne waren prachtvoll. Auch ein richtiger Chorknabe hätte es nicht besser machen können. Man hätte eine Nadel fallen hören. Es war wie in der Kirche.«

Und so war es auch. Nach meinem religiösen Beitrag

schien niemand mehr Lust zu haben, mit einem weltlichen Lied aufzutreten. Es war spät geworden; die Rückkehr in die gesicherte Rolle eines Zuhörers machte mich schläfrig. Ich mußte eingenickt sein; denn das nächste, was ich hörte, war Marians Stimme, die »Home, Sweet Home« sang. Nach dem musikalischen Hazardspiel dieses Abends, den Zufallstref= fern, den aus den Klauen des Mißerfolgs gerissenen Erfolgen, nach der Angst, die ich um mich selbst und um andere aus= gestanden hatte, schien es ein reines Glück, dieser wunder= vollen Stimme zu lauschen, die die süßen Freuden des Heims bejubelte. Ich dachte an mein Daheim und daß ich von Festen und Palästen dorthin zurückkehren würde; und ich dachte an Marians Daheim, und wie unzutreffend das Epitheton »be= scheiden« dafür war. Sie sang mit so viel Gefühl; sehnte sie sich wirklich nach dem stillen Glück in einer strohgedeckten Hütte? Ich konnte es mir nicht vorstellen. Aber ich wußte, daß es noch viel großartigere Besitzungen gab als Brandham Hall; vielleicht war das die Erklärung. Sie mochte wohl an einige der großen Häuser in der Grafschaft denken, in denen sie verkehrte. Erst später erinnerte ich mich, daß sie das Lied auf Wunsch sang. Von denen, die darum gebeten wurden, war Marian die einzige, die uns keine Zugabe schenkte. Der Beifall, der für gewöhnlich den Sänger und seine Zuhörer zusammenführt, hatte in ihrem Fall die gegenteilige Wir= kung; je lauter wir klatschten, desto unerreichbarer schien sie zu sein. Ich nahm ihr das nicht übel und bedauerte es auch nicht, und ich glaube, auch sonst tat es keiner. Sie war aus anderem Stoff als wir; sie war eine Göttin, und wir durften nicht glauben, daß unsere Anbetung sie auf unsere Ebene herunterziehen konnte. Wenn sie gesagt hätte: »Haltet Di= stanz, ihr Würmer!«, dann hätte mich das gefreut, und ich glaube, auch die meisten von uns anderen. Der Tag, der Abend war bis zum Rande gefüllt gewesen. Nichts war uns vorenthalten worden, und vielleicht waren wir uns des Aus= maßes unseres Glückes nie stärker bewußt gewesen als in dem Augenblick, da Marian uns diese letzte Gunst ver= weigerte. —

»Froschgesicht«, sagte Markus, als wir zusammen nach Hause gingen, »du warst eigentlich gar nicht so schlecht.«

Ich fand es anständig von ihm, sich über meinen Erfolg zu freuen, und sagte deshalb großmütig:

»Du lausige Kröte, an meiner Stelle hättest du's genau so gut, wenn nicht besser gemacht.«

Er sagte nachdenklich: »Das stimmt, daß ich in gewissen Momenten versucht hätte, nicht wie eine seekranke Kuh aus= zusehen.«

»In was für Momenten?« fragte ich hastig und fügte hin= zu: »Immerhin besser, als jeden Tag wie ein abgestochenes Schwein auszusehen.«

Markus ignorierte dies. »Ich denke an die Zeit, wo jemand, der keine Million Meilen von mir entfernt ist, durch einen Cricketball umgeworfen wurde und auf dem Rücken lag, die Füße in der Luft, und sein Hinterteil allen glotzenden Dorf= bewohnern von Brandham, Brandham=under=Brandham, Brandham=over=Brandham und Brandham Regis entgegen= streckte.«

»Das hab' ich nicht getan, du popogesichtiger, trommel= bäuchiger —.«

»Doch, das tatest du. Und als du den jungen Minnesänger gesungen hast, was sowieso ein blödes Lied ist, und deine Augen wie eine seekranke Kuh verdreht hast — das tatest du wirklich, Leo — da hat das auch geklungen wie eine — eine

Kuh, die gerade kotzt. Nihjäh!« Er versuchte eine drama=
tische Imitation von rein physisch einfach unmöglichen Ge=
sangskunststücken. »Ich saß neben Mama und tat so, als ob
ich ein Dorfbewohner sei — die Arme, sie wollte sie nicht auf
beiden Seiten haben. Und sie wand sich in Zuckungen, genau
wie ich, ich möchte dir lieber nicht sagen, was ich fast getan
hätte.«

»Ich kann es mir denken, du Bettnässer«, sagte ich. Das
war ein bösartiger Hieb, aber ich war wirklich außer mir.
»Wenn du nicht so ein erbärmlicher Invalide wärst, mit
Watteknien und Armen wie die Ellbogen eines Spatzen, dann
würde ich —«

»Ja, ja«, sagte Markus beschwichtigend, »du warst gar
nicht so schlecht. Ich mußte mich deinetwegen weniger schä=
men, als ich erwartet hatte. Und du hast dieses Biest Burgess
fertiggemacht, obwohl es der größte Zufallstreffer war, den
ich je gesehen habe. Himmel, als ich den mit Marian am Piano
sah, ist mir ganz übel geworden.«

»Warum?« fragte ich.

»Frag nicht mich, sondern Mutter. Oder frag sie lieber
nicht; sie denkt dasselbe wie ich über den Plebs. Jedenfalls
haben wir jetzt wieder ein Jahr lang Ruhe vor dem Dorf.
Hast du den Gestank in diesem Saal bemerkt?«

»Nein.«

»Das hast du nicht bemerkt?«

»Jedenfalls nicht sehr«, sagte ich; ich wollte nicht unemp=
findlich wirken. »Ich glaube, es war etwas miefig.«

»Puuh! Dreimal mußte ich fast kotzen. Ich habe mir mit
beiden Händen die Nase zugehalten. Du mußt ja eine Nase
wie ein Rhinozeros haben, und wenn ich es mir überlege, du
hast sie — die gleiche Form, die gleichen Knollen und genau

so schuppig. Aber ich nehme an, du warst mit deinem Ge=
muhe zu sehr beschäftigt und damit, deine Augen zu ver=
drehen und den Beifall zu schlürfen. Zum Teufel, du hast
wirklich selbstzufrieden ausgesehen.«

Ich mußte mich zusammennehmen, um auf diese Bemer=
kung nichts zu erwidern.

»Und du sahst so bigott aus, Leo, wirklich schauderhaft
bigott. Genau wie die anderen, als du dieses Kirchendings
von den Engeln gesungen hast, die sich deiner annehmen.
Sie haben alle ausgesehen, als würden sie an ihre lieben
Toten denken. Und Burgess sah aus, als würde er gleich los=
heulen. Man kann natürlich schwer sagen, was Trimingham
denkt, wegen seines Gesichts, aber er hat dich Mama gegen=
über nicht schlecht herausgestrichen. Der frißt dir von jetzt
ab aus der Hand.«

Nachdem er mir diesen Bonbon zugeworfen hatte, schwieg
Markus. Wir näherten uns dem Haus — der Südwestfassade,
so glaube ich, denn auf dieser Seite lag das Dorf; aber ich
kann mich immer noch nicht daran erinnern, wie sie aussah,
obwohl ich mich daran erinnere, wie hell der Mond schien.
Vor uns konnte ich Stimmen hören, aber keine hinter uns.
Wir waren die letzten gewesen, die aus dem Saal gegangen
waren, vor allem deshalb, weil ich absichtlich trödelte, um
weitere Glückwünsche zu meinen Darbietungen entgegenzu=
nehmen. Und das war zweifellos mit der Grund, weshalb
Markus so wütend war oder doch vorgab, wütend zu sein.
Er spähte theatralisch in die Büsche und wartete, bis wir
außer Hörweite waren.

»Kannst du ein Geheimnis bewahren?« sagte er und hörte
mit dem Schuljargon auf.

»Das weißt du doch«, antwortete ich.

»Ja, aber es ist etwas sehr Wichtiges.«

Ich gab ihm die großen Ehrenworte für Verschwiegenheit. Daß ich tot umfallen wolle, wenn ich sein Vertrauen miß= brauchte, war noch eines der geringsten.

»Also schön, ich sag's dir, obwohl ich Mama versprechen mußte, daß ich es niemandem sage. Aber kannst du's denn nicht erraten?« Markus hatte offensichtlich Angst, daß seine Enthüllungen nicht den gewünschten Erfolg haben würden.

Ich konnte es nicht.

»Marian hat sich mit Trimingham verlobt. Nach dem Ball wird es öffentlich bekanntgegeben. Freust du dich?«

»Ja«, sagte ich, »ich freue mich. Ich freue mich wirklich.«

Vierzehntes Kapitel

Der Sonntagmorgen verschwimmt in meiner Erinnerung in einem weißen Nebel, lautlos, bewegungslos und ohne Konturen. Alle meine Wünsche hatten sich erfüllt, und es verblieb mir nichts mehr, wofür ich hätte leben können. Im allgemeinen hält man das für einen Zustand der Verzweiflung; bei mir war es reinstes Glück. Niemals, nicht einmal nach dem Sturz von Jenkins und Strode, hatte ich ein so unbeschreibliches Gefühl persönlichen Triumphes gekannt. Es war mir klar, daß ich ihn außergewöhnlich günstigen Umständen zu verdanken hatte. Der Ball hätte ebensogut einige Zentimeter höher fliegen können; oder es hätte keiner die Begleitung zu meinen Liedern spielen können. Aber das alles minderte meinen Erfolg nicht; auch das Glück, wie jedermann sonst, liebte mich. Ich stand so hoch in meiner eigenen Achtung, daß ich keinerlei Bedürfnis nach Selbstbestätigung verspürte. Ich war ich. Dank meiner hatten wir das Cricket-Match gewonnen; dank meiner war das Konzert ein so großer Erfolg geworden. Dies waren unwiderlegbare Tatsachen.

Ein geringerer Teilerfolg hätte mir zu Kopf steigen können, so wie Markus es glaubte; aber der meine war zu eindeutig, zu vollkommen. Er versetzte mich in Staunen und Verwunderung, ja in eine ehrfürchtige Stimmung. Endlich war ich frei von allen Unvollkommenheiten und Mängeln; ich gehörte einer anderen Welt an, der himmlischen Welt.

Ich war eins geworden mit meinem Traumleben. Niemand mehr brauchte mir das zu bestätigen; und als man mich beim Frühstück wiederum zu meinen Erfolgen beglückwünschte, hatte dies nicht mehr Wirkung als ein weiteres Stück Holz, das man unter einen bereits kochenden Kessel schiebt.

Aber nicht nur meinetwegen triumphierte ich. Markus' Enthüllung hatte meinem Glücksgefühl die Krone aufgesetzt. Was äußere Einflüsse anbetraf, so war Marians Gunst die Jakobsleiter gewesen, die zu meinem Aufstieg geführt hatte. Wäre das Gleichgewicht meiner Gefühle für sie auch nur durch einen unwirschen Blick gestört worden, wäre ich wie Ikarus gestürzt. Und jetzt war sie genau dort, wohin meine Wünsche sie haben wollten: vereint mit Lord Trimingham, meinem anderen Idol. Obgleich ich in gesellschaftlichen Din=gen keine Erfahrung besaß, bereitete mir diese so passende Verbindung noch eine besondere Genugtuung dadurch, daß ich sie für die einzig richtige hielt.

Diese bedeutenden Ereignisse also beschäftigten meine Phantasie. Aber sie wirkten auch auf mein tägliches Leben oder würden sich jedenfalls darauf auswirken. Ich nahm es als selbstverständlich an, daß meine Rolle als Briefträger von jetzt ab beendet wäre.

Darüber war ich aus verschiedenen Gründen recht froh. Ich wußte immer noch nicht, wie sich meine heimlichen Boten=gänge mit Markus' Rückkehr zum normalen Dasein verein=baren ließen. Sie hatten mich erregt und waren mir zur Ge=wohnheit geworden, und bis zu dem Cricket=Match hatte ich sie eigentlich nicht missen wollen. Sie waren ein Teil jener Strömung, auf der mich mein Ehrgeiz dahintrug; während ich sie ausführte, war ich am meisten ich selbst. Ich liebte das Geheimnis und die Verschwörung und die Gefahr. Und ich mochte Ted Burgess auf eine zwischen Bewunderung und Abneigung eigenartig schwankende Weise. War ich nicht in seiner Nähe, dann sah ich ihn objektiv als einen arbeitenden Bauern, von dem niemand im Schloß sehr viel hielt. War ich aber bei ihm, dann verzauberte mich die bloße Tatsache seiner physischen Gegenwart und schuf ein Übergewicht, gegen das ich nicht ankonnte. Er war, so fühlte ich, so wie ein Mann sein sollte, wie ich gerne werden würde, wenn ich einmal groß war. Gleichzeitig war ich eifersüchtig auf ihn, eifersüchtig auf die Macht, die er über Marian hatte und die mir unbegreiflich war, eifersüchtig auf was immer es auch war, das er besaß und ich nicht. Er stand zwischen mir und meinem Phantasiebild von Marian. In Gedanken wollte ich ihn demütigen, und manchmal tat ich es auch. Aber anderseits identifizierte ich mich so sehr mit ihm, daß ich mir sein Unbehagen nicht vorstellen konnte, ohne selbst Schmerzen zu empfinden, daß ich ihm nicht wehtun konnte, ohne mir selbst weh zu tun. Er gehörte einfach in meine Traumwelt, er war mein Gefährte in den Zauberwäldern, ein Rivale, ein Verbündeter, ein Feind, ein Freund — ich war mir nicht sicher, was er war. Und dennoch, an jenem Sonntagmorgen hatte er aufgehört, ein ungelöster Mißton zu sein und war ein Teil der allgemeinen Harmonie geworden.

Damals überlegte ich nicht, wie das kam. Es genügte mir, mich dem Frieden hinzugeben, den mir meine Gedanken boten. Aber jetzt überlege ich mir, wie das wohl kam, und ich glaube, ich weiß es. Das Kapitel »Ted« war für mich abgeschlossen. Zweimal hatte ich ihn in offenem Kampf besiegt. Was nützten die Schläge dieses dörflichen Herkules, wenn ich sie auffing und ihm den Sieg entriß? Man würde sich noch an meinen Fang erinnern, wenn seine glänzenden

Bravourstücke längst vergessen waren. Und auf gleiche Weise hatte ich ihn während des Konzertes überflügelt. Seine Liebeslieder hatten mich gerührt und ihm viel Beifall gebracht; aber es war ein Beifall, in den sich Gelächter mischte und der ein persönlicher und nicht ein künstlerischer Erfolg war. Man beklatschte seine Schüchternheit und seine Fehler genauso wie den unbeholfenen Charme seines Gesanges; man beklatschte ihn, so wie man ihn auf den Rücken geklopft hätte. Und was für eine Figur hatte er auf dem Podium abgegeben, mit seinem roten Gesicht, seinem Anzug, der steif wie ein Brett war, und mit all seiner Kraft, die plötzlich nur noch schwerfällig wirkte! Wohingegen ich, mit meinen Liedern vom Tod, mit meiner hohen, reinen Kirchenmusik nicht nur die Bewunderung der Zuhörer erregt hatte, sondern auch ihre Gefühle. Ich hatte sie aus der menschlichen Oberflächlichkeit der Duzbrüderschaft und des Neckens, des polternden Frohsinns und der primitiven Witze emporgehoben in die Gefilde der Engel. Ich hatte ihnen die wahre Musik geschenkt, Musik, die von menschlichen Unzulänglichkeiten gereinigt war, nicht eine Allerweltsunterhaltung. Und Marian hatte das besiegelt; sie war von ihrem Thron herabgestiegen und hatte meine Hand ergriffen und vor mir geknickst. Wenn man sich des Cricket-Konzerts von 1900 erinnerte, so war das wegen meiner Lieder — meiner Lieder vom Tod, nicht wegen seiner Lieder von der Liebe. Ich hatte ihn getötet, er war tot, und deshalb empfand ich ihn nicht länger als einen Mißklang in meinem Orchester.

Ich erinnere mich, wie an jenem verzauberten Morgen einer der Diener — nun nicht mehr ein Kampfgefährte, sondern wieder zu seinem vorhergehenden Status zusammengeschrumpft — auf mich zukam und sagte: »Master Leo, Sie haben uns gerettet. Hätten Sie den Ball nicht gefangen, dann wären wir erledigt gewesen. Natürlich hat sozusagen Seine Lordschaft den Ball gehalten, aber eigentlich waren Sie es. Und was für eine Freude haben wir an Ihren Liedern gehabt!«

Der Gedanke an den Bauernhof hatte für mich jeden Zauber verloren; er war so erledigt, wie ein Steckenpferd, über das man hinausgewachsen ist. Die scharfen Gerüche oder das Gefühl, daß irgendein gefährliches Tier sich losreißen und mich anfallen könnte, hatten mir nie besonders behagt. Und was die Strohmiete anbetraf, so hatte ich alles, was sie mir bieten konnte, bis zum Überdruß genossen und empfand nun, genau wie Markus, das Strohmietenrutschen als eine kindische Beschäftigung, die eines ausgewachsenen Internatschülers unwürdig war.

Ich schämte mich jetzt sogar ein wenig darüber. Ich freute mich darauf, mein altes Leben mit Markus wieder aufzunehmen, unsere Gespräche und Späße zu erneuern und unsere Geheimsprache weiterzuentwickeln. Ich dachte mir einige neue, besonders saftige Beleidigungen aus, die ich an ihm ausprobieren wollte.

Ich war mir so sicher, Marian würde keine weiteren Botschaften für mich haben, daß ich nicht im Traum daran dachte, sie zu fragen. Ich hätte es in der Tat für taktlos gehalten, sie zu fragen, für genauso taktlos, wie wenn man einen Schulkameraden fragte, ob er je etwas getan hätte, wovon man genau wußte, daß er es aufgesteckt hatte. Es wäre ein Mißgriff gewesen, die Briefe ihr gegenüber auch nur zu erwähnen. Die ganze Angelegenheit war abgetan. In meiner völligen Ahnungslosigkeit, was Liebesgeschichten betraf, und in meiner Unkenntnis hinsichtlich ihrer Spielregeln war ich überzeugt, daß ein Mädchen, das verlobt war, keine Briefe an einen anderen Mann schrieb und ihn darin »Liebling« nannte. Das konnte sie vielleicht bis zum Tag ihrer Verlobung tun, aber dann nicht mehr. Das war nun einmal so; das war genauso ein Gesetz, wie man beim Cricket das Spielfeld verließ, wenn man ausgeschieden war. Und der Gedanke, daß es vielleicht schmerzhaft sein könnte, sich darein zu schicken, streifte nur den Rand meines Bewußtseins. Ich hatte große Erfahrung hinsichtlich *force majeure* und rebellierte nur dann dagegen, wenn sie offenkundig ungerecht war. Schweigend ertragene Ungerechtigkeit war das Los der Schuljungen, wie das Beispiel von Jenkins und Strode zeigte. Aber für die Erwachsenen traf das nicht zu; wer sollte denn schon gegen sie ungerecht sein?

Nicht länger schien es mir, daß mein Leben ärmer würde, wenn meine heimlichen Gänge zwischen Schloß und Bauernhof aufhörten. Ich hatte Marian gegenüber nur solange Besitzergefühle, wie Ted im Spiel war, und Ted war jetzt ausgeschaltet. Lord Trimingham betrachtete ich nicht ernstlich als einen Rivalen. Er befand sich auf einer höheren Ebene, der Ebene meiner Traumwelt. Ich wünschte Marians Glück mit aller Aufrichtigkeit herbei, sowohl um ihret= wie um meinetwillen. Mein Glück würde von dem ihren gekrönt sein. Für mich war Glück die natürliche Folge davon, daß man etwas erreicht hatte, wie zum Beispiel den Sieg bei einem Cricket=Match. Man bekam, was man wollte, und war glücklich; es war ganz einfach. Wer könnte sich nicht wünschen, Lord Trimingham zu bekommen. — Und, wenn sie ihn bekam, so hatte Markus mir gesagt, würde Marian auch sein Haus bekommen. Wenn er sie heiratete, dann hatte er die Mittel, es zu bewohnen. Auch sie hinterließ eine Goldspur.

All dies waren unerhört befriedigende Themen für meine Grübeleien, und ich dachte fast mit Wonne über sie nach, wenn ich nicht gerade über mich selbst und meine eigenen Erfolge nachdachte. Ich hatte den dringenden Wunsch, meiner Mutter davon zu berichten, und in der Pause zwischen Frühstück und Kirchgang schrieb ich ihr einen langen Brief, worin ich ihr Marian und mich selbst als Bewohner eines vom Glorienschein umgebenen Doppelgestirns darstellte. Ich schrieb ihr auch, daß Marian mich gebeten hatte, noch eine Woche zu bleiben. Mrs. Maudsley hatte diese Einladung nach dem Frühstück in ihrem Ordonnanzzimmer bestätigt, wobei sie mir eine Menge Liebenswürdigkeiten gesagt hatte, darunter ein Kompliment, das ich besonders hoch schätzte: sie sei froh, daß Markus einen so netten Freund gefunden habe. Ich schrieb dies meiner Mutter und fügte hinzu: »Bitte, laß mich hierbleiben, wenn du nicht zu einsam ohne mich bist. Ich war nie glücklicher als jetzt, außer mit dir.«

Ich warf den Brief in den Briefkasten in der Halle und war erleichtert, als ich einige Briefe hinter der Glasscheibe sah. Ich hatte eine krankhafte Angst, sie wären vielleicht schon abgeholt worden, obwohl die Post erst nachmittags abging.

Während ich darauf wartete, daß sich die anderen Kirchgänger versammelten, überlegte ich, wie ich den Nachmittag verbringen sollte, und dabei wanderten meine Gedanken, wie zu einem sehr, sehr weit entfernten Gegenstand, zu Ted. Er hatte mir versprochen, daß er mir etwas erzählen würde. Was war es doch nur? Ach ja, er wollte mir alles über Poussieren erzählen, und ich war sehr darauf erpicht gewesen, es zu erfahren. Jetzt interessierte es mich nicht mehr sehr, fast überhaupt nicht. Aber irgendwann, nicht heute nachmittag, würde ich ihn vielleicht erzählen lassen. Es blieben mir noch weitere vierzehn Tage in Brandham, und es war nur höflich, wenn ich zu ihm ginge, um mich zu verabschieden.

Ehe ich zur Kirche aufbrach, kam mir noch eine weitere Erkenntnis. Obwohl Wolken am Himmel standen, stieg, wie ich wußte, die Temperatur an. Das Wetter war doch nicht umgeschlagen.

Wieder hatte ich Glück mit den Psalmen. Am vorigen Sonntag waren es vierundvierzig Verse gewesen, diesen Sonntag waren es dreiundvierzig, sieben weniger, als mir gefährlich waren. Die Vorsehung war wirklich auf meiner Seite. Außerdem wußte ich, daß wir keine Litanei haben würden, da wir sie am vorherigen Sonntag gehabt hatten. Auch dies war ein großer Gewinn. Ich war weniger denn je in der Stimmung, meine Sünden zu bereuen, oder von anderen Menschen zu erwarten, sie sollten die ihren bereuen. Mir schien das Universum makellos, und ich zürnte der Christenheit, daß sie Unvollkommenheiten in meinen Gesichtskreis brachte. Deshalb verschloß ich meine Ohren ihrer Botschaft und wählte die Annalen der Familie Trimingham, die die Wände des Querschiffs zierten, zum Gegenstand meiner Meditationen. Jetzt, da Marian ihren Reihen zugefügt werden würde, hatten sie ein besonderes Interesse für mich. Markus hatte mir gesagt, sie würde eine Gräfin; und zum erstenmal bemerkte ich, daß auch die Frauen auf den Wandtafeln vermerkt waren: bis dato hatte die Familie für mich ausschließlich aus Männern bestanden. Jedoch war dort nicht vermerkt, daß sie Gräfinnen waren: Caroline, seine Frau..., Mabelle, seine Frau... Was für eine gezierte Art, Mabel zu schreiben! Im nächsten Augenblick erschien mir dies aber schon reizvoll und aristokratisch, so stark wirkte der Trimingham=Zauber. »Marian, seine Frau« — aber ich verwarf diesen Gedanken sofort. Für mich waren sie beide unsterblich. Unsterblich — das Wort hatte eine wunderbare Bedeutung, die meinen Träumereien neuen Glanz verlieh. Weshalb sollte das Ge= schlecht der Trimingham jemals aussterben? In meiner sich steigernden Begeisterung dachte ich schon an den neunund= neunzigsten Grafen, dann an den hundertsten, und versuchte auszurechnen, in welchem Jahrhundert sie wohl leben wür= den. Der Gedanke an ihre ununterbrochene Ahnenreihe, die sich durch die Jahrhunderte hinzog, bewegte mich tief. »Und dennoch«, dachte ich, »ist sie unterbrochen worden. Es gibt keine Gedenktafel für den fünften Grafen.« Meiner Phanta= sie mißfiel diese Lücke, und ich versuchte, sie zu übersprin= gen. Indem ich mir einredete, daß die fehlende Tafel sich in einem anderen Teil der Kirche befinde, gelang es mir schließ= lich, mein Hochgefühl wiederzugewinnen. Die erhabene At= mosphäre des geweihten Raumes verstärkte das Gefühl der Zufriedenheit über den irdischen Ruhm. In einer *unio mystica* von Genealogie und Mathematik verflog die Zeit.

Wieder war Lord Trimingham der letzte, der die Kirche verließ. Ich dachte, Marian würde auf ihn warten, aber sie tat es nicht. Also wartete ich auf ihn. Die Schüchternheit ihm gegenüber war fast ganz verflogen, und ich neigte zu der An= nahme, daß alles, was ich tat oder sagte, schicklich war. Aber ich wollte das Thema, das meine Gedanken fast völlig be= herrschte, nicht sofort anschneiden.

»Hallo, Merkur«, sagte er.

»Kann ich eine Botschaft für Sie überbringen?« fragte ich, zu taktvoll (und darauf war ich stolz), den Namen der Emp= fängerin zu erwähnen.

»Nein, danke«, antwortete er, und ich bemerkte die Be=
friedigung in seiner Stimme. »Es ist sehr freundlich von dir
daß du es mir anbietest, aber ich glaube, daß ich nicht mehr
sehr viele Botschaften für dich haben werde.«

Es lag mir auf der Zunge zu fragen, weshalb nicht. Aber
ich dachte, ich wüßte es, und sagte statt dessen, weniger
taktvoll:

»Diesmal hat sie ihr Gebetbuch wohl nicht liegen lassen?«

»Nein, aber bist du jemals einem so zerstreuten Mädchen
begegnet?« sagte er, als sei Zerstreutheit etwas, worauf man
unerhört stolz sein und als ob ich eine Unmenge Mädchen
kennen müsse, die zerstreut waren.

Ich verneinte, und in der Hoffnung, ihn zum Sprechen zu
bringen und vielleicht gleichzeitig ein Kompliment für mich
selbst zu ergattern, fügte ich hinzu: »Spielt sie nicht fabel=
haft gut Klavier?«

»Ja, aber du kannst auch fabelhaft gut singen«, antwor=
tete er, indem er sofort darauf einging.

Über den Erfolg meiner List entzückt, machte ich noch
einige alberne Bemerkungen, nach denen es mir ganz leicht
fiel, ihn zu fragen:

»Warum gibt es keinen fünften Grafen?«

»Keinen fünften Grafen?« wiederholte er. »Was meinst
du? Es gibt haufenweise fünfte Grafen.«

»Oh, davon bin ich überzeugt«, antwortete ich leichthin;
denn ich wollte nicht den Eindruck erwecken, als wisse ich
im Adelskalender nicht Bescheid. »Aber ich meinte, in der
Kirche. Dort ist kein fünfter Graf Trimingham.«

»Ach so«, sagte er. »Ich wußte nicht, daß du ihn meinst.
Ich hatte vergessen, der wievielte er war. Doch, es gab einen.«
Er schwieg.

»Aber warum ist er nicht da?« beharrte ich.

»Nun, weißt du«, sagte Lord Trimingham, »das ist eine ziemlich traurige Geschichte. Er wurde getötet.«

»Oh«, rief ich, angenehm erschauernd; denn das war mehr, als ich gehofft hatte. »Vermutlich in einer Schlacht?« Ich dachte daran, wie viele der Grafen im Heer gedient hatten.

»Nein«, sagte er, »nicht in der Schlacht.«

»Bei einem Unfall?« wollte ich nachhelfen. »Vielleicht bei einer Bergbesteigung? Oder als er jemanden rettete?«

»Nein«, antwortete er, »eigentlich war es kein Unfall.«

Ich merkte, daß er nicht darüber sprechen wollte, und noch vor einer Woche hätte ich aufgehört, weiter in ihn zu drin= gen. Aber jetzt, auf der Höhe meines Erfolges, glaubte ich, weiterbohren zu können.

»Was war es dann?«

»Wenn du es unbedingt wissen willst«, sagte Lord Tri= mingham, »er wurde in einem Duell getötet.«

»Oh, wie pfundig!« rief ich, erstaunt, daß er nicht über einen Vorfahren sprechen wollte, der mir der interessanteste von allen Triminghams zu sein schien. »Was hat er getan? Mußte er seine Ehre verteidigen?«

»Nun, in gewisser Weise, ja«, gab Lord Trimingham zu.

»Hatte ihn jemand beleidigt? Wissen Sie, ihn einen Feig= ling oder Lügner genannt? — Ich weiß natürlich, daß er das nicht war«, fügte ich hastig hinzu, aus Angst, ich könnte an dieser Beleidigung teilhaben.

»Nein, das hat niemand getan«, sagte Lord Trimingham. »Er duellierte sich wegen jemand anderem.«

»Und wer war das?«

»Eine Dame. Seine Frau, wenn du's genau wissen willst.«

»Oh!« Meine Enttäuschung war fast so bitter wie damals, als ich begriff, was für Botschaften ich zwischen Ted und Marian hin und her trug. Aber Markus hatte mir gesagt, daß nur Leute, die nicht zur Gesellschaft gehörten, eine Frau als eine Dame bezeichneten. Das war eine seiner Redensarten. Jetzt konnte ich ihm erzählen, daß Lord Trimingham das tat, und das wollte etwas heißen. Indem ich versuchte, recht interessiert zu tun, sagte ich:

»Die Gräfin?«

»Ja.«

»Ich wußte nicht«, sagte ich mit tonloser und schleppender Stimme, »daß man sich wegen Damen duellierte.«

»Doch, man tat es.«

»Aber was hat sie getan?« Es war mir ziemlich gleichgültig, aber ich hielt es für höflich, ihn darnach zu fragen.

»Er glaubte, sie sei einem anderen Mann gegenüber zu freundlich gewesen«, sagte Lord Trimingham kurz angebunden.

Mir ging ein Licht auf.

»Er war eifersüchtig?«

»Ja. Das Ganze spielte sich in Frankreich ab. Er forderte den Mann zum Duell, und der Mann erschoß ihn.«

Diese Ungerechtigkeit erschütterte mich, und ich sagte es auch. »Es hätte umgekehrt sein sollen.«

»Ja, er hat Pech gehabt«, sagte Lord Trimingham. »So haben sie ihn denn in Frankreich beerdigt, nicht hier unter seinen Angehörigen.«

»Hat die Gräfin den anderen Mann geheiratet?«

»Nein, aber sie lebte im Ausland, und ihre Kinder kamen alle nach England, außer dem jüngsten, das mit ihr in Frankreich blieb.«

»War er ihr Liebling?« Mit dem Egoismus meines Ge=
schlechts nahm ich an, daß das Kind ein Junge war.

»Ja, ich vermute es.«

Ich war froh, daß er mir alles erklärt hatte. Und wie wenig
diese Erklärung meine sensationshungrige Phantasie auch
befriedigte, so beeindruckte mich die leidenschaftslose Art,
in der er sie mir gab, doch sehr. Etwas von der Tragik des
menschlichen Lebens drang in mein Bewußtsein; ich ver=
spürte die Gleichgültigkeit des Schicksals gegenüber unseren
Wünschen und sogar gegenüber dem Wunsch, das Unglück
möge doch wenigstens nicht so grausam und häßlich sein,
wie es tatsächlich ist. Der Gedanke an Unterwerfung und
Resignation sagte mir nicht zu. Ich fand, Gefühle sollten
dramatischer sein als die Tatsachen, die sie verursachten.

»Wenn sie nicht die Gräfin gewesen wäre, hätte es ihm
dann auch so viel ausgemacht?« fragte ich nach einiger Zeit.

Er lachte verwundert.

»Ich glaube nicht, daß die Tatsache, daß sie einen Titel
besaß, einen Unterschied machte. Er hatte ihr diesen Titel
gegeben, also konnte er deswegen keine snobistischen Ge=
fühle haben.«

»Oh, das meinte ich nicht«, rief ich aus und begriff, daß
meine Delikatesse, eine Gräfin nicht einfach eine Ehefrau zu
nennen, zu einem Mißverständnis geführt hatte. »Ich meinte,
ob es ihm so viel ausgemacht hätte, daß sie einen anderen —
Freund hatte, wenn er nicht mit ihr verheiratet, sondern nur
verlobt gewesen wäre?«

Lord Trimingham dachte nach. »Ja, ich glaube, genausoviel.«

Als ich über seine Antwort nachsann, beschlich mich zum
erstenmal der Gedanke, daß eine gewisse Parallele zwischen
der Situation des fünften Grafen und seiner eigenen bestand.

Ich verwarf diesen Gedanken sofort wieder, so sicher war ich, daß Marian ihre zu große Freundlichkeit gegenüber Ted aufgegeben hatte. Aber meine Phantasie war nun einmal angeregt, und da mich Zorn immer interessierte, sagte ich:

»War er auch auf sie zornig?«

»Das glaube ich nicht«, antwortete Lord Trimingham. »Eher bestürzt.«

»Sie hat aber doch nichts Böses getan?«

»Nun, sie hatte ein wenig unvernünftig gehandelt.«

»Aber war sie nicht genauso schuld daran wie der Mann?«

»Eine Dame hat niemals schuld. Das wirst du noch lernen«, sagte Lord Trimingham. Diese Bemerkung, die bestätigte, was ich bereits fühlte, beeindruckte mich enorm.

»War der Mann ein sehr verruchter Mann?« fragte ich. Ich konnte mir unter Verruchtheit nichts vorstellen, aber das Wort erregte mich.

»Ich glaube, er war ein gut aussehender Schwerenöter«, sagte Lord Trimingham. »Und es war nicht das erste Mal...«, er brach ab. »Er war ein Franzose«, fügte er hinzu.

»Ach, ein Franzose«, sagte ich, als erkläre das alles.

»Ja, und vor allen Dingen ein guter Schütze. Ich glaube nicht, daß er, an den Maßstäben seiner Zeit gemessen, ein besonders verruchter Mann war.«

»Aber heute wäre er es?« Ich war fest entschlossen, irgendwo eine Verruchtheit festzustellen.

»Ja, heute wäre das Mord; jedenfalls in England.«

»Aber es wäre kein Mord, wenn der fünfte Graf ihn erschossen hätte, nicht wahr?« fragte ich.

»Heutzutage schon«, sagte Lord Trimingham.

»Das kommt mir nicht sehr gerecht vor«, bemerkte ich. Ich versuchte, mir die Szene vorzustellen, so wie ich davon in Büchern gelesen hatte: Kaffee und Pistolen für zwei in der frühen Morgenstunde; die einsame Stelle; die Sekundanten, die die Entfernung messen; das Taschentuch, das zur Erde fällt; die Schüsse, der Sturz.

»Hat er — der fünfte Graf — sehr geblutet?« fragte ich.

»Das verzeichnet die Geschichte nicht. Ich glaube es kaum. Eine Schußwunde blutet nicht sehr stark, wenn die Kugel nicht gerade eine Arterie oder eine Vene trifft. Duelle sind in England abgeschafft worden, und das ist auch gut so.«

»Aber Männer schießen immer noch aufeinander, nicht wahr?« fragte ich voll Hoffnung.

»Auf mich haben sie jedenfalls geschossen«, antwortete er mit einem Gesichtsausdruck, den ich für ein Lächeln hielt.

»Ja, aber das war im Krieg. Schießt man sich noch wegen Damen?« Ich stellte mir einen ganzen Teppich aus ohnmäch= tigen Frauen vor, über den hinweg Schüsse peitschten.

»Manchmal.«

»Und das ist Mord?«

»In England, ja.«

Ich hatte das Gefühl, daß das völlig in Ordnung war. Und weil ich unbedingt seine Meinung zu einer Frage erfahren wollte, die mich schon lange beschäftigte, fragte ich noch:

»Nicht wahr, die Buren brechen die Kriegsregeln?« Mein Vater hatte mir seine pazifistischen Ideen vererbt; aber Lord Trimingham, der Kriegsheld, hatte sie erschüttert.

»Der Bur ist kein übler Kerl«, sagte Lord Trimingham. »Ich persönlich habe nichts gegen ihn. Ein Jammer, daß so viele von ihnen daran glauben müssen, aber so ist das eben. Hallo«, fügte er hinzu, als überrasche ihn eine plötzliche Ent= deckung, »wir haben Marian eingeholt. Sollen wir zu ihr gehen und mit ihr reden?«

Fünfzehntes Kapitel

Während des ganzen Mittagessens erinnerte ich mich im= mer wieder bruchstückweise an meine Unterhaltung mit Lord Trimingham. Zwei Dinge standen dabei im Vordergrund. Das eine war, daß, ganz gleich was auch geschah, die Dame niemals schuld hatte, und das andere, daß es sich als not= wendig erweisen konnte, jemanden zu töten, obwohl man eigentlich nichts gegen ihn hatte. Diese Gedankengänge wa= ren mir neu, und ihre Großzügigkeit beeindruckte mich sehr.

Als der langersehnte Augenblick herankam, und die Er= wachsenen aufhörten ihre Pfirsiche zu essen und anfingen sich umzusehen, statt voreinander anzugeben (Unterhaltun= gen zwischen Erwachsenen erschienen mir immer als eine andere Form von Angeben), fing ich Markus' Blick auf, und wir machten uns, wie üblich, aus dem Staube. Wir waren jedoch kaum außer Hörweite, da sagte Markus:

»Ich fürchte, ich kann dich heute nachmittag nicht be= gleiten.«

»Warum denn schon wieder nicht, du Kanalratte?« fragte ich, zutiefst enttäuscht.

»Also hör zu! Nannie Robson, unsere alte Kinderfrau, wohnt im Dorf und fühlt sich nicht sehr wohl, und Marian hat gesagt, ich solle so gut sein und den Nachmittag zu ihr gehen. Was sie davon haben soll, das weiß ich nicht — und, Mensch, wie ihr Haus stinkt! Der Mief genügt, um das Dach abzudecken. Aber ich glaube, ich muß hingehen. Marian sagte, sie käme selbst nach dem Tee. Mensch, Leo, du kannst von Glück sagen, daß du keine Schwester hast.«

Ich hatte meine Enttäuschung noch nicht ganz verwunden und sagte:

»Wirst du Nannie Robson etwas von der Verlobung sagen?«

»Lieber Gott, nein. Wenn ich das täte, wäre es bald im ganzen Dorf herum. Und erzähl du's ja niemandem. Wenn du's tust, werde ich dich in winzig kleine Stückchen zer= hacken.«

Ich gab ihm eine entsprechende Antwort.

»Also, was wirst du machen?« fragte Markus gelangweilt. »Womit wirst du dein albernes Ich beschäftigen? In welche Richtung wirst du dein übelriechendes Aas bewegen? Doch nicht zu dem doofen alten Strohhaufen?«

»O nein«, sagte ich. »Dem habe ich Lebewohl gesagt. Vielleicht gehe ich einmal zum Abfallhaufen und dann —«

»Paß auf, daß man dich nicht aus Versehen mit abfährt«, sagte Markus. Ich war wütend auf mich, daß ich ihm seine Antwort so leicht gemacht hatte, und ehe wir uns trennten, rauften wir ein wenig miteinander.

Nachdem ich mich über eine Woche nicht um ihn geküm= mert hatte, übte der Abfallhaufen plötzlich wieder seine Faszination auf mich aus. Es machte mir Spaß, um diesen übelriechenden Hügel herumzustreichen, seine Oberfläche zu untersuchen und in seinen Tiefen nach versehentlich fort= geworfenen Schätzen zu stochern, die es, wie mir jemand versichert hatte, vielen, wenn nicht den meisten Lumpen= sammlern ermöglichten, sich mit großen Vermögen zur Ruhe

zu setzen. Aber zuerst lenkte ich meine Schritte zur Wildbret=
kammer. Obgleich ich mich ein wenig einsam fühlte, war
meine morgendliche Hochstimmung noch nicht verflogen. Sie
versetzte all meine Gedanken in einen Schwebezustand wie
die Sonne die Fäden des Altweibersommers. Und wie ge=
wöhnlich suchte ich in Gedanken nach einem Gegenstand,
über den ich nachsinnen und der mich auf eine noch höhere
Ebene tragen konnte. Einige dieser Themen, das wußte ich,
würden an Bedeutung verlieren, weil ich nur in einer begrenz=
ten Anzahl von Variationen über sie nachdenken konnte.
Selbst mein Fang, selbst mein Gesang hatten, so ahnte ich,
mir schon alle Ekstasen verschafft, die sie herzugeben ver=
mochten. Mein Gedächtnis und meine Vorstellungskraft konn=
ten nichts mehr hinzufügen. Nur Marian bot mir immer
wieder neue Aspekte, und schon fand ich einen, der mir
brauchbar erschien: ihre Güte zu der alten Kinderfrau. Meine
Mutter pflegte mir aus einem Buch vorzulesen, das »Hilfs=
bereite Kinder« hieß und in welchem zwei hochgeborene
junge Damen — Anne Clifford und Lady Gertrude waren,
glaube ich, ihre Namen — Wohltätigkeit und Hilfsbereitschaft
an bedürftigen Dorfbewohnern übten. Diesen jungen Damen
fügte meine Phantasie eine dritte hinzu, Marian, und ich be=
gann, sie in die Geschichte einzubauen und sie — das muß ich
wohl kaum betonen — zur hervorragendsten dieses Trios zu
machen, sowohl was die Schönheit als auch die guten Taten
betraf.

27 Grad zeigte das Thermometer. Damit war der gestrige
Stand wieder um zwei Grad überboten. Aber ich hatte das
Gefühl, die Sonne könne noch mehr hergeben, uns noch
mehr rösten; und es stellte sich heraus, daß ich recht hatte.

Meine Gedanken wandten sich wieder zurück. Um Marian

den sozialen Vorrang vor Lady Gertrude zu verschaffen, hatte ich gemogelt: ich hatte ihre Heirat vorweggenommen. ›Und schließlich kam die Gräfin Trimingham, die neunte ihres Geschlechtes, auf einem grauen Zelter geritten, und auch sie stieg vor der Tür der ärmlichsten Hütte ab, eine Schüssel dampfender Suppe in den Händen‹ — sagte ich gerade vor mich hin. Aber als ich mir noch überlegte, wie sie die Suppe auf dem Pferd ruhig halten konnte — denn meine Phantasie, die so manchen Elefanten vertrug, versagte manchmal vor einer Mücke — hörte ich hinter mir eine Stimme, die mich zusammenfahren ließ:

»Hallo, Leo! Der Mann, auf den ich gewartet habe« — und da war sie, in jeder Weise der Vision, die ich gerade von ihr hatte, so ähnlich, daß ich fast erstaunt war, sie nichts in Händen halten zu sehen, aber sie hielt doch etwas — jetzt sah ich es — einen Brief.

»Willst du mir einen Gefallen tun?« sagte sie.

»O ja. Was soll ich tun?«

»Nur diesen Brief überbringen.«

Wie weit die Verbindung mit Ted für mich schon der Vergangenheit angehörte, geht daraus hervor, daß ich nun sagte:

»An wen?«

»An wen? Zum Hof natürlich, du Dummchen«, antwortete sie, halb lachend, halb ungeduldig.

Die Bühne meines Lebens schien einzustürzen. Ich war sprachlos. Viele Gedanken stürmten auf mich ein. Aber nur ein einziger hakte sich fest, und er überwältigte mich: Marian war mit Lord Trimingham verlobt, aber sie hatte ihre Beziehungen zu Ted nicht aufgegeben, sie hatte immer noch Heimlichkeiten mit einem anderen Mann. Ich hatte keine

Ahnung, was darunter zu verstehen war, aber ich wußte, wohin das führen konnte: zu Mord. Das furchtbare Wort erschütterte mich bis ins Mark. Ich wußte mir nicht mehr zu helfen, und fast unwillkürlich brach es aus mir hervor:

»Oh, das kann ich nicht.«

»Du kannst nicht?« sagte sie erstaunt. »Warum nicht?«

Man hat mir in meinem Leben viele schwierige Fragen gestellt, aber nur eine, deren Beantwortung mir mehr Qualen bereitet hat. Blitzartig sah ich die Treubrüche, deren ich mich schuldig machen würde, wenn ich ihr die Gründe sagte. Der eiserne Vorhang der Diskretion, den intakt zu halten mir mein tiefster Instinkt befahl, würde siebartig durchlöchert werden. Ich hätte überhaupt nicht antworten, ich hätte sie ohne Antwort verlassen müssen, hätte mich nicht eine noch heftigere Angst — die Angst, daß etwas Furchtbares passie= ren würde — zum Sprechen gezwungen.

»Es ist wegen Hugh.«

Marians Züge verfinsterten sich.

»Hugh?« sagte sie. »Was hat Hugh damit zu tun?«

Ich warf ihr einen verzweifelten Blick zu. Ich hatte ein wildes Verlangen, auf die andere Seite der Wildbretkammer zu rennen und diese zwischen sie und mich zu bringen. Aber ich mußte es durchstehen. Man rannte vor Fragen nicht buch= stäblich davon. Mich eines Wortes erinnernd, das Lord Tri= mingham benutzt hatte, stotterte ich:

»Er könnte bestürzt sein.«

Bei dieser Antwort flammten ihre Augen. Sie trat einen Schritt vor, beugte sich über mich, die Nase wie ein Geier= schnabel, den Körper vorgebeugt, als wolle sie losschlagen.

»Was hat er damit zu tun?« wiederholte sie. »Ich habe dir gesagt, das ist eine geschäftliche Angelegenheit zwischen mir und — und Mr. Burgess. Das hat mit sonst niemandem etwas zu tun, mit niemandem auf der Welt. Verstehst du das, oder bist du zu blöde?«

Ich starrte sie entsetzt an.

»Du kommst in unser Haus, bist unser Gast«, tobte sie. »Wir nehmen dich auf, wir wissen überhaupt nichts von dir, wir machen ein großes Getue mit dir — ich nehme an, du leugnest das nicht? Ich weiß jedenfalls, daß ich es tat. Und dann bitte ich dich um eine kleine Gefälligkeit, die mir jedes wildfremde Straßenkind, ohne ein Wort zu verlieren, erweisen würde — und du besitzt die bodenlose Unverschämtheit, sie abzuschlagen! Wir haben dich verwöhnt. Ich werde dich nie mehr bitten, etwas für mich zu tun. Nie mehr! Ich werde nie mehr mit dir sprechen!«

Ich machte einige hilflose Bewegungen mit meinen Händen, um ihr Einhalt zu gebieten, sie von mir fort zu halten, oder sie näher an mich heranzubringen. In ihrer Wut hätte sie mich fast geschlagen. Ich glaubte — und ich verspürte dabei eine gewisse Erleichterung —, daß sie mich tatsächlich schlagen würde.

Mit einemmal änderte sich ihre Miene; sie schien zu gefrieren.

»Du möchtest bezahlt werden, das ist es«, sagte sie eisig. »Ich weiß es.« Sie zog irgendwo eine Geldbörse hervor und öffnete sie. »Und wieviel verlangst du, du kleiner Shylock?«

Aber ich hatte genug. Ich entriß ihr den Brief, den sie immer noch in der Hand zerknitterte, und rannte, so schnell ich konnte, davon.

Eine ganze Weile konnte ich mich überhaupt nicht fassen, so betäubt war ich von ihrem Zorn. Dann begann ich über

den augenblicklichen Schmerz und Kummer hinaus zu be=
greifen, was ich mit Marians Freundschaft alles verloren
hatte. Es schien mir, als habe ich alles verloren, was mir
teuer war, und das traf mich noch tiefer als ihre grausamen
Worte.

Ich war kein übersensibles Kind. Ich war es gewöhnt, daß
man böse auf mich war, und es war mir eine Ehrensache,
mich nicht darum zu kümmern. Man hatte mir weit schlim=
mere Schimpfnamen gegeben als Marian, und es waren Men=
schen gewesen, von denen ich glaubte, daß sie mich gern
hätten und daß sie mir kein Haar krümmten. Ich selbst war
unstreitig ein Meister im Erfinden von Beleidigungen. Von
all den vielen Beschimpfungen, mit denen man mich bedacht
hatte, schmerzte mich die Bezeichnung »Shylock« am mei=
sten; denn ich wußte nicht, was sie bedeutete, und konnte sie
deshalb auch nicht zurückweisen. Ich wußte nicht, ob es per=
sönlich gemeint war, wie die Behauptung, man stinke, die
Schulbuben so gern einander anhingen oder noch heute an=
hängen, oder ob es eine moralische Verurteilung sein sollte.
Die Befürchtung, daß nun jedermann herumginge und sagte,
ich sei ein Shylock, und mich deswegen nicht mochte und
verachtete, machte meine Verzweiflung nur noch größer.

Aber wenn ich auch in den Bereichen der Erfahrung ziem=
lich hartgesotten war, im Reiche der Phantasie war ich es
nicht. Und dieses Reich bewohnte Marian — sie war in der
Tat seine höchste Zierde, war die Jungfrau des Tierkreises.
In meinen Gedanken war sie so wirklich wie in meiner Er=
fahrung, ja noch wirklicher. Ehe ich nach Brandham Hall
kam, war die Welt meiner Vorstellungen von Phantasie=
wesen bevölkert gewesen, die sich so benahmen, wie ich es
wünschte. In Brandham Hall war sie von richtigen Menschen

bewohnt, die sich in beiden Welten frei bewegten. In Fleisch und Blut gaben sie meiner Phantasie die entsprechende Nah= rung, und in meinen einsamen Grübeleien stattete ich sie mit gewissen magischen Fähigkeiten aus, idealisierte sie; aber sonst tat ich das nicht. Ich hatte das nicht nötig. Marian war für mich noch vieles andere als nur Jungfer Marian aus dem Zauberwald. Sie war eine Märchenprinzessin, die Ge= fallen an einem kleinen Jungen gefunden hatte, ihn kleidete, zärtlich mit ihm war, ihn von einer lächerlichen Figur zu einem anerkannten Mitglied ihrer Gesellschaftsklasse machte, ihn aus einem häßlichen Entlein zu einem Schwan werden ließ. Mit einer Berührung ihres Zauberstabes hatte sie ihn verwandelt; bei dem Cricket=Konzert vom jüngsten und un= bedeutendsten Anwesenden in einen Hexenmeister, der alle in seinen Bann schlug. Der verwandelte Leo der letzten vier= undzwanzig Stunden war ihr Geschöpf, und sie hatte ihn erschaffen, so glaubte ich, weil sie ihn liebte.

Und nun hatte sie, wieder wie eine Zauberin, alles von ihm fortgenommen, und ich befand mich, wo ich hergekom= men war — nein, viel tiefer. Sie hatte es nicht so sehr durch ihren Zorn und ihre bösen Worte zurückgenommen — auf meiner Erfahrungsebene waren mir diese bekannt; ich wußte, wie das wieder gut zu machen war — als vielmehr dadurch, daß sie mir ihre Gunst so gänzlich entzog. Als sich die Ent= fernung zwischen uns vergrößerte, begann meine Furcht zu schwinden, aber mein Herz wurde immer schwerer.

Denn jetzt begriff ich — gnadenlos grub sich die Erkennt= nis in mich ein —, daß alles, was sie für mich getan hatte, einem ganz anderen Zweck gegolten hatte. Sie hatte mich überhaupt nicht lieb gehabt. Sie hatte vorgegeben, mich lieb zu haben, damit sie mich dazu verleiten konnte, Botschaften zwischen ihr und Ted Burgess hin und her zu tragen. Es war alles ein abgekartetes Spiel. Als mir diese Erkenntnis däm= merte, hörte ich auf zu laufen und begann zu weinen. Ich war noch nicht lange genug im Internat, um die Kraft zum Wei= nen verloren zu haben. Ich weinte ziemlich heftig, und das beruhigte mich. Das Gefühl für meine Umgebung kam wie= der zurück; zum erstenmal bemerkte ich, wo ich mich befand: auf dem Feldweg, der zur Schleuse führte.

Oben auf der Schleuse blieb ich aus Gewohnheit stehen. Ich sah niemanden bei der Arbeit; ich hatte vergessen, daß es Sonntag war. Ich war gezwungen, bis zum Hof zu gehen. Plötzlich überkam mich eine fast unüberwindliche Abnei= gung. »Ich werde keinen Schritt weitergehen«, dachte ich. »Ich werde mich in mein Zimmer einschließen, und viel= leicht wird man mir etwas zu essen vor die Tür stellen, und ich brauche niemanden mehr zu sehen.« Ich sah hinunter aufs Wasser. Der Wasserspiegel war sehr tief gesunken. Die Oberfläche des Teiches war immer noch blau, aber viel mehr Steine als vorher zeigten sich geisterhaft, leichenhaft, auf dem Grund. Und auf der gegenüberliegenden, der seichten Seite, war die Veränderung noch auffallender. Früher hatte sie schon unordentlich ausgesehen; jetzt bot sie ein Bild irrer Verwilderung: eine wirre Masse von Wasserpflanzen, hochgeschossen und vertrocknet, und dazwischen Flecken gelben Kiesgrundes wie die kahlen Stellen auf einem Kopf. Die Büschel runder, dünner, graugrüner Binsen, deren qua= stenähnliche Spitzen mich an eine Armee von Lanzenträgern mit Wimpeln erinnert hatten, waren jetzt übermannshoch, und eine Armlänge über dem Wasserspiegel waren sie mit grauen Rückständen überzogen — mit Schlamm. Aber viele waren auch umgefallen; verlassen von ihrem gewohnten

Element, waren sie unter dem eigenen Gewicht zusammen=
gebrochen. Sie lagen kreuz und quer, geradezu liederlich. Die
Armee der Lanzenträger war vernichtet worden, ihre Waffen=
gefährten, die grasgrünen Schilfrohre, die in Schwertspitzen
ausliefen, waren der Vernichtung entgangen und hatten ihre
Farbe behalten; aber auch sie waren gebeugt und geknickt.

Als ich so dastand und schaute und mir ins Gedächtnis
zu rufen versuchte, wie der Fluß ausgesehen hatte, bevor
dies alles geschehen war, und in meiner Verzweiflung wie
ein unruhiges Pferd von einem Fuß auf den anderen trat,
hörte ich den Brief knistern; und mir wurde bewußt, daß
ich weitergehen mußte.

Den ganzen Weg durch die Felder trafen mich die Erinne=
rungen an Marians Doppelzüngigkeit wie Nadeln, jede ein=
zelne mit einem anderen Stich. Meine schwarzen Gedanken
flüsterten mir zu, daß jede Freundlichkeit, die sie mir er=
wiesen hatte, samt dem Geschenk des grünen Anzugs, von
der gleichen Absicht getragen war. Sie hatte mich von den
nachmittäglichen Familienausflügen unter dem Vorwand be=
freit, daß sie mich langweilen würden, während sie mich in
Wirklichkeit für Botengänge zur Verfügung haben wollte.
Sie hatte mich aus dem gleichen Grunde eingeladen, noch
eine Woche länger zu bleiben — nicht weil sie mich mochte
oder glaubte, Markus wolle es. Mit demselben Hintergedan=
ken hatte sie heute nachmittag Markus aus dem Weg ge=
räumt, nicht etwa, um seiner alten Kinderfrau eine Freund=
lichkeit zu erweisen. Mir schien, daß sich Stein um Stein wie
ein Mosaik zusammenfügte. Ich glaubte sogar, daß sie mich
bei dem Konzert niemals begleitet, noch meine Hand er=
griffen, noch vor mir geknickst haben würde, hätte sie es
nicht letztlich für Ted getan.

Meine Tränen strömten von neuem; und dennoch brachte ich es nicht fertig, sie zu hassen oder auch nur schlecht von ihr zu denken; denn meine Verzweiflung wäre dadurch nur noch größer geworden. »Eine Dame hat niemals schuld«, hatte Lord Trimingham gesagt. Und an diese tröstliche Ma= xime klammerte ich mich. Aber einer mußte schuld haben: Ted mußte schuld haben.

Die Last meines Auftrages drückte mich immer schwerer. Aber als ich den Weg erreichte, der hügelaufwärts zum Hof führte, fand ich durch Zufall eine Möglichkeit, mir den schweren Gang zu erleichtern. Mein Fuß stieß an einen Stein. Der Stein kam ins Rollen, und ich begann, ihn vor mir her= zukicken und im Zickzack über den zerfurchten Weg zu lau= fen. Ich machte eine Art Spiel daraus, den Stein zu treffen, ehe er liegen blieb oder in eine Furche fiel, und ihn, wenn er sich im Wiesenrand verlor, zu suchen, was nicht leicht war; denn das Gras war so braun wie er. Dabei wurde mir sehr heiß, der Stein tat mir an den Zehen weh und nahm den Glanz von meinen geliebten Schuhen. Aber es verschaffte mir eine Erleichterung, und halb und halb hoffte ich, ich würde mich so sehr verletzen, daß ich nicht weitergehen könnte. Und ein merkwürdiges Gefühl, fast eine Wahnvor= stellung, überkam mich, als sei ein Teil meines Ichs weit fort, hinter mir, vielleicht bei den Bäumen jenseits des Flusses. Und von dort aus konnte ich mich selbst sehen, eine gebückte Gestalt, nicht größer als ein Käfer, die auf dem schmalen Band der Straße hin und her schoß. Vielleicht war das der Teil meines Ichs, der den Brief nicht überbringen wollte. Diese Bewußtseinsspaltung hielt an und spaltete mich von mir selbst ab, bis ich das Hoftor erreichte.

Ich hatte meine Tränen immer weiter fließen lassen, weil

es gleichgültig war, ob ich weinte, solange mich niemand sehen konnte, und weil ich glaubte, ich könnte aufhören, sobald ich wollte. Aber nun stellte sich heraus, daß ich zwar den Tränen Einhalt gebieten konnte, nicht aber dem Schluch= zen; und dazu war ich noch außer Atem von meiner Renne= rei, was alles noch schlimmer machte. Ich blieb daher am Tor stehen und wartete und dachte, daß Ted vielleicht heraus= kommen und mich sehen würde; dann würde ich ihm den Brief geben und wortlos davonrennen.

Aber er erschien nicht, und ich mußte versuchen, ihn zu finden. Der Gedanke, daß ich zurückgehen könnte, ohne den Brief abzugeben, kam mir nicht in den Sinn. Mein Gemüts= zustand hatte keinen Einfluß auf diese Verpflichtung. Ich durchquerte also den Hof und klopfte an die Küchentür. Es kam keine Antwort, und ich trat ein.

Er saß auf einem Stuhl hinter dem Tisch, ein Gewehr zwi= schen den Knien, und war so vertieft, daß er mich nicht hörte. Die Mündung war genau unter seinem Mund, der Lauf war gegen seine nackte Brust gepreßt, und er sah hindurch. Da hörte er mich und sprang auf.

»Ei«, sagte er, »da ist ja der Briefträger.«

Er lehnte das Gewehr an den Tisch und ging auf mich zu in seiner braunen Kordhose, die er auch bei der größten Hitze trug. Als er das Zögern und die Zurückhaltung in meinem Gesicht sah, sagte er: »Ich sollte nicht in einem solchen Auf= zug sein, wenn Besuch kommt; aber mir war schrecklich heiß. Macht's dir was aus? Soll ich ein Hemd anziehen? Damen sind keine anwesend.«

Seine Art, mich höflich zu behandeln, nahm mich immer für ihn ein.

»N—nein.« Ein Schluckauf unterbrach das Wort.

Er sah mich prüfend an, auf ähnliche Weise, wie er seinen Flintenlauf betrachtet hatte.

»Was, du hast ja geweint!« sagte er. »In deinem Alter sollte man nicht weinen.« Ich wußte nicht zu sagen, ob er meinte, daß ich zu alt oder zu jung zum Weinen war. »Na, was ist denn los? Irgend jemand hat dich aus der Fassung gebracht — es würde mich nicht wundern, wenn es eine Frau wäre.«

Nun kamen mir abermals die Tränen, und er zog ein Taschentuch aus seiner Tasche, und ehe ich protestieren konnte, fing er an, mir über die Augen zu wischen. Zu meiner eigenen Überraschung nahm ich ihm das nicht übel; instinktiv wußte ich, daß er, im Gegensatz zu den Menschen meiner eigenen Klasse, nicht schlechter von mir denken würde, weil ich weinte.

Meine Tränen waren versiegt, und ich fühlte mich ruhiger. »Was können wir jetzt tun, um dich zu erheitern?« sagte er. »Möchtest du gern Smiler und ihr Fohlen sehen?«

»N — nein, vielen Dank.«

»Möchtest du gerne die Strohmiete herunterrutschen? Ich habe unten noch mehr Stroh hingetan.«

»Nein, danke.«

Er sah sich im Zimmer um. Offensichtlich dachte er dar= über nach, wie er mich aufheitern könne. »Würdest du gern mein Gewehr nehmen und draußen einmal damit schießen?« fragte er aufmunternd. »Ich wollte es eben reinigen, aber das kann ich auch später tun.«

Ich schüttelte den Kopf. Ich würde mich auf nichts, was er vorschlug, einlassen.

»Warum nicht?« sagte er. »Einmal mußt du damit an= fangen. Es schlägt zurück, aber das wird dir nicht halb so weh tun wie der Ball, den du aufgefangen hast. Ah, das war prima, ganz prima. Ich habe es dir noch nicht ganz ver= ziehen.«

Bei der Erwähnung meines Fangs gab etwas in mir nach, und ich fühlte mich wieder mehr ich selbst.

»Nun, möchtest du vielleicht mit hinauskommen und zu= sehen, wie ich auf etwas schieße?« schlug er vor, als läge mein Heil im Schießen. »Hier treiben sich ein paar alte Krä= hen herum, denen würde eine Ladung Schrot gut tun.«

Ich konnte nicht unentwegt nein sagen und folgte ihm in den Hof. Aus irgendeinem Grund hatte ich immer geglaubt, Schießen sei eine umständliche Angelegenheit, ein geduldiges Warten auf irgendeinen psychologisch günstigen Augenblick; aber kaum waren wir aus der Tür getreten, da hatte er auch schon das Gewehr an der Schulter.

Der Knall traf mich völlig unerwartet. Er erschreckte mich fürchterlich, und das war vielleicht das beste, was mir pas= sieren konnte. Halb betäubt sah ich, wie der Vogel wenige Meter von uns entfernt langsam zur Erde trudelte. »Nun, der ist erledigt«, sagte Ted und nahm ihn bei den Krallen — er so lebendig und der Vogel so tot — und warf ihn in ein Beet voll Nesseln. Über uns ertönte aufgeregtes, aufgebrach= tes Gekrächze. Ich sah nach oben. Die Krähen kreisten am Himmel und wurden mit jedem Augenblick kleiner. »Die kommen nicht so schnell wieder«, bemerkte Ted. »Schlau sind die. Ich hab' Glück gehabt, daß ich die erwischt habe.«

»Schießen Sie auch einmal vorbei?« fragte ich.

»Lieber Gott, ja. Aber ich bin ein ziemlich guter Schütze, wenn auch Eigenlob stinkt. So, möchtest du jetzt gern zu= sehen, wie ich das Gewehr reinige?«

Nach einem lauten Knall ist keiner mehr ganz derselbe,

der er vorher war; ich ging als ein anderer Mensch in die Küche zurück. Mein Kummer war in Trotz und Selbstbemit= leidung umgeschlagen, ein Zeichen dafür, daß ich mich auf dem Weg der Besserung befand. Das blutige Geschehen hatte irgendwie ein Übereinkommen zwischen uns besiegelt, als hätte uns ein alter Opferbrauch zusammengeführt.

»So, jetzt nehmen wir diesen Flintenreiniger«, sagte er, »und falten dieses Tuch« — er nahm einen ausgefransten, weißen öligen Fetzen — »und dann ziehen wir das Ganze durch die Ösen dieses Stockes, genau so, als wollten wir einen Faden in eine Nadel einfädeln.« Er kniff die Augen zu= sammen, denn die Küche war nicht gut erleuchtet, und machte sich ans Werk. Die geringste Bewegung ließ die Muskeln sei= ner Unterarme anschwellen; sie sprangen aus einem Knoten oberhalb des Ellbogens wie Kolben aus einem Zylinder. »Und dann schiebt man es durch den Lauf, so wie ich es dir jetzt zeige, und dann wirst du einmal sehen, wie schmutzig es wieder herauskommt.« Er schob den Stock mehrmals auf und ab. »Da, hab ich nicht gesagt, daß es schmutzig würde?« rief er und zeigte mir triumphierend den Fetzen, der dreckig ge= nug war, um die höchsten Erwartungen zu befriedigen. »Aber der Lauf wird jetzt ganz sauber sein, da schau — und jetzt schau durch den anderen, den ich noch nicht gereinigt habe; dann siehst du den Unterschied.« Er sprach so eindringlich, als hätte ich das Gegenteil behauptet. Er richtete die Flinte aufs Fenster und ließ mich hindurchsehen. Er hielt sie mit einer Hand waagerecht ausgestreckt; ich konnte sie kaum mit beiden halten, auch wenn ich dabei mit der einen den Lauf stützte. Aber die Berührung, das Gefühl des Kolbens, der gegen meine Schulter preßte, und des kalten Stahls in meiner Hand verschaffte mir einen seltsamen Schauer.

»Halte deinen Kopf mehr seitlich, wenn du kannst«, sagte er, »und visiere das Korn; dann bekommst du den Eindruck, als würdest du wirklich zielen.«

Ich tat es, und mein Machtgefühl verstärkte sich. Ich bestimmte mehrere Gegenstände, die ich durch das Küchenfenster sehen konnte, zur Zielscheibe meiner Zerstörungslust, dann beschrieb ich langsam mit dem Lauf einen Halbkreis und suchte Dinge, die ich im Zimmer in Stücke schießen könnte, bis die Mündung schließlich direkt auf Ted gerichtet war.

»He, das darfst du nicht tun«, sagte er. »Das verstößt gegen die Regeln. Du darfst niemals auf einen Menschen zielen, selbst wenn das Gewehr nicht geladen ist.«

Ich fühlte mich schon fast als Mörder und gab ihm hastig das Gewehr zurück.

»Jetzt will ich nur noch den anderen Lauf reinigen«, sagte er, »und dann mache ich dir eine gute Tasse Tee.«

Sollte ich dieses Angebot annehmen? In Brandham Hall würde mich ein Teetisch erwarten... Ich sah seinen Cricketschläger in der Ecke stehen, und sagte, um Zeit zu gewinnen:

»Sie sollten auch Ihren Schläger ölen.«

Es tat sehr gut, eine Belehrung zu erteilen, nachdem man selbst so viele empfangen hatte.

»Danke, daß du mich daran erinnerst. Am Samstag werde ich ihn wieder brauchen.«

»Darf ich ihn für Sie einölen?« fragte ich.

»Natürlich darfst du das. Es ist ein alter Schläger, aber er ist recht gut. Gestern hatte ich meinen Rekord. Ich glaube nicht, daß ich jemals wieder eine Fünfzig mache.«

»Warum nicht?«

»Nicht, solange du im Spiel bist.«

Darüber mußte ich lachen.

»Lord Trimingham hat mir den Ball zur Erinnerung ge=
schenkt«, sagte ich und überlegte, ob er bei diesem Namen
erbleichen würde. Aber er sagte nur:

»Ich werde den Kessel in der Spülküche aufsetzen. Hier
drinnen ist es zu heiß, um ein Feuer anzuzünden. Ich hol'
jetzt das Leinöl.«

Ich behandelte den Schläger so ehrfürchtig, als wäre er der
Bogen des Odysseus, und überlegte, welche Narbe auf seiner
arg zerkratzten Oberfläche von dem Schlag herrührte, den
ich abgefangen hatte. Das Öl war in einem seltsamen Be=
hälter. »Price's Maschinenöl für Fahrräder« stand auf der
Dose, auf der eine Dame und ein Herr abgebildet waren, die
fröhlich über eine Landstraße radelten und mich und die
Zukunft mit erstauntem, aber zufriedenem und vertrauens=
vollem Ausdruck betrachteten.

Ich goß ein wenig Öl auf den Schläger und fing an, es
unter leisem Druck mit meinen Fingern in das Holz zu rei=
ben. Das Holz schien es so durstig und dankbar aufzusaugen,
als litte es auch unter der Trockenheit. Dieses rhythmische
Reiben beruhigte und erregte mich zugleich. Es schien eine
rituelle Bedeutung zu haben, als verriebe ich meine eigenen
Beulen, als würde die neue Kraft, die ich dem Schläger zu=
führte, auch auf den Eigentümer übergehen. Meine Gedan=
ken waren jetzt wieder zur Ruhe gekommen. Ich dachte, daß
ich der Gegenwart angehörte, nicht einer zerstörten Ver=
gangenheit oder einer drohenden Zukunft. Jedenfalls fühlte
ich mich so.

Plötzlich kam er herein und sagte:

»Briefträger, hast du einen Brief für mich?«

Ich gab ihm den Brief. Ich hatte ihn vergessen.

»Der schaut ja aus, als hättest du darauf geschlafen«, sagte er und nahm ihn mit hinüber in die Spülküche. Er kam mit einem Tischtuch und Teegeschirr zurück.

»Ich bin heute allein«, sagte er. »Meine Tagesfrau kommt sonntags nicht.«

»Ach, Sie haben eine Frau, die jeden Tag kommt?« fragte ich höflich, obgleich nicht ohne Hintergedanken an die vielen Dienstboten in Brandham Hall.

Er warf mir einen kurzen Blick zu und sagte: »Nein, ich sagte ja, daß sie sonntags nicht kommt und am Samstag nur vormittags.«

Ich weiß nicht, weshalb ich an Marian denken mußte, aber ich tat es. Plötzlich hatte ich das Gefühl, daß ich nicht zum Tee bleiben könne, daß ich jetzt zurückmüsse, um meinem Schicksal ins Auge zu sehen, und ich glaubte, daß ich ihm nunmehr gewachsen sei.

»Haben Sie eine Nachricht für sie?« fragte ich.

»Ja«, antwortete er. »Aber willst du sie denn auch über= bringen?«

Auf diese Frage war ich völlig unvorbereitet, und ich fühlte, wie mir wieder die Tränen in die Augen stiegen.

»Nicht sehr gern«, sagte ich. »Aber wenn ich es nicht tue, wird sie sehr böse werden.«

Nun war's heraus. Ich hatte es nicht sagen wollen, aber das Erstaunen darüber, daß er mich nach meiner Meinung fragte, hatte mich schwach gemacht.

»Also sie war es«, sagte er und zündete sich eine Zigarette an, die erste, die ich ihn je hatte rauchen sehen. Ich weiß nicht, was er sagen wollte. Was er aber sagte, war: »Es ist nicht recht, von dir zu verlangen, daß du es umsonst machst. Was kann ich tun, um mich dir erkenntlich zu zeigen?«

»Nichts«, hätte ich antworten müssen, und »nichts« hätte ich ihm noch vor einer halben Stunde geantwortet. Aber seit= her hatten viele Eindrücke meine Entschlußkraft überlagert, die durch zu viel Aufregung bereits ermattet und überfor= dert war. Ted hatte mich mit seiner Flinte, seinem Cricket= schläger, seinem Selbstbewußtsein und dem Glanz seiner männlichen Gaben und Fähigkeiten wieder einmal über= wältigt. Die Tatsache, daß er nicht böse auf mich zu sein schien, nahm mir den Wind aus den Segeln. Wie viele un= gebildete Menschen war er eher als ein Gebildeter dazu be= reit, mit einem Kind wie mit seinesgleichen zu reden. Das Alter trennte uns nur den Jahren nach, aber nicht als Ge= sprächspartner.

Mit dem Wunsch, ihm zu gefallen, kehrte auch wieder etwas von der alten Freude an meiner Mission zurück. Die Gegengründe schienen in weiter Ferne und machten mir keine großen Kopfschmerzen mehr. Statt »nichts« zu sagen, zögerte ich meine Antwort hinaus. Ich lehnte seinen Be= stechungsversuch nicht ab, wie ich Marians Geld zurückge= wiesen hatte. Außerdem kam mir plötzlich eine Erinnerung.

»Als ich das letzte Mal hier war«, sagte ich vorwurfsvoll, »haben Sie gesagt, Sie würden mir etwas erzählen.«

»Hab' ich das?«

»Ja, Sie sagten, Sie würden mir alles über das Poussieren erzählen. Ich bin zum Teil deshalb gekommen.« Das war nicht wahr; ich war gekommen, weil Marian mich dazu ge= zwungen hatte. Aber es war ein gutes Argument.

»Das stimmt, das stimmt«, sagte er. »Ich hole mal eben die Teetassen«, fügte er hinzu und kam kurz darauf damit zurück. Noch jetzt sehe ich diese Teetassen vor mir. Sie waren tief und rahmfarben, mit einem glatten Goldrand außen und hatten am Grund, durch vieles Umrühren fast schon abgekratzt, eine goldene Blume. Ich fand, daß sie ziemlich gewöhnlich aussahen.

Es war ein seltsamer Anblick, einen Mann den Tisch decken zu sehen, obwohl dies im Schloß natürlich der Diener tat.

Ted räusperte sich und sagte: »Dein Gesang bei dem Kon= zert war mir ein Genuß.«

»Der Ihre für mich auch«, sagte ich.

»Oh, meiner war nichts wert. Ich habe nie Unterricht ge= habt. Ich mache einfach den Mund auf, und dann ist er da. Eigentlich habe ich eine recht blöde Figur gemacht. Aber du hast genauso gesungen wie — nun, wie eine Lerche.«

»Nun ja«, sagte ich leichthin, »ich habe diese Lieder in der Schule geübt. Wir haben einen recht guten Lehrer. Er ist Mitglied der Königlichen Musikakademie in London.«

»Ich habe nie Stunden gehabt«, sagte Ted. »Aber als ich ein Stöpsel war, kaum größer als du« (daß er mich als Musterbeispiel für kleinen Wuchs anführte, schockierte mich), »nahm mich meine Mutter einmal an Weihnachten mit in die Kathedrale von Norwich, damit ich das Weihnachtssingen hören konnte, und da war ein Bursche, der hatte eine Stimme genau wie du. Ich habe sie nie vergessen.«

So geehrt ich mich durch diesen Vergleich fühlte, merkte ich doch, daß er absichtlich das Thema gewechselt hatte. Das war ein Trick, den alle Erwachsenen gebrauchten.

»Vielen Dank«, sagte ich. »Aber Sie sagten, Sie würden mir über das Poussieren erzählen.«

»Das stimmt, das stimmt«, wiederholte er und schob die Teller mit ungeschickten Fingern auf dem Tischtuch hin und her. »Aber ich bin mir jetzt nicht mehr so sicher, ob ich es tun soll.«

»Weshalb nicht?« fragte ich.

»Ich könnte es dir dadurch verderben.«

Ich mußte nachdenken, und plötzlich wandelte sich meine Müdigkeit in Wut.

»Aber Sie haben es versprochen!« rief ich.

»Das weiß ich«, sagte er. »Aber eigentlich ist das die Aufgabe deines Vaters. Er ist derjenige, der es dir sagen soll.«

»Mein Vater ist tot«, sagte ich. »Und« — meine ganze Verachtung für diese törichte Beschäftigung kam zum Ausbruch — »ich bin fest davon überzeugt, daß er nie poussiert hat!«

»Wenn er es nicht getan hätte, dann würde es dich nicht geben«, sagte Ted finster. »Und ich glaube, daß du mehr darüber weißt, als du zugibst.«

»Nichts weiß ich, nichts«, schrie ich leidenschaftlich. »Und Sie haben mir versprochen, es mir zu sagen.«

Er sah unentschlossen auf mich herab und sagte: »Nun, es bedeutet, daß man den Arm um ein Mädchen legt und sie küßt. Das ist damit gemeint.«

»Das weiß ich«, rief ich und rutschte auf meinem Stuhl hin und her, so außer mir war ich über seine Perfidie. »Das kann man ja auf allen Postkarten sehen. Aber es bedeutet noch etwas anderes. Man muß dadurch etwas *fühlen.*«

»Nun«, sagte er zögernd, »man fühlt sich dadurch in alle Himmel gehoben, wenn du weißt, was das bedeutet.«

Ich wußte es. So hatte ich mich gestern abend und heute morgen gefühlt. Aber ich glaubte nicht, daß es dasselbe war wie das Vergnügen, das man beim Poussieren empfand, und das sagte ich ihm auch.

»Was tust du am liebsten?« fragte er mich plötzlich.

Ich überlegte. Die Frage war berechtigt, und ich ärgerte mich, daß ich sie nicht beantworten konnte.

»Nun, Dinge, die nur im Traum geschehen. Zum Beispiel Fliegen oder Schweben oder —«

»Oder was?« sagte er.

»Oder Aufwachen und wissen, daß jemand, von dem man geträumt hatte, er sei gestorben, in Wirklichkeit noch lebt.« Dies hatte ich mehrmals von meiner Mutter geträumt.

»Ich habe nie so einen Traum gehabt«, sagte er. »Aber das genügt. Das gibt dir eine Vorstellung davon. Stell dir das vor und noch ein bißchen mehr, und dann weißt du, wie das Poussieren ist.«

»Aber —« begann ich. Doch mein Protest wurde durch einen Lärm in der Spülküche übertönt. Es klapperte, blubberte und zischte.

»Der Kessel kocht über«, rief Ted und sprang auf. Er kam mit der Teekanne in der einen Hand und einem Teller mit Pflaumenkuchen in der anderen wieder zurück. Mir lief das Wasser im Mund zusammen. Ich würde doch bleiben, aber nur unter einer Bedingung…

»Sie haben mir nicht richtig erklärt«, sagte ich, »was Poussieren ist.«

Er stellte die Teekanne und den Teller vor sich hin und sagte geduldig: »Doch, ich hab' es dir erklärt. Es ist so wie Fliegen oder Schweben oder Aufwachen und feststellen, daß jemand, von dem man glaubte, er sei tot, in Wirklichkeit noch da ist. Es ist das, was man am liebsten tut und dann noch ein bißchen mehr.«

Ich war zu verzweifelt, um zu merken, wie verzweifelt er selbst war.

»Ja, aber *was* denn mehr?« rief ich. »Ich weiß, daß Sie es wissen, und ich werde keine weiteren Botschaften mehr übernehmen, bis Sie es mir gesagt haben.«

Mein Unterbewußtsein sagte mir, daß ich ihn in die Enge getrieben hatte. Gleichzeitig aber merkte ich auch, daß ich zu weit gegangen war. Riesenhaft stand er da, so hart und kerzengerade und gefährlich wie seine Flinte. Ich sah den Zorn in seinen Augen funkeln wie damals, als er mich beim Rutschen auf seiner Strohmiete ertappt hatte. Mit der geball= ten Kraft seines nackten Oberkörpers drohend, kam er auf mich zu.

»Mach sofort, daß du rauskommst«, sagte er, »oder du wirst es bereuen.«

Sechzehntes Kapitel

Brandham Hall bei Norwich
Norfolk England
Erde
Universum etc.

»Liebe Mutter (so schrieb ich),

es tut mir leid, Dir sagen zu müssen, daß ich nicht gern hier bin. Als ich Dir heute morgen schrieb, war ich gern hier, aber jetzt nicht mehr, wegen der Botengänge und der Auf= träge. Sie sind sehr freundlich zu mir, wie ich Dir heute mor= gen schrieb, und es gefällt mir hier, aber bitte, liebe Mutter, schicke ein Telegramm, daß du möchtest, daß ich sofort zu= rückkomme. Du könntest sagen, daß Du möchtest, daß ich an meinem Geburtstag zu Hause bin, weil Du mich zu sehr vermissen würdest, und ich würde ihn auch viel lieber mit Dir feiern. Mein Geburtstag ist am Freitag, den 27. Juli, also ist es noch Zeit genug. Oder, wenn das zu teuer ist, dann könntest du sagen, ›bitte, schickt Leo zurück — Brief folgt‹. Ich möchte hier nicht länger bleiben als nötig ist. Das ist nicht, weil es mir nicht gefällt, sondern wegen der Bot= schaften.«

Hier unterbrach ich. Ich wußte, daß ich die Sache mit den Botschaften genauer erklären sollte. Aber wie könnte ich das tun, da mir doch die Lippen verschlossen waren? Und wußte ich selbst genau Bescheid? Ich wußte nur, daß sie dazu dien=

ten, Zusammenkünfte zwischen Ted und Marian zu verein=
baren. Ich wußte, daß sie sehr geheim waren und heftige
Gefühle erweckten — Gefühle, von denen ich bis heute nach=
mittag nicht gewußt hatte, daß erwachsene Menschen ihrer
fähig waren, Gefühle, die zu — nun, zu Mord führen konn=
ten. Das war für mich nur ein Wort, aber es war ein be=
ängstigendes Wort, und obgleich mir der Zusammenhang
nicht klar war, gaben mir Teds Heftigkeit, seine Drohungen
und sein Gewehr, das für mich zum Sinnbild seiner Person
geworden war, eine Ahnung, wie diese Sache sich im wirk=
lichen Leben abspielen könnte. Und das Opfer würde Lord
Trimingham sein. Darüber bestand bei mir kein Zweifel; das
Schicksal des fünften Grafen zeigte es nur allzu deutlich.

Nichts von alledem konnte ich meiner Mutter sagen. Aber
ich konnte andere Argumente anführen, Argumente, die sie
anerkennen würde und die meine Abneigung gegen die
Botengänge verständlicher machten.

»Hin und zurück sind es fast vier Meilen, und ich muß auf
einem schmalen Brett über den Fluß und auf einem holp=
rigen Feldweg gehen, was in der Grosen Hitze sehr anstren=
gend ist.« (Die »Grose Hitze« war eine stehende Redensart
meiner Mutter und, wie ich bereits sagte, fürchtete sie sich
tatsächlich davor.) »Und links und rechts sind wilde Tiere,
oder fast wilde, die sehr gefährlich sind. Das muß ich fast
jeden Tag tun, sonst würden sie böse werden, weil ihnen so
viel an den Botschaften liegt.«

So viel über die rein äußerlichen Gründe gegen die Boten=
gänge. Jetzt wollte ich mich mit der moralischen Seite be=
fassen; dies würde — davon war ich überzeugt — bei meiner
Mutter bestimmt verfangen. Sie hatte zwei Redensarten:
»Ziemlich unrecht« und »Sehr unrecht«; erstere wandte sie

oft an, letztere nur sparsam, und zwar auf alle Handlungen, die sie nicht billigte. Den Begriff »Unrecht« lehnte ich für meine Person ab, aber ich erkannte, daß dies der Moment war, um ihn heraufzubeschwören.

»Das würde mir nicht so viel ausmachen«, fuhr ich fort, »aber ich fürchte, daß das, wozu sie mich zwingen, ziemlich unrecht ist und vielleicht sehr unrecht« (ich hielt es für an= gebracht, beide Begriffe heranzuziehen) »und außerdem wür= dest Du es bestimmt nicht gern sehen, wenn ich so etwas täte. Deshalb schicke, bitte, das Telegramm, sobald Du den Brief bekommst.

Ich hoffe, es geht Dir gut, liebe Mutter, wie mir auch, und ich wäre sehr glücklich, wenn nicht diese Botschaften wären.

Dein Dich liebender Sohn   Leo.

PS. Ich freue mich sehr auf zu Hause.

PPS. Leider habe ich heute die Briefkastenleerung versäumt, aber wenn dieser Brief am Dienstag, den 24. Juli, mit der ersten Post ankommt, dann wird Dein Telegramm hier am Dienstag morgen ungefähr um 11.15 Uhr ankommen, und wenn er mit der zweiten Post ankommt, dann wird das Tele= gramm spätestens am Dienstag um 5.30 Uhr nachmittags da sein.

PPPS. Vielleicht könntest du auch an Mrs. Maudsley ein Telegramm schicken.

PPPPS. Die Hitze ist Gros und wird immer Gröser.«

Ich hatte ein natürliches Talent für Orthographie, und wenn ich nicht so müde und erregt gewesen wäre, hätte ich nicht so viele Fehler gemacht.

Obwohl ich mich viel besser fühlte, nachdem ich den Brief

geschrieben hatte, so hatte dieser Nachmittag mir doch see= lisch einen schweren Schlag versetzt und mich geistig wieder in die Schranken meines Alters zurückgewiesen. Sonst hätte ich ihn wohl gar nicht schreiben können. Ich weiß nicht ge= nau, welche Wunde am tiefsten ging. Zugegeben, meine Ge= fühle waren verletzt worden. Aber sie waren zweimal ver= letzt worden, und der zweite Schlag hatte gewissermaßen den ersten abgeschwächt. Teds Ausbruch hatte mich den von Marian fast vergessen lassen; er hatte den Einsturz meiner bisherigen Gefühlswelt vollendet. Zum zweitenmal an die= sem Nachmittag hatte ich Reißaus genommen; so rasch mich meine Füße tragen konnten, war ich aus dem Hause gelau= fen. Beim Zurückblicken sah ich Ted am Hoftor stehen. Er rief mir zu und machte mir Zeichen. Aber ich glaubte, er wolle mich verfolgen, und rannte nur noch schneller, wie ein Straßenjunge, der vor einem Polizisten flieht, und ich hielt nicht eher an, als bis mein Atem versagte. Ich weinte jedoch nicht; denn er war ein Mann, und sein Zorn berührte andere Saiten in mir als Marians Zorn. In dem Augenblick, da ich die Schleuse erreicht hatte, die Grenze zwischen seinem und unserem Land, verlor ich die Angst; denn nun war ich aus der Reichweite seines Arms, ja sogar seines Gewehrs, vor dem ich mich immer noch fürchtete.

Es mag sein, daß es gefährlicher ist, aus vielen Wunden zu bluten, als aus einer einzigen; aber der Schmerz, der weniger auf eine Stelle beschränkt ist, läßt sich leichter er= tragen.

Meine Eigenliebe spielte für meine seelische Verfassung vielleicht eine noch wesentlichere Rolle als meine Empfin= dungen. Sie hatte auf verschiedene Weise gelitten, war aber auch durch Teds Anspielungen auf meine Leistungen im

Cricket und im Gesang aufgemöbelt worden, und sie gehörte sozusagen in eine Schicht meines Bewußtseins, bis zu der meine Empfindungen nicht vordringen konnten. Ich hatte beim Cricket geglänzt und hatte beim Singen geglänzt. Das waren Triumphe, denen auch noch so harte Worte nicht ihren Wert nahmen. Gleichzeitig war ich aber von öffent= licher Anerkennung ziemlich abhängig, und gerade sie, das malte ich mir aus, würde mir bei meiner Rückkehr nach Brandham Hall fehlen.

Ich hatte die fixe Idee (und es war von allem, was ge= schehen konnte, das Allerunwahrscheinlichste), daß Marian jedermann erzählt haben würde, was sie zu mir gesagt hatte: ich sei ein dummer, kleiner Junge, ein aufgeblasener Lümmel etc., und — das Schlimmste von allem — ein Shylock. Ich bildete mir ein, daß man mich, wenn ich ziemlich verspätet zum Tee in den Salon käme, als einen Ausgestoßenen be= handeln würde. Und dies war eine Vorstellung, vor der ich nach allem, was ich durchgemacht hatte, immer noch zit= terte.

In Wirklichkeit geschah genau das Gegenteil. Ich kam nicht einmal zu spät. Man begrüßte mich mit freudigem Hallo und richtete scherzhafte und besorgte Fragen an mich, wie ich den Nachmittag verbracht hätte, und ich beantwor= tete sie, so gut ich konnte. Und man setzte mich auf einen Ehrenplatz in der Nähe des Teekessels, des glänzenden, sil= bernen Teekessels, den ich schon immer bewundert hatte.

Marian schenkte den Tee aus. Ich hatte sie noch nie so angeregt gesehen. Sie legte in das Teeausschenken nicht die Finesse wie ihre Mutter, die, indem sie einem den Wunsch von den Augen abzulesen schien, jede Tasse zu einem Ge= schenk machte, als ahne sie oder erinnere sich von früheren

Tees her, wie ihn jedermann am liebsten hatte. »Sie nehmen Zitrone, nicht wahr?« sagte sie, und so ähnlich ging es weiter. Wir waren eine große Gesellschaft. Unter den Wochenend=Gästen befanden sich einige ältere Personen, deren Anwesenheit mir willkommen war; denn gewöhnlich beschäftigten sie sich mehr mit mir als die jungen Leute. Ich kann mich an ihre Gesichter nicht mehr erinnern; aber an Marians Gesicht erinnere ich mich und an die Herausforderung in ihren Augen und an den spöttischen Unterton in ihrer Stimme. Ihre Augen waren immer wilder als ihr Mund; sie funkelten, während er lächelte. Die Gäste schienen es zu genießen, daß man sie veralberte; denn auch darin lag eine Schmeichelei. Lord Trimingham saß neben ihr in einem tiefen Sessel. Ich konnte nur seinen Kopf sehen, und mich überkam der Gedanke, daß es so sein würde, wenn sie einmal die Herrin von Brandham wäre; sie der strahlende Mittelpunkt und er halb in ihrem Schatten. Auf allem, was sie tat, lag ein Glanz. In Abwesenheit ihrer Mutter schien sie bereits zu regieren. Eine große Entschlossenheit lag auf ihrem Gesicht und in ihren Bewegungen. Ich wunderte mich, wo Mrs. Maudsley war; sie hatte noch nie beim Tee gefehlt. Ihre Tochter beherrschte die Gesellschaft auf andere Weise, weniger subtil, aber viel glänzender.

Als ich an die Reihe kam, sah mir Marian in die Augen und sagte: »Drei oder vier Stücke, Leo?« Und ich sagte »vier«; denn man erwartete von kleinen Jungen, daß sie viel Zucker nahmen. Und es gab das erhoffte Gelächter.

Tee in Brandham war eine große Sache. Was gab es da für Kuchen und belegte Brötchen und Marmeladen! Die Hälfte davon ging an die Kuriertafel zurück. Wenn ich an Ted dachte, der seinen einsamen Tee an seinem zerkratzten

Küchentisch trank, dann nur, um mich zu wundern, wie ich jemals dorthin geraten war. Ich hatte nur noch ein ungutes Gefühl, als wäre ich im Käfig eines Raubtiers gewesen. Die wohlanständigen Laute, die wir alle beim Essen und Trinken von uns gaben, die mühelose Konversation, die gedämpften Stimmen, die leisen Geräusche der mit selbstverständlicher Sicherheit herumgereichten Gegenstände, der Platten, die von Hand zu Hand gingen, das Glitzern der Goldspur, wie faszi= nierend war das alles! Und dennoch hätte ich es nicht so sehr genossen, hätte ich das andere nicht gekannt.

Als ich Marian meine Tasse hinhielt, um sie nachfüllen zu lassen (ich beanspruchte dieses Privileg als Gast, der schon länger da war), gab sie mir einen sprechenden Blick, dessen Bedeutung mir nicht entging. »Bleib noch da«, sagte er, »oder komme nachher zu mir.« Aber obwohl ich verstanden und obwohl ich alles sehr genossen hatte, tat ich das nicht. Ich ging auf mein Zimmer zurück, schloß mich ein und schrieb den Brief.

Wenn ich fortging, und nur wenn ich fortging, so schien mir, würden die Beziehungen zwischen Ted und Marian auf= hören. Ich fragte mich nicht, wie sie es gehalten hatten, ehe ich kam. Ich überlegte: »Es gibt niemanden außer mir, der die Briefe überbringen kann. Sie müssen am gleichen Tag hin= und zurückgebracht werden; denn Marian weiß erst nach dem Frühstück, welche Pläne ihre Mutter hat. Wenn ich nicht mehr da bin, können sie sich nicht treffen, und Lord Trimingham wird nie erfahren, daß seine künftige Braut zu intim mit einem anderen Mann ist. Wenn ich bleibe, muß ich tun, was sie mir befiehlt. Das einzig Richtige ist, daß ich gehe.« Ich konnte in dieser Überlegung keinen Widerspruch entdecken.

Ich fragte mich nicht, weshalb diese Aufträge, die einmal mein Entzücken gewesen waren, nun mein Alpdruck waren. Ich hatte mich geändert, nicht sie. Zum erstenmal in meinem Leben verspürte ich ein starkes Gefühl von Verpflichtung in einer Angelegenheit, die eigentlich nicht mich anging — ein Gefühl von Sollen und Nichtsollen. Bisher hatte meine Maxime gelautet: Kümmere dich um deine eigenen Angelegenheiten. Und das war die Maxime der meisten meiner Schulkameraden. Wenn mich jemand angriff, versuchte ich mich zu verteidigen. Wenn ich ein Gesetz übertreten hatte, versuchte ich den Konsequenzen zu entgehen. Wo keine Gesetze bestanden, und wenn man mich nicht angriff, waren Recht und Unrecht für mich völlig beziehungslose Begriffe, die mir nur manchmal in Form von Mißbilligung oder Billigung meiner Handlungen entgegentraten. Aber jetzt fühlte ich mich wegen solcher Skrupel verpflichtet, Vorsichtsmaßnahmen zu ergreifen — und das unter Aufopferung meiner eigenen Interessen; denn ich wollte Brandham ja nicht verlassen.

Natürlich hatten mich Marian und Ted gereizt, aber ich besaß genug Fairneß, um einzusehen, daß ich sie zuerst angegriffen hatte. Sie verteidigten sich gegen mich. Ich glaubte zu wissen, was für mich, für sie, für Lord Trimingham, für alle das beste sei: ich würde also gehen. Ich hatte nicht das Gefühl, daß ich fortlief. Aber ich lief fort. Ich war erschüttert und verängstigt und traute weder mir noch sonst jemandem.

Der Briefkasten in der Halle war geleert worden, und mein Brief würde bis morgen warten müssen. Mein anderer Brief hatte einen Vorsprung von fast einem Tag, aber ich zweifelte nicht, daß der zweite das Telegramm mit meiner Abberufung auslösen würde.

Als ich durch die Halle ging, lief ich Lord Trimingham in

die Arme. »Genau der Mann, den ich brauche«, sagte er, wie schon Marian gesagt hatte. »Möchtest du dir meine Anerken= nung verdienen?«

Die Bestechungsversuche der anderen waren handfester gewesen, aber dafür erschien mir dieser nicht so riskant.

»O ja!«

»Nun, dann sei so lieb und such' mir Marian, mein Guter.«

Sofort sank mir der Mut. Sie war der Mensch, dem ich zu allerletzt begegnen wollte.

»Aber ich denke, Sie wollen ihr keine Botschaften mehr schicken!« protestierte ich.

Zum erstenmal seit unserer Bekanntschaft — wenn ich die Anzeichen dafür richtig verstand — sah er verstimmt aus, und ich dachte, er würde auf mich losgehen wie die anderen. Er sagte ziemlich scharf: »Oh, bitte, bemühe dich nicht, wenn du keine Zeit hast. Ich wollte ihr nur etwas sagen. Sie fährt morgen nach London, und ich habe vielleicht keine andere Möglichkeit mehr.«

»Sie fährt nach London?«

»Ja, bis Mittwoch.« Ich fand, daß er im Ton eines Be= sitzers von ihr sprach.

»Das hat sie mir gar nicht erzählt«, sagte ich mit der be= leidigten Stimme eines Dienstboten, den man von einem erwarteten Besuch nicht in Kenntnis gesetzt hat.

»Sie hat eben zur Zeit eine Menge im Kopf, sonst hätte sie das sicherlich getan. Jetzt sei ein Engel und such' sie, falls du sie nicht aus deiner Tasche hervorzuzaubern kannst.«

Plötzlich fiel mir zu meiner großen Erleichterung ein stich= haltiger Gegengrund ein: »Markus sagte mir, daß sie nach dem Tee einen Besuch bei Nannie Robson machen wird.«

»Der Teufel soll Nannie Robson holen! Marian geht dau=

ernd dorthin und erzählt, daß das alte Mädel ihr Gedächtnis verliert und vergißt, ob sie da war oder nicht.«

Ich war schon im Fortlaufen, als er mich zurückhielt. »Übertreib's nicht«, sagte er, indem er wieder in seine alte freundliche Art verfiel. »Du siehst ein bißchen blaß aus. Wir dürfen nicht zwei Kranke im Haus haben.«

»Oh, wer ist denn der andere?«

»Unsere Gastgeberin. Aber sie möchte nicht, daß darüber gesprochen wird.«

»Ist sie *sehr* krank?« fragte ich.

»O nein, es ist nichts Besonderes.« Ich merkte deutlich, daß es ihm lieber gewesen wäre, er hätte es mir nicht erzählt.

Siebzehntes Kapitel

Ich traf Markus, als ich gerade meinen Besuch beim Ab=
fallhaufen nachholen wollte.

»Bon soir, schäbiger Page, wohin des Wegs?« sagte er.

Ich nannte ihm mein Ziel.

»Ach, doch nicht dahin. Je le trouve trop ennuyeux«, sagte
er. »Laß uns etwas anderes ausdenken.«

Ich seufzte. Es würde eine französische Unterhaltung wer=
den. Französisch war eines der wenigen Fächer in der Schule,
in denen Markus mir überlegen war. Er hatte eine franzö=
sische Gouvernante gehabt, der er seine gute Aussprache
verdankte. Außerdem war er, im Gegensatz zu mir, in Frank=
reich gewesen und hatte dort Wörter und Redensarten auf=
geschnappt, die ihm seine Gouvernante nicht beigebracht
haben würde. Und er hatte die ärgerliche Angewohnheit,
ein Wort, das man falsch aussprach, in der richtigen Aus=
sprache zu wiederholen. Aber er war nicht eingebildet und
ließ sich herbei, seinem guten Französisch einen Anhauch
jenes Kauderwelschs zu geben, das wir alle manchmal spra=
chen. Ich war sein Gast und somit verpflichtet, mich zu fügen.
Ich mußte zugeben, daß er so anständig gewesen war, nicht
schon früher auf einer Form von Unterhaltung zu bestehen,
bei welcher er glänzte und ich nicht. Ich glaube auch nicht,
daß er jetzt darauf bestanden hätte, wenn ihn meine Erfolge
vom Samstag nicht noch gewurmt hätten. Er glaubte, daß

ich immer noch eines Dämpfers bedürfe; denn er wußte ja nicht, daß dies bereits reichlich geschehen war. Und halb und halb erriet ich seine Absicht und verübelte sie ihm. Während unserer Unterhaltungen wetteiferten wir oft um die größere Wortgewandtheit; wir balancierten auf einer messerscharfen Grenze zwischen Zuneigung und Ausfallendwerden. Aber diesmal machte sich unsere sonst sorgfältig verborgene Animosität bemerkbar.

»Je suggère que nous visitons les Geräteschuppen«, schlug ich mit großer Mühe vor.

»Mais oui! Quelle bonne idée. Ce sont des places délicieuses!«

»Ich dachte, eine place heißt ein Platz«, bemerkte ich.

»Bon! Vous venez sur!« sagte er kleinlaut, fiel dabei aber, wie ich mit Erleichterung feststellte, in eine Art Französisch zurück, das weniger schulmeisterlich war. »Et que trouvons-nous là?«

»Le Tödlichen Nachtschatten, zum Beispiel«, antwortete ich in der Hoffnung, ihn ins Englische zu locken.

»Vous voudriez dire, la belladone, n'est-ce-pas?«

»Oui, Atropa belladonna«, antwortete ich und übertrumpfte sein Französisch mit Latein.

»Eh bien, je jamais!« erwiderte er. Aber ich wußte, daß das Spiel 1 : 0 für mich stand; denn das »Eh bien, je jamais«, obwohl ironisch gemeint, galt als ein Zugeständnis, daß man beeindruckt war, und wir kehrten für eine Weile wieder zu unserer Muttersprache zurück, oder besser gesagt, zu einer altertümelnden und grotesken Form des Englischen.

Fast in jedem Semester gingen gewisse Wörter und Redensarten wie ein Lauffeuer durch die ganze Schule und erhielten eine fetischähnliche Bedeutung. Jedermann benutzte sie, aber keiner wußte, wer sie aufgebracht hatte. Umgekehrt wurden andere Worte, die vollkommen harmlos waren, plötzlich tabu, und ihr Gebrauch erregte den äußersten Spott. Wir mußten unsere Zungen davor hüten. Ich konnte immer noch hören, wie meine Peiniger mir »überwältigt« zuzisch= ten. Diese Moden pflegten in wenigen Wochen passées zu sein und die Wörter gewannen dann wieder ihre normale Bedeutung zurück. »Vous venez sur« (Verlaß dich drauf) und »Eh bien, je jamais« (Ist das die Möglichkeit?) waren gerade der letzte Schrei.

Die Geräteschuppen lagen etwa zehn Minuten weit ab. Sie gehörten zu einem alten Küchengarten, der, wie solche Gärten oft, ziemlich weit vom Haus entfernt angelegt worden war. Der Weg, ein Pfad aus Erde und Asche, war von zwei langen Rhododendronhecken flankiert, und ich kann mir vorstellen, daß er häufig aufgesucht wurde, wenn die Hecken blühten. Jetzt aber war er düster, wenig einladend und eher furcht= einflößend, und das erklärte zum Teil das Geheimnis der Anziehungskraft, die er auf mich ausübte. Ich hatte mehr= mals Ansätze gemacht, den Tödlichen Nachtschatten wieder= zusehen, und war jedesmal, von unerklärlicher Furcht über= wältigt, umgekehrt, ehe ich mein Ziel erreicht hatte. Aber nur einmal, als ich Marian traf, war ich jemandem auf die= sem Weg begegnet. Doch mit Markus an meiner Seite wurde meine Furcht zu einem angenehm prickelnden Entdecker= gefühl.

»Je vois l'empreinte d'un pied!« rief er und verfiel wieder ins Französische.

Wir blieben stehen und beugten uns zur Erde. Der Pfad war sehr trocken, das Gras verdorrt, die Erde puderiger Staub. Aber es schien wirklich ein Fußabdruck zu sein, ein sehr kleiner. Markus stieß ein Geheul aus, das ein indianischer Kriegsruf sein sollte.

»Eh bien, je jamais! Je dirai à maman que nous avons vu le Spur de Freitag.«

»Ou de mademoiselle Freitag«, schlug ich scherzhaft vor.

»Vous venez sur! Certes, c'est la patte d'une dame. My= stère! Que dira maman? Elle a une grande peur des voleurs.«

»Ich hätte eher gedacht, daß deine Mutter sehr mutig ist«, widersprach ich ihm. »Sogar mutiger als die meine«, fügte ich hinzu, denn ich wünschte nicht, daß das Gespräch sich zu weit von meinen eigenen Angelegenheiten entfernte.

»Mais non! Elle est très nerveuse. C'est un type un peu hystérique«, sagte er mit der kühlen Objektivität eines Arz= tes. »En ce moment elle est au lit avec une forte migraine, le résultat de tous ces jours des Anstrengungen.«

Ich war froh, daß Markus über dieses letzte Wort gestol= pert war, aber es tat mir leid zu hören, daß sich seine Mutter nicht wohlfühlte.

»Aber was strengt sie an?« fragte ich. »Es scheinen doch so viele Leute da zu sein, um ihr zu helfen.« Für mich stand das Wort Anstrengungen, wie für eine moderne Hausfrau, im Zusammenhang mit dem Haushalt.

Er schüttelte geheimnisvoll den Kopf und erhob seinen Finger.

»Ce n'est pas seulement ça. C'est Marianne.«

»Marian?« Ich sprach den Namen englisch aus.

»Mais oui, c'est Marianne.« Er senkte seine Stimme. »Il s'agit des fiancailles, vous savez. Ma mère n'est pas sure que Marianne —« Er rollte die Augen und legte den Finger an die Lippen.

Ich verstand kein Wort.

»Ihre Verlobung einhalten wird — wenn man es dir schon auf Englisch sagen muß.«

Ich war wie vom Donner gerührt, nicht nur über die Nachricht, sondern auch über Markus' Indiskretion. Und ich bin fast sicher, daß er vorsichtiger gewesen wäre, hätte er sich nicht von seinem eigenen Französisch hinreißen lassen und davon, daß er versuchte, sich wie ein Franzose zu gebärden und sich vor mir aufzuspielen. Wie weit ging sein Verdacht? Wie weit der Verdacht seiner Mutter? Ich wußte, daß ich ihr Liebling war; Denys bedeutete ihr nichts, und sie richtete, jedenfalls in meiner Gegenwart, nur selten das Wort an Mr. Maudsley. Vielleicht war Markus ihr Vertrauter, so wie meine Mutter mir manchmal Dinge anvertraute — Dinge, die mich überraschten. Vielleicht neigten alle Frauen in gewissen Momenten dazu, Geheimnisse auszuplaudern. Aber wieviel wußte sie wirklich?

Mir kam eine Idee. »Vous avez vu votre soeur chez mademoiselle Robson?« brachte ich nach viel Überlegung heraus.

»Robsón«, wiederholte Markus mit starker Betonung der zweiten Silbe. »Mais non! Quand je suis parti, la Marianne n'etait pas encore arrivée. Et la pauvre Robsón etait bien fâcheuse; denn sie behauptet, daß Marian sie fast nie besucht«, sagte Markus hastig. »Ich sage das auf Englisch, um es dir leichter zu machen, du insulare Eule.«

»Lord Trimingham erzählte mir«, sagte ich nachdrücklich und ignorierte die Beleidigung, »daß Marian behauptet, Nannie Robson hätte, nun — sie hätte perdu sa mémoire.« Ich schloß mit einem französischen Schnörkel.

»Perdu sa — dumme Faxen!« entgegnete Markus und fiel aus der Rolle. »Sa mémoire est aussi bonne que la mienne et cent fois meilleure que la vôtre, sale type de Spinner!«

Dafür bekam er eine drauf, aber die Nachricht beunruhigte mich.

»Lord Trimingham erzählte auch, daß Marian morgen nach London fährt«, sagte ich. »Pourquoi?«

»Pourquoi?« sagte Markus mit viel besserer Aussprache als ich. »En part, parce que, comme toutes les femmes, elle a besoin des habits neufs pour le bal; mais en grand part, à cause de vous, vous —« Da ihm das passende Epitheton nicht einfiel, blies er statt dessen die Backen auf.

»A cause de moi?« fragte ich. »Meinetwegen?«

»Vous venez sur!« kam die prompte Antwort. »Ja, deinet= wegen! Sie fuhr, um etwas zu kaufen, was du vielleicht unter dem Namen cadeau kennst.«

»Ein Geschenk!« sagte ich, und einen Augenblick lang überkamen mich Gewissensbisse. »Aber sie hat mir doch schon so viel geschenkt?«

»Diesmal handelt es sich um etwas Besonderes zu deinem Geburtstag«, sagte Markus, und er sprach deutlich und laut wie zu einem Tauben oder einem Trottel. »Entendez=vous, coquin? Comprenez=vous, nigaud? Aber du wirst niemals erraten, was es ist.«

Vor lauter Aufregung vergaß ich meine Angst vor Mari= ans Geschenken, von denen ich doch wußte, daß es Danaer= geschenke waren.

»Weißt du denn, was es ist?« rief ich aus.

»Ja, aber ich sage es nicht petits garçons.«

Ich schüttelte ihn, bis er »Pax« schrie.

»Schwöre, daß du niemand sagst, daß ich's dir gesagt habe.« Ich hatte offenbar auch sein Französisch aus ihm her= ausgeschüttelt.

»Ich schwöre.«

»Schwöre auf Französisch, si vous le pouvez.«

»Je jure.«

»Und schwöre, daß du erstaunt aussiehst, wenn Marian
es dir gibt — obwohl du ja nicht umhin kannst, erstaunt aus=
zusehen, du Mondkalb. Das ist dir angeboren.« Und er äffte
meinen Gesichtsausdruck nach.

»Je jure«, sprach ich und ignorierte seine Grimassen.

»Willst du dir Mühe geben, mich zu verstehen, wenn ich's
dir auf Französisch sage?«

Ich antwortete nicht.

»C'est une bicyclette.«

Für ein Kind von heute wäre diese Enthüllung wohl eine
Antiklimax gewesen, mir öffnete sie die Pforten zum Para=
dies. Ein Fahrrad war das, was ich mir am meisten von allem
auf der Welt wünschte und was ich mir zu allerletzt erhofft
hätte; denn es überstieg, das hatte ich durch Fragen bereits
festgestellt, die Mittel meiner Mutter. Ich bestürmte Markus
mit Fragen — über die Marke, die Größe, die Reifen, die Be=
leuchtung, die Bremsen. »C'est une bicyclette Oombaire«,
sagte Markus in so gewähltem Französisch, daß ich den be=
rühmten Namen Humber nicht gleich erkannte. Aber auf
meine anderen Fragen antwortete er immer nur »je ne sais
pas«, in einem Singsang, der mich fast wahnsinnig machte.

»Je ne l'ai pas vu«, sagte er schließlich. »C'est un type qui
se trouve seulement à Londres, den man nur in London be=
kommt, espèce de Quadratschädel. Aber etwas, was du mich
noch nicht gefragt hast, kann ich dir sagen.«

»Was?«

»Sa couleur, oder, wie du sagen würdest, seine Farbe.«

»Was hat es für eine Farbe?«

»Vert — un vert vif.«

Es war sehr dumm von mir, aber ich verstand »verre«, und ich starrte ihn zweifellos mondgesichtig und eulenhaft an; denn ich überlegte, wieso ein Fahrrad wohl die Farbe eines lebhaften Glases haben könne.

Schließlich klärte er mich auf. »Grün, grün, mon pauvre imbécile, giftgrün«, und gerade als dieses Bild mir in seiner ganzen Pracht aufging, fügte er hinzu: »Et savez=vous pour= quoi?«

Ich konnte es nicht erraten.

»Parceque vous êtes vert vous=même — du bist selbst grün, wie man im lieben alten England sagt«, übersetzte er, damit keine Zweifel für mich bestanden. »Das ist die Farbe, die zu dir paßt. Marian hat es selbst gesagt.« Und er fing an, um mich herumzuhüpfen und sang dazu: »Grün, grün, grün.«

Mir fehlen die Worte, um auszudrücken, wie schmerzlich mir diese Eröffnung war. Im ersten Augenblick raubte sie mir die ganze Freude an dem Fahrrad. Die meisten von Mar= kus' Sticheleien waren an mir abgeprallt, aber grün genannt zu werden, das saß. Und wie andere lieblose Äußerungen dieses Tages warf sie einen schwarzen Schatten über die Ver= gangenheit, die ich für begraben gehalten hatte. Der grüne Anzug, dieses beglückende Geschenk, Lincolngrün, das Grün des Zauberwaldes, Robin Hoods Grün — auch das war eine subtile Beleidigung gewesen, die darauf abzielte, mich lächer= lich zu machen.

»Hat sie das wirklich gesagt?« fragte ich.

»Mais oui! Vraiment!« Und er fing wieder an zu singen und zu hüpfen.

Vielleicht hüpfen heute die Schuljungen nicht mehr um einander herum, aber damals taten sie es, und es war für das

Opfer eine außerordentlich enervierende und erbitternde An=
gelegenheit. Einen Augenblick lang haßte ich Markus, und
ich haßte Marian. Ich begriff, wie grün ich auf sie wirken
mußte, und begriff, wie sehr sie das ausgenutzt hatte. Jetzt
würde ich zurückschlagen, und das auf Französisch.

»Savez=vous où est Marian en ce moment=ci?« fragte ich
mit Bedacht.

Markus erstarrte und sah mich mit aufgerissenen Augen
an. »Nein«, sagte er, und seine Stimme klang mit einemmal
sehr englisch. »Weißt du etwa, wo sie ist?«

»Oui«, antwortete ich, entzückt, daß ich nun meinerseits
Französisch mit ihm sprach. »Je le sais bien.«

Das war durchaus unwahr. Ich hatte keine Ahnung, wo
sie war, obschon ich vermutete, daß sie sich mit Ted verab=
redet hatte.

»Wo, wo?« sagte er.

»Pas cent lieues d'ici.« Ich kannte das französische Wort
für »Meile« nicht und erweckte wohl den Eindruck, daß Ma=
rian ganz in der Nähe war.

»Aber wo, wo?« wiederholte er.

»Je ne dis pas ça aux petits garçons«, gab ich zurück, und
nun begann ich um ihn herumzuhüpfen und zu singen:
»Petits garçons, petits garçons, ne voudriez=vous pas sa=
voir?«

»Pax«, schrie Markus schließlich, und ich hörte auf um
ihn herumzuwirbeln.

»Aber weißt du wirklich, wo sie ist, großer Häuptling?«
fragte Markus.

»Mais oui, mais oui, mais oui«, war alles, was ich zu
sagen geruhte.

Hätte ich daran gedacht, was für eine Plaudertasche Mar=

kus war, hätte ich mein angebliches Wissen über Marians Aufenthaltsort niemals hinausposaunt. Aber die Tatsache, daß ich ihn in Wirklichkeit gar nicht kannte, ließ die Äuße= rung paradoxerweise eigentlich nicht als Verrat erscheinen. Ich hätte übrigens auch nichts gesagt, wenn wir Englisch gesprochen hätten; dann hätte ich meine Zunge mehr im Zaum gehalten. Aber mein französisches Ich ging mit mir durch. Im Französisch=Wettkampf mit Markus fühlte ich mich ein anderer Mensch — wie zweifellos auch er. In einer fremden Sprache muß man etwas sagen, will man nicht dumm dastehen, selbst wenn dieses Etwas besser ungesagt bliebe. Aber was mich am meisten bedrückte, war das Ge= fühl, daß ich Marian einen schlimmen Streich spielte. Indem ich sagte, ich wisse, wo sie sei, befreite ich mich von der Wut, die ich auf sie hatte; dadurch, daß ich es aber nicht wußte, entlastete ich mein Gewissen.

Wir gingen schweigend nebeneinander her, und ab und zu hüpften wir, um die Spannung herabzumindern und unsere erhitzten Gemüter abzukühlen. Da sah ich plötzlich etwas, was mir einen eisigen Schauer einjagte.

Wir konnten nun den Schuppen, in dem der Tödliche Nachtschatten wuchs, sehen; und der Tödliche Nachtschatten kam aus der Türe.

Sekundenlang glaubte ich tatsächlich, es sei ihm die Fähig= keit verliehen worden sich fortzubewegen, und er komme auf uns zu. Dann erklärte sich das Phänomen: seit meinem letzten Besuch war der Busch derart gewachsen, daß ihm der Schuppen zu eng geworden war.

An der Schwelle, die er versperrte, blieben wir stehen und spähten ins Innere. Markus wollte sich an der Pflanze vorbei in den Schuppen zwängen. »Oh, nicht«, flüsterte ich, und er

lächelte und trat zurück. Das war der Augenblick unserer
Versöhnung. Der Busch hatte sich erstaunlich ausgebreitet;
er überwucherte die Wände, die kein Dach mehr trugen,
drängte sich beim Versuch, einen Auslaß zu finden, in ihre
Ritzen, angetrieben von einer geheimen, explosiven Kraft,
von der ich fühlte, daß sie diese Wände sprengen würde. Er
war durch die Hitze, die alles übrige verdorrt hatte, zu üppi=
ger Entfaltung gelangt. Seine Schönheit, deren ich mir wohl
bewußt war, schien mir zu schreiend, in jeder Einzelheit zu
herausfordernd. Die unheilverkündenden, schweren, purpur=
nen Blütenglocken, die dreisten, schwarzglänzenden Beeren
verhießen mir etwas, was ich nicht haben wollte. »Alle ande=
ren Pflanzen«, dachte ich, »blühen für das Auge. Im An=
schauen offenbart sich ihre Vollkommenheit: das Geheimnis
des Wachstums manifestiert sich in ihnen, unergründlich und
doch so einfach!« Aber diese Pflanze schien etwas im Schilde
zu führen, sie schien ein fragwürdiges Spiel mit sich selbst
zu treiben. Sie war ohne Harmonie, ohne jede Proportion.
Sie zeigte alle Stadien ihrer Entwicklung auf einmal. Sie war
gleichzeitig jung, reif und alt. Nicht nur, daß sie ihre Früchte
und Blüten zur selben Zeit trug, auch in der Größe ihrer
Blätter bestand ein seltsamer Unterschied. Einige waren nicht
länger als mein kleiner Finger, andere viel länger als meine
Hand. Sie lud zur näheren Betrachtung ein und stieß gleich=
zeitig ab, als berge sie ein dunkles Geheimnis, von dem sie
aber doch wünsche, daß man es erfahre. Draußen begann die
Dämmerung hereinzubrechen, aber drinnen im Schuppen war
es bereits Nacht.

Zwischen Faszination und Abscheu hin und her gerissen,
wandte ich mich ab; und in diesem Augenblick hörten wir
Stimmen.

Tatsächlich war es nur eine Stimme; wenigstens konnte man nur eine Stimme hören. Im Gegensatz zu Markus erkannte ich sie sofort. Es war die Stimme von »Wenn andere Lippen...«, und sie sprach zweifellos die Sprache der Betörung. Was ich hörte, war nur ein leises, eindringliches Murmeln, das abbrach, um auf eine Antwort zu warten; aber es kam keine Antwort. Sie hatte etwas Hypnotisches, wie ich es noch nie bei einer anderen Stimme gehört hatte. Sie war drängend, schmeichelnd und zugleich von äußerster Zärtlichkeit, mit einem dunklen Unterton vibrierend verhaltenen Lachens, das jeden Moment ausbrechen konnte. Es war die Stimme eines Menschen, der sehr dringend etwas forderte und überzeugt war, daß er es bekommen würde, der aber gleichzeitig willens, ja von innen heraus gezwungen war, mit der ganzen Kraft seines Wesens darum zu bitten.

»Ein Verrückter, der Selbstgespräche führt«, flüsterte Markus. »Sollen wir nachschauen?«

Im gleichen Augenblick wurde eine zweite Stimme vernehmbar, tonlos, unkenntlich, aber deutlich. Markus' Augen leuchteten auf.

»Eh bien, je jamais! C'est un couple«, flüsterte er, »un couple qui fait le poussage.«

»Fait le poussage?« wiederholte ich verständnislos.

»Poussieren, du Idiot. Komm, wir wollen sie aufscheuchen.«

Gleichermaßen entsetzt über das, was ich entdecken würde oder darüber, selbst entdeckt zu werden, hatte ich plötzlich eine Eingebung.

»Mais non!« flüsterte ich. »Ça serait trop ennuyeux. Laissons=les faire.«

Ich machte mich entschlossen auf den Heimweg, und Markus folgte mir höchst ungnädig, indem er sich mehr als ein=

mal umschaute. Trotz meines wilden Herzklopfens und der Erleichterung, die ich verspürte, fand ich noch Zeit, mich zu beglückwünschen. Das Wort »ennuyeux« war mein Trick gewesen. Markus hatte es benutzt, als er geringschätzig von dem Abfallhaufen sprach. In seinem ganzen, großen Vokabular besaß es die allerabschätzigste Bedeutung. Frühreif und altklug, wußte er bereits, daß es eine unverzeihbare Sünde war, langweilig zu sein.

»Das nenne ich den Gipfel der Frechheit!« schäumte Markus, als wir außer Hörweite waren. »Was fällt ihnen ein, zum Poussieren hierherzukommen? Ich möchte wissen, was Mama dazu sagen würde.«

»Oh, ich würde ihr nichts davon erzählen, Markus«, sagte ich rasch. »Sag's ihr nicht. Versprich, daß du's nicht tust. Jurez, jurez, je vous en prie.«

Aber er tat mir diesen Gefallen nicht, nicht einmal auf Französisch.

Wieder in voller Eintracht, gingen wir gemächlich, mit arglosen Gesichtern nebeneinander her und stießen uns nur manchmal in die Seite. Ich dachte über vieles nach.

»Wie lange dauert eine Verlobung?« fragte ich. Markus wußte das sicherlich.

»Cela dépend«, verkündigte er sphinxhaft. »Vielleicht ist es dir lieber, wenn ich die Frage auf Englisch beantworte«, sagte er plötzlich. »Das ist eine Sprache, die deiner schwachen Intelligenz mehr liegt.«

Ich überhörte dies.

»Im Fall von Stallknechten, Gärtnern, Dienstbolzen und ähnlichem Kroppzeug«, sagte Markus, »kann sie ewig dauern. Bei Menschen unserer Klasse dauert sie meistens nicht sehr lange.«

»Wie lange?«

»Oh, ungefähr einen Monat. Deux mois, trois mois.«

Ich dachte darüber nach.

»Manchmal werden Verlobungen aufgelöst, nicht wahr?«

»Das ist es ja, was Mama beunruhigt. Aber Marian wird niemals so folle sein — fou in deinem Fall, Colston, das Maskulinum trifft genau auf dich zu; schreib das, bitte, hundertmal — so folle, um Trimingham planté là zu lassen. Was habe ich gesagt, Colston?«

»Planté là«, wiederholte ich demütig.

»Übersetze es bitte.«

»Sitzen zu lassen.«

»Sitzen zu lassen, in der Tat! Setz dich. Der Nächste, der Nächste, der Nächste, der Nächste, der Nächste. Weiß keiner von euch die richtige Übersetzung für ›planté là‹?«

»Nun, was heißt es denn?« fragte ich.

»Planté là heißt — es heißt, nun, alles was du willst, außer ›sitzen lassen‹.«

Ich schluckte auch dies. Ich war wieder ganz mit meinen Gedanken beschäftigt, die jetzt wie Fliegen um einen Honigtopf schwärmten. Das grüne Fahrrad! Selbst wenn es eine Beleidigung war — und ich zweifelte nicht daran — so konnte ich diese Beleidigung hinunterschlucken. Würde ich es fertigbringen, sie *nicht* zu schlucken? Das war die Frage. Das Fahrrad war mir bereits teurer als alles, was ich besaß. Ich war überzeugt, daß ich es nicht bekommen würde, wenn ich vor meinem Geburtstag abreiste. Sie würden beleidigt sein und es zurückgeben oder vielleicht Markus schenken, obwohl er bereits eines besaß. Ich sah mich durch unsere Dorfstraße radeln, die mir während der letzten Stunden wieder viel näher gekommen und wirklicher geworden war, ich sah mich abspringen und das Rad gegen einen der Pfosten lehnen, an denen die Ketten befestigt waren, die unsere Straßenfront schützten. Wie sehr würde es von allen bewundert werden! Ich konnte nicht radfahren, aber ich würde es rasch lernen. Mutter würde zuerst helfen und mich am Sattel halten, und auch der Gärtner würde es tun ... Hügelauf und hügelab würde es gehen, dahinstürmend, schwebend...

Und dennoch hatte ich ein ungutes Gefühl. Ich war sicher, daß irgendwo ein Haken war; und obwohl mir das Wort »Schweigegeld« unbekannt war, flatterte seine Bedeutung wie eine Fledermaus durch meine Gedanken.

Ich war zu müde, um einen einzelnen Gedanken noch lange festzuhalten, nicht einmal den Gedanken an das Fahrrad. Ich war darauf, wie ich die Situation im Schuppen gemeistert hatte, so stolz gewesen; jetzt überlegte ich, ob es nicht besser gewesen wäre, wenn ich, statt mit Markus zu flüstern, einen warnenden Schrei ausgestoßen hätte.

»Vous êtes très silencieux«, sagte Markus. »Je n'aime pas votre voix, die häßlich und ölig ist und nur dazu taugt, um sich bei einer Dorfsingerei hören zu lassen. Et quant à vos sales pensées, crapaud, je m'en fiche d'elles, je crache darauf. Mais pourquoi avez=vous perdu la langue? Deine lange, dünne, schleimige, gefleckte Schlangenzunge?«

Wir trennten uns an seiner Schlafzimmertür. Bis zum Abendbrot war noch viel Zeit, und ich schlich mich in die Halle, um nach dem Briefkasten zu sehen. Mein Brief war immer noch da. Er lehnte an der Glasscheibe, und hinter ihm lagen noch andere Briefe. Ich fingerte an der Türe herum, und zu meinem größten Erstaunen ging sie auf. Ich hielt den Brief in der Hand. Wenn ich ihn zerriß, dann gehörte mir auch das Rad. Einen Augenblick lang kämpfte ich einen furchtbaren inneren Kampf. Dann warf ich den Brief wieder ein und ging, mit heftigem Herzklopfen, auf den Zehen= spitzen die Treppe hinauf.

Achtzehntes Kapitel

Als ich am nächsten Morgen zum Frühstück herunterkam, war der Brief fort. Welch erlösender Augenblick! Am Frühstückstisch fehlten zwei Personen: Marian und ihre Mutter. Marian, so erfuhr ich, hatte den Frühzug nach London genommen; Mrs. Maudsley lag noch zu Bett. Ich überlegte, was ihr wohl fehle. Un type hystérique, hatte Markus sie genannt. Was für Symptome sich wohl bei ihr zeigen mochten? Hatte sie vielleicht Krämpfe? Ich wußte nur, daß manchmal Dienstboten hysterisch waren. Ich hatte keine Ahnung, worin sich Hysterie äußerte, konnte sie aber nicht mit Mrs. Maudsley in Verbindung bringen; denn abgesehen davon, daß sie eine Dame war, war sie immer so gelassen. Dieser scharfe, stetige Blick ihrer Augen, dessen Scheinwerferstrahl einen so sicher einfing! Sie war stets unverändert freundlich zu mir gewesen; in mancher, ja vielleicht in jeder Hinsicht freundlicher als Marian. Aber gerade wegen dieser Gelassenheit empfand ich ihre Gegenwart bedrückend. Wäre sie meine Mutter gewesen, ich hätte nicht den Mut gehabt, sie zu lieben. Markus liebte sie; aber vielleicht kannte er sie von einer anderen Seite. Denys benahm sich in ihrer Anwesenheit besonders ungeschickt; sobald er sich von ihr beobachtet fühlte, sah er auch schon aus, als würde er etwas hinfallen lassen — oder er ließ es fallen. Ja, man atmete freier, wenn Mrs. Maudsley nicht da war.

Liebte Marian sie? Ich hätte es nicht sagen können. Ich hatte gesehen, wie sie einander wie zwei Katzen belauerten; und dann, ebenfalls wie Katzen, wieder gleichgültig vonein= ander ließen, als sei die Ursache ihres geheimen Streites plötz= lich gegenstandslos geworden. Das entsprach nicht meiner Vorstellung von Liebe; für mich war Liebe etwas Über= schwenglicheres.

Ich hatte Marian geliebt, oder ich hätte es jedenfalls so ausgedrückt, wenn mich jemand, der mein Vertrauen besaß, darnach gefragt hätte. Aber es fragte mich keiner, und meiner Mutter hätte ich es bestimmt nicht erzählt. Was empfand ich für Marian? Diese Frage stellte ich mir, als wir knieten und beteten und meine Gedanken sich mit Vergebung hätten be= schäftigen sollen. Aber ich fand keine Antwort. Eigentlich erwartete ich geradezu, ihr spöttisches Gesicht auf der gegen= überliegenden Tischseite zu sehen, und als ich es nicht sah und mir klar wurde, daß ich es bis Mittwoch nicht sehen würde, überkam mich ein Gefühl großer Erleichterung. Bis Mittwoch, ja schon am Dienstag, würde mein Marschbefehl eingetroffen sein. Brandham wäre dann für mich ein abge= schlossenes Kapitel. Schon jetzt fühlte ich mich nur noch als Randfigur.

Selbst als sie für mich noch all das verkörperte, was ich am meisten bewunderte, und ihre Stimme, die meinen Namen mit ironischem, vertrautem Klang aussprach, mir das äußerste an Glück schenkte, was eine menschliche Beziehung schenken kann, selbst da hatte ich immer ein wenig Angst vor ihr gehabt und gefürchtet, ich könnte ihren Ansprüchen nicht genügen. Worin diese bestanden, wußte ich nicht so recht zu sagen. Jedenfalls war es nicht allein ihre Schönheit, die mich fesselte. Ich glaube nicht, daß ich sie je etwas besonders Ge=

scheites habe sagen hören, obgleich ich es auch nicht bemerkt hätte, wäre es der Fall gewesen. Nein, es war die gutmütige Ungeduld, die sie Menschen und Dingen gegenüber zeigte. Die Art, mit der sie vor den anderen ihr Ziel erreichte und davon abließ, während sich jene noch abmühten, und die beunruhigende Fähigkeit, zu erraten, was man sagen wollte, noch ehe es ausgesprochen war — das alles erweckte den An= schein ihrer Überlegenheit. Sie war schon am Ziel, während man sich noch keuchend abmühte; ihre Behendigkeit ließ die anderen schwerfällig und langweilig wirken. Ihre Überlegen= heit hatte nichts Gönnerhaftes an sich; sie bekundete ein echtes Interesse für Menschen und sprach niemals mit irgend jemandem, als bestünde ein Unterschied zwischen ihr und dem Partner oder der Partnerin. Aber in ihren Augen wirk= ten wir anders, und das war immer recht verwirrend. Sie sah uns nicht so, wie wir selbst oder unsere Umgebung uns sahen. Es berauschte mich, daß sie von mir die Vorstellung des Grü= nen Jägers hatte. Unermüdlich konnte ich mich in diesem Spiegel betrachten; es war wie eine Wiedergeburt. Und sie allein konnte dieses Wunder vollbringen. Es war zwecklos mir einzureden: »So sieht Marian mich.« Das Bildnis wurde erst dann lebendig, wenn sie den Spiegel hielt.

Und nun war der Spiegel zerbrochen. Ich allein wußte, wie viel Berechnung hinter ihrer scheinbaren Inkonsequenz steckte, und jeder Gedanke an sie war in Grün getaucht und vergiftet; ich brachte es kaum über mich, meinen grünen An= zug anzusehen. Sinnlos, mir jetzt einzureden, sie habe ihn mir ja geschenkt, ehe ich Briefe überbrachte; hatte sie mich doch immer schon als grünen Jungen angesehen. Markus hatte mir das gesagt, und daß er gelogen haben könnte, kam mir nicht in den Sinn.

So kam es, daß ich über ihre Abwesenheit erleichtert war; erleichtert, weil sie mich der Belastung, ihren Ansprüchen gerecht zu werden, enthob, und weil ich nicht mehr jede Minute so sein mußte, wie ich glaubte, daß sie mich haben wollte, ein Exerzitium, das seinen Zauber verloren hatte. Und ich fühlte mich erlöst von der drohenden Gefahr einer emotionellen Entgleisung, die vielleicht weitere Beschuldigungen und harte Worte zur Folge haben würde; denn ich glaubte, gestern diese Gefahr in ihren Augen drohen gesehen zu haben.

Ich bin es, der gealterte, der alte Leo, der diese Betrachtungen nachträglich anstellt. Damals analysierte ich meine Gefühle nicht weiter. Ich war froh, als ich fühlte, wie der Druck der äußeren Verhältnisse, unter dem ich gelitten hatte, nachließ und ich wieder in meine harmlose Vor-Brandham-Verfassung zurückfiel, in der ich keinen anderen Ansprüchen als meinen eigenen genügen mußte.

Vier von den Wochenendgästen hatten mit Marian den Frühzug genommen, so daß wir eine kleine Gesellschaft waren, nur sieben Personen: Mr. Maudsley, Lord Trimingham, Denys, Markus und ich und ein älteres Ehepaar, Mr. und Mrs. Laurent, von denen ich nur noch in Erinnerung habe, daß sie ziemlich respekteinflößend waren. Auch der Tisch war kleiner geworden. Er war jetzt kaum größer als unser Eßtisch zu Hause, den ich so bald wiedersehen sollte. Die Katzen waren fort; es herrschte ein köstliches Gefühl von *détente*. Denys nahm die Gelegenheit wahr, uns einen langen Vortrag darüber zu halten, wie man Wilddiebe am besten zu fassen bekommt. »Papa, du vergißt nämlich«, sagte er mehr als einmal, »daß dieser Park ein sehr exponierter Park ist. Jeder kann hinein, einfach jeder, und von allen

Seiten, und keiner von uns wird es merken.« Er schwätzte, sich ereifernd, darauf los, und da er auf keinen Widerspruch stieß, widersprach er sich selber. In Gegenwart seiner Mutter hätte er das nicht gewagt. Aber Mr. Maudsley fuhr ihm in meiner Anwesenheit niemals über den Mund, außer das eine Mal auf dem Cricketplatz.

Schließlich erhob sich unser Gastgeber, und wir folgten seinem Beispiel. »Zigarre?« fragte er unvermittelt, und seine tiefliegenden Augen wanderten von einem Gesicht zum anderen, einschließlich dem meinen. Er stellte diese Frage oft zu, wie selbst ich merkte, sehr unpassenden Tageszeiten. Plötzlich erinnerte er sich da seiner Pflichten als Gastgeber und offerierte derartige aus der Pistole geschossenen Gefälligkeiten. Wir lächelten und schüttelten die Köpfe und überließen das Eßzimmer den Domestiken. Kein Ordonnanzzimmer, keine Tagesbefehle, keine Botschaften zu überbringen, keine Probleme. Wir waren frei!

Als ich das Zimmer verließ, sagte Markus: »Komm mit, ich will dir etwas sagen.« Fiebernd vor Neugierde folgte ich ihm in Mrs. Maudsleys Wohnzimmer, genannt das ›Blaue Boudoir‹. Nie hätte ich gewagt, es zu betreten; aber Markus genoß bei seiner Mutter gewisse Privilegien.

Er schloß die Tür und sagte, ziemlich verlegen:

»Kennst du den schon?«

»Nein«, sagte ich instinktiv, und wußte noch gar nicht, was kommen würde.

»Er ist sehr komisch und ziemlich ordinär.«

Ich war gespannt.

Markus machte ein feierliches Gesicht und sagte: »Die Zuchteinblaser sind fort.«

Ich verdrehte krampfhaft die Augen und hoffte, daß mir allmählich dämmern würde, wieso das besonders komisch und ziemlich ordinär sei. Aber es war vergebens, und schließ= lich mußte ich das auch eingestehen.

Markus runzelte die Stirne und legte den Finger an die Backe. Dann schüttelte er sich vor Verzweiflung:

»Ach, ich hab's falsch gesagt. Jetzt fällt es mir ein. Du mußt lachen! Es ist wahnsinnig komisch.«

Ich bereitete mich auf einen Lachkrampf vor.

»Es heißt: die Zucht*krämer* sind fort.«

Ich kicherte aus Nervosität; denn ich hatte den Witz kei= neswegs verstanden. Markus, dem dies klar wurde, war ver= blüfft.

»Wenn du nicht willst, brauchst du nicht zu lachen«, sagte er von oben herab. »Aber es ist *sehr* komisch.«

»Ich bin davon überzeugt«, sagte ich; denn ich wußte, wie unklug, um nicht zu sagen unmanierlich es ist, über einen Witz, den man erzählt bekommt, nicht zu lachen. Ja, noch schlimmer, man setzte sich der Gefahr aus, als Dummkopf zu gelten.

»Ein Klassenführer in einem Internat hat ihn einem Freund von mir erzählt, und der hat sich vor Lachen gebogen«, sagte Markus. »Und zwar, als einige Hilfslehrer geflogen waren, wegen Poussieren oder sowas ähnlichem. Sie waren wahn= sinnig streng gewesen, hatten wegen jeder Kleinigkeit Krach geschlagen und Verweise erteilt, und das hat die Sache noch komischer gemacht. Verstehst du's jetzt?«

»Nicht ganz«, gestand ich.

»Also, *Krämer* — es gibt Eisenwarenkrämer oder Fisch= krämer oder Gemüsekrämer oder Käsekrämer, aber hast du je etwas von einem Zuchtkrämer gehört?«

»Ich könnte es nicht behaupten.«

»Na, *ist* es nicht komisch?«

»Ich nehme an, ja«, sagte ich zweifelnd. Dann, als ich begriff, wie witzig die Wörter zusammengestellt waren, fing ich herzhaft zu lachen an. »Aber weshalb ist es ordinär?«

»Weil ›Zucht‹ ein ordinäres Wort ist, du Trottel.«

»Ist es das?« sagte ich und fühlte mich so klein, wie sich nur jemand fühlen kann, der seine Unkenntnis in Zoten eingestehen muß. »Warum ist es ordinär?«

Statt zu antworten, fing Markus zu lachen an und lachte immer weiter. Er schloß die Augen und wackelte mit seinem runden Kopf, und sein ganzer Körper bebte vor Lachen. Endlich sagte er:

»Du bist selbst der größte Witz!«

Aus Angst, für einen Spielverderber gehalten zu werden, lachte ich mit, und als er sich ausgelacht hatte, fragte ich zum zweitenmal, obwohl es mich größte Überwindung kostete:

»Aber warum ist ›Zucht‹ ein ordinäres Wort? Bitte, erklär's mir.«

Aber er weigerte sich, mich aufzuklären, und ich bin überzeugt, daß er es auch nicht gekonnt hätte.

Dieser Tag und der folgende waren die beiden glücklichsten, die ich in Brandham Hall verbrachte. Sie waren mit dem Samstag und dem Sonntagvormittag nicht zu vergleichen. Ich fühlte mich nicht, um Teds Wort zu gebrauchen, »wie im Himmel«, sondern es waren Tage, in denen ich mich seelisch und körperlich in so guter Verfassung befand, wie nie zuvor in meinem Leben. Es waren Tage der Genesung. Ich hatte das Gefühl, als erhole ich mich allmählich nach einer langen Krankheit, oder als habe man mich mitten in einem Wett=

spiel aus dem Spielfeld fort und unter die Zuschauer ge=
zaubert.

Niemand besuchte uns, und auch wir besuchten nieman=
den. Zum erstenmal fühlte ich mich in Brandham Hall hei=
misch und nicht wie auf Besuch. Der Zwang, unterhalten zu
müssen oder unterhalten zu werden, war vorüber. Niemand
war mehr verpflichtet zu reden oder zuzuhören; wir konnten
uns ausschweigen, wie wir wollten. Denys nutzte die Ge=
legenheit und redete viel; aber wir übrigen sprachen nur,
wenn es uns gerade paßte. Ich entdeckte jetzt viele Dinge in
und außer dem Haus (wenngleich auch nie die Süd=West=
Ansicht), die ich vorher nicht bemerkt hatte, weil uns die
gesellschaftlichen Verpflichtungen zu sehr in Atem gehalten
hatten. Das Wetter wurde beständiger und auch heißer; am
Montag betrug die Temperatur 28 Grad, am Dienstag 31 Grad.
Der von mir ersehnte Höchststand von 35 Grad schien wie=
der in den Bereich der Möglichkeit zu rücken.

»Marian wird in London zerfließen«, sagte Lord Triming=
ham. »Nie spürt man die Hitze so stark wie beim Einkaufen.«
Ich sah sie vor mir in einer überfüllten Fahrradhandlung, wo
das warme Öl in alle Richtungen floß. »Du lieber Himmel,
es ist an meinen Rock gekommen, was mache ich nur? Und
dazu noch an einen neuen, den ich gerade für meine Ver=
lobung gekauft habe.« Aber so etwas würde sie nicht sagen.
Sie würde lachen und mit einer Bemerkung den Verkäufer
zum Lachen bringen; ich erinnerte mich, wie es in Norwich
gewesen war. Nun tritt sie aus dem Laden, ihr ölverschmier=
ter Rock fegt über das Pflaster und wirbelt den Staub auf;
und hinter ihr sehe ich ein kleines grünes Fahrrad, ein Kna=
benfahrrad, ausgestattet mit allen Neuheiten, einschließlich
Vorder= und Hinterradbremse, aber mit den neuen hufeisen=

förmigen Felgenbremsen, nicht mit den altmodischen Mo=
dellen, die oben auf dem Vorderreifen bremsen, wie Markus
sie hat, und die nur den Reifen abnützen und nichts taugen.
Wo immer sie auch in meiner Vorstellung ging, das Rad
folgte ihr, wie ein Hündchen, ganz dicht auf den Fersen.

Ein grünes Fahrrad! Wie schwer ist es, einen schmerz=
lichen Gedanken, der sich an einem angenehmeren wie ein
Blutegel festgesetzt hat, aus der Vorstellung zu verdrängen!
Hätte Markus mir nicht diese lieblose Erklärung zur Farbe
des Fahrrades gegeben, hätte ich den Brief an meine Mutter
vielleicht nicht abgeschickt.

Mein Glück beruhte auf der Gewißheit ihrer raschen Ant=
wort. Ich hoffte, sie würde den Vorschlag, ein zweites Tele=
gramm zu schicken, nicht zu extravagant finden. Ich hatte
fast Angst davor, Mrs. Maudsley das meine zu zeigen; sie
könnte vielleicht einen Anfall oder etwas ähnliches be=
kommen.

Am Dienstag morgen fand ich einen Brief neben meinem
Gedeck. Die Handschrift war mir unbekannt, abgestempelt
war er in Brandham Rising, einem Dorf in der Nähe. Ich
konnte mir nicht denken, von wem er sein mochte; denn
Briefe bekam ich nur von zwei Menschen, von meiner Mut=
ter und von meiner Tante. Die Neugierde plagte mich so
sehr, daß ich kaum hinhörte, wenn man mit mir sprach; aber
ich konnte sie nicht befriedigen, weil ich es haßte, meine
Briefe in Gegenwart von anderen zu lesen. Sobald die Tafel
aufgehoben war — jetzt eine so zwanglose und nebensäch=
liche Angelegenheit — rannte ich auf mein Zimmer. Zu mei=
nem größten Ärger waren, wie so oft, wenn ich allein sein
wollte, die Stubenmädchen darin beschäftigt, und ich mußte
meine Ungeduld bezähmen, bis sie fertig waren.

»Lieber Master Colston,

ich will Ihnen gleich schreiben, wie leid es mir tut, daß
ich Sie so fortgeschickt habe. Ich bin ganz bestürzt darüber,
daß ich Sie so fortgeschickt habe. Ich habe es nicht absicht=
lich getan, ich wollte es nicht, aber ich habe mich im letzten
Augenblick darum gedrückt, Ihnen etwas zu sagen. Wenn Sie
größer sind, dann verstehen Sie vielleicht den Grund und
verzeihen mir. Es ist ganz natürlich, daß ein Junge in Ihrem
Alter es wissen will, aber Tatsache ist, daß ich in diesem
Augenblick keine Lust hatte, es Ihnen zu sagen. Aber ich
hätte es doch tun sollen, besonders nachdem Sie mir gesagt
haben, daß Ihr Papa tot ist — aber mir ist der Kragen ge=
platzt, wie das manchmal der Fall ist.

Ich bin Ihnen nachgerannt und habe gerufen, Sie sollten
zurückkommen, aber ich nehme an, Sie haben geglaubt, ich
würde Sie verfolgen.

Ich denke, es wird Sie nicht sehr drängen, mich wieder zu
besuchen, aber wenn Sie am nächsten Sonntag um die gleiche
Zeit kommen wollen, dann werde ich versuchen, Ihnen zu
sagen, was Sie wissen möchten, und Sie können ein bißchen
schießen und Tee mit mir trinken. Zu schade, daß Sie Ihren
Tee versäumt haben! Ich hoffe, man hat Ihnen im Schloß
welchen aufgehoben.

Seien Sie bitte versichert, daß es mir aufrichtig leid tut,
daß ich so grob war, und nehmen Sie es mir nicht übel.

Hochachtungsvoll (das war durchgestrichen)

Ihr getreuer Freund

Ted

P.S. Den Schläger haben Sie prima geölt.«

Ich las den Brief mehrmals durch und war von Teds Auf=
richtigkeit fast überzeugt. Aber etwas in mir argwöhnte im=
mer noch, er sei eine List, die bezwecke, mich wieder als Brief=
boten zu gewinnen. Ich war zu oft hereingefallen, ich war so
grün gewesen! Und ich dachte, vielleicht mit Recht, daß es
doch ziemlich merkwürdig war, wenn Ted sich schämte, mir
etwas zu sagen, was er, ohne sich zu schämen, mir als Köder
vorgehalten hatte. Ich erriet damals nicht — was mir heute
sehr wahrscheinlich vorkommt — daß er sich für das eine wie
für das andere entschuldigte.

Jedenfalls konnte der Brief auch nichts mehr ändern. Wenn
die Aussicht auf einen angenehmen Sonntagnachmittag bei
Ted mit Tee und einer Aufklärung über die Geheimnisse des
Lebens auch verlockend war, so ließ sie mich doch kalt, wußte
ich ja, daß ich zu diesem Zeitpunkt am anderen Ende Eng=
lands sein würde.

Meine Mutter glaubte, daß Gefühle ihre eigene Logik hät=
ten; Gefühle untersuchen oder gar auf Grund von Erfahrun=
gen steuern zu wollen, fand sie falsch. Wenn ich zehnmal
nett zu ihr gewesen war und ein elftes Mal ungezogen, so
bestürzte sie das genau so, als hätte es die zehn netten Male
gar nicht gegeben; und wenn ich (um des Arguments willen
führe ich das an; ich hoffe, es war nie der Fall) zehnmal
ungezogen und ein elftes Mal nett gewesen wäre, so hätten
auch diese zehn Male bei ihr nicht gezählt. Sie verließ sich
auf ihr augenblickliches Gefühl und hätte es »ziemlich un=
recht« gefunden, es nicht zu tun. Unbewußt hatte auch ich
mir diese Denkweise angewöhnt und als Lebensregel über=
nommen. Aber diesmal konnte ich sie nicht befolgen; ich war
wachsam geworden und nahm meine Gefühle in acht.

Ein älterer Mensch hätte gewußt, daß dieser Brief beant=
wortet werden mußte. Mir kam das gar nicht in den Sinn —
ich betrachtete immer noch einen Brief in erster Linie als ein
Geschenk. Aber da stand ein Ausdruck in dem Brief, der mir
unklar war, und deshalb wollte ich Lord Trimingham auf=
suchen und ihn bitten, ihn mir zu erklären. (Für mich war er
immer noch Graf, obwohl ich mir angewöhnt hatte, von ihm
als Lord zu sprechen.)

Um diese Stunde zog er sich gewöhnlich ins Rauchzimmer
zurück, um die Zeitung zu lesen und ›wichtige Staatsaffären‹
zu bereden (so pflegte meine Mutter zu sagen, wenn mein
Vater sich mit seinen Freunden separierte). In der Annahme,
er könne solchermaßen beschäftigt sein, öffnete ich vorsichtig
die Tür einen Spalt weit und spähte hinein, bereit, mich
fluchtartig wieder zurückzuziehen; als ich aber sah, daß er
allein war, trat ich ein.

»Hallo«, sagte er, »hast du dir das Rauchen angewöhnt?«

Unter nervösen Bewegungen suchte ich nach einer passen=
den Antwort. Da ich keine fand, ging ich vor seinem Sessel
auf und ab.

»Laß das«, sagte Lord Trimingham, »du machst mich
schwindlig.«

Ich lachte und platzte heraus: »Können Sie mir etwas über
Ted Burgess sagen?«

Jetzt, wo er mich nicht mehr schreckte, konnte ich ohne
weiteres über ihn sprechen.

»Ja«, sagte er erstaunt. »Weshalb?«

»Ich meine nur«, sagte ich lahm.

»Ach, du denkst wohl an deinen Fang«, sagte Lord Tri=
mingham, mir freundlich einen Grund für meine Frage zu=

spielend. »Nun, er ist ein ganz ordentlicher Bursche« — ich erinnerte mich, daß er das gleiche von den Buren gesagt hatte — »aber er ist ein wenig wild.«

»Wild?« wiederholte ich und dachte an Löwen und Tiger. »Heißt das, daß er gefährlich ist, Hugh?«

»Dir nicht und mir nicht. Er ist ein Herzensbrecher, aber das ist nicht weiter gefährlich.«

Herzensbrecher! Was war das nun wieder? Ich wollte nicht zu viele Fragen stellen. Ich glaubte jedoch nicht, daß Ted Marian töten würde; was ich gefürchtet hatte, war das Wort: Totschläger. Jetzt verlor sich auch diese Angst; sie verlor, wie mein übriges Leben in Brandham Hall, ihre Realität. Ich konnte mir kaum noch vorstellen, daß ich einmal geglaubt hatte, ich müsse Lord Trimingham vor einer Gefahr warnen. Der neunte Graf würde nie erfahren, daß er durch mich vor dem Schicksal des fünften Grafen bewahrt worden war. Indem ich selbst ging, räumte ich auch die Gefahr aus dem Wege: es war mein Meisterstück. Mir lag nicht daran, meine Abreise als einen Akt der Selbstaufopferung zu sehen, selbst wenn sie es gewesen wäre; denn Selbstaufopferung schien mir weder klug, noch etwas, worauf man stolz sein könnte. Wenn ich an die Szenen dachte, die Ted und Marian mir gemacht hatten, dann war es entschuldbar, daß ich mich als den Mittelpunkt dieser ganzen Angelegenheit betrachtete.

Seitdem ich meiner Mutter wegen meiner Rückkehr geschrieben hatte, schien ich in Brandham das Leben eines Abgeschiedenen zu leben. Aber gewissermaßen rückblickend nahm ich noch immer Anteil an der Lage der Dinge, besonders im Hinblick darauf, was geschehen hätte können, wenn ich es hätte geschehen lassen.

»Kann ich dir sonst noch etwas über ihn sagen?« fragte

Lord Trimingham. »Er hat ein etwas hitziges Temperament. Oft genügt ein Wort, und er explodiert.«

Darüber dachte ich nach und stellte dann die Frage, deret= wegen ich gekommen war, ohne daß ich mir bewußt wurde, wie gut sie gerade paßte.

»Was bedeutet das: ›Mir ist der Kragen geplatzt‹? Hat das etwas mit Gewehrreinigen zu tun?«

Lord Trimingham lachte. »Nein, das hat es nicht«, sagte er. »Aber es ist seltsam, daß du das fragst. Es bedeutet näm= lich genau das, was ich gerade sagte — einen Wutanfall be= kommen.«

In diesem Augenblick kam Mr. Maudsley herein. Lord Tri= mingham erhob sich, und ich folgte, nach kurzem Zögern, seinem Beispiel.

»Bleiben Sie sitzen, Hugh, bitte, bleiben Sie sitzen«, sagte Mr. Maudsley mit seiner trockenen, tonlosen Stimme. »Ich sehe, Sie haben ein neues Mitglied für das Rauchzimmer ge= wonnen. Haben Sie ihm ein paar Rauchzimmer=Anekdoten erzählt?«

Lord Trimingham lachte.

»Oder ihm die Bilder gezeigt?«

Er deutete auf eine Reihe kleiner, dunkler Ölgemälde, mit wuchtigen Rahmen. Ich betrachtete das, welches mir am näch= sten hing, und sah Männer mit breitkrempigen Hüten und holländischen Pfeifen, die auf Fässern saßen und Deckelkrüge in der Hand hielten oder Karten spielten. Frauen, die ent= weder ebenfalls tranken oder die Männer bedienten, vervoll= ständigten das Bild. Sie trugen keine Hüte; ihre Haare waren aus den hohen, kahlen Stirnen gebürstet und mit einfachen weißen Tüchern zurückgebunden. Eine Frau beugte sich über die Rückenlehne eines der Stühle, auf dem ein Mann saß, und

sah den Kartenspielern mit gierigen Augen zu. Die Stuhl=
lehne preßte gegen ihre Brüste, die darüber hervorquollen
und in schmutzigem Grau=Rosa gemalt waren. Dieser An=
blick erweckte in mir ein unangenehmes Gefühl. Ich mochte
das Bild und das, was es ausdrückte, nicht. Meiner Ansicht
nach sollten Bilder etwas Hübsches darstellen, einen Augen=
blick festhalten, der um seiner besonderen Schönheit willen
gewählt worden war. Diese Menschen hatten sich nicht ein=
mal die Mühe gemacht, vorteilhaft auszusehen; sie waren
häßlich und mit ihrer Häßlichkeit ganz zufrieden. Die Tat=
sache, daß sie so waren, wie sie der Maler dargestellt hatte,
verschaffte ihnen Genugtuung, das ersah ich aus ihren Ge=
sichtern. Aber diese Selbstherrlichkeit, die nur auf der eige=
nen Anerkennung basierte, stieß mich ab — ich fand sie noch
abstoßender als das, womit sie sich beschäftigten, so un=
schicklich es auch war. Sie ließen sich gehen, das war es; und
man sollte sich nie gehen lassen.

Kein Wunder, daß diese Bilder nicht der Öffentlichkeit
gezeigt wurden; denn wer wollte so etwas schon sehen? Da
sie so klein waren, konnten sie auch nicht sehr wertvoll sein.

»Sie gefallen ihm nicht«, sagte Mr. Maudsley trocken.

Ich schwieg verlegen.

»Ich dachte mir schon, daß er sie nicht versteht«, sagte
Lord Trimingham. »Meiner Meinung nach ist Teniers nur
etwas für einen geschulten Geschmack.« Er schien Wert dar=
auf zu legen, das Thema zu wechseln und sagte, ohne dabei
allzusehr abzuschweifen:

»Wir sprachen gerade über Ted Burgess, und ich sagte zu
Leo, er sei ein Herzensbrecher.«

»So heißt es allgemein, glaube ich«, antwortete Mr. Mauds=
ley.

»Ja, aber es geht mich nichts an, was er am Wochenende treibt, nicht wahr?« Lord Trimingham schien mir einen Blick zuzuwerfen — man wußte nie genau, wohin er sah — und fügte rasch hinzu: »Ich habe mit ihm wegen seines Militär= dienstes gesprochen. Natürlich sehr taktvoll — man kommt da nur mit Behutsamkeit weiter. Ein geeigneter Mann, ledig, ohne Bindungen — er würde einen erstklassigen Unteroffizier abgeben. Ein Karabiner ist natürlich etwas anderes als seine Flinte; aber er ist ein guter Schütze, nach allem, was ich ge= hört habe.«

»So heißt es allgemein, glaube ich«, sagte Mr. Maudsley zum zweitenmal. »Wann sprachen Sie ihn? Sonntag? Ich frage nur, weil ihn jemand im Park gesehen hat.«

»Nein, gestern«, sagte Lord Trimingham, »und zwar auf seinem Hof. Ich habe ihn schon früher einmal wegen dieser Sache in die Zange genommen. Aber ich fürchte, ich bin keine sehr gute Reklame für den Dienst in der Armee.«

Heute glaube ich, daß er manchmal auf seine Verstümme= lung anspielte, um sich selbst daran zu gewöhnen und um seiner Umgebung einzureden, er habe sich damit abgefun= den. Das gelang ihm jedoch nicht immer. Nach einer pein= lichen Pause fragte Mr. Maudsley:

»Was meinte er?«

»Das erste Mal sagte er, er wolle nicht, er sei ganz zufrie= den mit seinem Dasein und überlasse es anderen, Krieg zu führen. Aber gestern schien er seine Ansicht geändert zu haben — er meinte, er würde die Buren ganz gerne mal aufs Korn nehmen. Ich sagte, er käme vielleicht gar nicht nach drüben. Die Lage hat sich geändert, seit Roberts Pretoria erobert hat, obwohl es möglich ist, daß uns de Wet in Trans= vaal noch zu schaffen macht.«

»Sie glauben also, daß er geht?« sagte Mr. Maudsley.

»Ich glaube, es besteht die Möglichkeit, und ich bedauere es eigentlich. Er ist ein guter Kerl, und ich werde nicht so leicht wieder einen solchen Pächter finden. Aber was wollen Sie machen? Krieg ist Krieg.«

»Er wird wohl kein allzu großer Verlust für die Gegend sein«, sagte Mr. Maudsley.

»Weshalb?« fragte Lord Trimingham.

»Nun, darüber haben Sie ja gerade gesprochen«, sagte Mr. Maudsley und ließ die Antwort in der Schwebe.

Sie schwiegen. Ich hatte der Unterhaltung nicht ganz folgen können, aber irgendwie beunruhigte sie mich.

»Geht Ted wirklich in den Krieg?« fragte ich.

»Du stehst also per ›Ted‹ mit ihm!« sagte Lord Trimingham. »Nun, es scheint beschlossen zu sein, daß er geht.«

Wenn sich die Erwachsenen nur deutlicher ausdrücken würden! Ich überlegte, wer oder was das wohl beschlossen haben könnte. Als ich das Rauchzimmer verließ, hörte ich, wie Mr. Maudsley zu Lord Trimingham sagte:

»Man sagt, eine Frau sei von ihm in der Hoffnung.«

Ich wußte nicht, was er meinte, aber ich glaubte, er spiele auf Teds Tagesfrau an.

Neunzehntes Kapitel

Ich hatte mir gesagt und hatte es auch meiner Mutter ge=
schrieben, daß das Telegramm um elf Uhr fünfzehn ankom=
men könne. Es wurde elf Uhr fünfzehn, aber mein Marsch=
befehl traf nicht ein. Ich war deshalb nicht niedergeschlagen,
sondern, im Gegenteil, sogar erleichtert. Mein Glaube an die=
ses Telegramm war unerschütterlich, und nun hatte ich noch
eine weitere Frist, sozusagen eine Gnadenfrist zu der eigent=
lichen Frist. Denn der Gedanke, Mrs. Maudsley meine plötz=
liche Abreise — ich hatte sie in Gedanken bereits auf Donners=
tag festgesetzt — erklären zu müssen, sagte mir wenig zu,
und außerdem wußte ich nicht, wie ich sie sprechen konnte,
da sie ja zu Bett lag. Im Bett konnte meine Vorstellungskraft
sie nicht erreichen; sie hätte ebensogut im Ausland sein
können.

Es gab eine sehr einfache Erklärung. Mein Brief war wohl
irgendwie verlegt worden. Er würde mit der zweiten Post
ankommen.

Ich verbrachte den größten Teil des Tages mit Markus. Wir
waren im besten Einvernehmen. Markus hatte die Gereiztheit
— oder jedenfalls die äußeren Anzeichen dafür — die er auf
Grund meines Erfolges mir gegenüber gehabt hatte, völlig
überwunden. Dieser Erfolg hatte die üblichen neun Tage
nicht überdauert, und man sprach kaum mehr davon. Wir
schlenderten ziemlich planlos durch den Park, stellten Be=

trachtungen darüber an, was uns das nächste Semester wohl bringen würde, erprobten unser Vokabular, warfen einander Beleidigungen an den Kopf, rauften und gingen manchmal Arm in Arm. Er vertraute mir viele Geheimnisse an; denn er war eine schamlose Klatschbase, was ich mißbilligte, insge= heim aber genoß. Im Gegensatz zu der bekannten Regel glaubte ich nicht, daß es sehr schlimm sei, wenn man aus der Schule plauderte. Er sprach mir von dem bevorstehenden Ball und erzählte des langen und breiten über dessen Pracht; er übte mit mir für die Rolle, die ich übernehmen sollte. Er sagte mir, daß Marian mir ein Paar weiße Handschuhe aus London mitbringen würde. Darauf war ich nicht sehr erpicht; aber das grüne Fahrrad, das grüne Etwas, das sie wie ein Schatten begleitete — oh, dieser Gedanke nagte an mir! Er zog ein Programm aus seiner Tasche und zeigte es mir: Walzer, Wal= zer, Quadrille, Lancers, Boston, Erntetanz (»Das ist für die alten Spießer wie dich«, erklärte Markus liebenswürdig, »völlig aus der Mode!«), Walzer, Walzer, Polka. Dann das Souper und wieder Walzer, Walzer etc. bis zum »Sir Roger de Coverley« und dem Galopp.

»Schreibt man Galopp denn nicht mit zwei l?« fragte ich.

»Nicht im Französischen, Kretin«, sagte Markus vernich= tend. »Was du noch alles lernen mußt! Aber ich bin nicht sicher, ob wir Sir Roger *und* einen Galopp haben werden: Beides zusammen ist un peu provinziell, vous savez. Wir werden das im letzten Moment entscheiden. Papa wird es wohl bekannt geben!«

»Und wann wird die Verlobung bekannt gegeben?« fragte ich.

»Vielleicht werden wir sie gar nicht bekannt geben«, sagte Markus. »Wir halten es für besser, sie vielleicht nur durch=

sickern zu lassen. Das wird nicht lange dauern, kann ich dir versichern. Aber bis dahin wird man dich und mich bereits ins Bett geschickt haben. Man wird uns nicht erlauben, län= ger als bis Zwölf aufzubleiben, aus Rücksicht auf dein zartes Alter, mon enfant. Ach, wie bist du ju—u—u—ung!« trällerte er affektiert. »Und weißt du, was du noch bist?«

»Nein«, sagte ich arglos.

»Nimm's mir nicht übel, aber du bist ein winzig kleines bißchen grün, *vert*, vous savez.«

Ich gab ihm einen Puff, und wir rauften ein wenig.

Es war äußerst angenehm und gänzlich unwirklich, von diesen Ereignissen zu hören, an denen ich nicht teilnehmen würde. Seit meiner Ankunft drohte mir dieser Ball wie ein Hindernis, das ich auf irgendeine Weise nehmen müßte. Ich hatte eben begonnen, das Tanzen zu lernen; ich konnte die Schritte noch nicht richtig und war überzeugt, daß ich eine schlechte Figur machen würde. Sich den Ball aber vorzustellen, ohne daran teilzunehmen, das war etwas anderes.

Ich hatte nicht das Gefühl, daß ich Markus hinterging. Diese Täuschung war zur Durchführung meines Planes not= wendig — meines Planes, der allen zum besten diente. So unbegreiflich mir das heute erscheint, damals war ich ein Mann der Tat und als solcher war ich ein Realist, dem der Zweck die Mittel heiligte. Mein Zweck war jedenfalls ein= wandfrei. Dies war etwas anderes als meine Botengänge, die, davon war ich überzeugt, ein böses Ende nehmen mußten. Und deshalb waren Marian und Ted im Unrecht, wenn sie mich zu täuschen versuchten. Ziemlich im Unrecht, sehr im Unrecht? Unrecht war kein Wort, mit dem ich viel anfangen konnte. Die Vorstellung von Recht und Unrecht als zwei riesigen Horchern, die jede meiner Bewegungen ausspionier=

ten, war für mich äußerst abstoßend. Aber etwas, das zu Mord führen mußte, war bestimmt Unrecht.

So hörte ich gleichmütig zu, als Markus mir von dem Ball erzählte; als er aber, vom großen zum kleinen Fest übergehend, von den Vorbereitungen zu meinem Geburtstag zu erzählen begann (sie waren streng geheim, teilte er mir mit), überkamen mich Gewissensbisse. Und nicht nur Gewissensbisse, sondern auch Gefühle des Bedauerns. Denn alle, so schien es, hatten ein Geschenk für mich. Der grüne Anzug und sein Zubehör zählten nicht — das waren ausgesprochene Nicht=Geburtstagsgeschenke gewesen. »Eine weitere Sorge von Mama«, sagte Markus, »ist die Torte. Nicht die Torte selbst, vous savez, mais les chandelles. Mama ist das, was man abergläubisch nennt. Die Zahl Dreizehn ist ihr unsympathisch — obwohl natürlich jeder einmal dreizehn werden muß. Besonders du, du unausgegorenes Dutzend mit Rabatt=zugabe.«

Das fand ich wirklich witzig und betrachtete Markus mit erneutem Respekt.

»Wir haben jedoch einen Ausweg gefunden; aber das ist zu geheim, als daß ich es dir sagen kann. Du würdest es überall ausposaunen. Doch der große Augenblick, der *clou* des Abends, wenn du Döskopp das verstehst, wird sein, wenn Marian dir das Fahrrad überreicht. Mit dem Glockenschlag Sechs werden die Flügeltüren aufgehen, und sie wird darauf hereinradeln, wie sie sagt, in Trikots — falls Mama das erlaubt, was ich bezweifle. Vielleicht muß sie Pumphosen an=ziehen.«

Vor dieser hinreißenden Vision schloß ich, wie geblendet, die Augen, und mein altes Gefühl für Marian kehrte für einen Augenblick zurück. Zu spät: die Würfel waren ge=

fallen. Es war Dienstag sechs Uhr und nicht Freitag, und das Telegramm mußte jetzt jeden Moment eintreffen.

»Sind Pumphosen nicht so gefährlich wie Trikots?« fragte ich.

»Nicht so gefährlich! Das ganz bestimmt nicht, aber nicht so flott.«

»Aber sollten sie nicht flott sein zum Radfahren?«

»Nicht das, was du unter flott verstehst«, sagte Markus mit überraschender Geduld. »Sondern so, wie Frauen sind, die einen Stich haben. Männer können *flott* sein, aber das ist dann etwas anderes. Pumphosen waren auch nicht comme il faut, bis eine Dame, die wir kannten, sie zum Radfahren im Battersea Park anzog.«

»Ich verstehe immer noch nicht, weshalb Trikots *flotter* sind«, bekannte ich.

»Eh bien, je jamais! Denk mal nach!«

Das tat ich, aber ich kam nicht darauf.

»Und außerdem sollen es auch noch schwarze Trikots sein.«

»Sind die besonders schlimm?«

»Natürlich, du Eule! Viel schlimmer, sagt Mama. Pas comme il faut — entièrement défendu.«

Die Schatten wurden länger, das Licht wechselte und bekam eine goldene Färbung. Das Wetter benahm sich jetzt so, wie man es sich wünschte; zu jeder Tageszeit entsprach es genau den Vorstellungen eines schönen Sommers. Keine Kapriolen, keine Bewölkung, keine drohenden Anzeichen für plötzliche Gewitter. Es blieb beständig, man konnte sich darauf verlassen. Nie wieder — nicht einmal auf dem Kontinent, nicht einmal in Italien — habe ich »schönes Wetter« je so vollkommen erlebt. Es war, als seien die diktatorischen For-

derungen der Wissenschaft nach absoluter Sicherheit in wun=
derbarer Weise vom Himmel erfüllt worden. Diese unver=
änderte Lieblichkeit, die an Landschaften von Claude Lorrain
erinnerte, wirkte sich seltsam auf die Gemüter aus. Mehr
konnte man nicht erwarten, und jedes Gefühl der inneren
Unzufriedenheit, das man sonst am Wetter ausließ oder auf
das Wetter schob, wurde nun sozusagen in überlegener Ruhe
von diesem zurückgewiesen.

Wir bogen in die Einfahrt ein und hatten vor, ins Dorf
hinunter zu gehen, als wir einen Telegrafenjungen in rot=
paspelierter Uniform, mit runder Mütze und leuchtend rotem
Fahrrad, kräftig in die Pedale tretend, auf uns zukommen
sahen. Meine Gedanken waren so sehr mit Fahrrädern be=
schäftigt, daß sein Rad eine Verwirklichung meiner Träume
und die Farbe nur ein Versehen zu sein schien.

»Ein Telegramm!« riefen wir beide wie aus einem Mund,
und Markus machte dem Jungen ein Zeichen, er solle halten.
Ich war so überzeugt, das Telegramm müsse für mich sein,
daß ich meine Hand danach ausstreckte.

»Maudsley?« fragte der Junge frech.

»Mr. Maudsley«, belehrte ihn Markus. Ich zog meine Hand
zurück und fixierte Markus, neugierig, wie er die Nachricht
aufnehmen würde; denn ich war immer noch überzeugt, daß
das Telegramm von Mutter wäre.

Markus öffnete es. »Bloß Marian«, sagte er, als ob ein Tele=
gramm von ihr nicht der Rede wert sei, »die mitteilt, daß sie
morgen mit dem späten Zug kommt. Mama hat ihr vorher
gesagt, daß sie sich für die vielen Besorgungen nicht ge=
nügend Zeit genommen hat. Ich vermute, sie bleibt noch, um
dein Rad zu kaufen. So, jetzt wollen wir mal die im Dorf
durcheinander bringen — sales types!«

Wie kurzsichtig von mir, dachte ich, zu erwarten, meine Mutter würde telegrafieren! Natürlich tat sie das nicht. Ein Telegramm kostete einen Sixpence, und wir mußten unsere Sixpences zusammenhalten. Morgen würde ein Brief kom= men, der mich zurückriefe, wenn nicht mit der ersten, dann mit der zweiten Post. Wieder ein Aufschub, noch ein sorg= loser Tag; körperlich noch in Brandham Hall, mit dem Her= zen schon zu Hause. — —

Am Mittwoch morgen kam der »Punch«. Ich mußte ab= warten, bis die älteren Herrschaften sich über die Witze amü= siert hatten, die sie nun, da Mrs. Maudsley abwesend war, weit ungezwungener zu genießen schienen; aber endlich er= gatterte auch ich die Nummer. Ich schlug sie vorsichtig auf; denn (Markus hatte es herausgefunden) ich verstand die Witze nicht immer, und manchmal mußte sie mir einer der Erwachsenen wie eine Rechenaufgabe erklären. Verstand ich aber einen von selber, dann war das ein doppelter Triumph. Zu meinem Entzücken war die Zeitschrift voll von Anspie= lungen auf die Hitze; das machte mein privates Interesse zu einem universalen. Da war etwa die Sonne, »Der wahre Sechstagefahrer« (es gab dankenswerterweise mehrere Witze über das Radfahren), tief über eine Lenkstange gebeugt, mit gewundenen Strahlen um das Haupt und einem sieghaften Lächeln auf dem Gesicht; und im Hintergrund stand Mr. Punch unter einem Sonnenschirm und wischte sich den Schweiß von der Stirne, während hinter ihm sein Hund Toby mit heraushängender Zunge zu schmelzen schien.

Ich lachte laut und auffällig, mit der Absicht, gehört zu werden; denn einen Witz verstanden zu haben, bedeutete mir etwas. Aber was stand da unter der Überschrift »Ein be= deutender Gedanke für jeden Tag des Jahres«?

»De Wet, von Lord Methuen mehrmals in die Flucht ge=
schlagen, ist es gelungen, die Eisenbahnverbindung an drei
Punkten zu unterbrechen« — und noch einiges mehr in der
gleichen Tonart, hämische Anspielungen auf unsere Kriegs=
führung. War das komisch? Ich fand es nicht — ich empfand
es als unpatriotisch, wie man es vielleicht auch heute emp=
finden würde. Ich nahm immer Partei, manchmal war ich für
mehrere Parteien, und jetzt war ich auf seiten Englands.

Ich war empört, und als sich die Gelegenheit ergab, zeigte
ich Lord Trimingham die anstößige Seite mit geziemendem
Abscheu.

Zu meinem Kummer und Erstaunen lachte er schallend.
Ich erdreistete mich nicht, ihn zu kritisieren — aber das ging
doch sichtlich zu weit! Er, als Kriegsveteran, fand es komisch,
für komisch genommen zu werden! Zu lachen, wenn das
Heer, für das er so tapfer und unter so großen persönlichen
Opfern gekämpft hatte, lächerlich gemacht wurde! Ich kam
nicht mehr mit.

Doch auch am Mittwoch morgen kam kein Brief von mei=
ner Mutter. Das beunruhigte mich jedoch nicht weiter. Im
Gegenteil, ich hatte das Gefühl, die ganze Sicherheit, in der
ich mich während der letzten vierundzwanzig Stunden ge=
wiegt hatte, sammele sich zu einer geballten Ladung, die
beim Tee explodieren würde. Wie aber sollte ich inzwischen
den Tag verbringen? Es war bereits sehr heiß; mein meteoro=
logischer Scharfsinn, der sich durch die lange Übung zu einem
sechsten Sinn entwickelt hatte, ahnte einen Hitzerekord vor=
aus. An jenem Morgen mußte ich mehrmals an mich halten,
um nicht zur Wildbretkammer zu laufen und an dem noch
unreifen Apfel der Erkenntnis zu nagen.

Dies würde also mein letzter Tag in Brandham sein, wenn man mir nicht den Kompromiß anböte, bis Freitag zu bleiben; in diesem Falle, so sagte ich mir, würde ich meine Geschenke doch noch bekommen, wenn auch auf etwas formlose Weise und ohne die Krönung durch die Geburtstagstorte. Ich hoffte insgeheim auf diesen Vorschlag; denn bisweilen drang der Gedanke an das Fahrrad selbst noch durch die Rüstung meines Entschlusses.

»Hast du etwas vergessen?« Meine Mutter stellte diese Frage jedesmal, wenn ich nach den Ferien wieder zur Schule fuhr oder sonst wohin, obgleich ich sehr wenig herumkam. »Mußt du dich noch bei jemandem bedanken?« war eine weitere solche Frage.

Allen Menschen, denen ich zu danken hatte, konnte ich morgen, oder an welchem Tag auch immer ich abreiste, danken — Marian, Markus, meinem Gastgeber und meiner Gastgeberin und den Dienstboten. Ich sah mich im Geist meinen Dank aussprechen, ihnen danken, daß sie mich eingeladen hatten. Vielleicht hatte ich ihnen auch für Geschenke zu danken. Dank war etwas, das man sich bis zuletzt aufhob; er war das Kernstück jedes Abschieds, und der Gedanke daran brachte die Abreise näher. Lebwohl, Brandham! Hatte ich noch jemanden vergessen?

Da fiel mir Ted ein. Ich glaubte nicht, ihm besonderen Dank schuldig zu sein. Aber er hatte mir einen Brief geschrieben, und es war beschlossene Sache, daß er sich zur Armee melden würde. Dieser Gedanke beschäftigte mich noch immer. Ich sollte mich doch von ihm verabschieden.

Viel Zeit würde es mir nicht kosten; aber wie würde ich Markus für diese Zeit los? Ich konnte mich nicht bei Ted verabschieden, wenn er dabei war. Da kam mir eine Idee.

Mutter hatte erlaubt, daß ich zum Schwimmen ging. Aber ich hatte von dieser Erlaubnis nie Gebrauch gemacht; denn kaum war sie eingetroffen, war der Wasserspiegel oberhalb der Schleuse so sehr gesunken, daß es dort selbst für einen Nichtschwimmer zu flach war. Die männlichen Gäste gingen manchmal zum See unterhalb der Schleuse; aber obwohl er ebenfalls gesunken war, war er für mich immer noch zu tief.

»Markus«, sagte ich, »il est très ennuyeux, mais...« Mein Französisch ließ mich im Stich.

»Huste dich Englisch aus, wenn's dir leichter fällt«, sagte Markus wohlwollend. »Es ist äußerst langweilig, aber...«

»Ted Burgess hat mir gesagt, er würde mir eine Schwimm= stunde geben«, sagte ich eilig. Das entsprach nicht der Wahr= heit; aber ich hatte so viele Lügen angehört, und Lügen steckt an. Außerdem hatte er gesagt, er würde alles tun, damit ich »dafür« entschädigt würde. Ich erklärte, weshalb ich die Hilfe eines Erwachsenen benötigte.

»Es dauert nur un petit quart d'heure«, schloß ich und war sehr zufrieden mit mir.

»So läßt du mich also im Stich?« sagte Markus in tragi= schem Tonfall.

»Aber du hast mich ja auch im Stich gelassen«, brachte ich vor, »als du zu Nannie Robson gegangen bist.«

»Ja, aber das ist etwas anderes. Sie ist meine alte Kinder= frau, und er...« Das folgende Epitheton war mir unbekannt, aber es klang nicht druckreif. »Paß auf, daß er dich nicht er= saufen läßt.«

»Oh, das tut er nicht«, antwortete ich und wollte mich schon in die Büsche schlagen.

»Ich wäre nicht traurig, wenn du ihn ersäufst«, sagte Mar= kus. Er hatte die Angewohnheit, schlecht von Menschen zu reden, besonders von solchen, die sozial tiefer standen. Es war, um mit ihm zu reden, eine façon de parler, die nichts besagte.

Ich verschaffte mir bei dem Diener, der auf eine mürrische, nicht gerade einladende Weise immer bereit war, mir einen Gefallen zu erweisen, ein kurzes Seil. Damit und mit Bade= tuch und Badeanzug bewaffnet, machte ich mich auf den Weg zum Fluß. Mein Badeanzug war erst einmal naß geworden: als Marian ihr triefendes Haar darauf ausgebreitet hatte.

Als ich auf die Schleuse stieg, sah ich Ted auf der Mäh= maschine übers Feld fahren. Es war das letzte Feld, auf dem noch Korn stand; auf allen anderen war es schon zu Garben gebündelt. Gewöhnlich ging ich zu ihm hinüber; aber heute handelte es sich um einen letzten und besonderen Besuch, und ich fand, diesmal solle er zu mir kommen. Ich machte ihm Zeichen, aber er sah mich nicht. Auf dem Sitz mit »Sprung= federung« auf= und nieder schwankend, sah er nur auf den Boden, damit die Messer die Ähren auch richtig faßten, und dann wieder nach dem Kopf des Pferdes. Endlich erblickte mich einer der Arbeiter und machte ihn auf mich aufmerk= sam. Er hielt das Pferd an und stieg langsam ab, und der Arbeiter nahm seinen Platz ein.

Ich ging nach der zweiten, kleineren Schleuse hinüber, ihm entgegen; aber noch ehe wir einander erreicht hatten, blieb er stehen, was ganz ungewöhnlich bei ihm war. Auch ich blieb stehen.

»Ich dachte nicht, daß Sie noch einmal kommen würden«, sagte er.

»Ich wollte mich verabschieden«, erklärte ich. »Ich reise morgen ab, oder spätestens am Freitag.« Es war, als sprächen wir über einen kleinen, aber deutlichen Abgrund hinweg zueinander.

»Nun, dann leben Sie wohl, Master Colston, und alles Gute!« sagte er. »Ich hoffe, Sie werden sich's gut gehen lassen.«

Ich starrte ihn an. Ich war kein besonders scharfer Beobachter, aber mir fiel auf, daß er noch merkwürdiger aussah, als er sich benahm. Früher hatte er mich immer an ein Kornfeld erinnert, das reif zur Ernte war; jetzt erinnerte er mich an Korn, das schon geschnitten und in der Sonne liegen gelassen worden war. Ich glaube, er war nicht älter als Fünfundzwanzig. Er war mir nie jung vorgekommen. Damals versuchten junge Männer nie jung auszusehen; sie bemühten sich, einen gereiften Eindruck zu machen. Aber jetzt entdeckte ich in seinem Gesicht die Züge eines viel älteren Menschen. Obwohl er schwitzte, wirkte er verdorrt, wie der Schatten des Mannes, der er einmal gewesen war. Ich bemerkte auch, daß er seinen Gürtel enger geschnallt hatte. Ich hätte ihn fragen können, was er mich damals gefragt hatte: »Was haben sie mit dir angestellt?« aber statt dessen sagte ich:

»Stimmt es, daß Sie in den Krieg gehen?«

»Wieso?« sagte er. »Wer hat Ihnen das erzählt?«

»Lord Trimingham«, antwortete ich.

Er schwieg.

»Wußten Sie, daß Marian mit ihm verlobt ist?« fragte ich.

Er nickte.

»Gehen Sie deshalb?«

Er scharrte mit den Füßen wie ein Pferd, und einen Augenblick lang dachte ich, daß er mich anbrüllen würde.

»Ich weiß noch gar nicht, *ob* ich gehe«, sagte er, und man

konnte ein wenig von der Art des alten Ted heraushören. »Das liegt bei ihr. Es kommt nicht darauf an, was ich will, sondern was sie will.«

Ich fand diese Antwort feige und bin noch heute dieser Meinung.

»Hören Sie, Master Colston«, sagte er plötzlich, »Sie haben doch niemandem etwas von dieser Sache erzählt? Es ist nichts weiter als eine geschäftliche Angelegenheit zwischen Miss Marian und mir, aber —«

»Ich habe niemandem etwas erzählt«, sagte ich.

Er sah mich immer noch ängstlich an.

»Sie hat gesagt, daß Sie es nicht tun würden. Aber ich sagte: ›Er ist nur ein kleiner Junge, er könnte sich verschwätzen.‹«

»Ich habe niemandem etwas erzählt«, wiederholte ich.

»Wir wollen ja alle keine Scherereien haben, nicht wahr?«

»Ich habe niemandem etwas gesagt«, sagte ich noch einmal.

»Ich versichere Ihnen, daß wir beide Ihnen sehr dankbar sind, Master Colston, für alles, was Sie getan haben«, sagte er. Es klang, als wolle er eine Dankrede halten. »Nicht jeder junge Herr würde seine Nachmittage dazu hergeben, um Botschaften auszutragen wie ein Laufjunge.«

Er schien sich des gesellschaftlichen Unterschiedes zwischen uns überdeutlich bewußt zu sein. Er wahrte auf mehr als eine Weise die Distanz. Zuerst war ich geschmeichelt, daß er mich »Master Colston« nannte, aber plötzlich wünschte ich, er würde es lassen, und sagte:

»Bitte, nennen Sie mich Briefträger, wie früher.«

Er lächelte mich traurig an. »Es tut mir immer noch leid, daß ich dich am Sonntag so angeschrien habe«, sagte er. »Es ist ganz natürlich, daß ein Junge in deinem Alter über diese Dinge Bescheid wissen möchte, und wir Älteren sollten es euch nicht so schwer machen. Und ich hatte es dir ja auch versprochen, wie du ganz richtig gesagt hast. Aber ich weiß nicht, ich mochte plötzlich nicht — nicht mehr, nachdem ich dich singen gehört hatte. Wenn du willst, dann halte ich mein Versprechen und sag's dir jetzt. Aber ich gebe zu, daß ich es lieber nicht täte.«

»Ich möchte Sie in keiner Weise damit belästigen«, sagte ich von oben herab, wie meiner Meinung nach ein Erwachse= ner vielleicht gesagt hätte. »Ich weiß jemanden, der es mir sagt. Ich weiß übrigens mehrere Menschen, die es tun wer= den.«

»Wenn sie's dir nur nicht falsch sagen«, meinte er etwas besorgt.

»Wie könnten sie? Das sind doch allgemein bekannte Tat= sachen, oder nicht?«

Ich war mit diesem Satz recht zufrieden.

»Ja, aber es würde mir leid tun... Meinen Brief hast du wohl bekommen, nicht wahr? Ich habe sofort geschrieben, aber die Post ging erst am Montag weg.«

Ich sagte, daß ich ihn bekommen hätte.

»Dann ist's recht«, sagte er und schien erleichtert. »Ich schreibe nicht oft Briefe, außer geschäftlich. Aber ich kam mir so gemein vor, nach allem, was du für uns getan und wie du deine Zeit geopfert hast, die für einen Jungen doch so kostbar ist.«

Ich fühlte einen Kloß im Hals, aber mir fiel nichts anderes ein als: »Es ist schon gut.«

Er wich meinem Blick aus und sah nach den Bäumen hin= über, hinter denen das Schloß lag.

»Morgen fährst du also fort?«

»Ja, oder am Freitag.«

»Nun, vielleicht werden wir uns einmal wiedersehen.« Endlich überschritt er den Abgrund und streckte mir zögernd die Hand entgegen. Ich glaube, er dachte immer noch, ich würde sie vielleicht nicht nehmen. »Auf ein andermal, Brief= träger.«

»Leb wohl, Ted.«

Als ich mich zum Gehen wandte, traurig darüber, daß ich mich von ihm trennen mußte, durchzuckte mich ein Gedanke, und ich drehte mich nochmals um.

»Soll ich noch eine Botschaft für Sie besorgen?«

»Das ist sehr nett von dir«, sagte er. »Aber möchtest du denn?«

»Doch, dieses eine Mal schon.« Ich dachte, das könne nichts schaden; und bis sich die Botschaft auswirken würde, wäre ich schon weit fort. Und ich wollte ihm beweisen, daß wir Freunde waren.

»Schön«, sagte er, jetzt wieder über den Abgrund hinweg, »dann sage ihr, daß es morgen nicht geht, weil ich nach Nor= wich muß. Aber am Freitag, um halb sieben, wie immer.«

Ich versprach, ihr das zu sagen. Oben auf der Schleuse blieb ich stehen und sah zurück. Auch Ted sah zurück. Er nahm seinen alten, weichen Hut ab, beschattete seine Augen mit der einen Hand und winkte kräftig mit dem Hut in der anderen. Ich versuchte, den meinen zu ziehen, und wußte nicht gleich, weshalb das nicht ging. In der einen Hand hielt ich den Badeanzug, in der anderen das Handtuch; das Seil lag wie ein Halfter um meinen Nacken. Plötzlich fühlte ich mich äußerst ungemütlich, ich war in meiner Bewegungsfrei= heit behindert und der Schweiß rann mir ins Genick. Bis zu diesem Augenblick hatte ich meine Bürde gar nicht bemerkt, und Ted offensichtlich auch nicht. Ich hatte vergessen, weshalb ich gekommen war, und erinnerte mich nun an etwas, wozu ich nicht gekommen war. Meinen trockenen Badeanzug schwingend, der sich jetzt sehr warm anfühlte, und das scheuernde Seil im Nacken, ging ich über den rissigen Damm zurück. Was für eine alberne Figur würde ich in Markus' Augen abgegeben haben, dachte ich.

Zwanzigstes Kapitel

Auf dem Teetisch lag der Brief meiner Mutter. Das Begnadigungsschreiben war eingetroffen.

Da begriff ich erst, wie sehr ich damit gerechnet hatte, und an meiner Erleichterung konnte ich die Unsicherheit ermessen, die ich seit Sonntag verspürt hatte. Seit Sonntag hatte ich vieles aus vollem Herzen genossen, jedenfalls schien es so, aber unterschwellig bröckelten die Grundmauern noch immer ab. Beim Anblick des Briefes begann vieles, was, ohne daß ich mir dessen bewußt geworden war, durch die seelische Belastung in Unordnung geraten war, sich wieder zu normalisieren. Ich redete wieder viel und aß heißhungrig. Wenn ich nicht alsbald mit einer Entschuldigung vom Tisch lief, um den Brief zu lesen, so entsprang das teilweise dem Wunsch, jenes Gefühl der Leere, das erfahrungsgemäß einer so sicher sich erfüllenden Hoffnung folgen würde, noch hinauszuzögern, teilweise aber auch, weil die Mitteilung seines Inhaltes an Mrs. Maudsley das einzige war, wovor ich mich in Brandham noch fürchtete. Ich hatte viele Gäste unbeweint von Brandham scheiden sehen, und ich hätte mir denken können, daß Mrs. Maudsley auch meine Abreise mit philosophischer Ruhe hinnehmen würde, wäre ich mir nicht so sehr als der Mittelpunkt meiner und ihrer Welt vorgekommen.

Aber endlich gelangte ich in mein Schlafzimmer, und was ich dort las, war folgendes:

»Mein Herzensjunge,

ich hoffe, Du bist nicht enttäuscht, daß Du kein Telegramm bekommst, und ich hoffe, Du bist auch über diesen Brief nicht enttäuscht.

Deine beiden Briefe kamen mit der gleichen Post. Das ist doch seltsam, nicht wahr? Ich brauchte einige Minuten, um herauszufinden, welcher zuerst geschrieben war. Im ersten batest Du mich, Dich eine weitere Woche dort bleiben zu lassen, weil Du so glücklich seist — und ich kann Dir gar nicht sagen, wie froh ich über die Nachrichten vom Cricket und den Liedern war, und wie stolz auf Dich. Dann schriebst Du mir im zweiten Brief, Du seist gar nicht glücklich, und ich solle Dir ein Telegramm senden und Mrs. Maudsley bit= ten, Dich nach Hause zu schicken. Ach, mein Liebling, der Gedanke, daß Du unglücklich bist, schien mir unerträglich, und ich brauche Dir auch nicht zu sagen, wie sehr ich Dich vermisse, immer, wenn Du nicht bei mir bist und nicht nur an Deinem Geburtstag, wenn auch dann ganz besonders. Des= halb ging ich auch gleich vor meiner morgendlichen Haus= arbeit zur Post, um zu telegrafieren. Aber unterwegs kam mir der Gedanke, daß wir vielleicht beide übereilt handeln würden, was nie klug ist, nicht wahr? Ich erinnerte mich, daß Du erst wenige Stunden, ehe Du den zweiten Brief schriebst, sagtest, Du seist glücklicher als je zuvor in Deinem Leben, und ich muß sagen, das schmerzte mich ein wenig; denn ich hoffe, Du warst auch hier glücklich. Und ich überlegte mir, was wohl in diesen wenigen Stunden geschehen sein mochte, das Dich so umstimmen konnte, und ob Du nicht irgend etwas ein wenig aufgebauscht hast — das tun wir alle manch= mal, nicht wahr? Man nennt das ›aus einer Mücke einen Elefanten machen‹. Du sagst, es sei deshalb, weil Du Boten=

gänge machen und Briefe übermitteln müßtest, und das wür=
dest Du nicht gern tun. Aber ich kann mich erinnern, daß
Du das früher einmal gern getan hast, und außerdem, Lieb=
ling, kann man nicht immer nur das tun, was man möchte.
Ich finde, daß es Mrs. Maudsley gegenüber unfreundlich ist,
wenn Du ihr diesen kleinen Dienst verweigerst, nach allem,
was sie Dir an Freundlichkeiten erwiesen hat. (Verständ=
licherweise bezog meine Mutter das ›sie‹ in meinem Brief auf
Mrs. Maudsley.) Auch hier ist es sehr heiß, und ich habe mich
oft um Dich gesorgt, aber Du hast mir immer gesagt, daß Du
die Hitze gern hast, besonders seit Miss Maudsley Dir den
dünnen Anzug geschenkt hat (ich kann es kaum abwarten,
ihn zu sehen und Dich darin, mein Liebling, das weißt Du,
nicht? Obgleich ich nicht ganz sicher bin, ob grün für einen
Jungen auch wirklich die richtige Farbe ist). Zu Hause bist
Du oft mehr als vier Meilen gegangen (einmal bist Du den
ganzen Weg nach Fordingbridge und zurück gegangen, er=
innerst Du Dich?), und ich bin überzeugt, daß diese Wege
nicht zu anstrengend für Dich sind, wenn Du Dir *viel* Zeit
läßt und nicht *rennst,* wie Du das manchmal tust, und Dich
dabei nur unnötig *erhitzt.*

Du sagst, das was Du tust, könnte unrecht sein. Aber
wieso, Liebling, wie kann es unrecht sein? Du erzählst mir,
daß Mrs. Maudsley nie ihren Kirchgang versäumt, und daß
auch die übrige Familie und die Gäste in die Kirche gehen,
und daß jeden Tag Familienandacht abgehalten wird, was
durchaus nicht in *allen* großen Häusern der Fall ist (ja sogar
in kleinen nicht immer!). Deshalb *kann* ich mir nicht denken,
daß sie Dich zu etwas *Unrechtem* veranlassen würde — außer=
dem, was *kann* an einem Botengang schon unrecht sein?
Aber ich finde, es wäre ziemlich unrecht, obwohl natürlich

nicht *großes* Unrecht (Du *bist* doch ein komischer Kauz!), wenn Du es sie auch nur *merken* lassen würdest, daß Du nicht gern gehst. Ich bin sicher, daß sie nicht böse sein würde, aber sie wäre *erstaunt* und würde sich fragen, was für eine Kinderstube Du gehabt hast.

Aber ich weiß natürlich, daß einem die Hitze zu schaffen machen kann (es heißt nicht ›Gros‹, Liebling, sondern ›groß‹ — ich wußte gar nicht, daß Du das falsch schreibst, Du hast es meines Wissens noch nie getan), und ich bin überzeugt, wenn Du zu Mrs. Maudsley gehst und es ihr erklärst und sie *sehr höflich* bittest, ob nicht jemand anderes die Briefe be= fördern kann, dann wird sie ja sagen. Du hast mir mehrmals geschrieben, es seien zwölf Dienstboten im Haus; sicherlich kann sie einen entbehren, damit er gehen kann. Aber ich nehme an, sie ahnt nicht, daß Du nicht gern gehst — ich hoffe es wenigstens, daß sie es nicht gemerkt hat.

Mein Liebling, ich hoffe, Du bist nicht enttäuscht und ge= kränkt über meine Haltung, aber ich finde, es wäre *falsch*, wenn Du so plötzlich abreist. Man würde es nicht verstehen und mich für eine unvernünftige und schwache Mutter hal= ten! — was ich ja auch bin, Liebling, aber in diesem Fall möchte ich es nicht sein. Nach allem, was ich von Dir gehört habe, könnten sie Dir sehr gute Freunde in Deinem späteren Leben sein. Ich hoffe, das klingt nicht berechnend, aber manchmal muß man berechnend sein. Dein Vater hat sich nichts aus einem gesellschaftlichen Leben gemacht, aber ich glaube, das war ein Fehler, und seit seinem Tod hatte ich wenig Gelegenheit, Freunde für Dich zu finden. Ich würde Markus gern hierher einladen, aber ich weiß nicht, womit wir ihn unterhalten könnten — er muß einen *sehr* großzügi= gen Lebensstil gewohnt sein!

Diese zehn Tage werden bald vorübergehen, und deshalb, mein Liebling, müssen wir *Geduld* haben. Das gilt für mich genauso wie für Dich; denn ich sehne mich nach Dir, und die liebste Stelle in Deinem Brief war die, wo Du schriebst, Du freutest Dich auf zu Hause. Aber man kann nicht erwarten, daß man *immer* nur glücklich ist, stimmt es? Das wissen wir beide. Vielleicht würde es uns auch gar nicht gut bekommen. Und Du bist wie Deine Mutter: himmelhoch jauchzend — zu Tode betrübt. Ich erinnere mich, daß Du vor nicht allzulanger Zeit sehr unglücklich warst, weil einige größere Buben Dich wegen eines Wortes, das Du benutzt hattest, ärgerten; aber Du hattest das bald vergessen und warst wieder so vergnügt wie immer. Ich bin überzeugt, Du bist schon wieder viel vergnügter, wenn Du diesen Brief in Händen hast, und daß Du Dich wunderst, wie Du je solch einen Brief schreiben konntest.

Lebe wohl, mein lieber, lieber Junge. Ich werde Dir zu Deinem Geburtstag wieder schreiben und Dir ein kleines Geschenk schicken. Dein wirkliches Geschenk hebe ich auf, bis Du zurückkommst. Ob Du wohl raten kannst, was es ist?

Alles, alles Liebe, mein einziger Leo,

Deine Dich liebende

Mutter.

P.S. Was für ein langer Brief! Aber ich dachte, Du wolltest gern *genau* wissen, was ich denke. Ich halte es wirklich für falsch, wenn Du jetzt abreist. Das alles wird für Dich eine wesentliche Erfahrung sein, mein Liebling.«

Kinder sind mehr daran gewöhnt als Erwachsene, daß man ihnen eine Bitte glatt verweigert, aber sie sind auch weniger

in der Lage, die Verweigerung mit philosophischer Gelassen=
heit hinzunehmen. Der Brief meiner Mutter war, trotz seines
vernünftigen Tones, letztlich nichts als eine glatte Verweige=
rung meiner Bitte und versperrte mir nicht nur jede weitere
Aussicht, sondern warf auch alle meine Pläne über den Hau=
fen. Ich wußte wirklich nicht mehr, was ich nun tun sollte. Ich
wußte nicht, sollte ich in meinem Schlafzimmer bleiben oder
es verlassen. Ich hätte gern mit jemandem über mein Miß=
geschick gesprochen, verwarf aber diesen Gedanken instink=
tiv, noch ehe er ganz in mein Bewußtsein eingedrungen war;
ich konnte mit niemandem sprechen. Meine Aufgabe war es
ja, völliges Schweigen zu bewahren. Ich war ein Grab des
Schweigens, in welchem die Gebeine eines tödlichen Geheim=
nisses bleichten, eines zwar überaus lebendigen, aber tod=
bringenden und unheilvollen Geheimnisses.

Jedenfalls glaubte ich das. Denn nun, nachdem mir der
Brief meiner Mutter den Fluchtweg abgeschnitten hatte, sah
ich wieder, wie gefährlich die Dinge lagen. In einem anderen
Licht konnte ich sie nicht mehr sehen.

Ich verließ mein Zimmer nach kurzer Zeit; meine eigene
Unruhe vertrieb mich daraus. Halb hoffend, halb fürchtend,
ich könne jemandem begegnen, ging ich zu den rückwärtigen
Gebäuden, zur Waschküche, zur Molkerei, zu den verschiede=
nen Schuppen, von denen ich kaum wußte, welchen Zwecken
sie dienten, deren harmlose, normale Bestimmungen mich
aber irgendwie beruhigten; sogar dem Abfallhaufen stattete
ich einen lustlosen Besuch ab. Ich versuchte, mich an meine
neue Lage zu gewöhnen, mich ihr anzupassen, wie man sich
an einen neuen Anzug gewöhnt; aber es gelang mir nicht.
Einige Dienstboten gingen an mir vorüber und lächelten mir
zu. Ich wunderte mich, wie sie so ruhig ihrer Arbeit nach=

gehen konnten, als wäre alles wie immer und wie es sein sollte, und als hinge kein Damoklesschwert über unseren Häuptern. Dann nahm ich meine Richtung zur Frontseite des Hauses, mich verstohlen durch die Büsche drückend und hinter den Bäumen haltend, bis ich schließlich die Geräusche eines Crok= ketspieles auf dem Rasen hörte und Stimmen, die zu weit entfernt waren, als daß ich die Sprecher hätte unterscheiden können. Ich überlegte, ob Marian wohl schon zurück sei.

Soweit ich überhaupt einen Entschluß gefaßt hatte, war es der, ein Zusammensein unter vier Augen mit ihr zu ver= meiden. Sie, so hatte ich dumpf begriffen, war der Felsen, an dem ich zerschellt war. Ted hatte mich vielleicht mehr er= schreckt, aber sie hatte mich tiefer verletzt. Bei Männern, genau wie bei Jungen, wußte ich ziemlich genau, was ich zu erwarten hatte. Ich erwartete nicht, daß sie nett zu mir waren. Schuljungen haben eine viel klarere Einsicht in die gegen= seitigen Charaktere als Erwachsene; denn sie tarnen sich nicht hinter einem Schleier guter Manieren. Sie sprechen eine rauhe Sprache, sie betreiben keine Politik auf lange Sicht, wie Männer das tun, die ihre Positionen sichern wollen, sie bevorzugen kleine Gewinne und rasche Gegenleistungen. Ted war wie ein Schuljunge, im einen Augenblick zornig, im nächsten schon wieder gutmütig. Bis zum Schluß sah ich in ihm nichts anderes als einen Draufgänger, der einem ande= ren Draufgänger auf gleicher Ebene begegnet, und ich war bereit, es unter diesen Voraussetzungen mit ihm aufzuneh= men; und obgleich ich ihn idealisierte und mit ihm auch mich selbst, hatte ich ihm nie allzu großes Vertrauen entgegen= gebracht.

Aber Marian hatte ich vertraut. Ihr gegenüber war ich wehrlos. Sie war meine gute Fee. Sie vereinigte in sich die

Rollen einer Fee und einer Mutter, die übernatürliche Güte der einen und die natürliche Güte der anderen. Ich hatte von ihr genausowenig erwartet, daß sie sich von mir abwenden könne, wie die Fee aus dem Märchen sich von dem Helden abwendet, den sie beschützt. Aber sie hatte es getan. Und auch meine eigene Mutter hatte es getan, auch sie hatte mich verraten. Der Unterschied bestand nur darin, daß meine Mut= ter nicht wußte, was sie tat, Marian sich dessen aber wohl bewußt war.

Daher beschloß ich, mich von ihr fern zu halten. Ich wußte, daß das kurzsichtig war, daß ich sie irgendwann sehen mußte und wenn auch nur, um ihr Teds Botschaft auszurichten. Und was das anbetraf, so kam ich allmählich zu einem Entschluß, der mehr Willenskraft von mir verlangte als irgend etwas, das ich bisher in Brandham Hall getan hatte. Ich wußte nicht, ob ich diese Willenskraft im entsprechenden Moment auf= bringen würde; aber dieser Entschluß war eine Folge meiner Einbildung, ich sei die entscheidende Figur im Spiel. Ich, ich allein konnte die Fäden zerschneiden, und wenn sie einmal zerschnitten waren, dann war auch das Spiel aus. Das stand jedenfalls unerschütterlich fest: ich würde keine weiteren Botschaften mehr überbringen.

Unser erstes Zusammentreffen war belanglos. Marian er= schien zum Abendessen und hatte zwei Gäste mitgebracht. Der Tisch war wieder ausgezogen worden, alle unterhielten sich. Sie lächelte mir wie immer zu und neckte mich ein wenig über den Tisch hinweg; dann gingen Markus und ich zu Bett.

Am nächsten Morgen, es war Donnerstag, erschien Mrs. Maudsley wieder beim Frühstück. Sie begrüßte mich mit Wärme — nein, nicht mit Wärme, denn die besaß sie nicht — sondern in der schmeichelhaften Art, die man einem Gast

schuldet, den man bedauerlicherweise, aber ohne es vermei=
den zu können, vernachlässigt hatte. Ich beobachtete sie
scharf, um Anzeichen von Hysterie festzustellen, konnte
aber keine entdecken. Ich fand, daß sie blasser als sonst aus=
sah, aber sie war immer blaß. Ihr Blick besaß immer noch
seine besondere Fähigkeit, sein Ziel zu erreichen, ohne es
lange suchen zu müssen, und ihre Bewegungen waren so
bestimmt wie nur je. Aber das Frühstück stand wieder unter
einer gespannten Atmosphäre. Ich hatte wieder Angst, eine
ungeschickte Bewegung zu machen, etwas zu verschütten,
unangenehm aufzufallen. Und nach dem Frühstück kam,
statt der Entspannung der letzten drei Tage, statt des Ge=
fühls, nun könne man unbekümmert in den Tag schlendern,
ihre Stimme, die jede Konversation übertönte und ominös
verkündete: »Also, *heute*...«

Als Markus und ich den Raum verließen, flüsterte er mir
boshaft zu: »Die Zuchtkrämer sind wieder da«, und ich
kicherte nervös, aber nicht über den Witz, sondern über die
Respektlosigkeit. Ich wollte eben antworten, als eine Stimme
hinter uns sagte: »Markus, ich möchte dir Leo einen Augen=
blick entführen«, und schon befand ich mich in Marians Kiel=
wasser.

Ich erinnere mich nicht mehr, wo diese Zusammenkunft
stattfand, aber ich weiß, daß es im Haus war und daß ich
nicht, wie sonst, das Gefühl hatte, wir könnten gestört
werden.

Sie fragte mich, wie ich ohne sie zurecht gekommen sei,
und ich sagte: »Sehr gut, danke«, was ich ungefährlich und
unverfänglich fand. Aber das freute sie keineswegs, denn sie
sagte: »Das ist die erste unfreundliche Antwort, die ich von
dir gehört habe.« Ich hatte nicht unfreundlich sein wollen,

und ein Mann hätte es auch nicht als unfreundlich empfun=
den; aber nun tat es mir sofort leid und ich überlegte, wie ich
es wieder gutmachen könnte. Sie hatte ein neues Kleid an;
ich kannte alle anderen genau und bemerkte den Unterschied.
»Hat es Ihnen gefallen in London?« fragte ich. »Nein«, ant=
wortete sie. »Man hat mich zum Dinner ausgeführt, aber mir
war wie bei einem Requiem zu Mute. Ich hatte jede Minute
Heimweh nach Brandham. Hast du Heimweh nach mir ge=
habt?«

Ich überlegte, was ich antworten sollte; denn ich wollte
nicht noch einen Fauxpas begehen. Aber da sagte sie schon:
»Gib dir keine Mühe, ›ja‹ zu sagen, wenn es nicht so war.«
Sie sagte das mit einem Lächeln, und ich schwindelte: »Natür=
lich«, und als ich das gesagt hatte, glaubte ich es fast, jeden=
falls wünschte ich, es wäre der Fall gewesen. Sie seufzte und
sagte: »Ich nehme an, du hältst mich für eine widerliche alte
Gouvernante, nicht wahr, die dich ausschimpft und dir häß=
liche Namen an den Kopf wirft. Aber das bin ich eigentlich
nicht — eigentlich bin ich ganz gutmütig.«

Ich wußte nicht, was ich davon halten sollte. Wollte sie
sich entschuldigen wie Ted? Ich hatte nur einmal erlebt, daß
sie sich entschuldigte, außer natürlich für belanglose Dinge,
wie zum Beispiel, wenn sie jemandem auf den Fuß trat. Und
dies blieb ihre einzige Anspielung auf jene Episode; sie
schien sie als abgeschlossen zu betrachten.

»Ich nehme an, du hast dich mit Markus herumgetrieben«,
fragte sie. »Habt ihr etwas angestellt?«

»O nein«, rechtfertigte ich mich, »wir haben Französisch
gesprochen.«

»Französisch«, sagte sie. »Ich wußte nicht, daß Französisch
auch zu deinen Fertigkeiten gehört. Was kannst du nur alles

— Singen, Cricket, Französisch!« Ihre schönen Augen suchten nach meiner schwachen Stelle und fanden sie.

Aber ich war auf der Hut und sagte: »Markus spricht viel besser Französisch als ich. Er kennt die irregulären Verben.«

»Äußerst irreguläre, möchte man sagen«, sagte Marian. »Aber jedenfalls hast du dir gut die Zeit vertrieben?«

»O ja«, sagte ich höflich. »Es tut mir leid, daß es Ihnen in London nicht gefallen hat.«

»Nein, das tut dir gar nicht leid«, sagte sie überraschend. »Es tut dir nicht im mindesten leid. Es wäre dir egal, wenn ich vor deinen Augen tot umfallen würde. Du bist ein hart= herziger kleiner Junge, aber so sind schließlich alle Jungen.«

Obgleich sie das so sagte, daß es wie ein Kompliment klang, und obwohl ich lieber hartherzig genannt wurde als weichherzig, hörte ich das nicht sehr gern. Aber ich war mir nicht sicher, ob Marian es ernst meinte.

»Sind Männer auch hartherzig?« fragte ich, um von mir abzulenken. »Ich bin überzeugt, daß Hugh es nicht ist.«

»Warum?« fragte sie. »Weshalb glaubst du, daß er es nicht ist? Ihr seid alle gleich, Mühlsteine, Granitblöcke — oder wie die Betten in Brandham, wenn man etwas *wirklich* Hartes nennen will.«

Ich lachte. »Mein Bett ist nicht hart«, sagte ich.

»Dann hast du Glück. Das meine ist hart, härter als der nackte Boden.«

»Ich habe nie auf dem Boden geschlafen«, sagte ich. Ihr Vergleich hatte mein Interesse geweckt. »Aber ich kenne einen Jungen, der es getan hat. Er sagte, er habe sich die Hüfte wundgelegen. Haben Sie das auch?«

»Weshalb glaubst du, ich hätte auf dem Boden geschla= fen?« entgegnete sie.

»Weil Sie sagten, Ihr Bett sei härter.«

»Das stimmt auch«, sagte sie. »Viel härter.«

Ich nahm nun an, sie meinte kein richtiges Bett.

»Aber Brandham ist so schön«, sagte ich und versuchte das Thema zu wechseln.

»Wer behauptet das Gegenteil?«

»Nun, Sie sagten, die Betten —«

»Seien hart? Das sind sie auch.«

Sie schwieg, und zum erstenmal spürte ich, daß sie unglücklich war. Das war eine Offenbarung für mich. Ich wußte, daß Erwachsene unglücklich sein konnten — zum Beispiel wenn ein Verwandter starb oder wenn sie Bankrott machten. Dann waren sie ganz sicher unglücklich; sie hatten keine andere Wahl, es gehörte sich so, wie Trauer nach einem Todesfall, wie Briefpapier mit schwarzem Rand (meine Mutter benutzte noch solches für meinen Vater). Sie waren auf Befehl unglücklich. Daß sie aber unglücklich sein konnten, wie ich es manchmal war, weil etwas in meinem persönlichen Leben, was ich vielleicht gar nicht benennen konnte, schief gegangen war — das war mir neu. Und auf keinen Fall hätte ich das Unglücklichsein je mit Marian in Verbindung gebracht. Das Glück schien, wie ihre anderen Stimmungen, nach ihrer Pfeife zu tanzen, und man hatte nicht den Eindruck, als sei sie davon abhängig. Ich glaubte zu wissen, weshalb sie unglücklich war, aber ich wollte mich vergewissern.

»Müssen Soldaten auf dem Boden schlafen?« fragte ich.

Sie sah mich erstaunt an; sie war in Gedanken weit fortgewesen.

»Ja, ich denke schon. Ja, natürlich müssen sie es.«

»Hugh auch?«

»Hugh?«, sagte sie gleichgültig. »Ja, zweifellos mußte er.«

Ein wenig betroffen von ihrer Gefühllosigkeit Lord Tri=
mingham gegenüber, sagte ich: »Wird Ted auch müssen?«

»Ted?«

Ihr Erstaunen hätte mich warnen sollen, aber meine see=
lischen Fühler waren unempfindlich, und ich fuhr fort:

»Ja, wenn er in den Krieg geht.«

Sie starrte mich mit geöffnetem Mund sprachlos an.

»Ted geht in den Krieg? Was meinst du?« sagte sie.

Der Gedanke, sie wüßte das nicht, war mir nie gekommen.
Blitzartig entsann ich mich, daß Lord Trimingham Ted am
Montag, also nach Marians Abreise, gesehen hatte. Aber nun
war es zu spät, ich konnte nicht mehr zurück.

»Ja«, sagte ich. »Hugh hat es mir erzählt. Hugh schlug
ihm vor, sich zu melden, und er sagte, er würde es vielleicht
tun. Hugh sagte, es — es sei eine abgemachte Sache, daß er
ginge.« Ich wollte Teds Lage Marian und gleichzeitig auch
mir vollkommen klar machen. Ich war mir bewußt, daß ich
zu viele »Hughs« verwendet hatte (nicht ganz ohne Absicht:
ich versteckte mich hinter ihm), aber auf den nun folgenden
Ausbruch war ich gänzlich unvorbereitet.

»Hugh!« explodierte Marian. »Hugh! Willst du mir sagen,
daß Hugh Ted überredet hat, er solle sich melden? Willst du
mir das wirklich sagen, Leo?«

Ich bekam Angst. Da ich aber begriff, daß sich ihr Zorn
nicht so sehr gegen mich richtete, murmelte ich:

»Er sagte, er habe ihn in die Zange genommen.«

»In die Zange genommen?«

Ich dachte, sie wisse nicht, was »in die Zange nehmen«
heißt. »Das ist ein Ausdruck, den man beim Football be=
nutzt«, erklärte ich, »für — wenn sie jemanden zu Fall brin=
gen wollen.«

»Oh!« schrie Marian, und es klang, als sei sie von etwas durchbohrt worden. »Willst du behaupten, Hugh hätte Ted *gezwungen*, daß er sich meldet?«

Alle Farbe war aus ihrem Gesicht gewichen, und ihre Augen waren wie zwei schwarze Löcher in einer Eisfläche.

»Nein«, sagte ich. »Ich glaube nicht, daß er ihn *gezwungen* hat. Wie könnte er? Ted ist genau so stark wie er, stärker, würde ich sagen.« Dies schien mir ein stichhaltiges Argument zu sein. Aber nicht so für Marian.

»Da irrst du dich aber«, sagte sie. »Ted ist weich wie Wachs. Hugh ist viel stärker.«

Ich verstand das alles überhaupt nicht. Diese Behauptung schien mir, wie vieles, was die Erwachsenen sagten, das Gegenteil der Wahrheit zu sein. Aber nun erschien ein neuer Ausdruck auf Marians Gesicht — Angst, die mit Zorn gemischt war.

»Es könnte sein, es könnte sein«, wiederholte sie, mehr zu sich selber als zu mir. »Sagte er, *weshalb* er will, daß Ted sich meldet?«

Die Eislöcher drohten, als wollten sie mich verschlingen.

»Ja«, sagte ich, und wenn ich rachsüchtig gewesen wäre, dann hätte ich es genossen, Marian zurückweichen zu sehen. »Er sagte, er sei ledig und ohne Bindungen und würde einen erstklassigen Unteroffizier abgeben. Das ist eine Art Offizier, der kein richtiger Offizier ist«, erklärte ich. Man erklärte mir dauernd etwas, und ich freute mich sehr, meinerseits Erklärungen abzugeben. »Hugh sagte auch, Ted sei ein guter Schütze, aber mit einem Karabiner sei es etwas anderes. Er meinte, mit einem Karabiner könne man leichter vorbeischießen.«

Marians Gesicht veränderte sich wieder. Es war, als lauere

etwas hinter ihren Augen hervor. »Er *ist* ein guter Schütze«, sagte sie, »er *ist* ein guter Schütze. Gnade Gott, wenn Hugh es *wagt!* Aber ich lass' ihn nicht«, fuhr sie wild fort. Ich wußte nicht, ob sie Hugh oder Ted meinte. »Dem werde ich gleich einen Riegel vorschieben! Ich werde Ted zwingen, einen Riegel vorzuschieben! Ted ist gefährlich, wenn er in Wut gerät!«

Ich schauderte, und meine Stimmung, die bisher von ihrem Toben fast unberührt geblieben war, geriet nun ganz unter den Einfluß der ihren.

»Nein, er wird nicht in den Krieg gehen«, sagte sie, etwas ruhiger. »Dafür werde ich sorgen. Erpressung ist ein Spiel, das gut von zweien gespielt werden kann.«

Ich wußte nicht, was Erpressung war, und war trotz meiner Wißbegier zu verschüchtert, um zu fragen.

»Ich werde Hugh sagen —« sie brach ab. »Ein Wort genügt.«

»Was für ein Wort? Was werden Sie ihm sagen?« wollte ich wissen.

Sie starrte mich an und durch mich hindurch.

»Ich werde ihm sagen, daß ich ihn nicht heirate, wenn Ted geht.«

»Oh, das dürfen Sie nicht!« schrie ich und sah sofort, was für unheilvolle Folgen das haben würde, sah den fünften Grafen tot vor mir liegen, mit einer schmalen Schußwunde, die nicht blutete. »Hugh *weiß* doch nichts davon.«

»Weiß nichts davon?«

»Von den Botschaften.«

Sie kniff die Augen zusammen, als versuche sie eine Rechenaufgabe im Kopf zu lösen. »Er weiß es nicht?« wiederholte sie. »Weshalb will er dann, daß Ted in den Krieg geht?«

»Oh«, rief ich aus, dankbar, endlich wieder Boden unter die Füße zu bekommen, »ich sagte es Ihnen doch. Weil er ein Patriot ist — mein Vater nannte das einen ›Chauvinisten‹ — und deshalb möchte er Männer für die Armee werben. Ich weiß genau, daß das der Grund ist — er hat es beinahe selbst gesagt, als er sagte, er sei keine Reklame für das Militär.«

Sie sah mich an, als sei ich ein Fremder und sie wisse nicht genau wer. »Vielleicht hast du recht«, sagte sie zweifelnd, aber mit einem Unterton von Hoffnung in der Stimme. »Vielleicht hast du recht. In diesem Fall«, sagte sie inkonsequent, »ist es nur albern von Ted, und das werde ich ihm auch sagen.«

»Warum ist es albern?« fragte ich. Für uns Kinder war das Wort »albern« der Ausdruck für heftige, wenn auch nicht gar zu heftige Mißbilligung. Davor wollte ich Ted in Schutz nehmen. »Warum ist es albern?« fragte ich noch einmal, als sie nicht antwortete.

»Weil es eben albern ist. Weshalb soll er gehen? Weil Hugh ihn darum bittet?«

Später erriet ich, weshalb sie sagte, Ted sei albern. Sie glaubte, er habe Skrupel, weil sie mit Hugh verlobt war, und gehe in den Krieg, um sein Gewissen zu erleichtern. Aber damals kam ich nicht darauf, und ich sagte, mit unbewußter Grausamkeit und immer noch in dem Wunsch, ihn von der Anklage der Albernheit freizusprechen:

»Aber vielleicht *will* er gehen?«

Ihre Augen weiteten sich vor Angst.

»Oh, aber das kann er doch nicht tun!« rief sie.

Ich sah ihren Blick, deutete ihn aber falsch. Ich glaubte, sie hätte Angst um Ted, nicht um sich selber. Und mit einem Male drängte sich mir eine Frage auf die Lippen, die ich aus

Loyalität für Lord Trimingham und aus einem undeutlichen Gefühl, das mir sagte, wie hoffnungslos ungehörig sie sei, immer aus meinen Gedanken verdrängt hatte:

»Marian, warum heiraten Sie Ted nicht?«

Es dauerte nur eine Sekunde, aber in dieser Sekunde spie= gelte ihr Gesicht die ganze Qual wider, durch die sie hin= durchgegangen war. In diesem Blick stand die ganze Ge= schichte ihrer Liebe zu lesen. »Ich kann es nicht, ich kann es nicht!« wimmerte sie. »Verstehst du denn nicht, warum?«

Ich glaubte sie zu verstehen, und nachdem schon so viele Mauern zwischen uns gefallen waren, fügte ich hinzu — es schien mir nur logisch:

»Aber weshalb heiraten Sie Hugh, wenn Sie nicht wollen?«

»Weil ich ihn heiraten muß«, sagte sie. »Das verstehst du nicht. Ich *muß*. Es bleibt mir nichts anderes übrig!« Ihre Lip= pen bebten, und sie brach in Tränen aus.

Ich hatte Erwachsene mit geröteten Augen gesehen, aber ich hatte, außer meiner Mutter, noch nie einen erwachsenen Menschen weinen gesehen. Wenn meine Mutter weinte, ver= änderte sie sich bis zur Unkenntlichkeit. Das tat Marian nicht. Sie war einfach Marian in Tränen. Aber eine Veränderung ging trotzdem vor sich — in mir. Wie sie nun so weinte, war sie nicht mehr Marian, die Verräterin, Marian, die mich für ihre Zwecke mißbraucht und dann »grün« genannt hatte; sondern die Marian der ersten Tage, Marian, die Mitleid mit mir gehabt und mich davor bewahrt hatte, lächerlich zu wir= ken, Marian, die bei dem Konzert vor mir geknickst hatte, Marian aus dem Tierkreis, Marian, die ich liebte.

Der Anblick ihrer Tränen löste auch die meinen aus, und ich weinte ebenfalls. Ich weiß nicht, wie lange wir weinten, aber plötzlich blickte sie auf und sagte — sie schluchzte nicht, aber ihre Stimme war von den Tränen wie verschleiert — als habe das nichts mit unserer vorhergegangenen Unterhaltung zu tun:

»Warst du auf dem Hof, während ich fort war?«

»Nein«, sagte ich, »aber ich habe Ted gesehen.«

»Hatte er mir etwas zu bestellen?« fragte sie.

»Er sagte, heute geht es nicht, weil er nach Norwich muß. Aber am Freitag, um sechs Uhr, wie immer.«

»Bist du sicher, daß er sechs Uhr gesagt hat?« fragte sie überrascht.

»Ganz sicher.«

»Nicht halb Sieben?«

»Nein.«

Statt einer Antwort erhob sie sich und küßte mich. Sie hatte mich noch nie geküßt.

»Und es macht dir nichts aus, weiter Botschaften für uns zu übernehmen?«

»Nein«, hauchte ich.

»Gott segne dich«, sagte sie. »Du bist ein Freund wie man unter Tausenden nur einen findet.«

Als ich endlich aufblickte und sah, daß ich allein war, kostete ich diese Worte noch immer aus und spürte noch den Kuß.

Ich hatte mich meines Vorsatzes erinnert, aber ich hatte vergessen — und offensichtlich hatte auch Marian es verges=sen — daß mein Geburtstag am Freitag um die Teezeit ge=feiert werden sollte. Als ich Ted anbot, seine Botschaft zu übermitteln, hatte ich geglaubt, ich würde meinen Geburtstag zu Hause verbringen. Ich hatte nicht geglaubt, daß ich noch hier sei, wenn die Botschaft sich auswirkte.

Einundzwanzigstes Kapitel

Das Gespräch mit Marian hinterließ in mir ein Wohlge=
fühl, in dem ich mich alsbald nur allzu gerne sonnte. Auf
einer gewissen Empfindungsebene, wenn auch wohl nicht der
tiefsten, waren wir wieder versöhnt. Das war eine große
Sache; früher einmal wäre es *die* große Sache gewesen —
aber nun steckte irgendwo noch ein Vorbehalt in mir, nicht
ihr gegenüber, sondern dem gegenüber, was sie tat. Undeut=
lich fühlte ich, daß ich hier genau zu unterscheiden hatte — so
wie ihre Traurigkeit und ihre Tränen von meiner Vorstellung
ihrer Person als Göttin getrennt bleiben mußten: jene waren
sterblich, Marian unsterblich.

Ein weiterer Grund für meine gehobene Stimmung war
der: ich konnte fast wieder so an sie denken wie früher. Und
ich konnte an das grüne Fahrrad, das sie wie ein Schatten
begleitete, denken, ohne zu wünschen, es möchte eine andere
Farbe haben; Grün hatte seinen Schrecken für mich fast ver=
loren. Und es gab noch einen Grund, weshalb meine Lebens=
geister wieder erwachten. Die Atmosphäre war gereinigt,
vieles war nun ausgesprochen worden. Ich selbst hatte ge=
wagte Dinge gesagt, Dinge, die auch einem älteren Menschen
gewichtig erschienen wären.

Ja, ich stand mit mir und der Welt auf viel besserem Fuß.
Aber etwas hatte ich während der letzten Tage gelernt. Die
Tatsache, daß ich nun wieder glücklicher war, bedeutete nicht,

daß auch alles andere in Ordnung käme. Die Tatsache, daß gewisse Geheimnisse ans Tageslicht gezerrt worden waren, bedeutete nicht, daß sie deshalb an Gefährlichkeit verloren hätten.

Wenn Lord Trimingham wirklich den Verdacht hatte, Marian sei zu intim mit Ted — was würde geschehen, wenn sie nun Ted überredete, sich nicht zum Militär zu melden, wie sie es offensichtlich vorhatte? »Es kommt nicht darauf an, was *ich* will, sondern was *sie* will«, hatte Ted gesagt. »Sie hat zu bestimmen.« Marian hatte gesagt, Ted sei gefährlich. Ich glaubte es nicht; denn er war so sanft gewesen, als ich ihn das letzte Mal sah. Aber ich wußte, wie hitzig er sein konnte, und wenn Marian ihn aufstachelte, dann war es möglich...

Hier lag die größte Gefahr, hier war der Punkt erreicht, wo sich die Geschicke des neunten und des fünften Grafen kreuzten.

Gegen diese furchterregende Hypothese wandte sich jedoch mein Verstand. Obgleich meine Vorstellung von den Rechten eines Grundbesitzers reichlich übertrieben waren, glaubte ich dennoch nicht, daß Lord Trimingham von Rechts wegen Ted zwingen konnte, zum Militär zu gehen. Ebensowenig glaubte ich, daß er ihn fordern würde, wie sein Vorfahre es unter den gleichen Umständen getan hatte.

Je eingehender ich dieses Problem und seine unbekannten Faktoren betrachtete, desto abstrakter schien es mir. Die Mitwirkenden des Dramas begannen ihre Dimensionen zu verlieren und in die bekannten Linien AB, BC, CA überzugehen.

Aber Ted weniger als die anderen. Ich wußte genau, was Lord Trimingham wollte. Er war eine unveränderliche Größe; er wollte Marian heiraten. Ich wußte, was Marian wollte oder jedenfalls beabsichtigte — was nicht das gleiche war: Lord Trimingham heiraten und Ted behalten. Und was wollte Ted? Das, was sie wollte, hatte er gesagt; aber ich bezweifelte es. Er war, wie ich aus eigener Erfahrung wußte, von den dreien bei weitem der impulsivste. Manchmal »mochte« er — um seinen Ausdruck zu gebrauchen — manchmal »mochte« er nicht. Die anderen »mochten« hingegen immer. Jetzt fiel mir nachträglich auf, daß er es nicht »gemocht« hatte, als ich ihm von Lord Triminghams Verlobung mit Marian sprach, und daß er deshalb die Antwort, die er seinem Grundherrn hinsichtlich des Militärdienstes gegeben hatte, vorsichtig revidierte.

Um Lord Trimingham bangte ich, mit Marian weinte ich, aber um Ted litt ich. Mir schien, als lebte er allein ein wirkliches Leben außerhalb dieses Problems, ein Leben, das nichts damit zu tun hatte und das er zu erfüllen suchte. An diesem anderen Leben hatte er mich teilnehmen lassen, als Mensch, nicht nur als Laufbursche, den man kajolieren oder einschüchtern mußte, damit er seine Pflicht erfüllte. Vielleicht war das ungerecht gegenüber Marian und Lord Trimingham, die mich beide mit auffallender Freundlichkeit behandelt hatten. Aber für sie, das wußte ich, war ich ein Zwischenträger; sie sahen mich in einem anderen Licht als Ted. Wenn Lord Trimingham Marian wollte, wenn Marian Ted wollte, dann wandten sie sich an mich. Die Vertraulichkeiten, die Marian mir geschenkt hatte, waren ihr abgerungen worden. Bei Ted war das anders. Er hatte das Gefühl, er schulde mir etwas — mir, Leo: den Dank, den ein Geschöpf dem anderen schuldet.

Der Gedanke, daß er alles, wofür er lebte, aufgeben und auf dem Boden schlafen sollte, tat mir weh. Ich konnte mir nicht vorstellen, daß das weicher war als die Betten in Brand=

ham; außerdem könnte er getötet werden, und alles, was ich mit ihm verband, würde mit ihm dahingehen.

Wer hatte das alles angerichtet? fragte ich mich. Wer trug die Schuld? Diese Überlegung war mir unsympathisch. Sie brachte den Begriff der Sünde mit sich, und diesen Begriff wollte ich nicht mit hereinziehen. Sünde war ein starrer Begriff, und viele schöne Handlungen, die man vielleicht sonst sogar den guten Werken zugezählt hätte, wurden damit in ein eintönig graues Licht getaucht.

Dennoch, wer trug die Schuld? »Eine Dame hat niemals schuld«, hatte Lord Trimingham gesagt, und damit schied Marian aus, und ich war froh darüber; denn ich wünschte jetzt nicht mehr, sie für schuldig zu befinden. Er hatte nicht gesagt: »Einen Herrn trifft niemals die Schuld.« Aber niemand konnte ihm einen Vorwurf machen. Er hatte nichts getan, was er nicht hätte tun sollen. Darüber war ich mir im klaren. Er hatte aber auch nicht gesagt: »Ein Bauer hat niemals schuld.« Und da die Schuldfrage anders nicht gelöst werden konnte, so mußte die Schuld, wenn es überhaupt eine gab, bei Ted liegen. Ted hatte Marian in seine Stube, in seine Küche gelockt und sie verhext. Er hatte einen Zauber über sie gesprochen. Diesen Zauber würde ich nun brechen — sowohl um ihretwillen wie um seinetwillen.

Aber wie?

Der erste Schritt war die falsche Zeitangabe für das Rendezvous gewesen. Marian würde ihn um sechs Uhr nicht im Schuppen antreffen. Und würde sie eine geschlagene halbe Stunde auf ihn warten? Das bezweifelte ich. Ich verließ mich auf ihre Ungeduld, eine ihrer hervorstechendsten Eigenschaften. Sie konnte nicht warten. Sie konnte nicht einmal eine Erklärung abwarten; sie konnte nicht warten, bis man einen

Satz ausgesprochen hatte; die Langeweile des Wartens ver=
ursachte ihr körperliches Unbehagen. Ich war sicher, daß sie
Ted äußerstenfalls zwei Minuten Gnadenfrist geben würde;
und in der Verzweiflung des Wartenmüssens würden sich
vielleicht ihre Gefühle für ihn ändern. Einen Erwachsenen
warten zu lassen, war ein schwerwiegendes Vergehen, selbst
unter Erwachsenen. Vielleicht würde sie zornig auf ihn; denn
sie konnte ebenso zornig werden wie er. ›Ich werde nie wie=
der kommen! Ich werde nie wieder kommen!‹ Und Ted:
›Schön, wenn du auch gewartet hast — ich habe auch oft auf
dich gewartet und sogar länger, und ich bin ein vielbeschäf=
tigter Mann, und jetzt ist Erntezeit.‹ ›Pah! Du bist bloß ein
Bauer, und es macht nichts, wenn man Bauern warten läßt.‹
›Ach, ich bin bloß ein Bauer! So, bin ich das? Na, ich werd's
dir schon zeigen‹ etc., etc.

Ich malte mir einen recht hübschen Streit zwischen den
beiden aus, und dann gäbe es Vorwürfe und Gegenbeschuldi=
gungen und schließlich den endgültigen Bruch. Und das alles
war ein Erfolg des Mißtrauens, das ich gesät hatte. Und dann
würde die ganze Geschichte in sich zusammenfallen wie ein
angestochener Ballon.

Wie viel glücklicher wären wir alle gewesen, so dachte ich,
wenn sie nie begonnen hätte! Das galt nicht für Lord Tri=
mingham; er war glücklich, jedoch nur, weil er ahnungslos
war. Aber Marian, Ted, und ich, Leo Colston; was hatten wir
als Ersatz bekommen für das, was wir verloren hatten? Wir
alle drei waren an einem Punkt angelangt, wo alles, und
mochte es noch so wenig damit zu tun haben, uns allein im
Hinblick darauf interessierte, ob es die Zusammenkünfte
zwischen Marian und Ted ermöglichte oder verhinderte. Diese
Zusammenkünfte beherrschten unser Leben; alles andere

zählte eigentlich nicht. Weshalb haßte Marian London oder behauptete es zu hassen? Weshalb glaubte Ted, er müsse die Landarbeit, die er liebte, aufgeben, um Soldat in Süd=Afrika zu werden, was er verabscheute? Weshalb war ich so weit gekommen, daß ich mich von Brandham Hall, wo ich glück= lich gewesen war, abberufen lassen wollte? Die Antwort war immer die gleiche: es lag an der Beziehung Marian — Ted.

Alles, aber auch alles, war durch diese Beziehung getrübt worden und hatte seine Bedeutung verloren. Denn verglichen mit dieser Beziehung erschien alles andere unwichtig. Sie schillerte in grelleren Farben, sie übertönte alles andere, ihre Anziehungskraft war unvergleichlich mächtiger. Sie war ein Parasit, der alle Empfindungen überwucherte und aufsog. Nichts konnte neben ihr bestehen, nichts ein Eigenleben füh= ren, solange sie da war. Sie ließ alles andere verdorren, teilte nichts, teilte mit niemandem und beanspruchte alles für sich. Und da sie ein Geheimnis war, lieferte sie auch keinen Bei= trag zu unserem Alltag; man konnte ebensowenig darüber sprechen wie über eine peinliche Krankheit.

Ich wußte nicht, daß das die Leidenschaft war. Die Kette, an welche die beiden geschmiedet waren, kannte ich nicht. Aber wie sie sich auswirkte, das wußte ich sehr genau. Ich wußte, welchen Preis sie zu zahlen bereit waren und was sie dafür aufgeben würden; ich wußte, wie weit sie gehen wür= den — ich wußte, daß es für sie keine Grenze gab; ich ahnte, daß sie etwas hatten, was mir versagt blieb. Aber ich ahnte nicht, daß ich eifersüchtig war, eifersüchtig auf das Unbe= kannte, das sie einander schenkten und woran sie mich nicht teilhaben ließen. Aber wenn mir auch die Erfahrung fehlte, zu begreifen, was es war, so begann mein Instinkt es doch zu erfühlen.

Welch ein Paradies war Brandham Hall gewesen, ehe diese Schlange sich eingeschlichen hatte! Ich malte mir in Gedanken aus, wie mein Besuch hätte gewesen sein können, wäre ich niemals die Strohmiete auf Ted Burgess' Hof heruntergerutscht. Manches überging ich, manches verzerrte ich, manches vergrößerte ich. Es hätte keine lächerliche Situation gegeben, keine Möglichkeit, mich auszulachen. Jeder Tag wäre ein Höhepunkt gewesen wie der Ausflug nach Norwich mit seinen Einkäufen, wie mein Fang beim Cricket=Match, wie mein Gesang beim Konzert. Man hätte mich über alle Maßen geschätzt und geachtet, und gleichzeitig wäre ich völlig frei gewesen und hätte meiner eigenen Wege gehen können; das Wohlwollen, mit dem man mich überschüttet hätte, wäre ohne Verpflichtung gewesen. Ich konnte nicht leugnen, daß die Sonne des zwanzigsten Jahrhunderts, auf das ich so große Hoffnungen gesetzt hatte, mir geschienen hatte. Selbst heute, wo es mir, nach dem gestrigen Tage, enttäuschend kühl vorkam, war das Thermometer auf fast 21 Grad gestiegen. Aber, so sagte ich mir, ich hätte es anders genossen, in einer ungetrübten, bewußt lyrisch empfundenen Stimmung. In der regungslosen Stille, in der ich einherging und grübelte, hätte alles zu meinem Glücksgefühl beigetragen. Alles hätte seine Richtigkeit gehabt und hätte mir sein Geheimnis entdeckt. Die Blumen, die Bäume, die Häuser, die fernen Höhenzüge, hätten meinem leiblichen wie meinem inneren Auge das gleiche Bild vermittelt. Ihre innere Geschlossenheit, die Distanz, welche sie voneinander trennte, das Gefühl, daß sie nur um ihrer selbst und um meinetwillen erschaffen waren, ein Gefühl, das ich zur Verwirklichung meines Goldenen Zeitalters brauchte, wären mein persönlicher und unangetasteter Besitz gewesen. Und ebenso die einzelnen Figuren in dieser

Landschaft. Von Mrs. Maudsley angefangen (denn sie stellte ich obenan) hätte ich sie in der einmaligen Herrlichkeit ihrer verschiedenen Wesenheiten kennen und lieben gelernt, Sterne von unterschiedlicher Größe, aber jeder an seinem bestimm= ten Platz am Firmament und jeder anbetungswürdig.

Statt dessen war meine Bahn im gleichen Maße enger ge= worden, in dem meine Geschwindigkeit zugenommen hatte, bis ich nun in schwindelerregender Schnelligkeit um einen winzigen Glutkern kreiste, der wie eine Karbidflamme auf einem Jahrmarkt zuckte; um mich war undurchdringliche Finsternis und ich selbst rettungslos meiner unmittelbar dro= henden Vernichtung ausgeliefert.

Il faut en finir, würde Markus gesagt haben, *il faut en finir.* —

Zu welchem Zauber konnte ich greifen, um jenen Zauber zu brechen, mit dem Ted Marian in Bann hielt?

Ich kannte die Gesetze der Schwarzen Magie nicht und mußte mich auf die Eingebung des Augenblicks verlassen. Ich glaubte, daß die Erfolgsaussichten größer wären, wenn ich bei der Abfassung der Zauberformel Furcht und Schrecken verspürte. Noch besser wäre es, wenn ich das Gefühl hätte, daß etwas in mir und in meiner Umgebung nachgäbe. Der Fluch, der Jenkins und Strode zu Fall gebracht hatte, hatte alle diese Bedingungen erfüllt.

Aber dies waren Flüche, deren Durchführung auf die Welt meiner Erfahrungen, die Schuljungen=Welt, beschränkt blieb. Ich hatte noch nie einen Fluch auf einen erwachsenen Men= schen herabbeschworen. Meine jetzigen Opfer waren nicht nur Erwachsene; sie gehörten der Welt an, von der mein Zau= ber seine Kraft bezog. Ich würde also versuchen, sie mit ihren eigenen Waffen zu schlagen.

Aber ich durfte sie mir nicht als Opfer vorstellen. Das sagte ich mir immer wieder und bin auch heute noch dieser Meinung. Sie durften keineswegs leiden. Der andere Zauber, Teds Zauber, sollte vernichtet werden; aber ihnen sollte kein Leid geschehen. Später würden sie sich vielleicht gar nicht mehr wiedererkennen, wie die Figuren im »Sommernachtstraum«. ›Wer ist der Mann dort drüben?‹ würde mich Marian fragen. ›Er kommt mir bekannt vor, und trotzdem weiß ich nicht... Oh, er ist ein *Bauer?* Dann möchte ich ihn, glaube ich, nicht kennenlernen.‹ Das war der eine Dialog, und der andere lautete: ›Wer ist diese Dame, Master Colston? Ich dachte, ich kenne sie und kenne sie doch nicht. Sie ist hübsch, nicht wahr?‹ ›Oh, wissen Sie denn nicht, wer sie ist? Das ist Miss Maudsley, Miss Marian Maudsley!‹ ›Oh, was Sie nicht sagen! Dann ist sie nichts für unsereinen.‹

Vielleicht würden sie auch unsichtbar für einander; das wäre noch spannender. Jedenfalls würde wieder Ordnung geschaffen im gesellschaftlichen Bereich. Und Puck, oder wer immer dieses Wunder vollbrächte, würde mit Anmut von der Bühne abtreten.

Der Zauber mußte etwas sein, was mir die letzte Kraft abverlangte, was mich zwang, mich in etwas einzulassen, wovor ich mich fürchtete; und außerdem mußte er auch eine symbolische Bedeutung haben.

Die Lösung fiel mir ein, während ich mit Markus sprach, und ich glaube nicht, daß er eine Veränderung in meinem Gesichtsausdruck entdecken konnte.

Ich schlüpfte in meine Pantoffeln, zog meinen braunen Wollschlafrock über mein Nachthemd und schlich mich ins

Treppenhaus — sorgsam darauf bedacht, die linke Treppe zu benutzen, die nun an der Reihe war; denn bei einem der= artigen Unternehmen mußte man jede Kleinigkeit genau be= achten. Durch die geschlossene Türe zum Salon war Gesang zu hören. Ich wußte, daß nach dem Abendessen oft gesungen wurde; aber man gestattete uns nie aufzubleiben. Marian spielte die Begleitung, ich erkannte ihren Anschlag; und der Sänger mußte der Mann sein, den sie aus London mitgebracht hatte. Er hatte eine schöne Tenorstimme, viel ausgeglichener als Ted, aber der seinen nicht unähnlich. Ich kannte das Lied; es hieß »Der Dorn«.

> Meine liebe Chloe
> wollt' schmücken ihre Brust
> mit einem blühenden Schlehdornzweig...
> Ach, lieber wollt ich tot sein,
> so rief ich ihr zu,
> als je den Dornen ihren Busen weih'n.

Ich hatte den Sinn dieses Liedes nie ganz begriffen; aber es berührte mich stark. Weshalb hatte die Dame (vielmehr die Frau, wie Markus mir zu sagen befohlen hatte, aber das vergaß ich immer wieder) Angst davor, daß ein eifersüch= tiger Rivale sie auslachen könnte? Ich wußte es nicht, aber ich empfand Mitgefühl für sie; denn ich wußte, wie unange= nehm es war, wenn man ausgelacht wurde. Und ich empfand Mitgefühl — und welch tiefes Mitgefühl! — für den Lieb= haber, der entschlossen war, lieber zu sterben, als sie einer solchen Beleidigung auszusetzen.

Nach dem Lied hörte man gedämpften Beifall, matt gegen den Applaus, mit dem meine Darbietungen im Gemeindesaal aufgenommen worden waren; dann folgte eine Stille.

Die Haustüre stand offen. Seit meiner Ankunft hatte man sie jede Nacht, außer der ersten, offen gelassen, damit das Haus auskühlte. Aber es war nicht kühl; ich schwitzte unter meinem Schlafrock.

Ich starrte auf das hohe, dunkle Rechteck vor mir. Auch die Halle hinter mir, da und dort von Öllampen erleuchtet, verschwamm in der Dunkelheit. Aber unter der Salontüre kam ein Streifen helles, ruhiges Licht durch, der wie ein Balken auf dem Boden lag. Was würde geschehen, was würden sie sagen, wenn ich die Türe öffnete, hineinginge und zu Mrs. Maudsley sagte: »Ich kann nicht schlafen — darf ich der Musik zuhören?«

Ich wagte es nicht, aber ich war nahe daran, es zu tun; so groß war meine Furcht vor dem, was mir bevorstand. Ich versuchte mich loszureißen. Ich wandte mich der Dunkelheit dort draußen zu und kam bis zur Schwelle, aber ich konnte sie nicht überschreiten. Die Zukunft stand wie eine Wand vor mir, und es schien mir undenkbar, sie zu durchdringen.

Ich ging wieder in die Halle zurück. Die Menschen hinter der Salontüre waren mir ein Trost. Sie wußten nicht, daß ich da war, aber sie waren wie Zuschauer am Kai, die dem abfahrenden Schiff nachwinken und dem einsamen Passagier Mut machen, selbst wenn ihre Grüße nicht ihm gelten.

Ich fand heraus, daß ich Bruchstücke der Unterhaltung verstehen konnte, wenn ich mich dicht an die Salontüre preßte. Man besprach, ob das nächste Lied »In der Dämmerung« oder »Kathleen Mavourneen« sein sollte. Jemand sagte: »Wir wollen beide hören«, und vielleicht wäre ich geblieben, um zuzuhören, denn sie gehörten zu meinen Lieblingsliedern — und wäre dann in mein Bett zurückgekrochen. Aber meine unselige Angewohnheit, in der Erregung heftige Bewegungen zu machen, überkam mich. Ich verursachte ein Geräusch, und man bat jemanden im Zimmer, hinauszugehen und nachzu= sehen — ich glaube, es war Denys. Ich hörte Schritte über das Parkett kommen und floh.

Draußen war es genauso dunkel, wie ich es erwartet hatte, aber ich fand mich sehr leicht zurecht. Daß ich mich verlaufen könnte, war eine meiner größten Befürchtungen gewesen — eine meiner Befürchtungen wegen der praktischen Durch= führung. Eine weitere verfolgte mich immer noch und wurde mit jedem Schritt stärker: man könnte die Haustür schließen und absperren, ehe ich zurück war. Dann müßte ich draußen bleiben und versuchen, auf der Erde zu schlafen.

Die Nacht war für mich nicht nur eine fremde, sondern auch eine verbotene Welt. Kleine Jungen hatten nachts drau= ßen nichts verloren. Die Nacht gehörte den Erwachsenen und vor allem den bösen Erwachsenen, den Dieben, den Mördern und derartigem Gesindel.

Aber was ich mir vorgenommen hatte, mußte in der Nacht geschehen; sonst verlor es seine Wirkung. Das hatte ich mir eingeredet, und die Angst, die ich nun verspürte, überzeugte mich von der Richtigkeit meiner Vorstellung.

Ich eilte zwischen den Rhododendronbüschen dahin, ver= suchte an nichts zu denken und kam an all den Stellen vor= über, an denen ich umkehren wollte, wenn meine Angst un= erträglich würde. Mit diesem Versprechen hatte ich mich, ehe ich mein Schlafzimmer verließ, selbst bestochen.

Im Laufen wiederholte ich, was ich mir vorgenommen hatte; denn ich wußte, wie leicht man beim ersten Versuch vergessen kann, die richtige Reihenfolge und den genauen Hergang einzuhalten. Es war mir mehr als einmal passiert, daß ich in der Theorie sehr wohl wußte, wie ich ein chemi=

sches Experiment durchzuführen hatte; aber vor den Bunsen=
brennern und all dem übrigen Zubehör, die in Wirklichkeit
so anders waren als in der Vorstellung, hatte ich den Kopf
verloren und alles verdorben.

Auch dies hier war ein chemisches Experiment, und eine
der Bedingungen, daß es nämlich bei Nacht durchgeführt
werden mußte, hatte ich bereits erfüllt. Wenn möglich, sollte
es bei Mondschein vorgenommen werden, noch besser bei
Sonnenfinsternis, aber jedenfalls in der Dunkelheit. Zuerst
mußte man die Ingredienzien sammeln. Für meinen Zweck
genügte eine einzige Beere. Aber da jeder Teil der Pflanze
giftig war, wäre es wirksamer, wenn man alle Teile benutzte:
Blatt, Stengel, Blüte, Beere und Wurzel. Von letzterer eine
Probe zu bekommen, würde vielleicht schwierig sein; denn
die Wurzeln konnten ziemlich tief in der Erde stecken. Des=
halb war es ratsam, sich mit einem Taschenmesser zu ver=
sehen, das eine kräftige Klinge hatte, damit man ein Stück
von der Wurzel abschneiden konnte. Da weder Spaten noch
Schaufel zur Verfügung standen, mußte man die Finger zu
Hilfe nehmen, um an der Wurzel die Erde zu entfernen, wo=
bei natürlich der Kopf mit den unteren Ästen in Berührung
kommen würde (diese Berührung fürchtete ich ganz beson=
ders). War das gewünschte Stück Wurzel abgeschnitten, so
steckte man es in die Tasche des Schlafrocks oder in ein an=
deres, geeignetes Behältnis. Während der ganzen Prozedur
war zu beachten, daß man nichts mit den Lippen berührte,
da jeder Teil der Pflanze giftig war. (NB.: Gelingt dies bei
angehaltenem Atem, so ist die Wirkung größer.) Sodann
muß alles im Laufschritt und ohne anzuhalten ins Schlaf=
zimmer des Zauberers gebracht werden, woselbst die übrigen
Utensilien bereitzustehen haben, als da sind:

Vier Kerzen (zum Verbrennen)
Ein Metallbehälter (Silber)
Ein perforierter Behälter
Vier Bücher (kleine) um diesen zu stützen
Vier Schachteln Streichhölzer
Wasser zum Kochen
Uhr, um die Zeit zu messen
Nasser Schwamm wegen Feuersgefahr.

Der Metallbehälter war ein Becher, den meine Mutter mir
geschenkt hatte. Er gehörte zu einem Satz Becher, die inein=
ander paßten und nur sehr wenig Platz einnahmen. Sie waren
aus Silber und innen vergoldet, und meine Mutter hatte sie
zu ihrer Hochzeit geschenkt bekommen. Sie waren für Pick=
nicks bestimmt, und sie hoffte, ich würde sie während meines
Besuches dafür verwenden, was ich aber nie tat, da es immer
genug Gläser gab. Ich vermute, daß sie auch glaubte, die
Becher würden mir einen vornehmen Anstrich verleihen und
beweisen, daß ich aus gutem Hause kam. Als Destillierkolben
eigneten sie sich hervorragend; denn sie waren hauchdünn.
Der durchlöcherte Behälter, von dem mehr als von irgend
etwas anderem der Erfolg meines Zaubers abhing, war der
Einsatz meiner Seifenschale, eines weißemaillierten Dings,
das nicht zu meiner Waschtischgarnitur paßte. Er hatte ein
großes Loch in der Mitte und darum herum kleinere Löcher,
welche die Hitze der Kerzenflammen gut durchlassen wür=
den: gestützt von den Büchern würde alles zusammen eine
Art Dreifuß ergeben.

Nach der Rückkehr zerstoße man die Ingredienzien und
verrühre sie im Zahnputzglas zu einem Brei oder zu einer

weichen Masse, wobei Wasser hinzugefügt wird, jedoch nicht
zu viel, da es sonst zu lange dauert, bis es kocht. Es kocht,
wenn es zu blubbern beginnt (100 Grad). Dies soll um Mit=
ternacht geschehen, und gleichzeitig muß der Zauberspruch
(Wörter werden noch formuliert) gesungen werden, dreizehn=
mal von hinten nach vorne, dreizehnmal von vorne nach
hinten. Dann sagt man: ›Und auch ich bin dreizehn‹; das
alles nicht so laut, daß man es auf dem Gang hören kann,
aber laut genug, daß man es im Zimmer hören kann, und
wenn der Zauberer schwitzt, so wäre es sehr wirksam, wenn
einige Tropfen seines Schweißes der Mischung beigefügt
werden.

Später darf der Saft auf keinen Fall mit dem Mund be=
rührt werden, sondern muß in das WC geschüttet und alle
Utensilien müssen sauber und sachgemäß hinterlassen wer=
den. Man bedenke, daß andere sie nach dir benutzen wollen!

Ich kann nicht mehr sagen, wie viele von diesen Instruk=
tionen ich befolgen konnte. Ich hatte sie auf einer leeren Seite
meines Tagebuches niedergeschrieben, die ich, der Sicherheit
wegen, herausreißen wollte, sobald ich mich lange genug
daran geweidet hatte. Aber das, wie so vieles andere, vergaß
ich am darauffolgenden Tage.

Obwohl sich meine Augen allmählich an die Dunkelheit
gewöhnten, war ich schon dicht vor dem Schuppen, als ich die
Umrisse des Tödlichen Nachtschattens unterschied. Er sah aus
wie eine Dame, die auf ihrer Türschwelle jemanden erwartet.
Auf einen gewissen Schrecken war ich vorbereitet, aber nicht
auf den Sturm von Gefühlen, den er in mir auslöste. Ich
spürte, daß der Strauch mich wollte, so wie ich ihn haben

wollte; und ich bildete mir ein, er wolle mich als ein Ingre=
dienz und würde mich auch bekommen. Der Zauber wartete
nicht darauf, in meinem Schlafzimmer angerufen zu werden,
wie ich mir das gedacht hatte, sondern hier in diesem unge=
deckten Schuppen; und nicht ich bereitete ihn für den Töd=
lichen Nachtschatten, sondern der Tödliche Nachtschatten be=
reitete ihn für mich. »Komm herein«, schien er mir zuzu=
rufen; und endlich, nach einer Ewigkeit, streckte ich meine
Hand in das dichte Dunkel und fühlte, wie die Stengel und
Blätter sie sanft umschlossen. Ich zog meine Hand zurück und
spähte hinein. Es war kein Platz für mich da drinnen. Aber
wenn ich hineinginge in diese heidnische Finsternis, wo das
Gewächs lauerte, in diese explosive Zusammenballung pflanz=
licher Kraft, dann würde ich sein Geheimnis begreifen und
der Strauch das meine. Und so ging ich hinein. Es war zum
Ersticken, und doch war es köstlich, wie die Blätter, die Sten=
gel, ja sogar die Zweige, nachgaben. Und das mußte eine
Blüte sein, die über mein Augenlid strich, und dies eine Beere,
die sich auf meine Lippen preßte...

Da ergriff mich Panik, und ich versuchte, den Weg ins
Freie zu finden, aber es gelang mir nicht; auf allen Seiten
schienen Mauern aufzustehen, und ich stieß mir die Knöchel
wund. Zuerst hatte ich Angst, die Pflanze zu verletzen. Dann
aber begann ich in meiner Angst, daran zu zerren, und hörte
die Zweige splittern und krachen. Bald hatte ich meinen Kopf
befreit, aber das genügte nicht; ich mußte mich ganz befreien.
Die Pflanze war bei weitem nicht so stark, wie ich geglaubt
hatte. Ich kämpfte mit ihr. Ich bekam den Stamm zu fassen
und brach ihn ab. Ein Rauschen ertönte. Mit leisem Seufzen
fiel wirbelnd Blatt um Blatt; ein Haufen abgefallener Blätter
lag knietief um mich her, und mitten darin stand schief der

abgebrochene Stamm. Ich ergriff ihn mit aller Kraft; und als ich fest daran zog, flogen mir die Worte des noch fehlenden Zauberspruches zu, angeweht aus einer fernen Geschichts=stunde: ›Delenda est belladonna! Delenda est belladonna!‹ Ich hörte, wie die Wurzeln krachend nachgaben, fühlte, wie sie sich mit ihrer letzten Kraft gegen mich anstemmten, wie sich das Lebensprinzip der Pflanze selbst im Todeskampf ver=teidigte. ›Delenda est belladonna!‹ sang ich — nicht laut, aber laut genug, daß ein Lauscher es hätte hören können — und wappnete mich zum letzten Angriff. Und da gab sie nach, blieb mir in den Händen, mit einem leisen Seufzer, einem weichen Erdregen, der leise auf die Blätter niederrieselte. Und ich lag auf dem Rücken, im Freien, immer noch den Stumpf umklammernd, und starrte auf den Wurzelstock, der wie eine zerzauste Perücke über mir schwebte, und die Erdklümp=chen fielen mir ins Gesicht.

Zweiundzwanzigstes Kapitel

In dieser Nacht schlief ich tief, und zum erstenmal seit meiner Ankunft in Brandham Hall schlief ich noch, als der Diener zum Wecken kam. Ich hatte ein seltsames Gefühl und kam nicht so recht zu mir. Auch als er die Vorhänge aufge=zogen hatte, verließ mich das seltsame Gefühl nicht. Es steckte nicht nur in mir, sondern drang auch von außen in mich ein. Ich konnte gerade noch rechtzeitig »Guten Morgen, Henry!« sagen, sonst wäre er wortlos wieder gegangen. Er sprach nur mit mir, wenn ich ihn ansprach — und selbst dann nicht immer.

»Guten Morgen, Master Leo! Herzlichen Glückwunsch!«

»Ach, ich habe ja Geburtstag! Das hatte ich ganz ver=gessen.«

»Vielleicht Sie, Master Leo«, sagte der Diener, »aber nicht die anderen. Die Zeit vergeht rasch! Jetzt sind Sie dreizehn, bald werden Sie vierzehn sein. Fünfzehn, sechzehn, siebzehn, achtzehn — und jedes Jahr bringt neue Sorgen.«

Diese Rede gefiel mir nicht sehr, obgleich ich wußte, daß sie gut gemeint war und nur Henrys eingefleischten Pessi=mismus widerspiegelte. Aber ich fühlte mich immer noch selt=sam. Woran mochte das wohl liegen? Ich sah nach dem Fen=ster, und da dämmerte mir eine Erklärung.

»Du lieber Himmel, es regnet!«

»*Noch* regnet es nicht«, sagte Henry mürrisch. »Aber es

wird regnen, ehe der Tag vorüber ist. Verlassen Sie sich dar=
auf. Nicht, daß wir es nicht brauchten. Diese Hitze ist ja nicht
normal.«

»Aber es ist doch Sommer!« rief ich aus.

»Sommer oder nicht, es ist nicht normal«, wiederholte
Henry. »Es ist ja alles verdorrt, und es heißt« — hierbei sah
er mich vielsagend an — »daß eine Menge Menschen den Ver=
stand verloren haben.«

»Oh«, rief ich; denn geistige Verwirrung besaß, wie fast
alle Kalamitäten, für mich ein besonderes Interesse.

»Wissen Sie, die Hundstage«, sagte er vertraulich und
schüttelte den Kopf.

Immer noch an den Auswirkungen des Wetters interessiert,
sagte ich: »Kennen Sie einen Hund, der verrückt geworden
ist? Ich meine, ob Sie selbst einen gekannt haben...«

Wieder schüttelte er den Kopf. »Es werden nicht nur Hunde
verrückt«, bemerkte er mit düsterer Genugtuung, »auch
menschliche Wesen.«

»Oh, doch nicht etwa jemand hier im Haus?« fragte ich,
ganz Ohr.

»Ich sage nicht ja«, orakelte Henry, »und ich sage auch
nicht nein. Was ich aber behaupte, ist: Immer zwölf gehen
auf ein Dutzend.«

Ich konnte mir darunter nichts vorstellen; und wäre er
nicht so abweisend gewesen, hätte ich ihn gebeten, es mir zu
erklären. Er stand über den Waschtisch gebeugt und zele=
brierte das morgendliche Ritual, indem er den Wasserkrug
gegen die messingne Heißwasserkanne vertauschte und diese
mit einem Gesichtshandtuch zudeckte. Plötzlich sagte er vor=
wurfsvoll: »Es fehlt der Einsatz aus der Seifenschale.«

»Da drüben ist er«, antwortete ich schuldbewußt und deu=

tete auf den Schreibtisch, der aus Raummangel am Bettende stand. Henry kam herüber und starrte auf mein Werk.

Es sah aus wie ein kleiner heidnischer Altar oder wie das Modell eines Hünengrabes. Die vier Bücher bildeten den geweihten Raum, und darin standen, nahe aneinandergerückt, die vier Kerzen; darüber, durch die Bücher gestützt, hing der Einsatz der Seifenschale, und auf diesem, bereit die Ingredienzien zu empfangen, stand mein Silberbecher. Die Wasserflasche, der feuchte Schwamm und die vier Streichholzschachteln waren in genau berechneten Abständen darum herumgruppiert. Nur meine Uhr fehlte zur Vervollständigung des magischen Zubehörs. So kindisch und dürftig dieser Aufbau auch war, ließ er doch irgendwelche dunkle Absichten vermuten, als sei er bereit, so viel Unheil anzurichten wie in seiner Macht stand, und es war mir außerordentlich peinlich, mich als seinen Urheber zu bekennen.

Henry schüttelte nachdenklich den Kopf. Ich wußte, was er sagen wollte: Da ist noch einer, dem die Hitze den Verstand geraubt hat. Aber er sagte nur: »Es scheint, Sie haben einen anstrengenden Tag hinter sich.«

Dies war ein lakonischer Ausspruch, den er häufig benutzte, um seine olympische Geduld hinsichtlich Handlungen auszudrücken, die er, so harmlos sie auch waren, nicht begreifen konnte.

»Aber«, fügte er grimmig hinzu, »es ist nicht meine Aufgabe, hier aufzuräumen.«

Sobald Henry das Zimmer verlassen hatte, stieg ich aus dem Bett und nahm vorsichtig meine Zauberapparatur auseinander. Als die verschiedenen Gegenstände wieder einzeln an ihrem richtigen Platz waren, schienen sie sogleich die böse Kraft zu verlieren, die sie als Kollektiv besaßen, jene Kraft, die sie erst während meines Schlafes erlangt hatten; denn in der Nacht, nach meinem Kampf mit dem Tödlichen Nacht= schatten, waren sie mir vorgekommen wie die weißeste Ma= gie, ja sie hatten fast überhaupt nichts Magisches an sich gehabt. Durch mein Erlebnis war ich derart überreizt ge= wesen, daß mein Rückweg trotz der Aussicht, vor eine ver= schlossene Türe zu kommen, keinerlei Schrecken mehr für mich gehabt hatte. Ich ging durch die offene Türe, als sei es elf Uhr morgens und nicht elf Uhr nachts.

Und nun war der Himmel grau. Das war einer der Gründe, weshalb ich mich so seltsam fühlte. Wir hatten schon früher bewölkte Tage gehabt, aber keine grauen, die mit Regen drohten. Ich war so daran gewöhnt, von der Sonne begrüßt zu werden, daß ihr Fehlen mich verwirrte wie ein Stirnrunzeln auf einem Gesicht, das immer lächelte. Ich sagte mir, der Sommer sei vorüber und eine strengere Jahreszeit im Anzug.

Meine Erlebnisse in der vergangenen Nacht hatten mich in gewisser Weise auf dieses Ereignis vorbereitet. Nicht umsonst fühlte ich mich eins mit dem Wetter; auch mein Sommer war vorüber. Ich hatte mich im Kampf mit dem Tödlichen Nachtschatten verausgabt und die üppigen Phantasien ab= gestreift, die seit meiner Ankunft in Brandham Hall ins Kraut geschossen waren. Niemand hatte mich je vor ihnen gewarnt, aber nun machte ich selber ihnen ein Ende. Lebt wohl, meine Täuschungen! Mit nur geringem Erfolg versuchte ich meinen Kampf im Schuppen als eine harmlose gärtnerische Tätigkeit anzusehen, als die Ausrottung eines giftigen Unkrautes, vor dem ich meine Gastgeberin schon längst hätte warnen sollen.

Jetzt, wo ich dreizehn war, oblag mir die Pflicht, mich der Wirklichkeit zu stellen. In der Schule würde ich nun einer der großen Jungen sein, zu dem die kleineren emporsahen.

Mir stieg die Schamröte ins Gesicht, als ich an das Schauspiel dachte, das ich letzte Nacht im Schuppen geboten hatte, an meine Bemühungen, mein klägliches Ich dem Schicksal ent= gegenzustellen, an meine Laufbahn als Zauberer und an den Hokuspokus, den ich getrieben und anderen beigebracht hatte. Und der Brief an meine Mutter, diese wehleidige Bitte um Abberufung — wie verachtete ich mich, weil ich ihn geschrie= ben hatte. Wenn ich an die Handlungen zurückdachte, die ich seit meiner Ankunft in Brandham vollbracht hatte, so ver= dammte ich sie samt und sonders; sie schienen mir die Hand= lungen einer fremden Person.

Ich verdammte sie unbesehen. Ich nahm mir nicht die Zeit zu überlegen, wie ich es hätte besser machen können. Ich sah sie alle als plumpe Quacksalberei, die mit dem Augenblick meiner Ankunft in Brandham begonnen hatte — nein, schon früher, als Jenkins und Strode vom Dach stürzten. Seit die= sem Augenblick schien ich ständig eine Rolle gespielt zu haben, die jedermann, und am meisten mich selbst, getäuscht hatte. Sie hätte nicht meine alte Kinderfrau getäuscht, die sehr schnell merkte, wenn ich oder sonst ein Kind, jemand ande= ren nachzuäffen versuchte. Sie hatte nichts dagegen, wenn man irgendein Tier oder auch irgendein menschliches Wesen, hoch oder niedrig, jung oder alt, einen Toten oder einen Lebenden nachmachte, vorausgesetzt, daß man auf Befragen sagen konnte, *wer* man war. War aber diese angenommene Persönlichkeit eine verzerrte Version des eigenen Ego, das ›Ich‹ in fremden Federn, das Eindruck machen sollte, ein Je= mand, für den man gerne gehalten werden wollte, dann be= kam man zu hören: »Wer bist du denn jetzt?« »Och, nie= mand besonderes, nur Leo.« »Na, mein Leo bist du aber nicht. Du bist irgendein anderer Junge, und den mag ich nicht.«

In Brandham war ich die ganze Zeit über ein anderer klei=
ner Junge gewesen, und die Erwachsenen hatten mich darin
unterstützt und mir Vorschub geleistet! Es war zum großen
Teil ihre Schuld. Es gefiel ihnen, aus einem kleinen Jungen
den kleinen Jungen zu machen, der ihrer Vorstellung ent=
sprach — einen Standardjungen, nicht einen Leo oder einen
Markus. Sie hatten sogar eine Spezialsprache für kleine Jun=
gen — wenigstens manche von ihnen, einige der Besucher,
nicht die Familie. Die Familie und Lord Trimingham, der bald
zur Familie zählen würde, respektierten unsere eigene Würde.
Aber es gibt andere, viel verführerische Methoden, einen
seiner Persönlichkeit zu berauben, als die Bezeichnung ›klei=
ner Mann‹. Kein kleiner Junge liebt es, ›kleiner Mann‹ titu=
liert zu werden, aber jeder kleine Junge liebt es, wie ein klei=
ner Mann behandelt zu werden, und das hatte Marian mit
mir getrieben. Wenn es ihr gerade paßte, hatte sie mir die
Wichtigkeit eines Erwachsenen verliehen. Sie hatte mir das
Gefühl gegeben, sie sei auf mich angewiesen. Mehr als alle
anderen hatte sie zu meiner Aufgeblasenheit beigetragen.

Henry hatte zweifellos recht, wenn er sagte, die Hitze sei
schuld. Die Hitze hatte Mrs. Maudsley umgeworfen — die
Hitze und Marian. Vielleicht *war* Marian die Hitze? Diese
hatte auch Markus überwältigt, und er hatte sich von allen
am vernünftigsten benommen. Er hatte Flecken bekommen
und sich ins Bett zurückgezogen. Er hatte nicht den Wunsch,
ein anderer zu sein als der, der er war. Er hätte zu mir sagen
können, er habe Masern, aber er tat es nicht. Er gab sich
keiner Selbsttäuschung hin. Sogar seine gelegentliche Affek=
tiertheit war nicht Selbstzweck, sondern immer mit einer
bestimmten Absicht verbunden. Ein= oder zweimal war seine
französische Posiererei mit ihm durchgegangen; aber ihr ur=

sprünglicher Sinn war der gewesen, mir eins auszuwischen. Er interessierte sich für das, was tatsächlich um ihn herum vorging, nicht für das, was seine Phantasie daraus machen könnte. Deswegen liebte er Klatsch; er wollte über die Menschen Bescheid wissen, nicht sich etwas vorstellen. Ihm hätte es auch keine Freude gemacht, sich in der Rolle eines romantischen Außenseiters zu sehen, der ein tödliches Geheimnis bis zum letzten Blutstropfen verteidigte. Er hätte dieses Geheimnis lieber verraten und die Folgen abgewartet. Nie hatte ich Markus mehr bewundert als am Morgen meines dreizehnten Geburtstages.

So denke ich heute, aber so fühlte ich auch damals, und meine Gefühle waren gewichtiger als meine Gedanken und lasteten schwer auf meinem erschöpften und verwirrten Gemüt.

Bei meinem Angriff auf den Tödlichen Nachtschatten war ich selbst für meine Verhältnisse zu weit gegangen. Angenommen, es hätte mich jemand gesehen, als ich wie ein Berserker wütete! Angenommen, es hätte jemand — der Lauscher, den meine Phantasie herbeizitiert hatte — gehört, wie ich ›Delenda est belladonna‹ in die Nacht hinaussang! Er hätte mich wohl für wahnsinnig halten können. Es war schlimm genug, daß ich mich gesehen hatte.

Das graue, wässerige Licht, das sich wie Regen über Dächer und Bäume breitete, strömte sanft in mein kleines hohes Zimmer. Henry hatte den Eton-Anzug, den ich zum Abendessen getragen hatte, fortgeräumt (manchmal räumte er auch meine Hosenträger mit fort, und ich mußte danach läuten) und den grünen Anzug auf den Stuhl gelegt, zusammen mit meiner Unterwäsche, den Strümpfen und den Strumpfbän=

dern, die säuberlich obenauf lagen. Als ich schon fast fix und fertig und gerade im Begriff war, den grünen Anzug anzuziehen, beschloß ich plötzlich, es nicht zu tun. Nicht wegen der Farbe, oder weil er mich an Marians doppeltes Spiel erinnerte — nein, es war ein Anzug wie jeder andere; aber er war auch mein Narrenkleid, das Kostüm meiner Selbsttäuschung. Ich konnte es ertragen, wenn man mich einen grünen Jungen nannte; denn der war ich. Aber ich wünschte nicht, für Robin Hood gehalten zu werden; denn der war ich nicht. Deshalb holte ich meinen Norfolk=Anzug aus dem Schrank, der mir bereits ganz fremd vorkam, sowie die dazugehörigen Strümpfe und meine Stiefel. Ich hatte ein sehr eigenartiges Gefühl, als ich sie anzog und ihren ungewohnten Druck spürte, und ich fühlte mich auch sehr eigenartig, als ich mich im Spiegel sah. Aber ich sah auf jeden Fall mich selbst, und nicht eine seegrüne, käufliche Parodie.

Während der Andacht blieb ich unbeachtet, ein Betender, von dem andere Sterbliche keine Notiz nahmen. Aber als wir uns von den Knien erhoben, war ich ein Geburtstagskind in einer Norfolkjacke. Und nachdem man mir zu dem einen gratuliert hatte, kam man auf das andere, meinen Anzug, zu sprechen. Mir war, als hörte ich ein leises, gutartiges Echo der Spötteleien aus vergangenen Tagen. Ich wunderte mich, daß sie mich je hatten kränken können. Aber Lord Trimingham, der offenbar glaubte, ich könnte mich gekränkt fühlen, sagte: »Er hat ganz recht, und zwar ist er der einzige unter uns, der recht hat. Eine Norfolk=Jacke in Norfolk! Und außerdem wird es regnen. Wir werden uns alle umziehen müssen und er nicht.« Außer mir waren alle Tischgäste für schönes Wetter angezogen. »Ja«, sagte Marian, in deren Augen es schalk=

haft blitzte, »aber er sieht aus, als wolle er abreisen; das ist es, was mir nicht gefällt. Dieser Anzug erinnert an Bahn=höfe.«

Neben meinem Gedeck lagen zwei lange Umschläge; auf dem einen entdeckte ich die Handschrift meiner Mutter, auf dem anderen die meiner Tante. An jedem anderen Tag hätte ich bis zum Ende der Mahlzeit gewartet, um sie allein zu lesen. Aber heute hätte ich das als Heimlichtuerei empfunden. Ich wünschte, daß jeder sah, was ich tat. Daher öffnete ich, mit einer Entschuldigung, wie ich sie von den Erwachsenen gehört hatte, den Brief meiner Mutter. Die in Seidenpapier gewickelte Einlage ließ ich unbeachtet und nahm nur den Brief heraus. Er enthielt viele liebevolle Worte und Entschul=digungen. »Ich war so unglücklich, weil ich das Telegramm nicht geschickt habe«, schrieb sie. »Es schien mir aber viel *vernünftiger* zu sein, es nicht zu tun. Aber nun überlege ich mir, ob Du Dich vielleicht nicht wohl gefühlt hast und es mir nicht sagen wolltest. Du würdest mir das doch immer sagen, nicht wahr, Liebling? Ich ahnte nicht, wie sehr ich Dich ver=missen würde, aber ich vermisse Dich schrecklich, und zehn Tage sind eine endlose Zeit, wenn man wartet. Nun, sie wer=den vorübergehen. Ich hoffe, Du bist wieder ganz vergnügt. Ich wollte, ich könnte ganz sicher sein, daß Du es bist. Wenn Du immer noch Botschaften austragen mußt und es zu an=strengend findest, dann folge meinem Rat und bitte Mrs. Maudsley, daß sie jemand anderen schickt. Ich bin überzeugt, daß sie es *gern* tun wird. Und ich fürchte, Liebling, Du hast den Eindruck, ich hätte nicht sehr nett auf Deinen neuen An=zug reagiert, weil ich schrieb, die Farbe passe nicht für einen Jungen. Aber das stimmt natürlich nicht; sogar die Soldaten tragen heute grün, die Armen — Khaki ist auch eine Art

Grün — und deshalb schicke ich Dir eine Krawatte, die dazu paßt. Ich hoffe jedenfalls, daß sie paßt. Grün ist eine schwie=rige Farbe, die nicht immer harmoniert, aber das kannst Du wohl noch nicht wissen.«

Daraufhin sah ich neugierig in den Umschlag, ohne daß ich beabsichtigte, die Krawatte herauszunehmen. Als ich aber ein Eckchen Seide sah, konnte ich nicht anders: da hielt ich sie auch schon in der Hand, eine lange, grüne Schlange. »Oh, was für eine schöne Krawatte«, rief man von allen Seiten. »Was bist du für ein verwöhnter kleiner Junge«, sagte einer der neuen Gäste, der mir sofort unsympathisch war.

»Aber sie paßt nicht zu diesem Norfolk=Anzug«, sagte Marian.

Errötend verschanzte ich mich wieder hinter meinem Brief, der nun nur noch in die sanft dahinplätschernden Abschieds=worte meiner Mutter mündete.

Der andere Brief war länger; denn meine Tante hatte viel von sich zu erzählen und erging sich in Vermutungen über mich. Sie hatte eine lebhafte Phantasie und wußte immer, was man möglicherweise tun würde, aber sie erriet es nicht immer. »Norfolk ist wegen seiner Klöße berühmt«, schrieb sie. »Ich nehme an, Du bekommst viele.« In Wirklichkeit haben wir, glaube ich, nicht einen einzigen bekommen. »Ich habe früher einmal eine Familie Maudsley gekannt«, riet sie weiter, »die lebte ganz in der Nähe von Deinem jetzigen Auf=enthaltsort, in Hanging Brandham oder Steeple Brandham; ich weiß nicht mehr genau, wo es war. Ich nehme an, Du hast sie kennengelernt.« Leider hatte ich sie nicht kennengelernt. Über eine andere Sache war sie besser informiert. »Deine Mutter erzählt mir, Du hättest einen neuen Anzug, einen grünen, vielleicht eine etwas ungewöhnliche Farbe für einen

Jungen. Aber ich finde Männerkleidung im allgemeinen viel zu wenig farbenfroh, Du nicht? Man behauptet, daß eine Frau nie die richtige Krawatte aussucht; aber ich finde das Blödsinn, und hier ist sie.«

Ich mußte wieder meine Lektüre unterbrechen und in den Umschlag sehen, und wieder genügte ein Blick nicht. Was ich sah, warnte mich schon, daß dieses Grün, welche Schattierung nun auch für einen Jungen richtig sein mochte, nicht das rich=tige war. Es war viel zu senffarben. Aber dafür war diese Krawatte bereits zu einer machtvollen Schleife gebunden, wie sie keine menschliche Hand knüpfen konnte, und eine hinten angebrachte Öse ermöglichte auch dem eiligsten Benutzer einen makellosen Sitz.

Sie hatte jedoch nicht den gleichen Erfolg wie die andere. Der Beifall ließ auf sich warten, und ich bemerkte einige zweifelnde Blicke. Markus machte schon ein finsteres Ge=sicht, da streckte Lord Trimingham plötzlich seine Hand über den Tisch und sagte:

»Darf ich mal sehen?«

Ich schob ihm die Krawatte zu.

»Ich finde sie reizend«, sagte er. »So lustig. Warte einen Augenblick, dann zeige ich dir, wie sie wirkt.«

Er band seine blau=weiß getupfte Krawatte ab und befestigte die meine nach einigen Schwierigkeiten (»Ich finde den Dreh nicht heraus«) an seinem Kragenknopf. An ihm wirkte sie nicht als das ordinäre Ding, das sie, nach Markus' Gesichts=ausdruck zu schließen, sein mußte. Sie wirkte outriert, aber elegant; und Lord Trimingham machte eine schwungvolle Geste mit seinen Händen und lächelte, um eine zwanglose Geselligkeit anzudeuten — vielleicht den Rennplatz von Good=wood? Selbst mir fiel es schmerzlich auf, wie wenig sein Ge=

sicht das ausdrücken konnte, was er dachte; aber ihm schien das nicht bewußt zu sein. »Was meinen Sie?« wandte er sich an Mrs. Maudsley. »Was meinen Sie, Marian?«

Ich hob die Krawatte jahrelang auf.

»Und heute«, sagte Mrs. Maudsley, und schob ihren Stuhl zurück, »heute«, sie machte eine Pause, »heute ist Leos Tag.« Sie lächelte mir zu, und ihr Lächeln ging wie eine kühle Woge über mein Gesicht. »Was würdest du gern unternehmen, Leo?«

Ich war völlig sprachlos. Mir fiel nichts ein, was ich vor= schlagen könnte. Mrs. Maudsley versuchte mir zu helfen. »Wie wäre es mit einem Picknick?«

»Das wäre sehr schön.«

»Wenn es nicht regnet«, sagte Mrs. Maudsley und betrach= tete prüfend den Himmel. »Oder mit einer Fahrt nach Beeston Castle, nach dem Mittagessen? Das kennst du doch noch nicht?«

»Das wäre sehr schön«, wiederholte ich unglücklich.

»Gut. Machen wir das, wenn es nicht regnet? Ich nehme an, du möchtest den Vormittag frei haben, um mit Markus zu spielen.«

»Ja, bitte.«

»Und um fünf Uhr wirst du dann deinen Geburtstags= kuchen anschneiden... Ja, Denys?«

»Ich wollte nur sagen, Mama, daß wir immer noch nicht wissen, was *Leo* eigentlich möchte.«

»Ich glaube doch«, sagte Mrs. Maudsley sanft. »Das gefällt dir doch, Leo, nicht wahr?«

»Oh, *ja*«, sagte ich.

Mrs. Maudsley wandte sich an ihren ältesten Sohn.

»Bist du nun zufrieden, Denys?«

»Ich meinte nur, Mama, daß er sich an seinem Geburtstag selber etwas aussuchen sollte.«

»Aber er hat doch gewählt, oder nicht?«

»Eigentlich nicht, Mama; du hast für ihn gewählt.«

Seine Mutter machte ein Gesicht, als flehe sie Gott um Geduld an. »Er hat keinen Gegenvorschlag gemacht, also —«

»Ich weiß, Mama, aber an seinem *Geburtstag* —«

»Kannst du etwas vorschlagen, Denys?«

»Nein, Mama, es ist ja nicht mein Geburtstag.«

Ich sah, wie Mrs. Maudsley ihre Finger zusammenpreßte. »Ich glaube, es ist alles aufs beste geregelt«, sagte sie ruhig. »Was nun uns *Erwachsene* betrifft...«

Sobald Markus und ich das Zimmer verlassen hatten, sagte er: »Leo, du kannst es nicht tun.«

»Was kann ich nicht tun?«

»Diese Krawatte tragen.«

»Warum nicht?«

»Weil«, erklärte Markus und sprach jedes Wort langsam und deutlich aus, »es eine fertiggebundene Krawatte ist.«

Nachdem wir ein wenig gerauft hatten, sagte Markus: »Bei Trimingham ist das natürlich egal — er kann alles tragen; aber du, du mußt dich in acht nehmen.«

»Vor was?«

»Daß du nicht wie ein Kaffer aussiehst. Aber ich will mich nicht weiter darüber auslassen; denn du hast heute Geburtstag.«

Ich hatte an diesem Vormittag viel Zeit, meine Gefühle auszukosten. Mein neues, wahres Ich kam mir sehr farblos vor. Zunächst einmal fehlte ihm die Geburtstagsfreude. Es wollte nicht wahrhaben, daß dies ein besonderer Tag war, mit besonderen Privilegien für Gefühle und außergewöhn= liches Benehmen. Es warnte mich dauernd, ich solle mich in meinen Grenzen halten. Wenn ich mich in den Augen ande= rer zum Narren gemacht hatte, dann ging ich gegen ihr Urteil an, auch während es mich noch schmerzte; aber ich konnte nicht so leicht gegen mein eigenes Urteil ankämpfen. Mein neuer Mentor erlaubte mir nicht, die Stätte meines Verbre= chens aufzusuchen, zu der es mich, wie alle Mörder, hinzog. Er erlaubte mir nicht einmal einen Besuch beim Abfallhaufen, um nachzusehen, ob der Leichnam der Pflanze inzwischen dort gelandet war. Als die Sonne kam, was bald der Fall war, und zwischen dichten Wolkenballen hindurchbrach, jubelte ich ihr mit keinem Gedanken zu. Als wir Marian und Lord Trimingham begegneten, die spazierengingen und die Köpfe zusammensteckten, versuchte ich das Glücksgefühl, das ich bei ihrem Anblick verspürte, zu unterdrücken. Meine sämt= lichen Beziehungen, zu Menschen sowohl wie zu Dingen, schienen ihre Intensität verloren zu haben. Selbst Markus gegenüber, der in meiner Achtung immer eine doppelte Stel= lung eingenommen hatte — in der Schule eine andere als in seinem Heim — fühlte ich mich unbehaglich. Unsere Freund= schaft war das Produkt vieler subtiler Angleichungen, vieler wohlausgewogener Gefühle, und nun sah ich einen Jungen mit rundem Kopf, etwas kleiner als ich, der besonders nett zu mir war und nicht Französisch sprach, weil ich Geburtstag hatte.

Mein Geburtstag! Immer wieder kam ich darauf zurück. Aber ich hatte gar nicht das Gefühl, daß es *mein* Geburtstag war; ich fühlte mich als unbeteiligten Zuschauer beim Ge=

burtstag irgendeines anderen, der eine Norfolk=Jacke mit zwei Reihen Knöpfen und einem Gürtel über dem Bauch trug, dazu dicke Strümpfe und Schnürstiefel, deren Haken wie Schlangenzähne drohten, als wollten sie seine Beine ver= schlingen.

Ich begriff nicht, daß dieser Versuch, mich der doppelten oder vielfachen Vorstellung meiner Person zugunsten eines einzigen Ichs zu entledigen, die größte Selbsttäuschung war, auf die ich mich je eingelassen hatte. Es war fürwahr ein Akt der Selbstverleugnung, jene Hälfte meines Ichs aus meinem Bewußtsein zu verbannen, die ich am meisten genoß. Die Dinge so zu sehen, wie sie wirklich waren — was für eine Verarmung! Seelisch und körperlich verwundet, ging ich ziel= los an Markus' Seite und wünschte fast, er würde mich an= rempeln, mir Beleidigungen an den Kopf werfen oder sein überlegenes Französisch an mir ausprobieren, statt mich mit den Sammetpfötchen seiner gesellschaftlichen Manieren zu streicheln.

Kurz vor dem Mittagessen schlich ich mich in mein Zim= mer und zog mich um. In meinem grünen Anzug fühlte ich mich sofort viel wohler.

Dreiundzwanzigstes Kapitel

Das Mittagessen war fast nie vor drei Uhr beendet, und unsere Spazierfahrt war auf Viertel nach drei angesetzt. Aber die Bewölkung hatte wieder zugenommen. Diesmal sah sie bedenklich aus, Weiß auf Grau, Grau auf Schwarz, und die regungslose Luft kündete ein Gewitter an. Wir gingen einer nach dem anderen vor die Tür, betrachteten den Himmel und kamen wieder herein, um unser Urteil abzugeben.

Es war das erste Mal, daß wir mit dem Wetter rechnen mußten, und das erste Mal, daß ich Mrs. Maudsley unent=schlossen sah. Ihrem Gesicht konnte man nichts anmerken; es hatte, wie immer, den konventionellen Ausdruck eines Porträts; aber ihre Bewegungen waren gezwungen. Schließ=lich schlug sie vor, wir sollten eine Viertelstunde warten und sehen, was geschehe.

Wir standen, wie das ein improvisiertes Vorhaben mit sich bringt, unsicher in der Halle herum, da sagte Marian:

»Komm, Leo, sehen wir, wozu sich das Wetter entschließt.«

Ich folgte ihr ins Freie und sah aufmerksam zum sich immer mehr verfinsternden Himmel.

»Ich glaube —« begann ich.

»Gib dir keine Mühe«, sagte sie. »Wie wäre es mit einem Spaziergang, wenn die Ausfahrt ins Wasser fällt?«

Ich glaube nicht, daß heutzutage jemand wagen würde, so unschuldig auszusehen wie sie in diesem Augenblick.

»Oh, ja«, sagte ich eifrig. »Gehen Sie mit mir?«

»Ich wollte, ich könnte«, antwortete sie. »Aber ich meine einen anderen Spaziergang.« Und während sie sprach, berührte ihre Hand die meine, und schon hielt ich einen Brief zwischen den Fingern.

»Oh, nein!« rief ich.

»Oh, ja!«

Diesmal war sie nicht zornig; sie lachte, und mein Widerstand war schon halb im Keim erstickt. Ich war auch dadurch im Nachteil, daß ich den Brief halten mußte. Ich glaube, wir beide machten einen ziemlichen Lärm; denn auch ich lachte, lauter als sie, unmanierlich laut, so laut wie schäkernde Paare, die man in Seebädern trifft; und ich wollte auch nicht aufhören, ich wollte weitermachen, bis ich eine Lösung gefunden hatte. Während wir nacheinander haschten, uns duckten und auswichen, warfen wir uns herausfordernde Blicke zu. Sie wollte mich vermutlich zwingen zu sagen, ich würde den Brief befördern; ich hatte vergessen, wie es zu der Balgerei gekommen war, und wußte kaum noch, ob ich mich verteidigte oder angriff.

»Marian! Leo!«

Beim Klang von Mrs. Maudsleys Stimme fuhren wir auseinander, Marian immer noch lachend, ich keuchend und beschämt.

Mrs. Maudsley kam langsam die Treppe herunter.

»Weshalb habt ihr gerauft?« fragte sie.

»Oh«, sagte Marian, »ich habe ihm eine Lektion erteilt—« Weiter kam sie nicht; denn in diesem Augenblick — das hätte Denys passieren können — ließ ich den Brief fallen. Zerknittert lag er zwischen uns auf der Erde; ich vermochte nicht danach zu greifen.

»War das der Zankapfel?« fragte Mrs. Maudsley.

Marian hob den Brief auf und stopfte ihn in meine Tasche.

»Jawohl, Mama«, sagte sie. »Ich wollte, daß er dieses Bil=
lett zu Nannie Robson trägt, damit das gute alte Stück weiß,
daß ich sie heute nachmittag auf einen Sprung besuche. Und
stell' dir vor, Leo wollte nicht! Er behauptete, er habe eine
Verabredung mit Markus. Ja, das hast du gesagt!« beharrte
sie lächelnd, als ich eben widersprechen und sagen wollte, ich
würde den Brief wegbringen.

»Ich würde mir deswegen keine Gedanken machen, Ma=
rian«, sagte Mrs. Maudsley und sah uns beide mit ihrem
durchdringendsten Blick an. »Du sagst selbst, sie wüßte oft
nicht, ob du dort warst oder nicht, und ich denke, Leo und
ich machen jetzt einen Spaziergang durch den Garten. Das
Wetter ist zu unsicher, um nach Beeston zu fahren. Komm,
Leo! Ich glaube nicht, daß du den Garten schon genau ge=
sehen hast; Markus interessiert sich nicht für Blumen — das
kommt erst noch.«

Es stimmte, ich hatte den Garten noch nie richtig gesehen.
Ich zog, offen gesagt, den Abfallhaufen vor; denn er hatte
etwas Abenteuerliches, das dem Garten fehlte. Aber meine
Mutter hatte mit mir ziemlich oft über Blumen gesprochen,
und vor Botanik hatte ich Respekt. Im allgemeinen liebte ich
Blumen; in meiner Phantasie spielten sie eine große Rolle.
Ich dachte gern an Blumen und war immer froh, sie in der
Nähe zu wissen. Ich las auch gern über sie, besonders über
die ausgefallenen Arten, die Insekten fressenden, wie den
Sonnentau, die Kannenpflanze und die Karde, die angeblich
Insekten in Suppe verwandeln kann. Aber Blumen um ihrer
selbst willen zu betrachten, war eine Gewohnheit, die mir
noch fremd war, und es in Mrs. Maudsleys Gesellschaft zu

tun, war mir nicht ganz geheuer. Noch immer atemlos von
der Balgerei und aus einem gewissen Schutzbedürfnis heraus
sagte ich:

»Hätten Sie gern, daß Markus mitkäme?«

»Oh, nein! Er hat dich den ganzen Morgen für sich gehabt,
er muß dich jetzt einmal eine Stunde entbehren. Weißt du,
Leo, er hat dich sehr gern, genau wie Marian. Wir haben
dich alle gern.«

Natürlich war ich über diese Worte entzückt; aber was
sollte ich darauf antworten? Meine Schulerfahrungen konn=
ten mir da keine Hilfe geben; so etwas sagte man in der
Schule nicht. Ich stellte mir vor, was meine Mutter jetzt ge=
sagt hätte, und versuchte, in ihrer Weise zu antworten.

»Sie waren alle so gut zu mir«, begann ich etwas unsicher.

»Waren wir das? Ich hatte Angst, wir hätten dich vernach=
lässigt, wegen Markus' Krankheit und so weiter. Ich hoffe,
man hat gut für dich gesorgt?«

»O ja«, sagte ich.

Wir kamen zu der großen Zeder, wo die Blumenbeete be=
gannen.

»Nun schön«, sagte Mrs. Maudsley, »hier ist der Garten.
Er wirkt etwas unsymmetrisch, nicht wahr — durch diese L=
förmigen Mauern? Ich weiß nicht genau, ob ich das richtig
gemacht habe; aber sie halten den Ostwind und den Nord=
wind ab, und dann wachsen so herrliche Rosen daran. Aber
interessierst du dich denn auch wirklich für Blumen?«

Ich bejahte und sagte, ich interessiere mich besonders für
giftige.

Sie lächelte. »Ich glaube nicht, daß du hier viele finden
wirst.«

Um ihr meine Kenntnisse zu beweisen, begann ich, von

dem Tödlichen Nachtschatten zu erzählen, brach aber mitten im Satz ab. Mir war, als sollte ich lieber nicht darüber spre= chen. Aber sie hörte nur mit halbem Ohr zu.

»In einem Schuppen, sagst du? Meinst du dort, wo der alte Garten war?«

»Ja, ungefähr dort... Aber — können Sie mir sagen, wie diese Rose heißt?«

»Seejungfrau — ist sie nicht herrlich? Gehst du oft in die Schuppen, wie du sie nennst? Ich könnte mir vorstellen, daß es dort recht ungemütlich ist.«

»Ja, aber vielleicht trifft man dort Wilderer.«

»Meinst du echte Wilderer?«

»O nein, aber man kann es sich dort so gut vorstellen.«

Wir blieben vor einer rosaüberhauchten Magnolie stehen, und Mrs. Maudsley sagte: »Sie erinnert mich immer an Ma= rian. Wie lieb von dir, daß du Botschaften an Nannie Robson für sie beförderst. Schickt sie dich oft mit Botschaften fort?«

Mein Gehirn arbeitete fieberhaft.

»O nein, nur ein= oder zweimal.«

»Es tut mir jetzt leid, daß ich dich davon abgehalten habe«, sagte Mrs. Maudsley. »Vielleicht möchtest du noch gehen? Du kennst doch den Weg?«

Hier bot sich eine Gelegenheit zur Flucht; die Freiheit winkte. Aber wie sollte ich ihre Frage beantworten?

»Nicht genau, aber ich kann ja fragen.«

»Du kennst den Weg nicht? Aber ich denke, du hast schon Botschaften hingetragen?«

»Ja, ja, das habe ich.«

»Und du kennst den Weg immer noch nicht?«

Ich schwieg.

»Hör' zu«, sagte Mrs. Maudsley, »ich glaube, der Brief

sollte doch hingebracht werden. Du hast ihn doch in deiner Tasche, nicht wahr? Ich werde einen der Gärtner rufen, damit er ihn hinträgt.«

Ein eisiger Schrecken durchfuhr mich.

»O nein, Mrs. Maudsley«, sagte ich. »Es ist gar nicht wich= tig; bitte, bemühen Sie sich nicht.«

»Es ist doch wichtig, weißt du«, sagte Mrs. Maudsley, »weil Nannie Robson sich auf den Besuch vorbereiten möchte. Alte Leute haben es nicht gern, wenn man sie überfällt. Stanton«, rief sie, »können Sie einen Augenblick herkommen?«

Der Gärtner, der in unserer Nähe arbeitete, legte sein Ge= rät hin und kam mit dem schwerfälligen, wiegenden Schritt dieser Leute auf uns zu. Ich sah sein Gesicht immer näher kommen; es schien mir das Gesicht eines Henkers zu sein. Unwillkürlich fuhr ich mit der Hand in die Tasche.

Der Gärtner hob grüßend die Hand zur Mütze.

»Stanton«, sagte Mrs. Maudsley, »wir haben hier einen Brief für Miss Robson, der ziemlich eilig ist. Würden Sie ihn, bitte, hintragen?«

»Ja, gnä' Frau«, sagte Stanton und streckte die Hand aus.

Ich bohrte die Finger in die Tasche. Ich versuchte verzwei= felt, mich ruhig zu halten, damit das Papier nicht knisterte, und wand mich dabei hilflos. »Ich hab' ihn nicht!« rief ich. »Es tut mir sehr leid, aber er muß aus meiner Tasche gefallen sein.«

»Such' noch einmal«, sagte Mrs. Maudsley. »Such' noch einmal.«

Ich tat es, aber wieder ohne Erfolg.

»Na schön, Stanton«, sagte Mrs. Maudsley, »sagen Sie dann, bitte, Miss Robson nur, daß Miss Marian sie im Laufe des Nachmittags besuchen wird.«

Der Mann grüßte und ging. Ich verspürte den dringenden Wunsch, ihm zu folgen, nur um fortzukommen, und hatte tatsächlich bereits einige Schritte getan, als ich einsah, wie hoffnungslos es war, und wieder zurückging.

»Hast du dich wegen des Briefes doch anders besonnen?« fragte Mrs. Maudsley.

Da ich, wie die meisten Kinder, Sarkasmus haßte, gab ich keine Antwort, sondern starrte finster auf einen Punkt, halb= wegs in der Mitte des weiten fliederfarbenen Rockes meiner Gastgeberin.

»Nimm, bitte, die Hände aus den Taschen«, sagte Mrs. Maudsley. »Hat man dir nie gesagt, daß man nicht mit den Händen in den Taschen dasteht?«

Schweigend gehorchte ich.

»Ich könnte dir befehlen, deine Taschen umzudrehen«, sagte sie, und sofort flogen meine Hände wieder an die Taschen. »Aber ich werde es nicht tun«, fuhr sie fort. »Ich möchte nur eines wissen: du sagst, du hättest schon früher Botschaften für Marian befördert?«

»Nun, ich —«

»Ich denke doch, du hast es gesagt. Wenn du sie nicht zu Nannie Robson trägst, wem bringst du sie dann?«

Ich konnte nicht antworten, aber es kam eine Antwort. Erst klang es, als räuspere sich der Himmel mit schmerzhafter Anstrengung, dann brach der Donner aus allen Richtungen los.

Schon fielen auch die ersten Tropfen. Ich kann mich nicht mehr erinnern, wie unsere Unterredung endete; ich weiß weder, ob einer von uns noch etwas sagte, noch, wie wir das Haus erreichten. Aber ich entsinne mich, daß ich in mein Zimmer hinaufrannte, um dort Zuflucht zu suchen, und wie sehr ich erschrak, als ich es bereits von jemand anderem besetzt fand. Ich erschrak weniger vor dem neuen Gast als vielmehr vor seinen Sachen: den Gläsern, dem Silber, den Ledersachen, dem Ebenholz und den Elfenbeingegenständen, den Haarbürsten, Schwämmen und dem Rasierzeug. Auf den Zehenspitzen ging ich wieder hinaus und wußte nicht wohin; ich schloß mich in der Toilette ein und war eher erleichtert als erschrocken, als ungeduldige Hände am Türgriff rüttelten.

Alle, außer Marian und Mrs. Maudsley, hatten sich zum Tee eingefunden. Einige Gesichter waren mir fremd: Haus= besuch für den Ball. Draußen war es so finster, daß man die Lampen angezündet hatte; ich konnte den Gedanken nicht loswerden, es sei die Zeit für das Abendessen und nicht die Teestunde. Da die Gastgeberin fehlte, standen wir herum, beobachteten durch die Fenster die aufzuckenden Blitze und unterhielten uns zerstreut. Niemand beschäftigte sich ein= gehender mit mir; ich war wie der Held oder das Opfer, das bis zum Beginn der Zeremonie abgesondert blieb. Meine Ge= danken waren in Aufruhr; aber um mich herum schien alles wie immer. In der Mitte des Tisches stand meine Torte, eine Torte mit weißem Guß, von rosa Kerzen umgeben und mit meinem Namen in rosa Buchstaben verziert. Endlich merkte ich an der Bewegung, die durch den Raum ging, daß Mrs. Maudsley hereingekommen war. Die anderen drängten sich um den Teetisch, aber ich blieb zögernd im Hintergrund.

»Leo, Lieber, setze dich, bitte, hierher«, sagte Mrs. Mauds= ley, und ich schob mich unwillig auf den Platz an ihrer Seite. Aber sie war eitel Liebenswürdigkeit; ich hätte keine Angst zu haben brauchen.

»Ich mußte dich aus deinem Zimmer ausquartieren«, sagte

sie, »in das von Markus. Es tut mir sehr leid, aber wir brauch=
ten das deine für einen anderen, älteren Junggesellen. Mar=
kus freut sich so, daß du wieder bei ihm bist. Hoffentlich
macht es dir nichts aus?«

»Durchaus nicht«, sagte ich.

»Siehst du, was da vor dir liegt?« fragte sie.

Es lag ziemlich viel vor mir: Knallbonbons, Blumen, die
über das Tischtuch gestreut waren, und — plötzlich sah ich
es — eine zweite Torte, eine genaue Kopie der anderen, aber
winzig klein und mit einer einzigen Kerze in der Mitte und
meinem Namen darauf.

»Für mich?« fragte ich einfältig.

»Ja, alles ist für dich. Aber weißt du, ich mag die Zahl
dreizehn nicht — dumm von mir, was? Ich glaube, sie bringt
Unglück. Deshalb haben wir zwölf Kerzen um den großen
Kuchen getan, und wenn sie ausgeblasen sind, zündest du
diese an.«

»Wann ist es so weit?« fragte ich.

»Wenn Marian kommt. Sie will die erste sein, die dir ein
Geschenk gibt. Zerbrich dir nur nicht den Kopf, was es sein
kann. Die anderen Geschenke warten auf der Anrichte auf
dich.«

Ich spähte nach der Anrichte hinüber und sah mehrere
Pakete, die in farbenfrohe Papiere verpackt waren. An den
Formen versuchte ich zu erraten, was ihr Inhalt sein mochte.

»Kannst du noch warten?« neckte mich Mrs. Maudsley.

»Bis wann?« fragte ich wieder.

»Ich denke, bis etwa sechs Uhr, bis Marian von Nannie
Robson zurückkommt. Es wird jetzt nicht mehr lange dauern;
wir haben so spät mit dem Tee angefangen. Ich fürchte, es
war meine Schuld; ich war nicht fertig.«

Sie lächelte; aber ich bemerkte, daß ihre Hände zitterten.

»Sind Sie naß geworden?« fragte ich. Ich fühlte einen un=
widerstehlichen Zwang, auf unser Gespräch anzuspielen. Ich
konnte mir nicht denken, daß sie es vergessen hatte.

»Nur ein paar Tropfen«, sagte Mrs. Maudsley. »Du un=
ritterlicher Bursche hast nicht auf mich gewartet!«

»Leo unritterlich?« fragte Lord Trimingham, der an Mrs.
Maudsleys anderer Seite saß. »Das glaube ich nicht. Er ist
ein richtiger *homme à femme*. Wußten Sie nicht, daß er Ma=
rians Kavalier ist?«

Mrs. Maudsley antwortete nicht. Statt dessen sagte sie:
»Ist es nicht Zeit, daß Leo den Kuchen anschneidet?«

Ich konnte nicht bis zur Tischmitte reichen, deshalb brachte
man mir den Kuchen. Ich machte meine Sache nicht sehr
glanzvoll.

»Hebt ein Stück für Marian auf«, sagte jemand.

»Sie sollte jetzt hier sein«, sagte Lord Trimingham und
sah auf seine Uhr.

»Es regnet immer noch«, sagte Mr. Maudsley. »Wir schik=
ken ihr doch lieber einen Wagen, der sie abholt. Warum
haben wir nicht früher daran gedacht?«

Er läutete und gab den Auftrag weiter.

»Hat es schon geregnet, als sie fortging?« fragte jemand;
aber niemand wußte es, niemand hatte sie fortgehen sehen.

Der Kuchen war aufgegessen, der ganze Kuchen, bis auf
ein dickes Stück, das auf der Seite mitten auf der Platte lag,
und darum herum standen brennende Kerzen.

Wir hörten den Wagen an den Fenstern vorbeifahren.

»In zehn Minuten ist sie bei uns«, sagte Lord Trimingham.

»Und dann muß sie sich umziehen, nicht wahr?« sagte
Markus.

»Pst«, machte Denys. »Das ist ein Geheimnis, ein großes Geheimnis.«

»Was ist ein Geheimnis«, fragte Mrs. Maudsley. »Was ist ein Geheimnis, Denys?«

»Daß Marian sich umziehen muß.«

»Wenn es ein Geheimnis ist, warum sprecht ihr dann davon?«

Denys schwieg beschämt; aber es war Markus gewesen, der sich verschwatzt hatte, nicht er.

»Vielleicht hat sie nicht auf den Wagen gewartet«, sagte jemand, »und geht im Regen herauf. Dann muß sie sich umziehen, das arme Kind; sie wird triefen.«

»Was haben Sie für eine gute Tochter, Mrs. Maudsley«, sagte ein anderer Gast. »Nicht jedes Mädchen kümmert sich so um seine alte Kinderfrau.«

»Marian hat immer sehr an ihr gehangen«, sagte Mrs. Maudsley. »So, Leo, blas' diese Kerzen aus, ehe sie etwas in Brand setzen, und dann zünde deine Kerze an. Hast du noch Platz für den Kuchen gelassen, der dir ganz allein gehört?«

Ich erhob mich, wie sie mich geheißen hatte, und bald war das Zimmer von Gepuste erfüllt. Obwohl sie so dünn waren, ließen sich die Kerzen nicht leicht ausblasen, und ich war schon ziemlich außer Atem, ehe ich anfing. Aber stärkere und weniger atemlose Lungen kamen mir zu Hilfe.

»Drück' sie aus, drück' sie aus! Mach erst die Finger naß!«

Endlich waren die rauchenden Dochte verglüht. Ich zündete meine eigene Kerze an und schnitt mir ein Stück von meinem kleinen Kuchen ab; aber ich brachte es nicht hinunter.

»Der hebt seinen Kuchen lieber auf, als daß er ihn ißt«, sagte jemand.

Es folgte eine Stille; mir fiel auf, daß während der letzten Minuten fast auf jede Bemerkung eine Stille gefolgt war.

»Sie müßte jetzt jeden Augenblick eintreffen«, sagte Lord Trimingham. Niemand widersprach.

»Laßt uns die Knallbonbons ziehen«, schlug Mr. Maudsley vor. »Komm, Leo, zieh mit mir!«

Jeder suchte sich einen Partner; teils fanden sich dabei die Tischnachbarn, teils die einander Gegenübersitzenden zusammen. Mehrere Damen kniffen die Augen zu und legten die Köpfe in den Nacken; ein paar Mutige zogen an den Pappstreifen.

»So — jetzt alle auf einmal!«

Die Explosionen waren großartig und nachhaltig. Sie vereinigten sich mit dem Donner von draußen zu einer prachtvollen Salve; und ich glaube, nur ich hörte das Geräusch der Wagenräder, die an den Fenstern vorbeirollten.

Man setzte Kappen auf, Narrenkappen, Jockeymützen, römische Helme, Kronen, Militärmützen. Blechpfeifen trillerten, schmachtende Stimmen sangen sentimentale Lieder. »Noch eine Runde, noch eine Runde!« Jedermann begann in den Papierresten nach unbenutzten Knallbonbons zu wühlen; bald waren alle neu gerüstet und standen einander mit erhitzten, herausfordernden Gesichtern gegenüber. Diesmal war Mrs. Maudsley meine Partnerin. Sie neigte den Kopf und preßte die Lippen aufeinander.

»Laßt eines für Marian übrig!« rief jemand.

Wieder knallte es, wieder das Geräusch von reißendem Papier, der Rauch und die beißenden Dämpfe. Als der Lärm und der Rauch sich verzogen hatten und das Gelächter anhob, sah ich den Butler neben Mrs. Maudsley stehen.

»Entschuldigen Sie, gnädige Frau«, sagte er, »der Wagen

ist zurückgekommen, aber ohne Miss Marian. Sie war nicht bei Miss Robson, und Miss Robson sagt, sie sei heute über= haupt nicht dort gewesen.«

Diese Nachricht hätte mich nicht mehr erschrecken können, wenn ich nicht auf sie vorbereitet gewesen wäre. Vielleicht hatte ich sie nicht erwartet. Vielleicht hatte ich mir einge= redet, Marian würde dort sein. Meine Eingeweide revoltier= ten von neuem gegen meinen Geburtstagstee. Über den Tee= tisch hinweg sah ich die Erwachsenen, die unter den Narren= kappen noch älter wirkten, als sie waren; mit ihren glänzen= den Augen, mit Gesichtern, die im Lampenlicht dunkelrot schimmerten, sahen sie wild und gnomenhaft aus. Sie er= innerten mich an die Bilder im Rauchzimmer: sie ließen sich gehen.

»Wo mag sie nur sein?« fragte jemand, aber so, als sei es nicht wichtig.

»Ja, wo kann sie nur stecken?«

»Sie *muß* sich umziehen. Vielleicht zieht sie sich gerade um. Vielleicht ist sie oben beim Umziehen«, sagte Denys.

»Nun, wir können nichts anderes tun, als auf sie warten«, sagte Mr. Maudsley ruhig.

Die Kappen nickten einander zu, Pfeifen begannen zu trillern, und ein Mann fing an, ein Rätsel aufzugeben, und brüllte, um sich Gehör zu verschaffen. Da stieß Mrs. Mauds= ley plötzlich ihren Stuhl zurück und stand auf. Ihre Ellbogen waren abgewinkelt, ihr Körper war gekrümmt und ihr Ge= sicht bis zur Unkenntlichkeit verzerrt.

»Nein«, sagte sie. »Wir werden nicht warten. Ich werde sie suchen. Leo, du weißt, wo sie ist; du wirst mir den Weg zeigen.«

Ehe ich begriff, was geschah, hatte sie mich aus dem Zim=

mer entführt, mehr durch die Autorität ihrer Stimme und ihrer Geste, als durch die Kraft ihrer Hand, die, glaube ich, meine Schulter gefaßt hielt. »Madeleine!« ertönte hinter ihr die Stimme ihres Mannes; es war das einzige Mal, daß ich ihn ihren Namen rufen hörte.

Als wir die Halle durchquerten, erhaschte mein Blick das grüne Fahrrad, und es prägte sich sekundenschnell in mein Gedächtnis ein. Es lehnte am Pfeiler des Treppenhauses und erinnerte mich irgendwie an ein kleines Bergschaf mit ge= wundenen Hörnern, das seinen Kopf abbittend oder zur Ver= teidigung gesenkt hatte. Die Lenkstange, die mir zugewandt war, erhielt durch den hohen Sattel, der für Marian so hoch wie möglich gestellt war, ein zwergenhaftes Aussehen.

Dieses Bild hinterließ bei mir den Eindruck von etwas Miß= gestaltetem und Mißbrauchtem und verfolgte mich, als ich neben Mrs. Maudsley durch den Regen lief. Ich hatte nicht gewußt, daß sie überhaupt laufen konnte; aber ich vermochte kaum mit ihr Schritt zu halten, so rasch lief sie. Ihre violette Papiermütze war bald durchnäßt; sie flatterte traurig auf und nieder, dann klebte sie an ihrem Kopf, dunkel und durch= scheinend, und das Wasser troff von den Fransen. Ich spürte, wie der Regen durch meine Narrenkappe sickerte, meinen Kopf kühlte und mir in den Nacken rann.

Nun ließ der Regen nach; der Donner kam von weither, und der Blitz schoß nicht mehr eisblau aus schwarzen Wolken, sondern schlängelte sich, ein orangefarbenes Rinnsal, um= ständlich über einen schlüsselblumengelben Himmel. Ich war zu erschrocken, um auf den Sturm zu achten, obwohl er mein Unbehagen noch steigerte; was ich über meine eigene Misere hinaus am meisten verspürte, war der unbeschreibliche Ge= ruch des Regens, der die ganze Luft erfüllte.

Mrs. Maudsley sprach kein Wort, sondern lief mit großen, unbeholfenen Schritten; ihr Rock schleifte mit seinem drei= fachen Besatz über den Kies und schwappte durch die Pfützen. Und bald begriff ich, daß nicht ich sie, sondern sie mich führte; sie wußte, wohin es ging. Als wir den Aschenpfad zwischen dem Rhododendron erreicht hatten, versuchte ich, sie zurückzuhalten. Ich schrie: »Nicht dorthin, Mrs. Mauds= ley.« Aber sie beachtete mich nicht und stürzte blindlings weiter, bis wir zu dem Schuppen kamen, in dem der Tödliche Nachtschatten gestanden hatte. Der zerzauste Stumpf lag noch immer auf dem Weg, schlaff und durchnäßt. Sie blieb stehen und starrte in die Blätter, die naß, aber bereits welk waren. »Nicht hier«, sagte sie, »aber vielleicht hier, oder hier. Du hast gesagt, hier wären Wilderer.« Aus den ver= gessenen Hütten drang kein Laut; nur der Regen trommelte auf die verfallenen Dächer. Es ging über meine Kräfte, ihr bei ihrer Suche zu helfen, und ich wich weinend zurück. »O nein, du kommst mit«, sagte sie und packte meine Hand, und in diesem Augenblick sahen wir sie zusammen auf dem Boden, die Jungfrau und den Wassermann, zwei Körper zu einem verschmolzen. Ich glaube, ich war mehr verwirrt als entsetzt; Mrs. Maudsleys unaufhörliche Schreie waren es, die mich erschreckten, und der Schatten an der Mauer, der sich wie ein Schirm öffnete und schloß.

Ich erinnere mich an fast nichts sonst. Aber irgendwie er= fuhr ich noch während meines Aufenthaltes in Brandham Hall, daß Ted Burgess nach Hause gegangen war und sich erschossen hatte.

Epilog

Als ich die Feder aus der Hand legte, glaubte ich, unter meine Vergangenheit den Schlußstrich gezogen zu haben. Tage, Wochen und Monate hatte ich Zeit gehabt, damit ab= zurechnen; aber es war mir letzten Endes nicht gelungen. Und so kam ich dazu, diesen Epilog zu schreiben.

Während meines schweren Zusammenbruchs glich ich einem Zug, der durch viele Tunnels fährt. Manchmal war es hell um mich, manchmal dunkel. Manchmal wußte ich, wer und wo ich war, manchmal auch nicht. Allmählich nahmen die lichten Momente zu, und ich entrann der Dunkelheit. Um die Mitte des Septembers war man der Meinung, daß ich wieder ins Internat zurückkehren könne.

Ich versuchte nicht mehr zu rekonstruieren, was in Brand= ham nach der Entdeckung im Geräteschuppen vor sich ge= gangen war. Wie auch meine Heimkehr, blieb es eine leere Stelle in meinem Gedächtnis. Ich konnte mich nicht daran erinnern, und ich wollte es auch gar nicht. Der Doktor sagte, es wäre gut für mich, wenn ich mir diese Last von der Seele redete, und meine Mutter versuchte, mich dazu zu bringen. Aber selbst wenn ich es vermocht hätte, würde ich es ihr nicht gesagt haben. Wenn sie mir erzählen wollte, was sie wußte, gebot ich ihr schreiend Einhalt; und ich habe nie er= fahren, wieviel sie gewußt hat. »Aber du hast gar keinen

Grund, dich zu schämen«, sagte sie immer wieder, »wirklich gar keinen Grund, mein Liebling. Und außerdem ist jetzt alles vorbei.«

Aber ich glaubte ihr nicht, und die Fähigkeit zu zweifeln ist nicht nur schwierig zu erlangen, sondern ebenso schwierig wieder loszuwerden. Ich glaubte nicht, daß alles vorbei sei, und ich glaubte nicht, daß ich keinen Grund hätte, mich zu schämen. Im Gegenteil, mir schien, ich müßte mich über alles schämen. Ich hatte sie alle betrogen — Lord Trimingham, Ted, Marian, die ganze Familie Maudsley, die mich in ihrer Mitte willkommen geheißen hatte. Welchen Ausgang die Geschichte genommen hatte, wußte ich nicht und wollte es auch nicht wissen. Ich beurteilte den Ernst der Situation nach Mrs. Maudsleys Angstschreien, den letzten Lauten, die ich bewußt vernommen hatte — die Nachricht von Teds Selbstmord kam lautlos wie eine Traumbotschaft.

Sein Schicksal war mir bekannt, und um ihn trauerte ich. Er verfolgte mich nicht allein in den schrecklichsten Vorstel= lungen von Blut und Gehirn, das an den Wänden der Küche verspritzt war; ich sah ihn immer wieder vor mir, wie er seine Flinte reinigte. Die Idee, daß er sie gereinigt hatte, um sich selbst damit zu erschießen, verursachte mir besondere Qualen. Von allen Gedanken, die ihm während des Reinigens gekommen sein mochten, muß der Gedanke, daß er sie gegen sich selbst richten werde, ihm am fernsten gelegen haben. Diese Ironie war mir wie ein Pfahl im Fleisch.

Der Gedanke, daß man mich mißbraucht hatte, kam mir nie. Ich wußte auch nicht, wie ich gegen einen Erwachsenen eine Anklage hätte richten sollen. Gewisse Umstände waren zusammengetroffen, und ich hatte mich damit abzufinden, so wie ich mich in der Schule mit der Verfolgung von Jenkins

und Strode hatte abfinden müssen. Damals hatte ich mich er=
folgreich zur Wehr gesetzt. Ich hatte ihren Spott wegen des
»überwältigt« gegen sie selbst gekehrt. Diesmal war ich der
Unterlegene. Ich war es, der überwältigt worden war, und
zwar für immer und ewig.

In der Schule hatte mich ein Zauberspruch gerettet; und
auch in Brandham hatte ich zu einem Zauberspruch Zuflucht
genommen. Der Zauber hatte gewirkt, das war nicht zu leug=
nen. Er hatte die Beziehung zwischen Ted und Marian zer=
stört, von deren Fortsetzung ich so unheilvolle Folgen er=
wartet hatte. Er hatte den Belladonna=Strauch entwurzelt
und dessen böse Kräfte gegen Ted selbst mobilisiert. Aber
dann war der Fluch auf mich zurückgeprallt. Mit der Vernich=
tung des Belladonna=Strauchs hatte ich gleichzeitig Ted ver=
nichtet und vielleicht sogar mich selbst. War es wirklich ein
Augenblick des Triumphes, als ich der Länge nach am Boden
lag und die Erde von dem ausgerissenen Wurzelstock auf
mich herabrieselte?

Ich sah mich in Teds Leben treten, ein unbekannter kleiner
Junge, ein Besucher von weither, der Teds Strohhaufen hin=
unterrutschte, und es schien mir, als sei Teds Schicksal in
diesem Augenblick besiegelt worden. Sein Schicksal und das
meine — sie waren miteinander verbunden. Ich konnte ihm
nichts antun, ohne mir selbst etwas anzutun.

Ja, die übernatürlichen Kräfte, die ich angerufen hatte,
hatten mich für meine Vermessenheit gestraft. Und warum
hatten sie das getan, wo sie doch in der Schule so eindeutig
auf meiner Seite gewesen waren? Der Grund war, so sagte
ich mir, daß ich diese Kräfte in Brandham Hall gegeneinander
ausgespielt hatte, daß ich versucht hatte, Fehde unter den
Gestalten des Tierkreises zu stiften. In meinen Augen waren

die Akteure meines Dramas Unsterbliche gewesen, Kinder des Sommers und der kommenden Glorie des zwanzigsten Jahrhunderts.

Ob ich die Welt der Erfahrung oder die Welt der Vorstellung anrief — mein Ruf verhallte im Nichts. Ich konnte von keiner Seite ein Echo vernehmen, und so zog ich mich ganz auf mich selbst zurück.

Als Markus und ich uns wieder in der Schule begegneten, war es fast, als träfen sich zwei Fremde. Wir waren zueinander höflich und zurückhaltend, wir vermieden, zu zweit allein zu sein, und spielten niemals auf die Vergangenheit an. Niemandem schien das aufzufallen. In der Schule werden fortwährend Freundschaften geschlossen und wieder gelöst. Ich fand neue Freunde, denen ich mich anschloß. Aber bei diesen Freundschaften gab ich den anderen kaum etwas von mir — ich hatte ja nicht mehr viel zu geben. Jedesmal, wenn ich Markus sah, fiel mir meine Schweigepflicht ein, und jedesmal war mir, als würde in den Sarg, der mich umschloß, ein neuer Nagel getrieben. Allmählich ging meine Furcht davor, etwas von Brandham zu hören, in Gleichgültigkeit über, und mein Interesse an Menschen schwand mehr und mehr, ja fast völlig. Doch ein anderer Bereich kam mir zu Hilfe: die Welt der Tatsachen. Ich sammelte Tatsachen; Tatsachen, die mich nicht unmittelbar angingen, die meine persönlichen Wünsche weder positiv noch negativ beeinflussen konnten. Und sehr bald sah ich in diesen Tatsachen die Wahrheit, die einzige Wahrheit, die zu ergründen mir am Herzen lag. Pascal hätte sie als »gnadenlose Wahrheit« verdammt. Sie trug wenig zur Erweiterung meiner Kenntnisse oder meiner Vorstellungen bei, aber nach und nach trat sie an deren Stelle. Es zeigte sich wirklich, daß die Welt der Tatsachen kein schlechter Ersatz für das eigentliche Leben war. Sie enttäuschten mich nicht, sondern hielten mich im Gegenteil aufrecht, und vermutlich retteten sie mir sogar das Leben. Denn als der erste Welt= krieg ausbrach, hielt man meine Fähigkeit, Tatsachen auszu= werten, für wichtiger als jede andere Dienstleistung, die ich bei der Truppe hätte verrichten können. Und so entging mir manches im Leben, auch das »Poussieren«. Ted hatte mir zwar nicht erzählt, wie es sich damit verhielt, aber er hatte es mir gezeigt und mit seinem Leben dafür bezahlt; und daraufhin war mir die Lust vergangen.

Außer jenen Dingen, die sich in der Kragenschachtel be= funden hatten, kam noch manches andere ans Licht. Meine Mutter und ich waren unverbesserliche Hamster. Ich hatte alle ihre Briefe aufbewahrt und sie alle von mir. Es war nur eine Frage der Zeit, wann ich unsere Korrespondenz aus der Brandham=Epoche finden würde. Unter den Briefen war ein verschlossener Umschlag, der aber keine Adresse trug. Was mochte es sein? Plötzlich kam mir die Erleuchtung: das war der Brief, den Marian mir am Nachmittag meines Geburts= tags für Ted gegeben hatte. Ich wollte ihn öffnen und auch wieder nicht öffnen. Schließlich entschied ich mich dahin, daß ich ihn beiseite legte als einen Preis, den ich erst bekommen würde, wenn ich fertig war.

Mein anerzogener Respekt vor Tatsachen trug Früchte und erlaubte mir, Balsam auf meine wunde Seele zu legen, den ich mir damals versagt hatte. Mir wurde nämlich klar — es war chronologisch nachzuweisen —, daß Marian mir schon sehr zugeneigt war, ehe die Frage meiner Verwendung als Botengänger auch nur aufgetaucht war. Später hatte sie die

Beweise ihrer Gunst verdoppelt, viel Aufhebens um mich gemacht und mich nach Noten belogen. Aber die Episode mit dem grünen Anzug lag vorher. Ich erkannte nun, was ich früher nicht erfaßt hatte, daß nämlich der eigentliche Grund der Fahrt nach Norwich der gewesen war, Ted Burgess zu treffen. Es mußte sein Hut gewesen sein, der da auf der an= deren Seite des Platzes gezogen worden war. Aber es wäre übertrieben zynisch, wollte man sagen, ich sei nur der Vor= wand für ihre Reise gewesen. Zunächst wäre das doch ein sehr teurer Vorwand gewesen, obwohl es ihr gewiß nicht um Geld zu tun war. Ich war ziemlich davon überzeugt, daß sie wegen meiner viel zu warmen Kleidung ernstlich um mich besorgt war und mir etwas Gutes antun wollte. So unerklär= lich mir das heute schien, damals war ihre vermeintliche Lieblosigkeit mir gegenüber die allerbitterste Pille gewesen, die ich zu schlucken hatte. Auch Lord Trimminghams Freund= lichkeit und Leutseligkeit, auf die ich so großen Wert gelegt hatte, entsprang nicht allein dem Wunsch, aus mir ein be= quemes Verbindungsglied zwischen ihm und Marian zu machen. Teds Verhalten war schon verdächtiger. Wie hatte er doch seine Haltung mir gegenüber geändert, als ich ihm erzählte, daß ich im Schloß zu Gast sei! Und wie hatte er mir abwechselnd geschmeichelt und gedroht, als ich mich weigern wollte, weiter Botschaften entgegenzunehmen! Und doch hatte er seine Grobheit ehrlich bedauert, ja, er hatte sogar, wie ein braves Kind, ausdrücklich um Verzeihung gebeten, wie es sich gehörte. Von uns allen — und das galt auch für mich — war er vielleicht der einzige, der ein echtes Gefühl der Reue empfunden hatte.

Auch andere Tatsachen, die mir damals verborgen geblie= ben waren, konnte ich nun rekonstruieren. Markus mußte es gewesen sein, der seiner Mutter erzählt hatte, ich wisse, wo Marian sich aufhielt, wenn sie angeblich bei ihrer alten Kinderfrau war. Er hatte mich mit seiner überlegenen Kenntnis des Französischen zu dieser dummen und folgenschweren Prahlerei getrieben. Ich hatte angenommen, daß alle Schuljungen das »Nicht=Petzen«=Gesetz so unbedingt befolgten wie ich — und wie Markus selbst, wenn er in der Schule war. Es war mir nicht aufgefallen, daß wir so, wie wir unsere Sprache und unseren Wortschatz änderten, sobald wir in eine gesittete Gesellschaft kamen, auch uns selbst änderten — oder wenigstens die Art, uns auszudrücken.

Und ich, ich war nicht so schuldig, wie ich in den langen Monaten nach meinem Besuch geglaubt hatte, und auch nicht so schuldlos, wie ich die darauffolgenden Jahre über gedacht hatte. Ich war soweit gekommen, daß ich dem Besuch in Brandham Hall die Schuld an allem gab, sogar an meiner Untugend, mich selbst zu ernst zu nehmen. Ich hätte Marians Brief nicht lesen, hätte die Stunde von Marians Rendezvous mit Ted nicht fälschen sollen. Das erste war bedauerlich, wenn auch entschuldbar gewesen. Und das zweite war zwar gut gemeint, aber fatal in seinen Auswirkungen. Wenn ich jetzt, um die Mitte der Sechzig, anders gehandelt hätte, so deshalb, weil ich längst nicht mehr den Wunsch hatte, mich, zum Guten oder zum Schlechten, in anderer Leute Belange einzumischen. »Einmal ein Zwischenträger und niemals wieder«, hieß nun meine Maxime.

Was den Zauberspruch betraf, so konnte ich nur den Kopf schütteln. Ich konnte ihn nicht ernst nehmen. Er paßte nicht in die Welt der Tatsachen. Die Suche nach Tatsachen, und das hieß doch die Suche nach der Wahrheit, hatte so beruhigend und versöhnlich auf mich gewirkt, daß die Episode in

Schloß Brandham, diesem Blaubart=Gelaß meiner Phantasie, zuletzt ihre Schrecken verloren hatte. Sie berührte mich nicht tiefer als eine langwierige bibliographische Nachforschung. Sie war mir so fern gerückt, als wäre sie einer anderen Person zugestoßen. Indem ich die Tür aufstieß und das Licht der objektiven Betrachtung eindringen ließ, zerfielen die Mumien zu Staub.

Die Tatsachen, die ich zutage gebracht hatte, genügten für diesen Zweck. Natürlich waren sie unvollständig. Wenn ich genauer wissen wollte, wie meine Einstellung zum Leben war, zu Erfolg und Mißerfolg, zu Glück und Unglück, zu Vollkommenheit und Unvollkommenheit und so weiter, dann hätte ich andere Tatsachen befragen müssen, Tatsachen, die außerhalb meiner Erinnerung zu finden waren, die ich an anderen, lebendigen Quellen sammeln mußte. Ich hätte wissen müssen, was aus den Personen der Geschichte geworden war und wie sie ihre Erfahrungen verarbeitet hatten. Der Gedanke an diese anderen erfreute mich nicht. Es störte mich nicht, sie als Zeugen heraufzubeschwören, solange sie auf dem Papier standen, aber ich wollte ihnen nicht in Fleisch und Blut begegnen, nicht in der Form, in der sie mich am meisten beunruhigten.

Was diese »anderen« aus Brandham Hall betraf, so konnte ich aus irgendeinem Grund nicht weiter an sie denken. Sie waren wie Figuren in einem Bild. Der Rahmen hielt sie umschlossen, der zweifache Rahmen von Zeit und Ort. Sie konnten nicht daraus hervortreten, sie waren in Schloß Brandham und in dem Sommer des Jahres 1900 gefangen. Und mich verlangte nicht danach, sie zu befreien.

Und so konnte ich in aller Ruhe daran gehen, den letzten Beweis zu untersuchen, den ungeöffneten Brief.

»Liebling«, stand da zu lesen — nur *ein* »Liebling« dies=
mal, — »unser getreuer Botschafter muß etwas verpatzt haben.
Du *kannst* nicht sechs Uhr gesagt haben. Du würdest ja über
und über mit Heu bedeckt sein, Stroh in den Haaren haben,
nicht zum Ansehen! Darum schreibe ich Dir, um zu sagen:
Komme um halb sieben, wenn Du kannst; denn heute ist der
Geburtstag unseres Briefträgers, und ich muß hier sein, um
ihm ein kleines Geschenk zu geben, gerade das Richtige für
einen Briefträger — er wird jetzt nicht mehr zu Fuß gehen
müssen, wenn er unsere Botschaften austrägt, der arme
Kleine. Ich gebe ihm jetzt diesen Brief. Mama hat etwas an=
deres mit ihm vor, und vielleicht kann er, so schlau er auch
ist, sie nicht überlisten, und wenn es ihm nicht gelingt, werde
ich um sechs Uhr da sein und bis sieben warten, bis acht, bis
neun oder bis zum Jüngsten Tag — Liebster, Liebster.«

Die Tränen traten mir in die Augen — Tränen, wie ich sie,
glaube ich, seit der Zeit in Brandham Hall nicht mehr ge=
weint hatte. Deshalb also hatte sie mir das grüne Fahrrad
geschenkt: um mir den Weg zwischen dem Schloß und dem
Bauernhof zu erleichtern. Eh bien je jamais! Was war sie
doch für eine berechnende Person. Es war nun egal; ich
wünschte nur, ich hätte es behalten, statt es meine Mutter
weggeben zu lassen, weil ich es nicht benutzte.

Die Figuren des Bildes fingen an, sich zu bewegen; meine
alte Neugierde erwachte wieder. Ich würde nach Brandham
fahren und herausfinden, was sich seit meiner Abreise dort
zugetragen hatte.

Allem Aberglauben zum Trotz nahm ich ein Zimmer in
Norwich im Maidshead, und am nächsten Tag mietete ich
unbekümmert einen Wagen und fuhr nach meinem Ziel.

Meine Erinnerungen an das Dorf waren sehr nebelhaft, aber ich hätte es auch sonst kaum wiedererkannt. Der Gesichtswinkel macht doch einen großen Unterschied. Ich war gut dreißig Zentimeter gewachsen, seit ich es zuletzt gesehen hatte, und nun schien es um ein Vielfaches kleiner zu sein. Ein vorüberfahrendes Auto schnitt die Häuser in halber Höhe ab. Ich sah eine Frau an einem Fenster im Oberstock stehen, und ihr Kopf und ihre Schultern blieben unsichtbar, so niedrig war das Fenster. Der Ort war verändert durch die Neuerungen der letzten fünfzig Jahre, jenes halben Jahrhunderts, das die meisten Veränderungen in der Geschichte mit sich gebracht hatte. Ich fühlte mich auch nicht als einer, der wiederkehrt; ich fühlte mich als Fremder. »Was hat sich wohl am wenigsten verändert?« überlegte ich. Die Kirche. Ich wandte meine Schritte zur Kirche, und dort angekommen, ging ich geradewegs in das Seitenschiff. Zwei neue Wandtafeln waren dort angebracht.

»Hugh Francis Winlove, Neunter Graf von Trimingham«, las ich. »Geboren am 15. November 1874, gestorben am 6. Juli 1910.«

So früh! Armer Hugh! Er konnte kein gutes Leben gehabt haben, dachte ich, jedenfalls nicht, was die Ärzte ein gutes Leben nennen. Plötzlich wurde ich mir bewußt, daß er ein viel geringeres Alter erreicht hatte als ich; er, der mir so viel älter vorgekommen war; ein junger Mann von Sechsunddreißig, aber völlig alterslos aussehend, das Gesicht von Menschenhand zu gewaltsam geformt, um auf die gnädigere Formung durch Gottes Hand noch zu reagieren. Es war mir niemals der Gedanke gekommen, daß es außer dieser sichtbaren Verletzung noch eine geben könnte, die man nicht sah.

Requiescat.

Hatte er jemals geheiratet? Ich bezweifelte es. Die Tafel nannte keine Gräfin. Nichts schien darauf hinzudeuten. Doch ja, hier stand etwas, dort in der Ecke war eine andere Tafel.

»Hugh Maudsley Winlove, Zehnter Graf von Trimingham. Geboren am 12. Februar 1901, gefallen in Frankreich am 15. Juni 1944, und Alethea, seine Frau, getötet bei einem Luftangriff am 16. Januar 1941.«

Wenn das auch Tatsachen waren, so waren es doch sehr befremdliche Tatsachen. So wenig ich mich an die Umstände meiner Abreise erinnern konnte, so gewiß wußte ich doch, daß Lord Trimingham nicht verheiratet war, als ich abfuhr; auch seine Verlobung mit Marian war noch nicht bekanntgegeben worden. Wie war es gekommen, daß er geheiratet hatte und daß ihm nach weniger als sieben Monaten ein Sohn geboren wurde?

Daß ich nicht auf die Lösung dieses Rätsels kam, zeigt, welch tiefen Eindruck die Szene im Geräteschuppen in mir hinterlassen hatte. Ich konnte mir nicht vorstellen, daß Marian sich darnach noch weiter zeigen konnte. Es war nicht nur schlimmer als der Tod, es war auch der Tod selbst: sie war erledigt.

Kopfschüttelnd und immer noch verwirrt und ein wenig irritiert — denn ich, der so oft der Tatsachen Herr geworden war, vertrug es nicht, wenn die Tatsachen mich überwältigten — setzte ich mich in den Kirchenstuhl, von dem ich annahm, daß ich vor fünfzig Jahren darin gesessen hätte, und suchte, wie schon damals, nach einer Erinnerungstafel für den elften Grafen.

Aber es gab keine. War die Linie ausgestorben? Dann fiel mir ein, daß der elfte Graf noch am Leben sein konnte.

Als ich so an mein ehemaliges, verlorenes Ich zurückdachte,

erinnerte ich mich, wie ungeduldig ich immer über die Litanei und das allgemeine christliche Beharren auf der Sünde gewesen war. Ich wollte nicht daran denken! Seit damals hatte ich viel darüber nachgedacht, wenn auch nicht in religiösem Sinn und auch nicht an die Sünde als solche. Ich hatte mich mit meinem Los abgefunden und hatte mich manches Mal dazu beglückwünscht. Aber wenn ich gegen seine Farblosigkeit aufbegehrte, dann wußte ich, wo die Schuld lag, und mein Ressentiment gegen Brandham Hall und alles, was man mir dort angetan hatte, war zu einem allgemeinen Groll gegen die Menschheit geworden. Ich nannte sie nicht Sünder —Sünde gehörte nicht zu den Begriffen, in denen ich dachte— aber ich mochte sie nicht und traute ihnen nicht.

Aber was war aus dem Gefühl für Lobpreisen und Danksagen geworden, das ich damals besaß? Was mit dem Lied, das ich mit so großem Vergnügen zu singen pflegte (Singen war eine der Beschäftigungen, die ich aufgegeben hatte): »Mein Lied soll immer deine Gnade preisen«? Jetzt würde ich es nicht gesungen haben, selbst wenn ich die Noten dazu gehabt hätte. In der heutigen Welt schien so wenig Raum für Lobpreisen und Danksagen zu sein, und die Gnade Gottes, die alle Leute nur gar zu gern für sich in Anspruch nahmen, war mit den Psalmen aus meinem Bewußtsein entschwunden.

Als ich in die Vorhalle trat, sah ich einen Anschlag, der besagte, daß die Kirche zum Zwecke des privaten Gebetes für Besucher geöffnet war; und ob der Besucher wohl für den Pfarrpriester beten würde, für die Gemeinde, die ihm anvertraut war, und für die Seelen der Gläubigen, die in der Hoffnung auf eine freudvolle Auferstehung verschieden waren?

Obwohl die Zeit, in der ich zur Kirche ging, längst vorbei war, erschien es mir unfreundlich, dieser Bitte nicht zu entsprechen. Und als ich zu den Seelen der Gläubigen kam, versäumte ich nicht, ein Gebet für Hugh und für seinen Sohn und seine Schwiegertochter zu sprechen. Und dann fiel mir Ted ein, und obwohl ich mir nicht sicher war, ob er in geweihter Erde begraben worden war und der Tröstungen des Gebetes teilhaftig werden konnte, sprach ich auch für ihn ein Gebet. Aber ich war noch nicht befriedigt. Ich gedachte aller Personen unseres Dramas und betete für sie, und schließlich betete ich sogar für mich selbst.

Ich trat aus der Kirche und wußte noch nicht, wohin ich meine Schritte nun lenken würde. Ich war ohne endgültigen Schlachtplan nach Brandham gekommen, aber mit der ziemlich unklaren Idee, den ältesten Einwohner ausfindig zu machen und ihn oder sie um Auskunft zu bitten. Die Dorfschenke war der geeignetste Platz, eine solche Person zu erfragen. Aber es war noch früh, und die Schenken würden erst in einer Stunde geöffnet werden. Übrigens mochte ich Dorfschenken auch nicht und hatte nur selten eine von innen gesehen.

Ich stand vor der Kirche und sah zum Cricketplatz hinunter. Es war Mitte Mai, und man hatte ihn gemäht und gewalzt und für die Spielzeit hergerichtet. Ganz offensichtlich florierte Cricket noch in Brandham. Der Pavillon war noch da, gerade mir gegenüber, und ich versuchte, herauszufinden, wo ich gestanden hatte, als ich meinen historischen Fang machte, und überlegte, wie man sich wohl als Cricketspieler fühlen mochte; denn auch vom Cricket war ich nach meiner Rückkehr in die Schule dispensiert worden.

Ich machte kehrt und nahm den Weg hinunter ins Dorf,

und als ich in die Dorfstraße einbog, sah ich einen Mann, dessen Gesicht mir vertrauter vorkam als die anderen. Es war ein junger Mann um die Mitte der Zwanzig, nicht einer von den Leuten, nach denen ich Ausschau hielt. Wahrscheinlich war er auch fremd hier. Jedenfalls aber war er mir fremd, und ich war nicht darauf aus, mit Fremden zu sprechen. Aber ich hatte eine Frage, die er mir vielleicht beantworten konnte.

Er trug eine Sportjacke und eine alte Kordhose. Sein Gesicht war verschlossen, als denke er über etwas nach.

»Entschuldigen Sie«, sagte ich, »aber lebt noch ein Lord Trimingham in Schloß Brandham?«

Er sah mich an, als teile er mein Vorurteil gegen Fremde und als wünsche er, allein gelassen zu werden und doch auch wieder nicht.

»O ja«, sagte er ziemlich knapp, »und falls es Sie interessiert, ich bin Lord Trimingham.«

Ich starrte ihn verblüfft an. Die Haarfarbe war mir bekannt: sie erinnerte an ein Weizenfeld, an ein reifes Weizenfeld im Mai.

»Das scheint Sie zu überraschen«, sagte er in einem Ton, als sei meine Überraschung völlig ungerechtfertigt. »Aber ich bewohne nur einen kleinen Teil des Gebäudes. Im anderen Teil befindet sich jetzt eine Mädchenschule.«

Ich hatte mich wieder einigermaßen gefaßt. »Oh«, sagte ich, »das meinte ich nicht, obwohl ich mich freue zu hören, daß Sie dort leben. Wissen Sie, ich war vor vielen Jahren einmal dort.«

Daraufhin änderte er seine Haltung völlig und sagte fast begierig: »Sie waren dort? Sie kennen das Haus?«

»Ich erinnere mich nur schwach daran«, sagte ich.

»Sie waren dort?« wiederholte er. »Wann war das denn?«

»Zur Zeit Ihres Großvaters«, sagte ich.

»Meines Großvaters?« sagte er, und ich merkte, daß er wieder zurückhaltend wurde. »Sie kannten meinen Groß= vater?«

»Ja«, sagte ich, »Ihren Großvater, den neunten Grafen.« Aus irgendeinem unverschlossenen Fach meiner Erinnerung schlüpfte mir der pompöse Ausdruck über die Zunge. »Er war doch Ihr Großvater, nicht wahr?«

»Natürlich«, sagte Lord Trimingham, »natürlich. Ich habe ihn leider nicht gekannt. Er starb vor meiner Geburt. Aber ich glaube, er war ein bezaubernder Mann, wenn ich von meiner Verwandtschaft so sagen darf.«

»Sie dürfen es«, sagte ich lächelnd. »Er war ein bezaubern= der Mann.«

Lord Triminghams Sicherheit war ein wenig erschüttert. Es schien, als habe die Beschwingtheit dieses Maimorgens ihn verlassen. Zögernd sagte er: »Und kannten Sie auch meine Großmutter?«

Diesmal war es an mir, die Frage zu wiederholen. »Ihre Großmutter?«

»Ja. Sie war eine geborene Maudsley.«

Ich holte tief Atem. »O ja«, sagte ich. »Ich kannte sie sehr gut. Ist sie noch am Leben?«

»Sie lebt«, sagte er ohne allzugroße Begeisterung.

»Und wo lebt sie?«

»Hier im Dorf, in einem kleinen Haus, das früher einem alten, pensionierten Dienstboten der Familie gehörte. Ich glaube, sie hieß Nannie Robson. Vielleicht kannten Sie sie auch?«

»Nein«, sagte ich. »Ich habe sie niemals gesehen, obschon ich von ihr gehört habe... Geht es Ihrer Großmutter gut?«

»Ganz gut, abgesehen davon, daß sie in letzter Zeit recht vergeßlich wird, wie es alten Leuten so geht.« Er lächelte. Es war ein tolerantes, jugendliches Lächeln, das sie ohne Bedauern in die Kategorie der alten Leute zu verweisen schien. »Warum rufen Sie sie nicht an und besuchen sie?« fuhr er fort. »Ich bin sicher, sie würde Sie gern sehen. Sie ist ziemlich einsam. Sie hat nicht viel Besuch.«

Die Hemmungen von fünfzig Jahren kamen in mir hoch und machten sich wohl auf meinem Gesicht und in meiner Stimme bemerkbar.

»Ich glaube, es ist besser, ich tue es nicht«, sagte ich. »Ich bin nicht sicher, ob sie mich sehen möchte.«

Er sah mich einen Augenblick lang an. Man merkte, daß seine gute Erziehung mit seiner Neugierde kämpfte.

»Nun«, sagte er, »das ist Ihre Sache.«

Plötzlich fiel mir ein, daß er, ob ein Trimingham oder nicht, viel jünger war als ich und ich mich in diesem Gespräch auf das Vorrecht des Alters berufen konnte.

»Würden Sie mir einen großen Gefallen tun?« fragte ich.

»Gern«, sagte er und warf einen flüchtigen Blick auf seine Armbanduhr. »Worum handelt es sich?«

»Würden Sie Lady Trimingham sagen, daß Leo Colston hier ist und sie gern sehen würde?«

»Leo Colston?«

»Ja, so heiße ich.«

Er zögerte. »Für gewöhnlich gehe ich nicht zu ihr«, sagte er. »Manchmal telephoniere ich ... Welch herrliche Erfindung ist das! Gab es zu Ihrer Zeit schon ein Telephon?«

»Nein«, erwiderte ich. »Es wäre wohl vieles anders gewesen, wenn es Telephon gegeben hätte.«

»Ja, gewiß«, sagte er. »Meine Großmutter redet sehr gern,

wissen Sie; alte Leute haben das manchmal so an sich. Aber ich werde hingehen, wenn Sie es wünschen. Ich—« Er stockte.

»Sie würden mir einen großen Gefallen erweisen«, wiederholte ich mit Nachdruck. »Auch ich möchte sie nicht — nicht unvorbereitet überraschen.« Ich dachte daran, wie ich es das letzte Mal getan hatte.

»Nun gut«, sagte er und überwand offensichtlich seinen Widerwillen. »Mr. Leo Colston, nicht wahr? Sie glauben, daß sie sich an den Namen erinnert? Sie ist ziemlich vergeßlich.«

»Ich bin sicher, daß sie sich erinnern wird«, sagte ich. »Ich werde hier auf Sie warten.«

Als er gegangen war, schlenderte ich die Straße entlang und suchte nach einem Gegenstand, der auch optisch den Zusammenhang mit der Vergangenheit herstellen würde. Aber ich fand nichts, was einen Kontakt bewirkt hätte. Ich sah den Gemeindesaal, einen düsteren Bau aus glatten, dunkelroten Backsteinen, der nicht zu den hellen Hausteinhäusern paßte. Ich hätte mich an ihn erinnern müssen, war er doch der Schauplatz meines letzten öffentlichen Triumphes gewesen. Aber ich erkannte ihn nicht wieder.

Ich sah meinen Abgesandten auf mich zukommen und ging ihm entgegen. Sein Gesicht hatte sich verfinstert, und die Ähnlichkeit zwischen ihm und Ted war nun noch deutlicher als zuvor.

»Zuerst erinnerte sie sich nicht an Sie«, sagte er, »aber dann erinnerte sie sich sehr gut. Sie läßt sagen, sie würde sich sehr freuen, Sie zu sehen. Sie bat mich auch, Sie zum Lunch aufzufordern, da sie es nicht tun kann. Ist Ihnen das angenehm?«

»Ja«, antwortete ich, »wenn es Ihnen paßt.«

»Ich würde mich sehr freuen«, sagte er und sah alles andere als erfreut aus. »Es stört Sie hoffentlich nicht, mit dem vorlieb zu nehmen, was gerade da ist. Aber sie war nicht sicher, ob Sie gern kommen.«

»Oh, warum?«

»Wegen einer Geschichte, die lange zurückliegt. Sie waren noch ein kleiner Junge, sagte sie. Und sie sagte, es sei nicht ihre Schuld gewesen.«

»Ihr Großvater pflegte zu sagen«, antwortete ich, »daß eine Dame niemals schuld hat.«

Er sah mich scharf an.

»Ja«, sagte ich, »ich kannte Ihren Großvater wirklich sehr gut. Und Sie sind ihm sehr ähnlich.«

Er wechselte die Farbe, und mir fiel auf, daß er genau so vor mir stand, wie sein Großvater, als wir uns zum letzten= mal gesehen hatten.

»Es tut mir sehr leid«, sagte er und wurde rot, »wenn wir Sie nicht gut behandelt haben.«

Ich war betroffen durch das »wir«, und da ich mich an die fatale Bußfertigkeit seines Großvaters erinnerte, sagte ich rasch: »Oh, Sie hatten nichts damit zu tun. Machen Sie sich, bitte, keine Gedanken. Ihre Großmutter —«

»Ja?« sagte er mürrisch.

»Sehen Sie sie oft?«

»Nicht sehr oft.«

»Sagten Sie nicht, sie hätte wenig Besuch?«

»Ja, sehr wenig.«

»Hatte sie viel Besuch, als sie noch im Schloß lebte?«

Er schüttelte den Kopf. »Ich glaube nicht.«

»Weshalb bleibt sie dann hier wohnen?«

»Das weiß ich, offen gesagt, auch nicht.«

»Sie war so schön«, sagte ich.

»Man hat es mir oft gesagt«, erwiderte er. »Ich selbst kann es eigentlich nicht finden... Sie kennen den Weg zu ihrem Haus?«

Ich antwortete, und war mir dabei bewußt, daß ich diese Antwort schon früher einmal gegeben hatte: »Nein, aber ich kann darnach fragen.«

Mir fiel auf, daß er mir nicht seine Begleitung anbot. Er beschrieb mir aber den Weg. »Mittagessen um Eins?« fügte er hinzu, und ich versprach zu kommen. Als er wegging, hörte ich das scharrende Geräusch seiner Kordhose. Und kurz darauf hörte ich es wieder. Er kam zurück.

Als er neben mir war, hielt er an. Es kostete ihn offen= sichtlich einige Anstrengung, als er, ohne mich anzusehen, sagte: »Waren Sie der kleine Junge, der —«

»Ja«, sagte ich.

Marian empfing mich in einem kleinen, dicht verhangenen Zimmer, das auf die Straße hinausging und etwas tiefer lag als diese. Man mußte eine Stufe hinuntergehen, wenn man eintrat. Sie saß mit dem Rücken zum Licht.

»Mr. Colston«, meldete das Mädchen.

Sie erhob sich und streckte mir unsicher die Hand hin.

»Aber ist das wirklich —?« begann sie.

»Ich hätte Sie wiedererkannt«, sagte ich, »aber ich konnte nicht erwarten, daß Sie mich erkennen.«

In Wirklichkeit hätte ich sie nicht wiedererkannt. Ihr Haar hatte einen bläulichen Schimmer, ihr Gesicht besaß nicht mehr seine Rundung, ihre Nase war noch größer und einem Geierschnabel noch ähnlicher geworden. Sie war sehr stark geschminkt und sehr manieriert. Nur ihre Augen, wenn sie auch in der Farbe nachgelassen hatten, besaßen noch das alte, eisige Feuer. Wir sprachen ein wenig über meine Reise und darüber was ich in meinem Leben getan hatte, beides The=men, die bald erschöpft waren. Für die Konversation wiegt eine Unze Ereignisse so viel wie ein Pfund alltäglichen Ge='schehens, und mein Leben war nicht sehr ereignisreich ver=laufen. Mein zeitweiliger Gedächtnisschwund in Brandham Hall war der letzte dramatische Höhepunkt in meinem Da=sein gewesen. Sie griff darauf zurück.

»Sie verloren Ihr Gedächtnis am Anfang Ihres Lebens«, sagte sie. »Ich verliere das meine am Ende — ich verliere es nicht gerade, wissen Sie, aber ich weiß nicht mehr ganz ge=nau, was sich gestern zugetragen hat, so wie es auch der guten alten Nannie Robson erging. An die Vergangenheit erinnere ich mich noch ganz deutlich.«

Hier hakte ich ein und stellte eine oder zwei Fragen.

»Nur eine auf einmal«, sagte sie, »nur eine auf einmal. Markus, ja, der fiel im ersten Weltkrieg, und Denys auch. Ich vergaß, wer zuerst fiel — ich glaube, es war Denys. Mar=kus war Ihr Freund, nicht wahr? Ja, natürlich. Ein Junge mit einem runden Gesicht. Er war Mamas Liebling, und auch der meine. Wir waren eine sehr zärtliche Familie, aber Denys gehörte nie so ganz dazu, wenn Sie wissen, was ich meine.«

»Und Ihre Mutter?« half ich nach.

Sie seufzte. »Die arme Mama! Schrecklich, diese aufgereg=ten Gäste! Ich habe es überstanden. Ich habe es sehr gut überstanden. Der Ball fand nicht statt, wissen Sie. Er mußte abgesagt werden. Ihre Mutter kam angereist — ich erinnere mich gut an sie, eine reizende Frau — graue Augen wie die Ihren, und braunes Haar, und sehr lebhaft in ihren Bewe=gungen und ihrer Art zu sprechen. Wir mußten sie im Gast=haus einquartieren. Das Haus war brechend voll wegen des

Balles. Einer stolperte über den anderen, und Sie hatten die
Sprache verloren. Mama stieß alle möglichen biblischen Worte
aus. Es war ein Alptraum! Dann nahm sich Papa der Sache
an und stellte die Ordnung wieder her. Bis zum nächsten Tag
waren alle, die irgend konnten, abgereist. Sie blieben bis
Montag, erinnere ich mich. Und wie Sie die Sache mit Ted
erfuhren, haben wir nie herausbekommen. Vielleicht hat es
Ihnen der Diener Henry erzählt; er war ein Freund von
Ihnen.«

»Woher wußten Sie, daß ich es wußte?«

»Weil eines der Dinge, die Sie sagten, war: ›Warum hat
Ted sich selbst erschossen? Er war doch ein so guter Schütze?‹
Sie sehen, zuerst dachten Sie, es sei ein Unfall gewesen, und
einem guten Schützen könne das nicht passieren. Man muß
kein guter Schütze sein, um sich selbst zu erschießen. Ted
war irgendwo ein Schwächling, genau wie Edward.«

»Edward?«

»Mein Enkel. Er hätte warten sollen, bis sich der Sturm
gelegt hatte, wie ich es tat. Ich wußte, er würde sich legen,
und mit einem Male war ich Lady Trimingham.«

»Und Hugh?«

»Oh, Hugh«, sagte sie. »Er heiratete mich. Er kümmerte
sich nicht um das Gerede. Hugh war treu wie Gold. Er ließ
nicht ein einziges Wort auf mich kommen. Wir trugen den
Kopf sehr hoch. Wenn irgend jemand uns nicht grüßen
wollte, dann ignorierten wir ihn einfach; aber sie grüßten
alle. Immerhin war ich Lady Trimingham. Und ich bin es
heute noch. Es gibt keine andere.«

»Und wie war Ihre Schwiegertochter?« fragte ich.

»Die arme Alethea? Oh, was war sie für ein langweiliges
Mädchen! Sie gab solche öden, stupiden Gesellschaften — ich

ging fast nie hin. Ich lebte im Witwenhaus, und die Leute kamen natürlich zu mir — interessante Leute, Künstler, Schrift= steller, keine bornierten Landjunker. Auch in Norfolk gibt es bornierte Leute. Mein Sohn war kein Sportsmann, wissen Sie. Er war ganz mein Vater — ihm wie aus dem Gesicht ge= schnitten. Aber er besaß nicht Papas Auftrieb. Papa war ein großartiger Mann, und Mama war auch großartig. Es heißt schon etwas, so außergewöhnliche Eltern gehabt zu haben.«

»Sie haben mir nicht erzählt, wie es Ihrer Mutter ergangen ist«, erinnerte ich sie.

»Oh, die arme Mama! Sie konnte nicht bei uns bleiben, wissen Sie. Wir mußten sie wegbringen, aber wir haben sie oft besucht. Und sie erinnerte sich an alles, was uns betraf, und war so froh, daß ich Hugh geheiratet hatte — sie hatte es immer gewünscht. Ich eigentlich nicht, aber ich war froh, daß ich es getan hatte; die Leute wären sonst vielleicht nicht so nett zu mir gewesen wie sie es waren.«

»Und Ihr Vater?«

»Oh, Papa wurde sehr alt, fast Neunzig. Aber er verlor das Interesse am Geschäft, nachdem Mama uns verlassen hatte, und als Markus und Denys gefallen waren, gab er es auf. Aber er kam oft auf Besuch zu uns ins Schloß, und als ich im Witwenhaus lebte, hat er mich oft aufgesucht. Wir waren immer eine sehr zärtliche Familie.«

›Wie glücklich‹, dachte ich, ›war mein Leben im Vergleich zu dem ihren!‹ Es fiel mir schwer, noch viel mehr zu hören, und doch wollte ich ein vollkommenes Bild gewinnen.

»Ist es nicht ziemlich langweilig für Sie, Marian«, sagte ich, »hier so allein zu leben? Würden Sie nicht in London glücklicher sein?«

»Allein?« sagte sie. »Allein, wie meinen Sie das? Aber die

Leute kommen in Scharen. Ich muß sie fast von der Schwelle weisen. Ich bin geradezu ein Wallfahrtsort, kann ich Ihnen sagen! Sehen Sie, jeder Mensch kennt mich; man weiß, was ich durchgemacht habe, und natürlich wollen sie mich sehen — gerade wie Sie auch.«

»Ich bin sehr froh, daß ich Sie sehen durfte«, sagte ich. »Und ich freue mich, Ihren reizenden Enkel Edward kennen= gelernt zu haben.«

»Pst!« machte sie. »Sie dürfen ihn nicht so nennen. Er möchte Hugh genannt werden, obwohl Edward natürlich ein Triminghamscher Familienname ist.«

Ich erinnerte mich an die zwei Edwards im Seitenschiff.

»Nun«, sagte ich, »es muß doch sehr angenehm für Sie sein, ihn so in der Nähe zu haben.«

Auf diese Bemerkung hin verfiel sie sichtlich, und die Maske, die sie seit meinem Eintritt getragen hatte, begann brüchig zu werden.

»Das ist es.« Dann korrigierte sie sich: »Das könnte es sein. Aber, wissen Sie, daß er mich nicht oft besucht, obwohl wir die einzigen überlebenden Mitglieder der Familie sind?«

»Aber er wird doch —« widersprach ich.

»Nein, er tut es nicht. Scharen von Leuten kommen, aber er kommt nicht — ich meine, nicht regelmäßig — nicht so regelmäßig, wie ich die alte Nannie Robson besuchte, als sie alt war. Erinnert er Sie nicht an jemanden?« fragte sie plötz= lich.

»Nun ja, das tut er«, sagte ich, überrascht von der Frage. »An seinen Großvater.«

»Das ist's. Das ist's. Er sieht ihm ähnlich. Und natürlich weiß er — weiß er, was man ihm erzählt hat, was seine Eltern ihm erzählt haben; denn mit mir hat er nie darüber gespro=

chen. Und all das, was ihm vielleicht andere Leute erzählt haben — ein Dorf ist ein großes Klatschnest. Und ich glaube, er ist böse auf mich — Sie wissen ja, warum —, auf den ein= zigen Menschen, den er noch auf der Welt hat, auf seine eigene Großmutter! Und man sagt mir — er hat es mir nicht gesagt — daß er ein Mädchen heiraten will, ein nettes Mäd= chen, eine Cousine Winlove, eine entfernte Cousine, aber doch eine Winlove — und er wagt nicht, um ihre Hand an= zuhalten, weil — weil ihn die Vergangenheit bedrückt. Er glaubt — so erzählt man mir jedenfalls — daß ein Zauber oder ein Fluch auf ihm lastet und daß er ihn übertragen wird auf seine Kinder. Er ist einfach albern! Ganz zweifellos hat er irgendwelche Gerüchte gehört, die natürlich völlig falsch sind, und die bringen ihn durcheinander. Nun, Sie kommen da gerade zur rechten Zeit!«

»Ich?«

»Ja, Leo, Sie. Sie kennen die Tatsachen. Sie wissen, was sich *wirklich* zugetragen hat. Außer mir sind Sie der einzige, der es weiß. Sie wissen, daß Ted und ich uns geliebt haben. Ja, wir haben uns geliebt. Aber wir waren kein gewöhn= liches Liebespaar, kein Liebespaar im vulgären Sinne, nicht in der Art, in der man sich heute liebt. Unsere Liebe war eine herrliche Sache, nicht wahr? Ich will damit sagen, daß wir alles füreinander hingaben. Jeder unserer Gedanken gehörte nur dem anderen. Aber diese Wochenendeinladungen von heute — wie die Zuchttiere werden die jungen Leute gepaart! Mit uns war das etwas ganz anderes. Wir waren für ein= ander geschaffen. Erinnern Sie sich, was für ein Sommer das war? Wieviel schöner als jeder andere seither? Ja, und was war das Allerschönste? Waren nicht wir es und unsere Ge= fühle für einander? War Ihnen das nicht bewußt, wenn Sie uns unsere Briefe brachten? Fühlten Sie nicht, daß all das übrige — das Haus und die Leute, die ein und aus gingen — einfach nicht zählte? Und waren Sie nicht stolz darauf, zu uns zu gehören — ein Kind so großen Glücks und solcher Schönheit?«

Was hätte ich anderes sagen können als ja?

»Ich bin froh, daß Sie es auch so sehen«, sagte sie. »Denn Sie waren unser Werkzeug. Wir hätten ohne Sie nicht weiter= machen können. ›Weitermachen‹, das ist eine dumme Redens= art, aber Sie wissen, was ich meine. Der Himmel hatte Sie geschickt, um uns glücklich zu machen. Und wir machten Sie glücklich, nicht wahr? Sie waren nur ein kleiner Junge, und doch vertrauten wir Ihnen unseren großen Schatz an. Viel= leicht haben Sie so etwas niemals gekannt und sind durchs Leben gegangen, ohne es kennenzulernen. Und nun Ed= ward —« Sie hielt inne.

»Aber Sie können es ihm sagen, Leo, Sie können ihm alles sagen, genau wie es war. Sagen Sie ihm, daß es nichts war, wofür man sich schämen müßte, und daß ich nicht je= mand bin, dessen man sich schämen müßte, ich, seine alte Großmutter, die zu besuchen die Leute von weither kommen! Es hatte nichts Gemeines und Schmutziges an sich, nicht wahr? Und nichts, das irgend jemandem Leid hätte zufügen können. Wir hatten Kummer, bitteren Kummer: Hugh starb, Markus und Denys fielen, mein Sohn Hugh fiel, und seine Frau — obwohl das kein großer Verlust war. Aber es war nicht unsere Schuld — es war die Schuld dieses schrecklichen Jahrhunderts, in dem wir leben, und das die Menschheit ent= menschlicht und Tod und Haß gepflanzt hat, wo Liebe und Leben gewesen waren. Sagen Sie ihm das, Leo. Tun Sie alles, damit er es einsieht und begreift. Es wird die beste Tat sein, die Sie jemals getan haben. Denken Sie daran, wie liebend gern Sie unsere Botschaften übernommen haben, uns zusammenbrachten und uns glücklich machten. Ja, das ist nun wieder eine Liebesbotschaft, und es ist das letzte Mal, daß ich Sie bitte, unser Briefträger zu sein. Glaubt er, daß mich etwas anderes hier hält als der Wunsch, ihm nahe zu sein? Und doch hegt er diesen Groll gegen mich. Am liebsten würde er überhaupt nicht kommen, wo doch Scharen von Leuten kommen, die ich nicht sehen will. Manchmal glaube ich, es wäre ihm lieber, ich würde nicht hier wohnen. Aber ich will es nicht glauben. Und schlagen Sie ihm diese lächerliche Idee aus dem Kopf, daß er nicht heiraten könne: das ist's, was mich am meisten schmerzt. Weiß der Himmel, ich will nicht, daß er heiratet und irgendeine fürchterliche Frau nach Brandham Hall bringt — obwohl diese junge Winlove, glaube ich, ganz nett ist. Aber jeder Mann sollte verheiratet sein — Sie hätten auch heiraten sollen, Leo! Sie sind innerlich ganz vertrocknet, das sehe ich. Es ist noch nicht zu spät, Sie können noch heiraten. Warum tun Sie es nicht? Fühlen Sie kein Bedürfnis nach Liebe? Aber Edward (doch nennen Sie ihn nur nicht so), er muß heiraten. Er ist gerade im gleichen Alter wie Ted war, als Sie nach Brandham kamen. Er hat das ganze Leben vor sich. Sagen Sie ihm, daß er sich von allen diesen dummen Skrupeln freimachen soll — sein Großvater hätte sie auch gehabt, wenn ich ihm nicht geholfen hätte. Armer Ted, hätte er mehr Verstand gehabt, dann hätte er sich keine Kugel durch den Kopf gejagt. Sie sind es uns schuldig, Leo. Sagen Sie ihm, es gibt keinen Zauber und keinen Fluch außer einem Herzen, das nicht liebt. Sie wissen das, nicht wahr? Sagen Sie ihm, daß er gut von seiner alten Großmutter denken soll, die nur dafür lebt, ihn lieb zu haben.«

Zu meiner großen Erleichterung machte sie ein Ende. Ich hatte mehrmals erfolglos versucht, ihr Einhalt zu gebieten, als ich sah, wie sehr es sie anstrengte. Wir sprachen noch ein wenig über gleichgültige Dinge — über die Veränderungen in Brandham, über die Veränderungen in der Welt — und dann verabschiedete ich mich und versprach wiederzukommen.

»Gott segne Sie«, sagte sie, »Gott segne Sie! Sie sind ein Freund, wie es unter tausend nur einen gibt. Geben Sie mir einen Kuß, Leo!«

Ihr Gesicht war tränenüberströmt. Ich war ein Fremdling in der Welt der Gemütsbewegungen und war unfähig, in dieser Sprache zu antworten.

Wieder auf der Straße, wunderte ich mich mit jedem Schritt mehr über das Ausmaß von Marians Selbstbetrug. Aber weshalb rührte mich das, was sie gesagt hatte? Weshalb wünschte ich fast, daß ich alles so sehen könnte, wie sie es sah? Und warum sollte ich diesen unsinnigen Auftrag übernehmen? Ich hatte nichts versprochen, und ich war kein Kind, das man herumkommandierte. Mein Wagen stand bei der öffentlichen Fernsprechzelle; nichts einfacher, als Teds Enkel anzurufen und mich zu entschuldigen...

Aber ich tat es nicht. Und als ich in die Toreinfahrt einbog und gerade überlegte, wie ich das ausdrücken sollte, was zu sagen ich gekommen war, — da erhob sich vor meinen Blicken die Südwest=Front des Hauses, die meinem Gedächtnis so lange Zeit entfallen gewesen war.

Joan Aiken
im Diogenes Verlag

Fanny und Scylla
oder Die zweite Frau

Roman. Aus dem Englischen
von Brigitte Mentz. Leinen

»In ein englisches Spukhaus des 18. Jahrhunderts und
das bunt-grausame Indien der Maharadschas führt
Publikumsliebling Joan Aiken in ihrem neuen aufregenden Roman *Fanny und Scylla*...
Joan Aiken verfügt, wenn man so will, über eine fast
ausgestorbene Meisterschaft: Die Kunst, ungetrübtes
Lesevergnügen zu bereiten.« *buch aktuell*

»Joan Aiken besitzt ein seltenes Erzähltalent, in dem
sich psychologischer Scharfblick mit der Gabe ver-
einigt, den heutigen Leser in Spannung zu halten,
obwohl die Handlung in eine ferne Vergangenheit
führt.« *Die Furche, Wien*

Du bist Ich
Die Geschichte einer Täuschung
Deutsch von Renate Orth-Guttmann
Leinen

Man schreibt das Jahr 1815. In einem feinen Mädchen-
pensionat in England stellen Alvey Clement und
Louisa Winship fest, daß ein einzigartiges Band sie
eint. Zwar stammen sie aus sehr unterschiedlichen
Gesellschaftsschichten und sind vom Temperament
her ganz verschieden, aber vom Aussehen her *sind sie
sich völlig gleich*. Dieser überraschende Zufall paßt der
verwöhnten Louisa sehr gut ins Konzept.

»Wie Patricia Highsmith versteht es Joan Aiken, eine
Geschichte langsam anlaufen zu lassen und sie mit
unerbittlicher Hand zum dramatischen Knoten und
dessen Auflösung zu führen.« *Die Presse, Wien*

Ärger mit Produkt X

Roman. Deutsch von Karin Polz
detebe 21538

Als Martha Gilroy den Auftrag bekam, eine Werbe-
kampagne für ein aufregendes neues Parfüm zu star-
ten, hatte sie keine Ahnung, worauf sie sich da einließ.
Eine Reise nach Cornwall, wo sie einige Werbeauf-
nahmen machen wollte, geriet zu einem Horrortrip.

»*Ärger mit Produkt X* ist der Titel eines herrlich span-
nenden Krimis, dessen Autorin einen Hang zur Satire
hat. Dies macht die Lektüre so amüsant.«
Martina I. Kischke / Frankfurter Rundschau

Tote reden nicht vom Wetter

Roman. Deutsch von Nikolaus Stingl
detebe 21477

Jane, Graham und die beiden Kinder sind eine ganz
normale Familie. Graham ist Architekt, Jane hat ihre
Arbeit bei einer Londoner Filmfirma aufgegeben, seit
sie in das neue, teure Haus auf dem Land gezogen
sind. Geldprobleme zwingen Jane bald dazu, ihren
alten Job wieder anzunehmen und dem finsteren
Ehepaar McGregor tagsüber Haus und Kinder
anzuvertrauen...

»Joan Aiken präsentiert uns rabenschwarze, schaurig-
schöne Geschichten.« *Die Welt, Bonn*

Die Kristallkrähe

Roman. Deutsch von
Helmut Degner. detebe 20138

Kleine alltägliche Schrecknisse steigern sich in der
Kristallkrähe über große Verwirrungen zu einem finsteren Ende. Da ist die junge Schriftstellerin, die mit
ihrer entsetzlich eifersüchtigen Freundin zusammen-
lebt, die Ärztin und ihr Bruder, dem sie eine tödliche

Krankheit bescheinigt, dazu kommen diverse Schizophrene und Depressive und – ein entwichener Leopard.

»Als ihr Krimi *Die Kristallkrähe* erschien, verglichen die Kritiker sie mit Patricia Highsmith, Celia Fremlin und Margaret Millar. Wenn eine Bezeichnung auf sie paßt, dann wäre das: Storyteller, Geschichtenerzählerin.« *Titel, München*

Der eingerahmte Sonnenuntergang
Roman. Deutsch von Karin Polz
detebe 21473

Lucy reist nach England, um herauszufinden, was mit ihrer alten Tante Fennel und deren Freundin geschehen ist. Die beiden alten Damen lebten im High Beck Cottage am Rand des Hochmoors von Yorkshire. Nun scheinen sie verschwunden zu sein. Was wie ein ganz normaler Verwandtenbesuch beginnt, entwickelt sich rasch zu einem gefährlichen Abenteuer für Lucy …

»Das Beiwort ›unterhaltsam‹ ist für den Psycho-Thriller *Der eingerahmte Sonnenuntergang* von Joan Aiken schlichte Tiefstapelei. Die Lektüre dieses Buches ist ein hochgradiges Vergnügen.« *Martina I. Kischke / Frankfurter Rundschau*

Haß beginnt daheim
Roman. Deutsch von Nikolaus Stingl
detebe 21686

Nach einem Nervenzusammenbruch ist Caroline zur Erholung bei ihrer Familie: der Mutter Lad, Trevis, der älteren Schwester Hilda und einer alten Tante. Doch statt zu genesen, wird sie immer verwirrter …

»Das Quartett der vier bösen Damen – Patricia Highsmith, Margaret Millar, Ruth Rendell [d.i. Barbara Vine] und Joan Aiken – ist auf dem Gebiet des Psycho-Krimis nicht zu schlagen. Die Damen verbreiten jenen

sanften Schrecken, dem Thriller-Fans nicht wider-
stehen können.«
Martina I. Kischke / Frankfurter Rundschau

Der letzte Satz

Roman. Deutsch von Edith Walter
detebe 21743

Willkommen in Helikon, dem eleganten Insel-Sana-
torium, das seine Gäste vor allen Bedrohungen schützen
kann. Außer vor sich selber...

»Dieses Buch ist eine Wonne!«   *The Times, London*

Das Mädchen aus Paris

Roman. Deutsch von
Nikolaus Stingl. detebe 21322

Wohin sie geht, zieht Ellen Paget Liebhaber an: den
ambivalenten Professor Bosschère in Brüssel, den un-
berechenbar-eigenwilligen Comte de la Ferté in Paris,
ihren Stiefbruder Bénédict. Ihre gebieterische Patin,
Lady Morningquest, bereitet einer zarten Romanze
ein rasches Ende und schickt Ellen nach Paris...

»Wieder einer der bestrickenden, aufregenden Ro-
mane, die Joan Aiken seit zwanzig Jahren zu einem
Publikumsliebling machen.«
Publishers Weekly, New York

Alison Lurie
im Diogenes Verlag

Die Wahrheit über
Lorin Jones
Roman. Aus dem Amerikanischen
von Otto Bayer. Leinen

»Alison Lurie ist die literarische Verhaltensforscherin der Denkmoden, der Konkurrenz- und Sexualgewohnheiten ganz normaler mittelständischer Stadtneurotiker.
Diesmal geht's um die New Yorker Kunsthistorikerin Polly Alter, die über die verstorbene und vergessene Malerin Lorin Jones eine Biographie schreiben soll. Polly beginnt mit lauter fixen Vorurteilen – Lorin Jones als Pollys Alter ego und als Opfer der New Yorker Kunst-Machos, die die geniale Schöne aufbauten und fallenließen –, und sie endet beschämt und verwirrt, denn die Wahrheit über Lorin Jones ist peinlicher, widersprüchlicher und komplizierter, als Polly dachte. Alison Lurie hat nicht nur ein Spottporträt über die New Yorker Kunstszene mit ihren eitlen Ticks und miesen Tricks geschrieben; nebstbei ist ihr auch noch eine hinterhältige Satire auf die Tücken des Biographengewerbes gelungen – sie läßt ihre Polly beim Recherchieren trotz allem Argwohn auf jeden Schmäh hereinfallen und von Panne zu Panne stolpern, allerdings immer in Richtung Wahrheit.« *profil, Wien*

Varna oder Imaginäre Freunde
Roman. Deutsch von Otto Bayer
detebe 21855

Ein junger amerikanischer Soziologiedozent, etwas zu scheu und voller ethischer Grundsätze, stößt auf einen etwas zu selbstsicheren und ziemlich rücksichtslosen Professor und Mentor. Die beiden mischen sich, zwecks »teilnehmender Beobachtung einer isolierten Kleingruppe«, unter eine Vereinigung kleinstädtischer religiös-spiritistischer Fanatiker, die glaubt, von Ro, dem Herrscher des Planeten *Varna*, erleuchtet zu sein. Eine hochexplosive Synthese, die Beziehungen köcheln, und das Durcheinander brodelt.

»Luries vollendetste Komödie, eine wunderschöne Metapher auf die unzähligen Schattierungen zwischenmenschlicher Beziehungen.«
Times Literary Supplement, London

Liebe und Freundschaft
Roman. Deutsch von Otto Bayer
detebe 21756

»Ein höchst unterhaltsamer, witziger und bisweilen komischer Roman.«
Volker Hage/Sender Freies Berlin

»Ein Ehebruch, bei dem gewissermaßen alles stimmt. Nach fünf, sechs angenehm verbrachten Ehejahren hat sich die schöne Frau entliebt. Sie ist in häuslicher Monotonie ermüdet und gekränkt von der zunehmenden Verschlossenheit, wohl auch Herablassung des Gatten. Was sie von seiner Arbeit hält, berührt ihn kaum. Kann er überhaupt noch zwischen Menschen und Einrichtungsgegenständen unterscheiden? Die Zeit für einen Liebhaber ist reif... Alison Lurie erreicht, was so oft verfehlt wird: die Wahrheit über das, was man ›das Leben‹ nennen könnte oder auch ›das Menschenherz‹.«   *Christa Rotzoll/FAZ*

Affären
Eine transatlantische Liebesgeschichte
Deutsch von Otto Bayer
detebe 21600

Vinnie Miner, Amerikanerin, nach ironischer Selbsteinschätzung »alt, klein, unattraktiv und nicht verheiratet«, reist mit einem Forschungsstipendium nach London. Dorthin ist auch ihr attraktiver junger Kollege Fred Turner unterwegs. Beide sind allein. Keiner der beiden ist auf eine *Affäre* aus.

»Ein gleichermaßen witzig-melancholischer wie intelligenter Unterhaltungsroman.« *Die Zeit, Hamburg*

Ein ganz privater kleiner Krieg
Roman. Deutsch von Hermann Stiehl
detebe 21614

Bei der Familie Tate war noch bis vor kurzem alles in Ordnung: Die Ehe so wenig getrübt wie die Freude an den Kindern, das Heim behaglich. Mit einem Mal ist nichts mehr in Ordnung. In der Nachbarschaft entstehen scheußliche Häuser, die Kinder benehmen sich unerträglich, und Erica Tate muß entdecken, daß ihr Mann Brian sie mit einer Studentin betrügt.

»Stilvoll, komisch, distanziert und zärtlich, von seltenem Witz und Einfühlungsvermögen: Alison Lurie schreibt wie ein Engel. Sie ist sowohl von Truman Capote wie von Christopher Isherwood mit Jane Austen verglichen worden – eine kühne Behauptung, aber dieser Roman rechtfertigt sie durchaus. Ein großartiges Buch.« *Sunday Times, London*

Das einzige Problem

Roman. Deutsch von Otto Bayer
detebe 21599

Es beginnt wie eine moderne Ehekomödie, es endet wie ein Kriminalroman: die tragische Geschichte eines reichen Mannes, der ein Buch über Hiob schreibt und im Leben das Prinzip des Bösen erforscht.

»Diese Mischung von spannender Unterhaltung und ernsteren Erörterungen, die an Graham Greene erinnert, gelingt nur wenigen Autoren.«
Matthias Wegner/Frankfurter Allgemeine Zeitung

Hoheitsrechte

Roman. Deutsch von Mechtild Sandberg
detebe 21580

In Venedig, der Stadt der Kanäle, tummeln sich zwischen Gondeln und Palästen allerlei seltsame Gestalten.

»Muriel Spark in Hochform. Dieser Roman erinnert an die besten Werke von Evelyn Waugh.«
Daily Express, London

Päng päng, du bist tot

Erzählungen. Deutsch von Matthias Fienbork
detebe 21533

Im vorliegenden Band finden sich Erzählungen aus über dreißig Jahren, soweit sie nicht bereits in *Portobello Road* (detebe 20894) veröffentlicht wurden.

Das Mandelbaumtor

Roman. Deutsch von Hans Wollschläger
detebe 21466

Muriel Spark erzählt das Abenteuer der englischen Lehrerin Barbara Vaughan, die nach Jerusalem fährt, um sich über sich selbst klarzuwerden.

»Das ist Muriel Spark: eine Meisterin in der Kunst, das Phantastische erst plausibel zu machen, es dann aufzuheben und die Unsicherheit des Lesers auszunutzen zu einer zweiten Ebene der Ironie dem Leben gegenüber, das sie in diesem Roman schildert.«
Die Zeit, Hamburg

Mädchen mit begrenzten Möglichkeiten

Roman. Deutsch von Kyra Stromberg
detebe 21399

»Mit der ihr zu Gebote stehenden Mischung von Zynismus und Trockenheit, von Frische und Bosheit, die je nach Bedarf ihre Krallen zeigt oder versteckt, erzählt Muriel Spark die Geschichte eines Clubs für Mädchen, die während des ersten Nachkriegsjahres in London Unterkunft gefunden haben.«
Neue Zürcher Zeitung

Vorsätzlich Herumlungern

Roman. Deutsch von Hanna Neves
detebe 21195

»In ihrem seit Jahren witzigsten, gewitztesten und unterhaltendsten Roman führt uns Muriel Spark durch die schäbigeren Zirkel der literarischen Welt von 1949. Hauptfigur ist Fleur Talbot, die überzeugt ist, einen außergewöhnlichen Roman zu schreiben.«
Publishers Weekly, New York

»*Vorsätzlich herumlungern*, eine Art Zusammenfassung meines Lebens.«   *Muriel Spark*

Robinson

Roman. Deutsch von Elizabeth Gilbert
detebe 21090

Es gab drei Überlebende bei der Flugzeugkatastrophe. Die Lissabon-Maschine war über Robinsons kleiner vulkanischer Insel abgestürzt, tausend Meilen fern von jeder Zivilisation.

Die Tröster
Roman. Deutsch von Peter Naujack
detebe 21089

Caroline Rose, eine junge Schriftstellerin und frische Konvertitin, hört Stimmen, die sie und ihr Schicksal in ein imaginäres ›Buch im Buche‹ einweben.

»Die Anfänge einer so ungewöhnlichen Begabung verfolgen zu können, gewährt großes Vergnügen. Jede Seite der *Tröster* beweist es.«
Martha Nowak / Tages-Anzeiger, Zürich

Die Blütezeit der Miss Jean Brodie
Roman. Deutsch von Peter Naujack
detebe 21055

Miss Brodie, eine Lehrerin in den besten Jahren, benutzt fünf junge Mädchen dazu, ihre eigenen politischen, ästhetischen und auch erotischen Wünsche zu erfüllen.

»Muriel Sparks immer leicht karikierender Stil hat die Attraktion eines geistigen Amüsements, das keine intellektuelle Langeweile aufkommen läßt und seine vergnügliche Feuerwerkerei bis zum Ende durchhält.«
Karl Krolow / Süddeutsche Zeitung

Portobello Road
Erzählungen. Deutsch von Peter Naujack
und Elisabeth Schnack. detebe 20894

»Die Erzählung *Portobello Road* ist ein kleines, in sich geschlossenes Werkchen, das mit seinem geheimnisvollen, soll ich sagen, ›metaphysischen‹ Ausklang in der Erinnerung haftet.«
Erich Pfeiffer-Belli / Welt der Literatur

Junggesellen

Roman. Deutsch von Elisabeth Schnack
detebe 20893

Junggesellen ist eine durch und durch englische Tragikomödie, wo üppiger geistreicher Witz seine Purzelbäume schlägt, wo tiefer, fast bitterer Ernst den Bodensatz bildet, wo beißende Ironie wie harmlos-liebenswürdiger Humor duftet und derbe Realistik höchste Stilisierung ist.«
Paul Ludwig Walser / Landbote, Winterthur

Memento Mori

Roman. Deutsch von Peter Naujack
detebe 20892

»Dieses ist ein Roman über die irdische Unbrauchbar-keit. Die Helden und Heldinnen stehen hoch in den Siebzigern, viele sind achtzig und darüber. Ihre letzte und wesentliche Aufgabe ist, ›der nächsten Generation das Sterben vorzuleben‹. Ein Buch, das unzeitgemäß ist, ein Buch, das bleiben wird.«   *Die Zeit, Hamburg*

Die Ballade von Peckham Rye

Roman. Deutsch von Elisabeth Schnack
detebe 20119

Der Roman beleuchtet das vielgesichtige Leben unter Londoner Fabrikarbeitern und -arbeiterinnen, Steno-typistinnen und Fabrikanten, in das Dougal Douglas, der junge, zynische Held, Unruhe und Verwirrung bringt.

»Wir müssen alle dankbar sein, daß eine so brillante Schriftstellerin wie Mrs. Spark über ›ärgerliche‹ Dinge in einem so köstlichen Kontrast zu der üblichen garsti-gen Ernsthaftigkeit schreiben kann.«   *Edna O'Brien*